dtv

Sybil Volks

Die Glücksreisenden

Roman

dtv

Ausführliche Informationen über
unsere Autoren und Bücher
www.dtv.de

Von Sybil Volks
sind bei dtv außerdem erschienen:
Torstraße 1 (21516)
Wintergäste (26080, 21699, 25415)

Ungekürzte Ausgabe 2020
© 2018 dtv Verlagsgesellschaft mbH & Co. KG, München
Umschlaggestaltung: Wildes Blut, Atelier für Gestaltung,
Stephanie Weischer
Satz: Greiner & Reichel, Köln
Gesetzt aus der Minion Pro
Druck und Bindung: Druckerei C.H.Beck, Nördlingen
Printed in Germany · ISBN 978-3-423-21928-0

Für Hannah und Margret

Und für Anne,
den hellsten Stern an meinem Himmel

Die Mitspieler im Kosmos Boysen

Inge, Fixstern der Familie

Enno, der älteste Sohn
Kerrin, seine Frau
Inka, Adoptivtochter der beiden

Boy, der zweite Sohn

Gesa, die älteste Tochter
Jochen, ihr (Noch-)Ehemann
Marten und **Kaija,** Kinder von Gesa und Jochen
Matteo, Gesas Geliebter
Stella, Baby von Gesa und Matteo

Berit, die zweite Tochter
Johanna, Berits Liebste

Dr. Ilse Johansen, Inges Freundin

Ahab, einäugiger Kater

Fortune, Komet

I

Einer dieser anderen Tage

»Das Glück ist keine leichte Sache.
Es ist schwer, es in uns selbst,
es ist unmöglich, es anderswo zu finden.«
Nicolas Chamfort

Charlie Brown: »Eines Tages werden wir alle sterben.«
Snoopy: »Das stimmt, aber an allen anderen Tagen nicht.«

Heute ist einer dieser anderen Tage. Ein Tag, an dem sie alle leben. Ein Tag im Frühling, den sogar sie noch erlebt, Inge Boysen, bald achtzig Jahre alt, vor Kurzem für tot erklärt – aber nichts da. Hier steht sie, in Pantoffel – der zweite ging beim Durchqueren des Zimmers verloren – und Nachthemd am offenen Fenster, fröstelnd in den Windböen der Aprilnacht, und hört das Rauschen der See, die unsichtbar hinter dem grauen Deich liegt.

Ein Rauschen ist manchmal auch in ihrem Kopf, ein Zittern der Gedanken, eine Frequenz, die sie als Störsender auszuschalten versucht. So lange, bis sie schließlich, so glaubt Inge jedenfalls, die Botschaft verstanden hat: Dieses Jahr ist ein Geschenk. Eine milde Gabe, eine wilde Zugabe? Eine Extrarunde, ein Sahnehäubchen, ein Obendrauf, ein Bonustrack – ein nie zuvor gespielter Song, der das Live-Album »Inge Boysen« verlängert.

In diesem Augenblick hört sie es näher kommen, das rhythmische Schlagen der Flügel in der Luft, das Schnattern und Rufen, noch bevor sie die dunklen Silhouetten am Nachthimmel erblickt, scharf umrissen im Mondlicht. Inge lauscht der anschwellenden Vogelzugnachtmusik – zum letzten, zum vorletzten Mal, wer weiß? Die Ringel- und Weißwangengänse kehren aus den Winterquartieren zurück, werden sich Speckpolster anfuttern auf den fetten Inselwiesen, bevor sie weiterziehen in den Norden, um neue Gänschen auszubrüten wie jedes Jahr. Sie wissen es nicht, die Gänse und Gänschen, dass in diesem Sommer Meteoriten auf Nordfriesland regnen werden, die vom Kometen »Fortune« stammen. Und zwar aller Voraussicht nach in den Tagen um ihren, Inges, Geburtstag herum. Ihren achtzigsten.

Noch steht es in den Sternen, wie viel Stein oder Staub von ihnen übrig ist, wenn die Himmelskörper auf die Erde treffen. Doch schon jetzt haben sie einige Gräben auf der Insel beziehungsweise zwischen den Bewohnern hinterlassen. Sogar in ihrer eigenen Familie. Die einen hoffen und glauben, der Meteoritenschwarm bringe Glück, die anderen ahnen und munkeln, dass er nichts als Unglück verheißen könne. Dritte wiederum heben wortlos den Zeigefinger an die Stirn, wenn die Sprache auf »das Ereignis« kommt, und kehren zum heißen Tee oder kühlen Bier zurück.

Ihr für gewöhnlich schweigsamer Bürgermeister und Postbote beendet jede Ansprache, die sein Amt ihm abverlangt, neuerdings in Anlehnung an den römischen Staatsmann Cato mit den Worten: »Im Übrigen bin ich der Meinung, dass dieser Komet ein Hirngespinst ist.« Eine kleine, aber stimmgewaltige Fraktion jedoch *weiß*, dass riesige Brocken »Fortune« nirgends sonst als auf ihrem bescheidenen Eiland einschlagen werden, und ihre Wortführerin, die Königin der Kurverwaltung, wird nicht müde, mit tiefer gelegter Stimme daran zu gemahnen, dass »Fortune« keineswegs »Glück«, sondern »Schicksal« bedeutet. *Good fortune* oder *bad fortune*, das ist hier die Frage! Inges Frage jedoch, ob die Kurverwaltung über den Juli hinaus überhaupt noch Buchungen annehme, wurde von der Dame keiner Antwort gewürdigt.

Nein, Inge sieht in »Fortune« keinen Wink des Schicksals, sondern ein Zwinkern des Zufalls. Und vor dem Zufall hat Inge den allergrößten Respekt. Aber gewiss wird sie deshalb nicht das im Juli geplante Geburtstagsfest verlegen. Sicherheitshalber gleich in den Herbst! Manchmal beschleicht sie der Verdacht, dass Kerrin, abgesehen von ihrem Aberglauben, andere Gründe umtreiben, die Feier möglichst weit hinauszuschieben.

Inge streckt den Kopf aus dem Fenster und atmet die kühle, salzige Luft. Die Gänse ziehen hoch oben am Nachthimmel, ihrem Kompass folgend, nach Norden. Wenn es der Zufall partout wollen sollte, dass ausgerechnet am großen Doppelgeburtstagsfest zum achtzigsten und achtzehnten von Inge und Inka Boysen ein Stück »Fortune« in den Garten von Haus Tide kracht, wäre es wohl das Mindeste, dieses mit einem Glas Champagner in der Hand zu begrüßen!

Draußen, aus dem im Dunkeln liegenden Garten, erklingt ein Miauen. Mit einem Satz springt von hinten aus dem Zimmer Kater Ahab aufs Fensterbrett. Sein einziges Auge glüht grün, seine Ohren zucken. Lautlos setzt er im Gras auf, das feucht ist vom Abendtau, und fort ist er, auf der Jagd nach dem fremden Miauen, auf dem Sprung in die Frühlingsnacht.

»Viel Glück, mein Junge!«, ruft Inge ihm nach und hält die Nase in den Wind. Selbst ihre Menschennase kann sie riechen, die Verheißung, die jedes Jahr um diese Zeit in der Luft liegt. Noch in ihrer alten Brust erzeugt es ein Echo, das Flügelschlagen hoch oben am Himmel. Das aufgeregte Flattern des Anfangs.

Vielleicht sollte sie es dem Kater gleichtun und noch einmal da draußen ihr Glück suchen. Inge sieht sich selbst wie in einem Trickfilm, beim Sprung über die Fensterbank, mit achtzigjährigen, dürren Beinen und einem Pantoffel. Besser vermutlich, sie sucht es altersweise drinnen im Warmen, das Glück – am allerbesten im eigenen Inneren, solange es dort noch lebendig und warm ist. Und das ist es noch, oder? Hand aufs Herz.

Aufgescheucht von solcherlei Fragen macht es einen Hüpfer in Inges Brust: Was fange ich an mit der Extrarunde, dem Obendrauf, dem Bonustrack? Schnell, viel zu schnell wird ihre Zeit um sein. Ihre Kinder wissen es nicht, die Ärzte wissen es nicht, aber sie weiß es. Sie weiß es, seit sie dem Tod am Ende des vergangenen Jahres von der Schneeschippe gesprungen ist. Ihr wurde kein neues Leben geschenkt. Ein neues Jahr, nicht mehr.

Inge schließt das Fenster, geht zum Sekretär, nimmt den braunen Umschlag heraus – »nach meinem Tod zu öffnen«. Der letzte Wille, noch immer ungeschrieben. Vergeblich sucht sie nach der erlösenden Erkenntnis: Wie kann sie dieses Haus über ihren Tod hinaus für die Kinder und Enkelkinder bewahren? Es vor dem Verkauf retten, nachdem es Hunderte von Jahren weitergegeben wurde in der Familie. Eines dieser heute hoch im Kurs stehenden alten Friesenhäuser, für das die Käufer Unsummen hinblättern, die kein Erbe den weichenden Geschwistern zahlen kann. Für sie einfach ihr Haus Tide.

Ihr Haus Tide mit den Segelschifffliesen, dem Bilegger, den Wandbetten, in denen schon viele ihrer Vorfahren zur Welt kamen oder von ihr gingen. Unter Inges Wandbett, auf das sie sich jetzt setzt, stößt ihr nackter Fuß an etwas Weiches. Da ist er ja, der einzelgängerische Pantoffel, hockt unter dem Bett und sagt nichts.

Sie knipst die Nachttischlampe an, erblickt ihr Gesicht im Spiegel gegenüber – ein weißer Haarschopf, hellblaue Augen, ganz wie es sein soll. Nicht wie an jenem 28. Dezember des vergangenen Jahres, als sie im Spiegel schwarz gesehen hat. Das Tuch, das ihn bedeckte, wie man seit jeher die Spiegel in den Räumen der Toten verhüllt, hatte ihr unmissverständlich verkündet: Du bist tot. Und sie war darauf hereingefallen. Inges Mundwinkel zucken, ein Grinsen macht sich breit. Es war eine aufregende, turbulente Zeit, die auf ihren Tod folgte. Wenn es post mortem so in Wirklichkeit wäre ... Na, da ließe sich drüber reden. Doch es war alles nur ein Missverständnis.

Ihre Schwiegertochter Kerrin hatte das Tuch eigenhändig über den Spiegel gehängt, sie voreilig für tot erklärt und Kinder und Kindeskinder herbeizitiert. Und alle waren sie gekommen. Alle bis auf Boy, der am anderen Ende der Welt zur See fuhr. Sogar Gesa war gekommen, mit ihrem dicken Bauch und ihrem Ehemann, der für den dicken Bauch nicht verantwortlich war und das wusste. Tja, und dann kamen sie nicht wieder weg. Autos sprangen nicht an, jedes Quartier auf der Insel war ausgebucht, und schließlich schneite und stürmte es, wie es seit Ewigkeiten nicht geschneit und gestürmt hatte. Für den Schneesturm zumindest – Inge hebt mit Blick auf ihr Spiegelbild zwei Finger zum Schwur – zeichnet sie nicht verantwortlich. Wer auch immer der Übeltäter war, er hatte ganze Arbeit geleistet. Der Wind knickte Äste im Garten, schleuderte Vögel wie Federbälle durch die Luft, klatschte die Gischt der tobenden See an die Fensterscheiben. Der Schnee türmte sich zu hohen Wänden ums Haus, das Eis ließ Stromleitungen reißen und Funkmasten brechen. Da saßen sie also: eingesperrt miteinander, ohne Strom, ohne Netz. Waren endlich beisammen in jenen aus der Zeit gefallenen Tagen. Doch das Problem mit Haus und Erbe hatten sie nicht gelöst.

In der Küche tätschelt Inge den Bilegger, ihren alten Beileger-Ofen, der durch die Küchenwand als gusseiserner schwarzer Kasten in die Wohnstube ragt und diese mitheizt. Auch jetzt im April wird er noch befeuert, die Tage können kühl und die Nächte kalt sein. In den Schneesturmtagen hat er sie vor dem Erfrieren bewahrt. Für einen Augenblick blitzt das Bild vor ihr auf: Familie Boysen in dieser Küche bei flackerndem Kerzenschein, sich aneinander festhaltend, einander ausweichend, auf und ab wandernd, während nebenan in der Stube Gesa mit Kerrins Hilfe das voreilige Kind zur Welt brachte. Mit der Rückkehr von Strom und Licht, dem Urknall des neuen Jahres, war in der Neujahrsnacht Stella kometengleich in ihre Familie gestürzt.

Ohne Licht zu machen, holt Inge mit einem Griff die Kanne und ihre Lieblingstasse aus dem Schrank und setzt Teewasser auf. Wie wird sich Gesa entscheiden? Für das alte oder das neue Leben, den mittelalten oder den jungen Mann? Wann kommt Boy endlich aus Chile zurück – und was zum Teufel treibt er dort die ganze Zeit? Wird Berit, trotz aller Widrigkeiten, ihr Buch schreiben? Und wird sie selbst es noch lesen können? Wie ergeht es Enno, allein auf seiner Reise um die Welt, nachdem auch er, so scheint es, noch einmal knapp dem Sterben entronnen ist. Und wie wird Inka es verkraften, wenn sie an ihrem achtzehnten Geburtstag die Wahrheit über ihre Herkunft erfährt?

Der Teekessel pfeift, Inge schüttet kochendes Wasser in die Kanne. Ein Schwall geht daneben. Ihre Hände zittern, wie sie es manchmal tun, seit sie letztes Jahr tot war. Vorübergehend zumindest, zur Probe. Beim Aufwischen des vergossenen Wassers verbrennt sie sich die Finger. Auf einmal kommt es ihr nicht mehr vor wie ein Sahnehäubchen, das geschenkte Jahr, eher wie ein Berg aus Schutt und Geröll, den sie auf allen vieren hochkriechen, wieder hinabrutschen und niemals überwinden wird. Ein Berg aus Fragen und Aufgaben, für die sie nach wie vor keine Lösung hat.

Der Kandis in ihrer Tasse knackt, als sie den Tee daraufgießt. Und während Inge zusieht, wie sich der harte Zucker in der heißen Flüssigkeit auflöst, kommt es ihr in den Sinn, dass das Leben am Ende keine Rechenaufgabe ist, nicht wahr? Keine Gleichung, die eine Null ergeben muss oder so was.

Zurück in ihrem Zimmer, hört Inge ein Wimmern von oben durch die Decke, Schreien und kurz darauf tapsende Schritte. Sie sieht Gesa vor sich, ihre Tochter, die barfuß aus dem Bett steigt, schlaftrunken ihr Baby aus dem Bettchen hebt und es an die Brust legt. Gut, sie hier zu haben, Gesa und Stella. Es ist wie ein Versprechen, dass das Leben weitergeht in Haus Tide.

Inge blickt Richtung Spiegel, für den Bruchteil einer Sekunde sieht sie ihn leer. Dann erscheint wieder das Gesicht einer alten Frau, das wohl ihres sein muss, was sie zuweilen noch immer erstaunt. Das bin ich!, hat in einem aufblitzenden Augenblick zum ersten Mal das Kind in dem spiegelverkehrten Abbild erkannt. Das bin ich!, hat sich später das Mädchen mit geflochtenen Zöpfen versichert. Auch das Gesicht der jungen Frau mit dem aufgemalten Schönheitsfleck und das der mittelalten mit ersten Fältchen um die Augen waren ihr seinerzeit im Spiegelbild als »ich« erschienen. Und nun das. Eine alte Frau mit Knitterfalten und schmal gewordenen Lippen. Zur Sicherheit zieht Inge eine Grimasse. Genau wie die Alte im Spiegel.

»Es ist einfach so«, sagt Inge der alten Dame ihr gegenüber, laut und langsam, damit die es auch kapiert, »es wird ohne dich weitergehen. Also, vergiss den blöden Berg, denk ans Sahnehäubchen.«

Da fällt ihr ein: Irgendwo hinten im Kühlschrank steht ein letzter Rest Himbeersirup vom Sommer, den sie mit Wasser mischen wird, und irgendwo unten in der Nachttischschublade wartet der allerletzte Schokodrops, den sie sich vom Mund abgespart hat, womit jetzt Schluss ist. Auf dem Nachttisch liegt ein Stapel Papier, von dem sie das oberste Blatt zur Hand nimmt, um die ersten Sätze noch einmal zu lesen.

»All das Kommen und Gehen in unserer Familie«, hat Berit geschrieben, »begann mit einem angekündigten Tod und einem unangekündigten Sturm. Mond und Flut, Schnee und Sturm, Brüder und Schwestern, Geliebte und ungeborene Kinder trafen ohne Vorwarnung aufeinander.«

Noch einmal geht Inge zum Fenster, auf wackligen Beinen, doch diesmal mit beiden Pantoffeln, und öffnet es. Heute kein Schneesturm in Sicht, nur eine frische Frühlingsbrise, die das Branden der See bis ins Haus trägt. Wenigstens die See war immer da und wird bleiben, denkt man, doch selbst Insel und Meer verharren nicht an ihrem Platz. Noch vor wenigen Jahrhunderten ist dort, wo jetzt die Wellen rauschen, Land gewesen; nicht weit hinter dem Deich, auf dem jetzigen Meeresboden, lag eine Wiese, darauf die untergegangene Westerwarft. Und in ein, zwei Jahrhunderten, vielleicht schon viel früher, wird man hier, genau über ihrer Stube, reichlich Wasser unterm Kiel haben und sich von einem anderen, fernen Ufer an das untergegangene Haus Tide erinnern. Oder auch nicht.

Draußen im Garten maunzt Ahab, alleine, nicht im Duett. Tja, schlechte Karten bei den Katzen, armer schwarzer Kater. Und dennoch wird er, einäugig hin oder her, nicht aufhören, dem Glück hinterherzujagen und dem Schicksal auf die Sprünge zu helfen. Genau wie sie, Inge Boysen, bald achtzig Jahre alt, vor Kurzem für tot erklärt, aber nichts da. Ein neues Jahr wurde ihr geschenkt, nicht mehr. Aber auch nicht weniger.

Inge lehnt sich weit aus dem Fenster. Von ihr aus kann »Fortune« kommen. Der Wind rauscht durch die hellgrünen Blätter wie ein nie zuvor gespielter Song. Die Geschichte hat eben begonnen.

Was für ein Tag! Sonne und Regen und wieder Sonne, dichte Wolken, die aufreißen, weggeblasen werden, ein makelloses Blau freigeben, das sich über dem Tag aufspannt. Ein überirdisches Blau, das die ganze Zeit da ist, über der Erde, über den Wolken, man muss nur daran glauben und kann es oft nicht. Gesa läuft auf dem Weg hinter dem Deich bis zur Sandbucht, nimmt Tempo auf, allmählich kommt sie wieder in Form. Das hat sie vermisst mit dem dicken Bauch, das Laufen, die Leichtigkeit, den Fahrtwind im Leben. Ihr Haarband ging unterwegs verloren, die Haare flattern, Wind gibt's hier oben mehr als genug, und jetzt kommt das Schönste. Die letzten Meter hoch auf die Deichkuppe, nun wieder wie früher im Laufschritt, und da liegt sie vor ihr, glitzernd in der Aprilsonne, die graue Nordsee.

Ein paar Minuten später – Gesa steht in der Sandbucht, in den Anblick des Meeres versunken – sind aus dem Nichts schwarze Wolken aufgezogen. Dicke Tropfen prasseln auf den Sand und färben ihn dunkel. Zum Unterstellen gibt es hier nichts. Einen Augenblick später liegen die Kleider im Sand, Gesa läuft nackt ins Wasser. Eine Sekunde bleibt ihr Herz stehen, das Blut stockt in den Adern, Beine und Füße schmerzen, sie schwimmt mit kräftigen Zügen hinaus. Sie hat anderen als Rettungsschwimmerin oft erklärt, man soll sich erst abkühlen, aber bei ihr funktioniert das nicht. Entweder mit einem Sprung ins kalte Wasser oder gar nicht. Na ja, sie hat auch als Frauenärztin anderen Frauen oft erklärt, wie man verhütet.

Nach einer Weile tut's nicht mehr weh. Das Herz pumpt Wärme durch die Adern, Arme und Beine bahnen einen Weg durch die Wellen. Nun hat sie es also getan, früher als geplant: anbaden. Das Wasser ist noch viel zu kalt, um länger zu schwimmen. Doch es ist so ein verdammt gutes Gefühl, dass ihr Körper jetzt und hier nur ihr gehört, kein Baby im Bauch, kein Kind auf dem Arm. Sie krault, Gesicht unter Wasser, Zugphase, Druckphase, Beinschlag, ein gleichmäßiger, kraftvoller Rhythmus. Dazu in ihrem Kopf ein zauberischer Gesang: »When I saw you first, the time was half past three. When your eyes met mine, it was eternity.«

Ein kurzes Auftauchen, Atemholen, Gesa schaut zurück, sie ist ein ganzes Stück abgedriftet von der Sandbucht, hat sich weit hinausgewagt. Hören und sehen würde sie hier niemand, wenn ... nicht daran denken. Kaum hat sie daran gedacht, fährt ein jäher Schmerz in die Wade, der Muskel wird hart und versteift sich. Ihr Herz hämmert gegen die Rippen. Gesa dreht sich auf den Rücken, streckt das Bein durch, zieht die Zehen nach oben. Der in der Wade zusammengeballte Schmerz explodiert und flutet den Körper. Sie beugt das Bein, streckt es, beugt es, streckt es. Der Krampf löst sich. Ruhig atmen und ruhig zurückschwimmen. Atmen, schwimmen, nicht an Untergang denken. Mit einem Mal hört sie klar und deutlich Jochens Stimme: »Komm zurück, Gesa. Du schaffst es. Komm zurück!«

Zitternd trocknet sich Gesa mit ihrem Sweatshirt ab, zieht die Windjacke über und steigt in die nass geregnete Jeans. Die Jacke klebt auf der nackten Haut. Mensch, Gesa, sagt sie sich, du solltest allmählich Vernunft annehmen. Zu Hause wartet ein Säugling auf dich. Und in Hamburg zwei weitere Kinder. Und ein Ehemann. Und ein Geliebter. Und überhaupt. Dann sprintet sie los. Sie hat Rückenwind. Ihre Füße fliegen über den Weg hinter dem Deich, als hätte sie eine Ladung Superbenzin getankt. Heute Abend ist er hier! Und sie hat angebadet! Der Frühling kann kommen! Beim Laufen wird Gesa wieder warm, ein angenehmes Prickeln unter der Haut strahlt bis in die Zehen und Fingerspitzen. Ein bisschen leichtsinnig mag es gewesen sein, aber schön war es doch.

»Gesa!« Kerrin lässt beinahe den Wäschekorb fallen, als sie triefend an ihr vorbeistürmt. Aber für die Schwägerin hat Gesa jetzt keine Zeit. Gerade so viel, um die schmutzigen Schuhe in der Diele auszuziehen, sonst macht Kerrin sie einen Kopf kürzer. Dann läuft Gesa zum Kinderwagen, der in der Stube steht, zuverlässig in Kerrins Hörweite, da muss sie sich keinerlei Sorgen machen. Trotzdem ist sie jedes Mal froh, die kleine Stella heil und vollständig vorzufinden, vom schwarzen Schopf bis zu sämtlichen Zehen. Das gehört, ebenso wie das Laufen, zu ihrem Post-Schwangerschafts-Trainingsprogramm: Stella in Kerrins oder Inges Obhut alleinzulassen, fünfzehn Minuten, eine halbe Stunde, und dann festzustellen, dass es bei ihrer Rückkehr noch da ist, das Kind, meistens friedlich und munter. Gesa muss sich zurückhalten, das schlafende Baby nicht aus dem Bettchen zu reißen, begnügt sich damit, die Decke zurückzuschlagen – alles noch dran –, es aus nächster Nähe zu betrachten und seinen Duft einzusaugen.

Heiß geduscht und im geblümten Frotteebademantel, der noch aus ihren Jugendtagen hier hängt, kommt Gesa in die Stube, wo Kerrin sich über den Kinderwagen beugt. Stella ist wach geworden und gurrt.

»Na, dann kann ich wohl gehen«, sagt Kerrin und geht, noch bevor Gesa sagen kann, sie könne ruhig bleiben.

Gesa setzt sich mit dem Baby in den Sessel mit dem Rücken zum Bilegger und lässt die Wärme in sich hineinströmen. Stella fuchtelt mit ihren winzigen Händen, gähnt und verzieht das Gesicht. Ein Wunsch hat sich erfüllt: Ihre Tochter sieht Matteo so ähnlich, dass allerletzte Zweifel (oder Hoffnungen, was Jochen betraf?) bezüglich des Vaters ausgeräumt waren. Der Gedanke an Jochen versetzt Gesa einen Stich, die Erinnerung an sein Gesicht, als er die Kleine zum ersten Mal sah. Aber welch ein Zauberkunststück der Natur, Matteo in

Stella wiederzufinden mit Haut und Haar. Zu wissen, dass er in diesem neuen Menschen weiterleben wird und ihr eigenes Leben begleiten, selbst wenn …

Das Baby wird unruhig, beim ersten Jammerlaut fühlt Gesa ein Ziehen in der Brust, als hätte es dort an einer Schnur gerissen. Stella grapscht nach Gesa, tritt mit den Beinen in die Luft. Gleich darauf schnappt ihr Mund zu, saugt mit voller Kraft, die Brustwarze schmerzt. »Sachte, sachte, kleines Ungeheuer«, murmelt Gesa, »ich krieg dich schon satt.«

Hier in diesem Zimmer ist er zur Welt gekommen, ihr kleiner Stern, in der Neujahrsnacht, im Alkoven, dem Wandbett mit den himmelblauen Holztüren. Der Schneesturm raste ums Haus, sonst war es still, so still, als wäre die Welt ausgestorben. Matteo war nicht da, der hätte da sein sollen; Jochen war da, der nicht hätte da sein sollen. Beide konnten sie nichts dafür. Niemand kam mehr auf die Insel, ins Haus, niemand kam mehr aus dem Haus, von der Insel herunter. Es war Kerrins Schuld, dass sie alle zusammen hergekommen waren, Jochen und sie und die Kinder, weil Mutter gestorben war. Und dann doch nicht. Ja, auch Kerrin war da, bei Stellas Geburt, die Nervensäge Kerrin mit ihren rettenden Händen.

Gesa nimmt die Kleine vorsichtig von der Brust, legt sie an die andere. Ohne Kerrin hätte sie es nicht geschafft. Vermutlich wäre Stella gestorben. Vielleicht wären sie alle beide gestorben. Die Schwägerin hatte ein Wunder vollbracht, und bei jeder Gelegenheit erinnerte sie Gesa daran. Aber ohne Kerrins Fehlalarm wäre das Wunder gar nicht notwendig gewesen! Sie hätte ihr Baby in Hamburg bekommen, im Geburtshaus, mit dem sie selbst als Frauenärztin zusammenarbeitete, und zwar mit Matteo an ihrer Seite. Also waren sie mindestens quitt.

Mehr als drei Monate ist das her, der Winter ist ins Land gegangen, und sie ist immer noch hier. Alle sagen, sie muss sich endlich entscheiden. Entscheiden, wie es weitergeht und wann und wo und mit wem. Jochen sagt es. Matteo. Marten und Kaija. Ihr Bruder Enno. Ihre Partnerin in der Frauenarztpraxis. Nur Mama nicht. Mama sagt, lass dir Zeit. Du kannst bleiben, so lange es dir guttut. Und es tut ihr gut, unendlich gut, hier zu sein, im Haus der tausend Erinnerungen, dem Haus, in dem sie selbst einmal Kind war.

Das Saugen wird ruhiger, hört ab und zu ganz auf, immer wieder fallen Stella die Augen zu. Gesa wischt einen Tropfen Milch von ihrem Bauch, leckt ihn vom Finger. Wie viel Zeit man damals hatte, als Kind! Eine einzige Jahreszeit war unendlich. Ein Schuljahr – ein unüberschaubares Dickicht. Sechs Wochen Sommerferien – ein endloses Feld voller Möglichkeiten. Der Alkoven in dieser Stube – ein Traumland, in dem keine Uhren tickten. Stella liegt schwer in ihrem Arm, mit offenem Mund und geschlossenen Augen. In der Fontanelle auf ihrem Kopf pulsiert es. Der kleine Schädel ist noch offen, das ganze Leben darin, so wundervoll, so erschreckend. Aber sie, Gesa, ist kein Kind mehr. Sie hat selbst Kinder, das Leben geht weiter. Das Leben vergeht. Ihr Leben, Matteos, Jochens, Martens und Kaijas Leben. Sie haben recht, und sie haben ein Recht darauf – sie muss sich entscheiden.

Gesa legt das Baby in den Alkoven und sich selbst daneben. Wenn sie bloß nicht so müde wäre, so unendlich müde. Sie gibt sich noch Zeit bis zum Sommer. Okay? Bis zum großen Fest! Wenn die Entscheidung bis dahin nicht in ihrem Kopf und Bauch gefallen ist, wird sie als Erleuchtung mit den Sternschnuppen fallen.

Im Dämmerlicht hinter den geschlossenen Holztüren des Wandbetts blickt Gesa auf braune, grüne und blaue Muster. Allmählich erwachend erkennt sie die Umrisse der Kontinente und Meere auf der Weltkarte, die Marten und Kaija an die Decke des Alkovens geheftet haben. Nicht mehr im alten Zuhause, noch nicht im neuen (wo immer das sein mag), ist sie im Zwischenreich von Haus Tide gelandet. Neben ihr schläft Stella, Daumen im Mund, Knie angezogen und Po in die Luft gereckt, als läge sie noch im engen Bauch. Gesas Augen wandern über Nord- und Südamerika, die Antarktis. Ihre alte Reiselust, ihre herbstliche Sehnsucht nach dem Süden ist versiegt, nichts zieht sie mehr in die Ferne. Seit sie mit Matteo neue Kontinente entdeckt hat, ohne jemals das Land zu verlassen. Diese Neue Welt, ihr Amerika, hat es die ganze Zeit gegeben, gleich hinter der unsichtbaren Tapetentür ihres alten Lebens. Wie konnte sie den Lichtschein übersehen, der all die Jahre durch die Ritzen gedrungen sein muss? Auf einmal blitzte er auf, und sie hatte die Tür aufgestoßen und war hinausgetreten. »By now we know the wave is on its way to be. Just catch that wave, don't be afraid of loving me ...«

Ja, sie hat sich von der Welle erfassen, umwerfen, mitreißen lassen, sich verschlucken und kopfüber herumwirbeln lassen, sie hat die Welle eingefangen, ist auf ihr geritten, hat sich von ihr tragen lassen, bis sie wieder an Land gespült wurde, ausgerechnet ans Ufer ihrer Heimatinsel. Und hier ist sie gestrandet, Gesa Boysen, 47 Jahre alt, mitten im Leben, mitten zwischen zwei Leben, an ihrer Seite ein süß duftendes, taufrisches Leben – genau hier, wo sie selbst ursprünglich aufgetaucht ist, das Licht der Welt erblickt hat.

Gesa stößt die Türen des Wandbetts auf. Mittagssonne erfüllt den Raum in Haus Tide. Die Neue Welt ist noch nicht durchmessen, ihr Aufenthalt nur eine Atempause. Doch sie sieht kein Ziel am Ende des Weges. Kein Lichtschein verrät eine weitere Tür.

Ein Moment der Panik durchflutet Gesa, zum zweiten Mal an diesem Tag ermahnt sie sich, ruhig zu bleiben und zu atmen. In der Stille hört sie weder Matteos zauberischen Gesang noch Jochens »Komm zurück, Gesa«. In diesem Augenblick scheint es ihr möglich, dass sie hierher zurückgekehrt ist, um dies zu erinnern: dass nur auf eines Verlass ist, jenseits des Alkovens, des Hauses, des Deichs, auf das Kommen und Gehen der Gezeiten.

Kaija lässt das Fernglas wandern und hält Ausschau. Marten kniet neben ihr vor der Dachluke im Spitzboden, dem einzigen Fenster in Haus Tide, von dem aus man über den Deich blicken kann. Auf die See. An der Wasserkante weit draußen ist mit bloßem Auge nur ein heller Streif auszumachen.

»Lass mich mal!« Im Fernglas erscheint eine dichte Reihe pickender Vögel am Flutsaum. »Alpenstrandläufer, Pfuhlschnepfen, Knutts«, zählt Marten auf. »Cool, es werden immer mehr.« Er lässt den Blick über den Deich schweifen. »Rote Outdoorjacken, bunte Gummistiefel. Tatatata, die ersten Touris sind auch schon da!«

»Und wir müssen zurück nach Hamburg.« Kaija steht vorsichtig auf. Sie passt noch so eben unter die schräge Decke des Spitzbodens. »In die Schule und so 'n Scheiß.«

»Wir dürfen wieder nach Hause. Zu Papa.« Marten bleibt auf den Knien hocken. Ihm reichen die beiden Beulen von gestern. »Bloß weg, bevor der Italo hier auftaucht!«

»Pass auf, dass Mama das nicht hört!«

»Die hat mir gar nix mehr zu sagen!«

Gesa steht auf dem Treppenabsatz am Fuß der Leiter, Stella in einem Tuch vor die Brust gebunden. Bleib ruhig, er meint es nicht so. Es wird vorübergehen. Du bist erwachsen, du bist die Mutter. Sie tritt laut auf, als wäre sie in dieser Sekunde erst angekommen. »Hallo, ihr zwei! Wollen wir ins Watt spazieren? Vögel beobachten?«

»Oh ja! Gehen wir endlich rüber zur Hallig?« Kaija macht einen Hüpfer und stößt mit dem Kopf an die schräge Decke.

»Heute nicht, Pirat, dazu ist es noch zu kalt.« Sie betrachtet ihre Tochter von Kopf bis Fuß. »Aber wir könnten es dieses Jahr wagen. Allmählich bist du groß genug für den Priel.«

»Muss das da mit?« Marten zeigt auf das Tuch vor Gesas Brust.

»Ich denke schon, Marten. ›Das da‹ ist deine Schwester.«

»Halb.«

»Ich kann sie schlecht halb mitnehmen.«

Marten lacht. »Mal sehen. Nehmen wir die obere oder untere Hälfte?« Er feixt und macht eine Bewegung, die an den heiligen Martin mit seinem Schwert erinnert. »Rechte oder linke Hälfte?«

Gesa stolpert die Treppe hinunter. Sie sprudeln los wie die Milch, ihre Tränen, dagegen kann sie zurzeit nichts machen. Ebenso wenig gegen die Wut auf ihren Sohn, die sich hinter dem Brustbein ballt, als sie Kaija oben schluchzen hört. Sie will umkehren, ihm endlich die Meinung sagen. Dann steht ihr ein anderer Marten vor Augen, im Bett zusammengerollt in seinem Batmanshirt – ein Geschenk von Jochen, das Marten nachts seit Wochen ununterbrochen trug –, winselnd im Schlaf wie ein junger Hund, den man mit ebenjenen Füßen getreten hat, denen er vertrauensvoll hinterhergelaufen war.

Gesa kehrt noch einmal um. »Also gut, ihr beiden. Ich frag Omi, ob sie auf Stella aufpasst.«

»Ja, frag Ominge! Oder Kerrin.«

»Nein, Kerrin heute nicht mehr.«

Kerrin zielt und drückt ab. Yeah! Sie läuft zur Zielscheibe an der Scheunenwand und schaut nach. Mist! Die Patrone steckt fast in der Mitte, im Schwarzen, der Zehn, aber nur fast. Knapp vorbei ist auch daneben, so ist das beim Schießen. Nützt ja nichts, wenn man den Bock beinahe getroffen hat oder den Einbrecher oder wen auch immer. Nur ein Treffer ins Schwarze ist ein Sieg. Kerrin heftet eine neue Pappscheibe an die Wand, legt noch einmal an, zielt. Peng! Diesmal knapp vorbei auf der anderen Seite. Immerhin, sie wird stetig besser. Anfangs war sie froh, wenn sie die Scheibe überhaupt getroffen hat. Anfangs, das war gleich nach Ennos Einlieferung in die Klinik. Diese schreckliche Zeit. Diese unerträgliche Ungewissheit. Diese schlimmste Zeit ihres Lebens. Ein bösartiger Tumor, die Tage gezählt. Ennos Tage! Am Ende haben sie den Tumor herausoperiert, ihn angeblich vollständig entfernt, aber ein Tumor war es doch. In Ennos Kopf, Ennos Gehirn. Ennos Leben.

Komisch, es war Jochens Idee gewesen. Als Enno statt in ihrem Ehebett in der Klinik lag, unerreichbar, unansprechbar, ein stummes Gespenst, meinte Jochen, das könnte ihr helfen. Wenn sie das Schießen wieder lernte wie früher. »Wenn dir nichts Besseres einfällt!«, hatte sie den Schwager angefahren. Es kam ihr wie Verrat vor, Verrat an Enno. Jochen hatte ihr wortlos ein Taschentuch gereicht, denn ihr Vorrat war aufgebraucht für diesen Tag. Beim nächsten Besuch in Haus Tide, wo der Arme jetzt jedes Wochenende seine Kinder abliefert, weil Gesa es hier gemütlicher findet als zu Hause, drückte er ihr eine Schachtel in die Hand – *Süße Versuchung* zierte den Deckel in schnörkelig goldener Schrift. Auch Gesa hatte er bei der Ankunft eine Schachtel überreicht, aber ihre war größer. Gesas wiederum hatte eine rote Schleife. Es machte Kerrin verlegen. Solche Geschenke, während

Enno in der Klinik lag. »Aber das wär doch nicht …«, setzte sie an, während es in der Pralinenschachtel klapperte, und Jochen unterbrach sie: »Schau erst mal rein.« Statt auf Trüffel und Kirschwasser fiel ihr Blick auf ein Hunderterpäckchen Zielscheiben aus Pappe und mehrere Packungen Munition. Flachkopf-Diabolos, Kaliber .177 in 4,48, 4,5 und 4,52 Millimeter. Der Mann hatte sich informiert. »Hoffe, es ist was Passendes dabei«, meinte Jochen. »Deine alte Knarre hast du doch bestimmt noch irgendwo unter der Matratze.«

Kerrin war kurz davor gewesen, ihm die *Süße Versuchung* vor die Füße zu werfen. Doch als sie den Deckel des Präsents wieder zuklappte, war ihr in der Tat mit einem Mal recht herzlich nach Schießen zumute. Andere Frauen bekamen Rosen und Pralinen, ihr überreichte man Pappscheiben und Patronen. Auch gut. Wie ihr wollt. Ohne ein weiteres Wort stieg sie die Treppe hinauf in ihr Schlafzimmer, Jochen mit ein paar Metern Abstand hinterher. Einen Moment blieb sie stumm vor dem Bett stehen und kostete es aus, dass die Verlegenheit nun ganz auf seiner Seite war. Unter der Matratze lag die Knarre nicht, sondern ganz hinten im Kleiderschrank, da, wo Männer nicht hinkommen, außer als Liebhaber in schlechten Filmen.

Schweigend war sie wieder hinunter in die angrenzende Scheune geschritten, Jochen noch immer auf ihren Fersen. Sie heftete eine Zielscheibe an die Wand. Nahm auf den ersten Griff die passenden Diabolos, Flachkopf 4,5 Millimeter – seltsam, so was vergisst man nicht –, lud das Gewehr. Und peng! Voll daneben. Glatt in die Scheunenwand. »Siehst du!«, hatte sie gerufen und die Flinte ins Stroh geworfen. Direkt neben Heide, Schnucke und die Lämmer, die erschrocken davonsprangen. Daraufhin hob Jochen das Gewehr auf und legte selbst an. Paff! Noch voller daneben. So was von daneben. Dass es keinen Lammbraten gab an dem Abend, war alles. Meine Güte, so schwer war es nun auch wieder nicht! Sie nahm ihm die Waffe aus der Hand. Ihr nächster Schuss ging in die Scheibe, ziemlich gut sogar, gleich in die sechs oder sieben. Tja, und dann hatte es sie gepackt.

Natürlich gab es Rückschläge, doch seitdem hat sie fast täglich geübt, und so langsam wird es. Knapp daneben wie eben oder Volltreffer, das ist jetzt der Standard. Kerrin legt noch einmal an. »Alte Knarre« traf es ganz gut, ihr Luftgewehr war noch eins mit unbeweglicher Kimme und Korn. Beim Zielen muss das Korn, die kleine Erhebung vorne am Lauf, mit seiner Oberkante eine Linie mit der Oberkante der Kimme bilden, der kleinen Aussparung am hinteren Ende des Gewehrs, »gestrichen Korn« nennt sich das, jawohl. Diese Linie wiederum muss unterhalb des Ringspiegels der Schießscheibe angesetzt werden und das Korn mittig unterhalb der Zehn. Das ist durchaus zu schaffen, dazu braucht sie keinen Diopter, kein Zielfernrohr, keine Schießhandschuhe und übrigens auch kein Abitur. Gute Augen, eine ruhige Hand und Konzentration, das ist alles. Und selbstverständlich schießt sie noch freihändig! Eine Stütze für tattrige Hände, wie sie ihr ab 46, also seit nunmehr fünf Jahren erlaubt wäre – das kommt wohl knapp vor dem Rollator.

Kerrin nimmt das Ziel aufs Korn, schießt ... Volltreffer! Das Diabolo, das Patronenteufelchen, hat sich volle Kraft voraus in die Zehn gebohrt. Doch das ist kein Grund, selbstzufrieden die Hände in den Schoß zu legen, sondern erst der Anfang. Kerrin übt jetzt so lange, bis sie sieben Mal hintereinander ins Schwarze trifft. Denn mit dem Schießen, so viel weiß sie, ist es wie mit fast allem im Leben: Übung macht die Meisterin. Übung, Ausdauer und ein Ziel vor Augen. Talent wird sehr überschätzt.

»Und ja, Jochen«, sagt Kerrin, während sie ein neues Teufelchen nachlädt, »es hat mir geholfen!« Nach jedem Klinikbesuch ist sie als Erstes in die Scheune gegangen. Nach all den Apparaten, Wartezimmern, Warteschleifen, nach den Patientengesprächen, bei denen vor allem der Arzt sprach, tat es gut, den Lauf der Dinge wieder selbst in die Hand zu nehmen, auch wenn es sich nur um einen Gewehrlauf handelte. Dennoch, sie hat ein schlechtes Gewissen. Enno mochte keine schießende Ehefrau, deshalb ließ sie es damals ja bleiben. Unweiblich fand er das, genau wie Frauen in der Armee. Kerrin blickt über die Kimme und nimmt die Zehn aufs Korn. Aber war es vielleicht weiblich, sich überwältigen und auf den Boden drücken und ... und ... Wie war das noch mit der ruhigen Hand? So hat es jedenfalls keinen Sinn. Kerrin lässt das Gewehr sinken. Schluss für heute. Aber eines Tages wird sie es schaffen. Genau daran zu denken, an diese beiden über ihr schwitzenden, verzerrten Visagen, und ihnen je ein feines kleines Loch in der Mitte der Stirn zu verpassen.

Kerrin packt, noch immer zitternd, ihre Utensilien zusammen, beseitigt alle Spuren. Was sie in dieser Scheune neuerdings treibt, geht niemanden etwas an. Sie ist jetzt Strohwitwe, wird es noch viele Monate bleiben, und das hier ist ihr schmutziges kleines Geheimnis. Die *Süße Versuchung* wird mitsamt der Scheiben und Patronen weggeschlossen. Doch weiterhin stichelt das schlechte Gewissen. Auch weil sie gleich nach Ennos Abreise wieder damit angefangen und es ihm bis heute nicht erzählt hat. Keine Heimlichkeiten mehr in der Ehe, das hat sie ihm versprochen, um das verlorene Vertrauen wieder aufzubauen. So wahnsinnig erpicht auf ihren Schwur schien Enno aber gar nicht gewesen zu sein, in Gedanken schon abwesend, in der Karibik oder an sonst einem fernen blauen Ort, den sie selbst vermutlich niemals zu Gesicht bekommen wird.

Doch das ändert nichts, sie hat es auch sich selbst geschworen. Schluss mit Lügen und Heimlichkeiten. Andererseits: Auch er hat sie mit dem verheimlichten Tumor in Angst und Schrecken versetzt. Und wo ist er jetzt bitte, ihr Enno? Ohne sie auf Weltreise gegangen! Seinen Lebenstraum wahr machen, nachdem er dem Tod ins Auge geblickt hat, sich einmal ausruhen und vergnügen, nachdem er sein Leben lang hart gearbeitet und für andere gesorgt hat – wer mochte ihm das verdenken? Sie jedenfalls gönnt es ihm, gönnt es ihm von Herzen, so sehr, dass sie als Beitrag zum Reisebudget ihre sämtlichen Ersparnisse für ihn geopfert hat. Nicht zum ersten Mal.

Kerrin seufzt. Es beunruhigt sie, dass es jetzt keinerlei Rücklagen mehr gibt für ein neues Reetdach, für Inkas Studium, Karstens Rückkehr nach Deutschland, für unvorhergesehene Ausgaben aller Art, die ungewisse Zukunft. Trotzdem, sie würde es wieder tun. Enno war jedes Opfer wert. Es macht sie glücklich, sich vorzustellen, dass er glücklich ist. Aber warum zum Teufel und Diabolo, warum nur ohne sie?

Als Kerrin aus der Scheune tritt, weht kühler Westwind ihr eine Prise Salzluft in die Nase. Sie kann die Wellen hinter dem Deich anbranden hören, es ist Flut. Auf der Wiese vor dem Haus biegen sich Osterglocken und Tulpen auf langen Stängeln. Veilchen bilden Farbinseln im saftig grünen Gras. Die dem Wind ausgesetzten Bäume sind nach wie vor fast kahl, die windgeschützteren haben zaghafte hellgrüne Blättchen getrieben; es ist alles noch viel winterlicher als auf dem Festland. Hier und da sind die Sturmschäden vom Jahresende sichtbar, von mehreren Bäumen mussten dicke Äste, die gebrochen waren, abgesägt werden.

Kerrin lehnt sich mit dem Rücken an den Stamm des Birnbaums. Bäume sind hier schwer zu ersetzen, sie wachsen langsam, sie werden nicht hoch und selten alt. Den alten Birnbaum hat es besonders getroffen. Eigenhändig hat sie zur Säge gegriffen – mit Enno war nichts anzufangen seit der Tumordiagnose – und ihren geliebten Baum amputiert. Rotz und Wasser hat sie geheult, während Äste und Zweige zu Boden krachten, zum Glück hat es niemand gesehen. Ihre Finger tasten über den zerklüfteten grauen Stamm. Das ist die Hauptsache: Der Birnbaum hat's überstanden, auch Enno hat's überstanden, den Schock, die Klinik, die Operation, und sie alle zusammen den Winter. Erde und Pflanzen riechen nach Wachstum und Vermehrung, Schafe und Lämmer springen tagsüber im Freien über die Wiesen, Gänse und Knutts kommen täglich in größeren Scharen, es liegt was, es fliegt was in der Luft. Frühling. Ihr erster Frühling ohne Enno seit werweißwievielen Jahren. Und das ist erst der Anfang eines langen, ennolosen Jahres.

Kerrin beugt sich über ihre Sprösslinge, Salat, Radieschen, Kohlrabi, Rettich, Kräuter. Es wird höchste Zeit, die Pflänzchen ins Freie zu setzen, um Platz im Frühbeet zu schaffen. Aber das ist hier immer so eine Sache, man weiß nie, ob nicht noch ein paar Frühjahrsstürme über die Insel fegen und die künftige Ernte verhageln. Der Himmel hat soeben von Pastellblau ins Bleigraue gewechselt. Ein Gänseschwarm zieht schnatternd über das Haus, lässt sich in einiger Entfernung auf der Weide der nächsten Nachbarn nieder. Bei Frerksens. Da sollen sie ruhig bleiben mitsamt ihren Hinterlassenschaften und das Gras kurz und klein fressen. Hatte dieser Frerksen doch die Stirn, sich beim ersten Gerücht von Inges Tod nach dem Preis von Haus Tide zu erkundigen. Dieser Geier, der es nicht abwarten kann, sich Haus und Grund seiner Nachbarn einzuverleiben!

In größerem Abstand als zuvor drückt Kerrin tiefe Mulden

in die Erde, dazu braucht sie keinen Pikierstab, ein einfacher Stock genügt. Behutsam nimmt sie einzelne Setzlinge aus dem Boden und löst die Verwurzelungen. Nun kommen die künftigen Salatköpfe in die Mulden, alles wird mit Erde aufgefüllt und vorsichtig angedrückt. Frerksen jedenfalls, diesem Geier, sind die Gänse zu gönnen. Eigentlich sind Gänse, wenn sie nicht gerade in Scharen einfallen, gar keine so schlechten Tiere. Sie leben und fliegen im Familienverband, die Paare halten einander die Treue und die Familien zusammen wie Pech und Schwefel. Warum, fragt sich Kerrin, als sie die Pflänzchen angießt, frisch pikiert, ist das nicht auch bei den Menschen so?

In den meisten Familien, die sie kennengelernt hat, und auf einer Insel lernt man so einige kennen, sah es hinter den auf Hochglanz geputzten Fassaden ziemlich schäbig aus. Was da alles unter den Teppich gekehrt wurde – die Böden müssten Wellen schlagen. Im Haus ihrer eigenen Familie, in der sie in der weniger feinen Ecke der Insel heranwuchs, gab es keine Schauseite, keine Diele, man fiel holterdipolter mit der Tür in die unaufgeräumte Stube einer alleinerziehenden Mutter. Deshalb hatte Kerrin lange gebraucht, um zu durchschauen, dass ein makelloses Äußeres nicht unbedingt ein perfektes Innenleben widerspiegelt. Auch nicht bei der Familie Boysen.

In der ersten Zeit ihrer Ehe war Kerrin oft steif vor Respekt und stumm vor Furcht gewesen. Dabei waren alle freundlich zu ihr in Haus Tide, ja doch. Aber was wussten sie davon, welche Panik einen überfluten kann, wenn man schräge Blicke bemerkt und nicht weiß, was verkehrt ist an der Bluse, die man trägt, an dem Tisch, den man eingedeckt hat, an den Filmen, die man sieht, oder an den Wörtern, die man verwendet? Sie hat versucht, sich keine Blöße zu geben, nicht nachzufragen und die Dinge selbst herauszufinden. Hat sich Notizen gemacht, ein Wörterbuch angelegt und dazugelernt.

Keine neonfarbene Kleidung, keine Leopardenmuster und Dauerwellen, keine Vorabendserien und Verkaufssendungen. Illustrierte sollten möglichst wenig Promis, nackte Busen oder bunte Bilder enthalten, Filme weder zu viel Blut noch Herzschmerz, Romane keine Helden und Bösewichte und nur wenige Adjektive (= Wiewörter), Erfrischungsgetränke keinen Farbstoff und Zucker. Kurz und gut, das Leben sollte nicht heiß und fettig, nicht zu laut, süß, üppig oder farbig sein, sondern alles dezent heruntergedimmt.

Selbst heute noch macht sich Kerrin manchmal Notizen, nur ist es bedeutend einfacher als zu Anfang ihrer Ehe, weil man fast alles im Internet findet. Sie hat dazugelernt, dass nicht alles Gold ist, was glänzt, nicht einmal bei den Boysens. Die Ehe zwischen Inge und Willem (Gott hab ihn selig) kam ihr nicht übermäßig glücklich vor. Dann der ewige Bruderzwist zwischen Enno und Boy. Berit, die nie eine eigene Familie und Kinder haben wird. Gesa wiederum, die ihre Familie leichtfertig zerstört, weil sie in ihrem Alter noch ein außereheliches Baby kriegen muss. Mit einem Liebhaber, der sie sowieso bald verlassen wird. Der Mann ist Ende zwanzig und Italiener, Herrgott noch mal! Und neuerdings das Gezerre um Haus und Geld, das ausgebrochen ist, nachdem Inge gestorben … also kurz tot war. Wenn ihre Schwiegermutter einmal wirklich ernst macht – das kann heiter werden.

Als Kerrin über dem Holzrahmen des Frühbeets den Glasdeckel schließt, spiegelt sich ein blitzblauer Himmel darin. Keine einzige Wolke weit und breit, als hätte es nie eine gegeben. Gleich morgen wird sie Möhren, Erbsen und Mangold aussäen. Vielleicht bald auch Sommerastern und Margeriten, obwohl alles, was zum bloßen Vergnügen blüht, Inges Hoheitsbereich ist. Einmal hat Kerrin gewagt, den Rosenstock über dem Rundbogen der Haustür zurückzuschneiden. Einmal und nie wieder – im Rosenkrieg mit Inge hat sie kapituliert. Aber sie kann ja Blumen für das große Fest pflanzen, auf die Wiese, wo die lange Tafel stehen wird. Ringelblumen, Löwenmäulchen und Inkas Lieblingsblumen, Klatschmohn. Obwohl – was weiß sie noch über Inkas Lieblingsblumen? Vielleicht sind es jetzt schwarze Tulpen, weiße Lilien, Witwenblumen und Teufelskrallen. Hauptsache morbide. Manchmal kommt es Kerrin vor, als wäre ihre Tochter im Auslandsschuljahr nicht in Petersburg, sondern auf einem anderen Stern.

Der Doppelgeburtstag mit ihrer Großmutter war Inkas Idee gewesen. Kerrins Zureden, die Volljährigkeit lieber bei einer großen Party mit Gleichaltrigen (und natürlich den Eltern) zu feiern anstatt zusammen mit den ganzen alten Leuten, hat nichts gefruchtet. Schließlich stellte sich heraus, dass dieser verfluchte Komet dahintersteckte. Der konnte Inkas Ansicht nach nur ein Zeichen des Himmels sein! Nicht nur, dass sie einen Tag nach ihrer geliebten Ominge Geburtstag hatte, zudem würde im selben Jahr, in dem Inge achtzig und sie selbst achtzehn wurde, »Fortune« auf die Insel niedergehen. Oder nein, neben der Insel ins Meer schlagen, sprach Inka mit leuchtenden Augen, während ihr die pechschwarz gefärbten Haare ins Gesicht fielen, und eine große Flutwelle würde sie alle davontragen, Alte und Junge, Greise und ungeborene Kinder, Liebende und Hassende, Freund und Feind, Wölfe und Lämmer, Torten und Braten, Gläser und Gabeln; die Tische würden zu Flößen werden und die Tischdecken zu Segeln, doch niemand würde der gewaltigen Welle standhalten, und alles, was von ihnen übrig bliebe, wären die Korken der Champagnerflaschen, die auf der totenstillen See trieben ...

An diesem Punkt hatte Kerrin Inka zum Schweigen gebracht. Diese euphorische Stimme, die krankhafte Begeisterung, mit der ihre Tochter, deren Leben erst anfing, ihrer aller Ende beschwor! Das Schlimme war, dass Kerrin selbst in dunklen Momenten eine solche Katastrophe kommen sah. Am besten wäre es, die Feier zu verschieben, in der Zeit zu verreisen und die Schotten dicht zu machen. Aber Inge und Gesa hatten für ihre Ängste nur spöttisches Lächeln übrig, Enno war weit fort, und Inka … Inka wusste einfach nicht, wovon sie redete.

Kerrin trägt Pflanzenreste zum Kompost, der wiederum ganz allein ihr Hoheitsbereich ist. Sie ist sich nicht zu fein dazu, die Garten- und Küchenabfälle zu drehen und zu wenden, bis sie sich, belebt von Abermillionen winziger Wesen, in erstklassigen Dünger für die Nahrung der Zukunft verwandeln. Ein ermutigender Vorgang: Aus allem kann noch etwas werden. Im Komposthaufen stochernd prüft Kerrin, ob er gut durchgerottet ist, langt mit der bloßen Hand hinein und führt etwas braungraue Masse unter Augen und Nase. Bei so was hilft die Herkunft vom unfeinen Ende der Insel. Eigene Gärten hatten die Häuser nicht in der »Asisiedlung«, wie die Reetdachkinder, die in ihrem Leben noch keine Asisiedlung gesehen hatten, ihr Viertel nannten, aber Gelegenheit, sich die Hände schmutzig zu machen, gab es reichlich. Während Kerrin die Hände an der Gartenschürze abwischt, drängt sich der Gedanke auf, dass in ihrer eigenen kleinen Familie auch nicht alles rosig aussieht. Wenn sie nur an Inka und ihre Heimkehr denkt. Inka, die im Juli volljährig wird und ein Recht hat, alles zu erfahren … So ist es versprochen. An ihrem achtzehnten Geburtstag werden sie ihr sagen, wer ihre leibliche Mutter ist. Und das ist noch das kleinere Problem. Denn natürlich wird Inka auch nach dem Vater fragen.

Gerne würde Kerrin jetzt eine Runde Holz hacken, schade, dass im Frühjahr so wenig gebraucht wird. Das ist für sie die reinste Entspannung, viel besser als Yoga, Autonomes Training und wiesiealleheißen. Wie wäre es stattdessen mit einem zünftigen Frühjahrsputz? So lange scheuern und wienern, bis in jeder Ecke und unter jedem Teppich alles spiegelblank ist. Man fühlt sich selbst so auf Hochglanz hinterher.

Mit einer Handvoll Schnittlauch und Petersilie betritt Kerrin die Diele, schnuppert und läuft in die Küche. Mist! Sie eilt zum Ofen, dreht die Temperatur herunter, zieht die Auflaufform heraus. Zum Glück ist nur die Käseschicht etwas angebrannt, den Rest kann man essen. Jetzt hat sie über ihren Radieschen und Hochglanzgedanken die Zeit vergessen. Aber ist sie denn die Einzige hier im Haus? Gesa hätte ja auch mal was merken können, oder?

Doch Gesa liegt im Alkoven, malerisch dahingegossen neben dem schlummernden Baby, und schläft den Schlaf der Gerechten. Ausgerechnet Gesa! Eine Frau, die aus reinstem Egoismus ihre Familie auf dem Gewissen hat, einen Mann wie Jochen, den ihr eine Menge Frauen liebend gerne abnehmen würden, zwei wunderbare Kinder, während andere Frauen sich verzweifelt Kinder wünschen … Aber bei Gesa muss als Zugabe ein drittes her, so ein illegitimes Südfrüchtchen, wie Enno es nennt, mit rabenschwarzem Haar. Stella, der Stern. Einen Moment denkt Kerrin daran, dass sie selbst nach ihrer Geburt tagelang namenlos geblieben war. Ihrer Mutter war einfach nichts eingefallen. Schließlich bekam sie den Namen einer alten Tante, die Einzige weit und breit in der Verwandtschaft, die ein wenig Geld und Gut besaß. Doch das behielt Tante Kerrin, auch nachdem man sie zu ihrer Patentante gekürt hatte, weiterhin schön für sich.

Da liegt nun dieses winzige Wesen mit dem Daumen im Mund, einem Schopf seidenweicher Haare, öffnet die Augen mit den langen Wimpern und sieht dich an, ganz ernst, und dir werden die Knie butterweich. Du streckst die Arme nach der Kleinen aus, sie lässt sich von dir aufnehmen, mit ihrem leichten Silberblick blickt sie mitten hinein in dein nun auch butterweiches Herz – obwohl es nicht dein Kind ist und du selbst zwei großgezogen hast und viele andere auf die Welt geholt. Aber dieses Wesen, das ungerufen in diese Familie platzte, das du jetzt die Treppe hochträgst in dein Schlafzimmer, dieselben Treppenstufen, die du so oft mit Inka auf und ab gestiegen bist, leise singend, »kommt ein Vogel geflogen, setzt sich nieder auf mein' Fuß«, dieses Kind bricht dir das Herz, beinahe wie Inka damals, und du merkst, ein wenig erschrocken, es ist auch dasselbe Lied, das du Inka so oft vorgesungen hast, »hat ein Zettel im Schnabel, von der Mutter ein' Gruß«. Nur dass du Inka behalten durftest.

Im Schlafzimmer sieht Kerrin sich selbst mit Stella auf dem Arm im Spiegel. Und gleich daneben, vom Nachttisch neben ihrer Seite des Doppelbetts schauen ihr aus dem Bilderrahmen eine unfassbar junge Kerrin und ein unfassbar junger Enno entgegen. Enno hat einen Arm um ihre Schultern gelegt, mit dem anderen umfasst er Karsten, während sie selbst Inka hochhebt und lächelnd in die Kamera hält.

»Lieber Vogel, flieg' weiter, nimm ein' Gruß mit und ein' Kuss«, singt Kerrin und hebt die glucksende Stella hoch in die Luft, »denn ich kann dich nicht begleiten, weil ich ... weil ich hierbleiben ...« Auf einmal kann sie den Anblick von Ennos unberührtem Bettzeug nicht länger ertragen. Mit der freien Hand reißt Kerrin erst das Kopfkissen, dann das Oberbett herunter, schleift es über den Boden und stopft es in den Kleiderschrank, der auf Ennos Seite so gut wie leer ist. Noch sehr lange leer bleiben wird. Sie schließt die Schranktür mit einem Tritt.

»Stella!?«, dringt es aus der unteren Etage zu ihr hoch. »Wo ist Stella?«

Im selben Moment beginnt das Baby zu weinen. Was ist das für eine Stimme? Was macht diese Frau in ihrem Haus? Schweigend bleibt Kerrin stehen, mit dem Kind auf dem Arm, bis die Stimme und mit ihr die Gegenwart unüberhörbar zu ihr vordringt. »Kerrin, hast du sie?!«

Rasch steigt Kerrin die Stufen zu Gesa hinab, weicht ihrem Blick aus und legt ihr das Baby in den Arm. Sie dreht sich um, läuft die Treppe wieder hoch, um so viel Abstand wie möglich zu legen zwischen Gesa und etwas, das in ihrer Kehle aufsteigt wie ein vergiftetes Apfelstück.

Oben im Schlafzimmer steht Kerrin still, mit nun leeren Armen, dem Spiegel zugewandt. Lässt den Blick wandern zwischen der jungen Foto-Kerrin im Kreis ihrer Lieben und der Spiegelbild-Kerrin von hier und heute, vor dem verlassenen Ehebett, dem leeren Nest. Das also ist aus ihr geworden: eine Frau in den Fünfzigern, Hebamme ohne Babys, »Familienmanagerin« ohne Familie, der Sohn zum Studium in den Staaten (wer weiß, ob er je zurückkommt), die Tochter zum Auslandsschuljahr in Russland (und ansonsten auf ihrem eigenen schwarzen Planeten), der Mann auf Weltumrundung per Traumschiff. Nur sie ist allein zurückgeblieben, um die Stellung zu halten, zu behüten und zu bewahren (das Haus, den Garten, die alte Mutter, das Baby der treulosen Schwägerin), bis die Herrschaften es sich einfallen lassen, heimzukehren – oder auch nicht.

»Das hättest du dir nicht träumen lassen, was?«, sagt Spiegelbild-Kerrin zu Foto-Kerrin. Aber dann fällt ihr auf, dass die lächelnde Kerrin im Fotorahmen sich gar nicht besonders wohlzufühlen scheint in ihrer sommersprossigen, jungen Haut. Linkisch steht sie da, mit schiefer Schulter unter Ennos Hand, das Baby umklammernd wie einen ... Was für ein Unsinn, befindet die Kerrin von heute und nimmt das

Bild zur Hand, du warst glücklich damals, ihr wart alle glücklich. Sie pustet den Staub vom Glas, nimmt das Foto aus dem Rahmen, legt es in Ennos leer geräumte Schublade. Und nun? Was nehmen wir stattdessen?

Kerrin sitzt auf dem Bett, umgeben von in Stapel sortierten Bildern. Eins nach dem anderen nimmt sie auf, prüft es und legt es zurück. Ihr Kopf fühlt sich an, als würde er gleich platzen. Sie öffnet das Fenster, und als ein heftiger Windstoß in die Stapel fährt, beginnen die Bilder zu flattern, auseinanderzurutschen. Kerrin nimmt den leeren Rahmen und stellt ihn an den alten Platz auf ihrer Seite zurück.

Freiheit! So fühlt sich Freiheit an! Im Überseequartier der Hamburger Hafencity, im Entstehen begriffen wie das ganze neue Stadtviertel, an einem blauen Apriltag. Wie genau sie sich anfühlt, wüsste Enno in diesem Augenblick nicht zu sagen, als er endlich den Kai des Kreuzfahrtterminals erreicht, aber er saugt ihn ein, den Duft und Klang der Freiheit: Wasser und Schiffsdiesel, das Klatschen der Wellen gegen die Kaimauer, der vielstimmig wogende Chor der Passanten und Passagiere. Freiheit!, scheinen sie alle zu rufen, zu murmeln, zu singen. Sehr, sehr gut schmeckt sie Enno, diese Freiheit, so gut wie ihm lange nichts, ewig nichts geschmeckt hat. Nach Nordseesalz, Atlantiksalz, Pazifiksalz, nach exotischen Genüssen, die ihn an anderen Enden der Welt erwarten, nach fremden Küssen womöglich und in dieser Minute nach Pfefferminz, das Enno in großem Vorrat im Gepäck hat, damit ihm auf keinen Fall schlecht wird im Angesicht der großen Freiheit. Oder vor Seekrankheit. Ach was, Seekrankheit! Schließlich kommt er selbst von der Seefahrt. Wenn auch an

Land. Schifffahrtskaufmann in der Reederei, Bereich Fährverkehr zwischen Festland und Insel, vorrangig Linienverkehr. In leitender Position, wenn es jemand genau wissen möchte. Zurzeit im Sabbatjahr.

Enno blickt nach links und nach rechts, es möchte niemand genau wissen, alle Blicke sind nach vorne und oben gerichtet, auf den haushoch emporragenden Schiffskoloss, vor dem sie wie sehr kleine Fische wimmeln. Und das ist der Anblick der Freiheit: die »Phoenix of the Seas«, beinahe zweihundertsiebzig Meter lang, sechzig Meter hoch, die knapp zweitausend Passagiere aufnimmt und eine achthundertköpfige Besatzung, ihnen Komfort und Behausung bietet, ein Zuhause auf Zeit, mit dem man sich über die Ozeane fortbewegen kann, von Küste zu Küste, Hafen zu Hafen, Kontinent zu Kontinent. *Die Glückspassage*, so nennt sich diese Reise, ganz neu im Angebot, einzigartig, einmalig, für ihn und all die anderen Glückspassagiere auf See.

Der blaue Planet breitet sich vor Enno aus mitsamt seiner sieben Weltmeere. Und mit dem Raum, der sich vor ihm aufspannt wie ein himmelhoher Sonnenschirm, dehnt sich auch die vor ihm liegende, noch ganz und gar unangerührte Zeit. Ein unbeschreibliches Gefühl ist das, wenn sich die vor Kurzem noch so grausam abgeschnittene Zukunft vor einem ausrollt wie ein goldener Teppich, von wenigen Wochen oder Monaten mit etwas Glück auf zwanzig, dreißig Jahre und mehr verlängert.

Enno lässt den Blick über den Schiffskörper schweifen, bis er an den grell orangefarbenen Rettungsbooten hängen bleibt. Er zählt die Boote, addiert die auf der abgewandten Schiffsseite hinzu, kann sich beim besten Willen nicht vorstellen, dass die Plätze für alle Passagiere der »Phoenix« reichen. Was für ein Treppenwitz seiner Geschichte das wäre, wenn er, frisch dem Tod entronnen, kurz darauf bei einem Schiffbruch unterginge. Schon draußen im Treppenhaus der Klinik, so steht es Enno vor den sonnengeblendeten Augen, war vor ein paar Wochen Gevatter Tod wieder eingefallen, dass dieser leicht neurotische, hypochondrische Enno Boysen aus Nordfriesland auf seiner To-die-Liste stand. Aber da die To-die-Liste noch lang und Gevatter Tod bereits arg in Verzug war, kam eine Umkehr nicht mehr infrage. Und da dachte sich der Tod, Freundchen, auch mich trifft man zuweilen zweimal im Leben. Es gibt da doch noch diese »Phoenix«, es gibt dieses Riff, und es gibt diese lächerlich wenigen, viel zu kleinen Rettungsbötchen … Tja, sagt sich Enno, man kann nie wissen. Jeder Tag kann dein letzter sein. Eine banale Weisheit, die man erst begreift, wenn das Ende einmal greifbar nah war.

Unwillkürlich fasst sich Enno auf den Kopf. Bei der Berührung mit der nackten Haut zucken seine Fingerspitzen zurück, als hätte er auf eine heiße Herdplatte gefasst. Noch hat er sich nicht gewöhnt an den teilweisen Verlust seines vormals kräftigen blonden Haupthaars, an die Halbglatze als Tumor-Souvenir. Das war nicht nur der OP durch die Schädeldecke geschuldet (ein vergleichsweise winziges Bohrloch), auch danach fielen büschelweise Haare aus, obwohl er gar keine Bestrahlung und Chemo bekommen hatte. Gesa, die Vogelexpertin der Familie, meinte, es müsse sich um eine Art Schockmauser handeln – wie der plötzliche Federabwurf bei Vögeln zur Flucht vor einem Angreifer, der nur Federreste zurückbehält. Enno fand die These seiner Schwester ausnahmsweise einleuchtend: Er hat dem Krebs die Haare zum Opfer gebracht, damit der ihm sein Leben lässt.

»Phoenix of the Seas«, flüstert Enno, breitet die Flügel aus (in Gedanken) und macht (rein innerlich) einen Luftsprung.

Die weiße Bordwand der »Phoenix« ist mit tintenblauen Schriftzügen geschmückt, *Harmonie, Freiheit, Wohlfühlen* steht dort in geschwungener Wohlfühlschrift in unterschiedlichen Sprachen.

»Harmony! Wellness!«, deklamiert dicht neben Enno eine weibliche Stimme. »Plaisir«, liest die babyblonde, ganz in Weiß und Rosa gekleidete Dame weiter und setzt etwas hinzu, das in Ennos Ohren wie »liebe Berta« klingt.

»Libertà«, fährt ihr die kupferrothaarige, in wallende Gewänder gehüllte Begleiterin in die Parade. »Liberty, Liberté, Libertà!« Und dann seufzen Harmony und Liberty synchron, wenn auch nicht harmonisch.

Bald darauf, im Terminal der Hafencity, reiht sich Enno ein in die Schlange vor dem Check-in, ohne Gepäck, das andere für sie an Bord bringen, denn in ihrem Leben sollen ab jetzt Leichtigkeit und Unbeschwertheit herrschen. Zu seinem Gepäck, in letzter Minute dazugepackt, gehört seine neue und seines Bruders abgelegte Geliebte. Eine erstklassige Konzertgitarre aus schönstem Palisander, die der Schuljunge Boy wer weiß wovon bezahlt hatte und um die ihn damals alle beneideten, einschließlich Bruder Enno. Und Boy hatte sie, als er gleich nach der Schule zur See fuhr, einfach zu Hause vergessen. Ja, klar. Da draußen wartete bestimmt was Besseres auf ihn.

Enno hat seine E-Gitarre am Neujahrstag Inka geschenkt, vor Begeisterung, dass seine Tochter mit ihm im Duett gesungen hatte, während ihnen das Wasser draußen bis zur Deichkante und drinnen gefühlt bis zum Hals stand. »When I was young and so much younger than today-hay …« Vielleicht auch, weil in Inkas Stimme die Stimme ihrer Mutter weiterlebte, während Suzie selbst schon lange tot war. Bis vor Kurzem hatte er nicht einmal gewusst, dass Suzie Inkas Mutter war und dass sie tot war, und konnte es bis heute kaum glauben. Suzie, seine erste große Liebe, so groß, so Liebe wie nur eine erste sein kann – wie konnte die tot sein?

Enno lässt den Blick über die vielen Köpfe schweifen, darunter zahlreiche graue, kahle und halb kahle bei den Herren und farblich aufgefrischte bei den Damen. Nichts als unbekannte Menschen um ihn herum! Und seltsam, kommt es ihm in den Sinn, auch er selbst ist hier nichts anderes für alle anderen: ein Unbekannter. Ein unbeschriebenes Blatt. Ein Mann in den sogenannten besten Jahren, groß und breitschultrig, ohne den früheren Bauchansatz, den er mitsamt den Federn bei der Schockmauser eingebüßt hat, mit rotblondem Bart, vollem blonden Haarkranz um ein gelichtetes Oberhaupt und friesisch blauen Augen. Ansonsten: ein Mann ohne Eigenschaften. Unvorstellbar, wenn man von einer Insel stammt, sein Leben lang im Elternhaus gelebt hat – Haus Tide, einen Augenblick durchströmt Enno etwas wie Heimweh –, sämtliche Nachbarn von Kindesbeinen an kennt und niemals in den Ort fahren kann, ohne Zeit für Klönschnack am Wegesrand einzuplanen. Hier kennt ihn niemand, niemand weiß, wer er ist! Ein Gedanke schießt in ihm hoch, blendend wie die Sonne, die jäh hinter einer Wolke hervortritt: Warum eigentlich soll er an Bord Enno Boysen bleiben? Er kann sein, wer er will. Wer er will! Enno breitet die Arme aus und lässt sie wieder sinken. Aber wer will er sein? Vergeblich wartet Enno Boysen auf Antwort, während sich der Himmel aufs Neue bewölkt.

»Pass auf, Idiot!«, fährt ihn mit hochrotem Kopf sein Nachbar an, dem er bei seiner spontanen Gefühlswallung ganz leicht in die Seite gestoßen hat. Während Enno eine Entschuldigung murmelt, nutzt ein mittelaltes Paar die Gelegenheit, sich an ihnen vorbeizuschieben, um zwei Meter in der Warteschlange wettzumachen.

»Papi, gibt es auf dem Schiff einen Pool?«, plärrt eines der wenigen Kinder hinter ihm.

»Aber klar, Süße, mehrere. Und einen gaaanz großen auf dem obersten Stock.«

Deck, denkt Enno, es heißt Deck.

»Oh ja! Hat der auch eine Wasserrutsche?«

»Ganz bestimmt, Fee, eine gaaanz lange Rutsche!«

Oh ja, Fee, und von der wirst du gaaanz schnell ins offene Meer hinauskatapultiert.

»Au ja, Papi! Papi, wann kann ich da rein?«

»Gleich, Fee Lilly, gleich.«

»Ich will aber jetzt! Mami? Ich will jetzt! Mami, jetzt!«

Nach fünf Minuten mörderischem Geheul sieht Enno die tyrannische Fee gemeinsam mit dem hochroten »Idiot« und dem Dränglerpaar mit dem Gesicht nach unten bewegungslos im Pool treiben und stellt mit einem Anflug von Resignation fest, dass man scheinbar nicht aus seiner Haut kann, selbst wenn man diese eben erst gerettet hat. Du hast dir doch vorgenommen, erinnert er sich, dir von solchem Kleinklein und nervigen Mitmenschen keine Minute deiner kostbaren Lebenszeit mehr vermiesen zu lassen! Dummerweise ist es jedoch gerade das Kleinklein, das für gewöhnlich gaanz groß nervt.

Endlich nähern sie sich den Tafeln, hinter denen der eigentliche Check-in-Bereich beginnt. »Check-in für Suiten und Junior-Suiten« steht auf der rechten Tafel, auf der linken einfach »Check-in«, da man schlecht »Check-in für Plebs« schreiben kann. Wer aus dem Pulk wird sich in welche Schlange einreihen? Das Ratespiel ist ein schöner Zeitvertreib, und meistens liegt Enno richtig. Beim Damenduo von vorhin allerdings, getauft Harmony und Liberty, hat er sich gründlich verschätzt. Die halten doch tatsächlich Kurs auf die

Suiten. Wer hätte das gedacht? Er jedenfalls hätte das nicht gedacht. Donnerwetter, die mussten zu Geld gekommen sein!

»Bitte nach Ihnen.« Enno kramt in den Jackentaschen, lässt mehrere Mitreisende an sich vorbeiziehen. Es könnte ihm wurst sein, was Harmony und Liberty von ihm halten, aber aus einem ihm selbst ein wenig zwielichtig erscheinenden Grund zieht er es vor, sie im Dunkeln über seine Holzklasse zu lassen. Ehrlich gesagt, selbst die Holzklasse wird seinen Ruin bedeuten, wenn Bruder Boy nicht Wort hält. Ausgerechnet Boy! Unglücklicherweise besteht sein Sabbatjahr nicht nur aus arbeitsfreien, sondern auch stark gehaltsreduzierten Tagen – der bezahlte Teil muss später nachgearbeitet werden. Kerrin will in der Zeit zur Abwechslung Geld verdienen, doch Enno hat daran seine Zweifel. Es sei denn, sie hat vorsorglich den spröden Insulanern einen Liebestrank gebraut. Oder woher sollte der Quell des Kindersegens plötzlich sprudeln? Doch Kerrin hat ihm für diese seine Glückspassage auch ihr Erspartes gegeben, und das, obwohl er hart geblieben ist und darauf bestanden hat, alleine zu reisen. Nicht ohne sie zu reisen, wohlgemerkt, sondern alleine. Das ist ein Unterschied, von dem er inständig hofft, dass er ihn Kerrin begreiflich machen konnte. Er muss diese Reise alleine machen. So klar war selten etwas in seinem Leben.

Von Kerrins Ersparnissen hatte Enno gar nichts gewusst, und er hätte sie niemals angenommen, wenn nicht … wenn nicht diese Geschichte mit Inka herausgekommen wäre. Geradezu angefleht hat sie ihn, ihr Geld für die Reise zu nehmen, und am Ende hat er es wirklich beinahe ihr zuliebe genommen. Er brauchte keine Wiedergutmachung. Der Zorn und die Kränkung über Kerrins und Boys und in gewisser Weise auch Mutters Verrat waren wie ein Strohfeuer in Todesangst und Überlebensfreude aufgegangen.

»Bitte halten Sie Ihr Schiffsticket, Ausweisdokumente und Zahlungsmittel bereit«, steht auf den nächsten Tafeln. Hektisch kramt Enno in der Umhängetasche und überprüft zum gefühlt hundertsten Mal, ob er noch alle beisammen hat.

Ja, diese Reise mag ein Schnäppchen sein, zum Super-Last-Minute-Preis und in einer günstigen Glückskabine. Wobei Glück in diesem Fall bedeutet: Man kriegt, was übrig ist. Ein Schnäppchen verglichen mit dem, was eine Weltumrundung per Kreuzfahrtschiff normalerweise kostet, die für normale Menschen unter normalen Umständen unerschwinglich ist. Aber die Umstände waren eben nicht normal. Und jene Nachricht von Boy war der beste Beweis dafür, dass seine bisherige Welt kopf stand. Denn Boy hatte ihm aus Chile in die Klinik geschrieben: »Tu es, Bruder, Geld spielt keine Rolle. Trust me this time.« Und dies war der allerbeste Beweis: Er, Enno, hat es getan. Auf Boy und sein Versprechen vertraut. Ausgerechnet auf Boy.

Und nun steht er hier. Wenige Schritte entfernt von der Verwirklichung seines Traums. Oder, diese Möglichkeit überfällt ihn wie ein Anflug von Seekrankheit, einer aufgeblasenen Illusion.

Von hier an treibt Enno, ein Teilchen im stockend fließenden Strom der Menschen, unumkehrbar durch die Kurven der Absperrbänder und über die schmale Gangway in Richtung des offenen Mauls der Einstiegsluke. Steil ragt die Bordwand vor Enno empor, die aus dieser Perspektive nichts mehr hat von *Wohlfühlen* und *Plaisir*. Bilder fluten ihm durch den Kopf, Auswanderer in Schwarz-Weiß, ihre schäbigen Koffer und verängstigten Kinder umklammernd, und vergnügungsreisende Damen und Herren, die mit blasiertem Lächeln das Oberdeck eines unsinkbaren Schiffs in Besitz nehmen, dessen Name wir alle kennen.

Endlich an Deck! Nur wenige Sekunden hat sich Enno in seiner Kabine aufgehalten und steht als einer der Ersten an der Reling des Oberdecks, das hier schlicht und bescheiden *pure heaven* heißt. Enno lässt den Blick über die Dächer und Türme der Stadt schweifen, den Michel, den gezackten Eisberg der Elbphilharmonie, die Hafenkräne.

Nach und nach füllt sich das Deck. Die meisten seiner Mitpassagiere stehen in Paaren beisammen, in unterschiedlichen Posen trauter Zweisamkeit, die anderen bilden Grüppchen aus Familien oder Freunden, in wechselnden Formationen froher Gemeinschaft. Nur Enno steht alleine als unwirtliche Insel, fern der Küste mit ihren vorgelagerten geselligen Schären. Einige Menschen winken hoch oben an Deck, tief unten am Kai winken andere zurück. Enno hat niemanden zum Winken. Er hat Inge und Kerrin darum gebeten, ihn nicht nach Hamburg zu begleiten, vorschützend, er habe Angst vor Tränen aus unkontrollierbarem Abschiedsschmerz.

Auf einmal geht ein Ruck durch Enno, und er stellt sich vor, dass just in dem Moment behelmte Männer in orangefarbenen Schutzanzügen die Taue von den Pollern lösen, dicke Nabelschnüre, wie von unsichtbarer Hand in den Schiffsbauch gezogen. Sehen kann er es nicht von hier, doch er fühlt es in diesem Augenblick, als würden ihm selbst eine nach der anderen die Fesseln gekappt. »Leinen los!«, flüstert Enno.

Das tiefe, lang gezogene Tuten des Schiffshorns dringt in Ennos Brust, als wollte es ein Loch in ihn reißen, er presst eine Faust gegen die Rippen und hat wirklich Tränen in den Augen, Tränen unkontrollierbaren Glücks.

In majestätischem Tempo läuft die »Phoenix of the Seas« aus zur großen Fahrt. Ihr voran fährt, wie ein von Kinderhand aufgezogenes Spielzeugboot, ein Feuerschiff, das zu ihren Ehren aus vollen Rohren Fontänen sprüht. Zur Linken gleiten die Docks und Hafenanlagen vorbei, die Zelthallen der Musicalbühnen, zur Rechten das weiß-rote Museumsfrachtschiff »Cap San Diego« und die ehrwürdige »Rickmer Rickmers«, ein dreimastiges Segelschiff. Sie lassen die Landungsbrücken hinter sich mit ihren Buden und Lokalen, ihrem Gewimmel von Menschen und Hafenfähren, und die »Große Hafenrrrundfahrt!« der Ausrufer erklingt bald als fernes Echo.

»Große Freiheit«, dröhnt es an Deck aus den Lautsprechern, schon singen die Ersten laut mit. »Oh, große Freiheit, ich hab mich nach dir gesehnt. Du hast dich in mein Herz geträumt, es ist schön, dich wiederzusehn.«

Ah, denkt Enno, das musikalische Pendant zur Schrift an der Schiffswand. Das große Versprechen dieser Reise: Wohlfühlen und Freiheit. Aber ist das nicht ein Widerspruch in sich? Enno jedenfalls fühlt sich nicht wohl in diesem Augenblick. Kein bisschen wohl. Eher aufgewühlt wie das trübe Elbwasser, durch das sich der Bug der »Phoenix« schiebt, während sie aus dem Hafen auslaufen, die winkenden Menschen und das vergangene Leben hinter sich lassend, aufgewühlt, frei und von Freiheit berauscht. So berauscht, dass er jetzt sogar, Enno traut seinen eigenen Ohren nicht, in den aufkommenden Fahrtwind hinein mitgrölt: »Grohoße Freiheit, ich hab mich nach dir gesehnt ...«

Just in diesem Augenblick bricht Licht durch die aufreißende Wolkendecke, weiße Strahlen ergießen sich vom Himmel. Endlich, die Menschen am Ufer sind schon ganz klein, reißt auch Enno die Arme in die Luft. Und es ist tatsächlich er, der hoch oben an der Reling steht und singt, er, der allen und niemandem winkt, Enno Boysen, vierundfünfzig Jahre alt, vor Kurzem für beinahe tot erklärt. Und hier steht er. Lebendig und entschlossen zu leben, mit klarem Kopf und freiem Sinn, als hätte die Entfernung des Tumors, des Hirngespinsts, auch das viele Kopfzerbrechen kuriert.

Einen Moment denkt Enno an den Lotsen, der als einer der Letzten an Bord gegangen ist und nach erfolgreichem Lotsen als Erster das Schiff verlassen hat. Über eine Leiter ist er, unsichtbar für die Passagiere, auf ein kleines Boot umgestiegen. Ab jetzt müssen sie ohne Lotsen auskommen.

Enno wendet dem Hafen den Rücken und schaut nach vorne. Richtung Elbmündung, Richtung offene See. Diese Reise, dieses Jahr sind sein Geschenk. Ein Sabbatjahr, eine Auszeit, ein Trip zu sich selbst oder von sich weg, eine Passage ins Glück oder nach nirgendwo.

Enno lehnt sich über die Reling. Der Wind weht von See, das Jahr ist geschenkt, die Reise hat eben begonnen.

Ein Windstoß fährt in »La Fête Fortune« und wirbelt »Glückauf-Feier« und »Good Luck Party« durch die Lüfte. Inge schließt das Fenster, legt die Blätter mit dem Entwurf für die Einladung auf ihren Sekretär zurück, zückt den Zeichenstift und verteilt zackige Sterne und Sternchen übers Papier. Wenn der dicke, runde Geburtstag schon mit dem Kometengedöns zusammenfällt, sollte man auch etwas daraus machen, oder? Kater Ahab, der ihr und ihrem Stuhl schon eine Weile um die sechs Beine streicht, blickt sie einäugig an und schnurrt. Er findet das also auch. Beschwingt zeichnet Inge oben auf die Seite einen Stern mit langem Schweif: Komet »Fortune«, der große Unbekannte, der als Stargast zu ihrer Geburtstagsparty erwartet wird. Ahab springt Inge auf den Schoß. Der Stift schert aus und mit ihm der Kometenschweif, der in besoffenem Bogen über die Buchstaben zischt.

Inge scheucht den schwarzen Kater vom Schoß und schiebt den Einladungsentwurf beiseite. Sie wird sich mal etwas schlaumachen, was diese Kometensache angeht. Wie groß die Wahrscheinlichkeit auf dieser Welt ist, dass einem so ein Teil in die Sahnetorte kracht. Und ob danach noch etwas Brauchbares übrig bleibt. Von Welt und Torte. Inge holt ihr Notebook aus dem Schrank, ein Geschenk von Ilsebill. Ihre Freundin hat natürlich ein nagelneues. Wenn auch nicht in ihren Ansichten, so doch in Sachen Technik ist Frau Doktor immer up to date. Und wie wunderbar, dass man hier, im abgelegenen Inselhaus, das Wissen der Welt zur Verfügung haben kann!

Aus dem Kometeneintrag in Wikipedia lernt Inge, dass Kometen, die uns wie Feuerbälle erscheinen, aus Eis, Gas, Staub und Gestein bestehen und eher »schmutzigen Schneebällen« gleichen. In den sonnennahen Sphären ihrer für menschliches Ermessen unendlichen Umlaufbahn haben sie meist einen leuchtenden Schweif, der mehrere Hundert Millionen Kilometer lang sein kann – »meistens sind es aber nur einige zehn Millionen Kilometer«. Wenn man bedenkt, dass Komet ursprünglich »komētēs«, Haarstern, heißt, abgeleitet vom altgriechischen Wort für Haupthaar, Mähne, kann man sogar bei nur zehn Millionen Kilometern getrost von Langhaarigen sprechen, findet Inge. Ihr durch Ahab verhunzter (oder verkaterter) Komet ist eben einer mit besonders wilder Mähne. Dreadlocks oder so. Aber wie steht es nun um die Sicherheit der geburtstäglichen Festgesellschaft?

»Da Kometenkerne Durchmesser von 1 bis 100 Kilometern haben«, gibt der Wikipedia-Artikel dazu Auskunft, »wäre der Impakt eines Kometen mit der Erde nach aller Wahrscheinlichkeit eine globale Katastrophe, die auch Massenaussterben zur Folge haben kann.«

Oha. Schlechte Aussichten für die Sahnetorte. Andererseits bräuchte sie sich keine Sorgen mehr um die Rechnung zu machen. Sie könnte für das Festessen großzügig ordern und anschreiben lassen beim Inselkaufmann, dem knickrigen Feddersen, der sein Monopol schamlos ausnutzt. Pfennigfuchser Feddersen junior fügt Inge auf ihrer Einladungsliste hinzu. Das gebietet die Fairness, damit er selbst im Ernstfall noch etwas gehabt hat von seinen auf Pump gekauften Häppchen und Champagnerflaschen.

Weiter geht's: »Bislang ist kein Kometenimpakt in der Erdgeschichte gesichert bestätigt. Man nimmt an, dass kleinere Kometen oder Kometenbruchstücke geringe Spuren auf der Erde hinterlassen ...« Kein Kometenimpakt in der Erdgeschichte bestätigt – also alles nur Stoff fürs Hollywoodkino? Und dann ausgerechnet an ihrem Achtzigsten ein Einschlag? Das erscheint Inge doch ein bisschen zu viel der Ehre. Aber was hat man sich unter »geringe Spuren« eines Einschlags vorzustellen? Das kommt doch wohl sehr auf die Perspektive an. Ob man zum Beispiel ein Planet, die sibirische Tundra – hier wurden 1908 auf einem Gebiet von über zweitausend Quadratkilometern rund 60 Millionen Bäume wie Streichhölzer geknickt – oder eine nordfriesische Insel ist. Ein Kräterchen von ein paar Hundert Metern Durchmesser mag für die Erde eine erweiterte Pore sein, für Haus Tide dagegen ...

Inge vertieft sich aufs Neue in die Welt der Himmelskörper und lernt die Unterschiede zwischen Kometen, Asteroiden, Meteoroiden und Meteoren beziehungsweise Meteoriten kennen. Sonnenklar wird ihr das Ganze nicht, doch so viel versteht sie: Die Sonnenkönigin der Kurverwaltung und ihre Anhänger übertreiben maßlos, wenn sie den sicheren Untergang prophezeien.

»Schon in der Frühzeit erregten Kometen großes Interesse,

weil sie plötzlich auftauchen und sich völlig anders als andere Himmelskörper verhalten. Im Altertum und bis zum Mittelalter wurden sie deshalb häufig als Schicksalsboten oder Zeichen der Götter angesehen.« Nun ja, denkt Inge, plötzlich auftauchen und sich völlig anders als andere verhalten, das hat man hier nicht so gern, egal, ob es sich um Badegäste, Besuch aus dem Nachbarort oder dem All handelt.

Vielleicht sollte Inge ihre lieben Inselmitbewohner, um ein wenig Luft aus dem aufgeheizten Himmelszelt zu lassen, bei Gelegenheit über die Unterschiede zwischen Kometenimpakt und Meteorschauer aufklären? Mit dem Näherrücken des Sommers, so viel sieht sie kommen, wird ein Krieg der Sterne unter ihren Nachbarn ausbrechen. So ein norddeutsches Inselleben kann eintönig werden. Und anstatt sich langsam, aber sicher zu Tode zu langweilen, ließe sich mancher lieber in einem weltbewegenden Moment von himmlischen Gesteinsbrocken erschlagen. So kommt er vielleicht sogar einmal in die Zeitung. Einen Haken hat die Sache. Die Nachbarn können es dann auch nicht mehr lesen und sagen: »Sieh an, Petersens Ole, auf einen Schlag berühmt!«

Vom Notebook an ihren alten Sekretär zurückgekehrt, brütet Inge über der Einladung. Für sie, Inge Boysen, macht es keinen großen Unterschied. Ob mit oder ohne Kometeneinschlag, ihre Welt wird bald untergehen. Die Welt ihres kleinen, doch einzigen, unwiederholbaren Lebens. Aber was für einen Unterschied bedeutet es für Enno, Kerrin, Boy, Gesa, Berit ... alle noch so jung und voller Möglichkeiten. Selbst für die alte Ilse, die bestimmt noch hundert wird. Und erst für Karsten, Inka, Marten, Kaija, Stella! Für alle Menschen und Menschenkinder, die noch ein Leben vor sich haben.

Ein unbeschriebenes Blatt muss her für einen neuen Entwurf. »La Fête Fortune«, schreibt Inge aufs Neue, »Glückauf-

Feier«, »Good Luck Party«. Ihre letzte Party soll ein rauschendes Fest werden. Inge dreht den Zeichenstift zwischen den Fingern. Es wird Jubelpunsch, Scherzkekse und Sterntaler regnen. Alle sollen ihre Schürzen aufspannen und einfangen, was sie kriegen können an Glück, Gold und Gummibärchen. Ein *fortune teller*, eine Wahrsagerin, wird im eigens errichteten Himmelszelt sitzen und den Gästen nichts als Glück verheißen. Allerdings auf so treffende Weise, dass die Einzelnen daran glauben – und in diesem Glauben selbst etwas dafür tun, die Wünsche wahr werden zu lassen. Und wenn sie dann wahr geworden sind, wird man sagen: Siehst du, genau so hat sie es vorhergesagt!

Wer könnte diese Rolle übernehmen? Inge kaut auf dem Stift. Ilsebill? Bloß nicht, Ilse würde allen nichts als die platte Wahrheit ins Gesicht sagen. Walter Schlicker, deine Ehefrau soll wieder mehr Leidenschaft zeigen? Das Einfachste wäre, ihr einen anderen Ehemann zu besorgen. Lenalisa, deine Songs auf YouTube sind zu Megahits berufen? Vielleicht würden sie mehr als einmal aufgerufen, wenn du jeden zweiten Ton träfest.

Wahrsagerin Ilse Johansen wird beiseitegewischt, und als Inge das Fenster öffnet, um den Kopf durchzulüften, flattert eine Meise vom Fensterbrett. Tau glitzert an den Blättern des Fliederstrauchs, Inge streckt die Hand nach dem Zweig aus, leckt einen Tropfen vom Finger. Doch damit ist der Durst nicht gestillt.

Da liegt es vor ihr, das große Wasser. Von oben auf dem Deich, noch ein wenig nach Luft ringend, schaut Inge auf das Meer. Sie schafft es längst nicht mehr jeden Tag so wie früher, vor dem Schlaganfall oder was auch immer es war. Manchmal spielen die Beine nicht mit oder nur eins von beiden, womit man auch nicht weit kommt, oder der Schwindel im Kopf zwingt zur Umkehr. Heute hat sie es geschafft. Inge saugt alles auf: den Anblick, das Rauschen, den Geruch der See. In das Zwitschern der Austernfischer mischt sich Gänsegeschnatter. Der Winter ist überstanden.

Frühling auf ihrer Insel ist, wenn die gefiederten Wintergäste sich für die Rückreise hoch in den Norden sammeln. Wenn die Schafe wieder auf dem Deich grasen, umgeben von staksigen Lämmern. Frühling ist, wenn Wiesen und Deiche grün werden von Gänseschiss. Frühling ist, wenn die Inselärztin barfuß darüber hinwegschreitet.

Noch ist die hagere Gestalt, die sich auf dem Deich nähert, ein ganzes Stück entfernt, doch Inge würde ihren Gang kilometerweit erkennen. Zuerst flattert bei Ilses Anblick Freude in ihrer Brust auf. Im nächsten Moment erwägt Inge, die Flucht zu ergreifen, bevor sie Ilse brühwarm die Nummer mit der Wahrsagerin auftischt. Irgendwie hat es die Freundin immer schon fertiggebracht, dass sie ihr früher oder später alles, na ja, fast alles erzählt, auch wenn sie das gar nicht vorgehabt hat – während Ilse selbst sich ihr Leben lang in Friesennerz und Schweigen hüllt. Aber auch Ilse hat sie natürlich von Weitem längst erkannt.

Jetzt ist nur noch Freksens Schafherde zwischen ihnen, die auf der Deichkuppe grast. Die Herde teilt sich, während Ilse Johansen hindurchgeht. Mutterschafe und Lämmer weichen zur Seite. Tatsächlich, sie trägt keine Schuhe. Ihre nackten Füße scheinen weder unterkühlt noch schmutzig zu sein.

»Himmel, du bist ja ganz blass und verfroren!«, schmettert Ilse ihr zur Begrüßung entgegen. »Du holst dir noch den Tod.«

Wie gesagt, eine miserable Wahrsagerin, diese Ilse.

Heute ist endlich der Tag! Heute gehen Gesa, Marten und Kaija ins Watt. Kaija hat kaum geschlafen auf ihrer Luftmatratze im Spitzboden. Auch Marten hat sich herumgewälzt, aber das würde er natürlich nicht zugeben. Aufregend ist das, weil irgendwo auf dieser Strecke der Schatz im Wattboden liegt, den sie finden müssen, um Haus Tide zu retten. Mama darf es auf keinen Fall merken, aber sie beide werden sich gründlich umsehen.

Es ist ein strahlender Apriltag. Alle drei tragen Gummistiefel mit dicken Socken, einen Rucksack mit Proviant und Handtüchern. Gesa und Marten haben ihre Handys dabei und ein Fernglas. Auf den Inselwiesen grasen in großen Gruppen die zierlichen Ringelgänse, seltener ein paar dicke Graugänse. Marten und Kaija halten Ausschau nach Eiderenten, Säbelschnäblern und Alpenstrandläufern.

Am westlichen Ende der Insel erreichen sie hinter dem Deich den Einstieg ins Watt, steigen glitschige, grün bewachsene Stufen hinab, die bei Flut unter Wasser stehen. Zuerst kommt Schlickboden, in den man knöcheltief einsinkt, durchsetzt von Wasserpfützen voller Seegras. Früher wurden damit Matratzen gefüllt. Gesa erinnert sich aus Kindertagen an die unbequemen, dreiteiligen Dinger. War die mittlere Matratze durchgelegen, tauschte sie ihren Platz mit der oberen oder unteren, und alle wurden sie feucht von der salzigen Seeluft.

»Früher«, erzählt Gesa jetzt ihren Kindern, so wie es ihr einst ihre Mutter erzählt hat, »ging von Zeit zu Zeit ein Matratzenfüller mit Seegras durch die Dörfer.«

Die Flut steigt heute höher als in Gesas und in Inges Kindheit. »An dieser Stelle ging Ominge, als sie ein Kind war, bei Flut das Wasser bis hier.« Gesa hält die Hand vor Kaijas Brust. »Mir stand's als Kind schon bis zum Hals. Heute würden wir hier überspült.«

»Ja, und demnächst die ganze Insel«, sagt Marten, »wegen dem Klimascheiß.«

Später wird der Boden unter ihren Füßen fester, das Gehen leichter. Sie laufen über geriffelten Sand und durch flache Pfützen, von der letzten Flut hinterlassen. Der hellblaue Himmel, die dicken weißen Wolken spiegeln sich darin. Die Frühlingssonne taucht die Weite aus Luft, Wasser und Sand in ein überirdisches Licht, das einen hinauszieht, immer weiter hinaus auf den trocken gefallenen Meeresboden. Gesa kennt diesen Bann, dem nur das Wissen um das rückkehrende Wasser Einhalt gebietet. Oder ein vernünftiger Begleiter. Besser, man setzt sich ihm nicht allein aus, diesem Sog ins Licht, ins Nichts.

»Schaut mal.« Gesa zeigt auf dunkle Flecken im Sand. »Torf.«

Letzte Überreste kommen zum Vorschein von jahrtausendealtem Torf, der hier einst in Knochenarbeit abgebaut wurde, gestochen und eingeholt, gesiedet und gefiltert, um Salz zu gewinnen, das »weiße Gold«, das man heute für ein paar Cent aus dem Supermarkt holt. Mit dem Torf gruben sich die Marschenbewohner selbst den Boden unter den Füßen ab, so lange, bis ihr fruchtbares Land überflutet und unbewohnbar wurde.

Gesa, Marten und Kaija gehen auf dem endlosen Sandboden über frühere Wälder und Siedlungsgebiete hinweg. Nur wer davon weiß, entdeckt in parallel verlaufenden Rinnen die Überreste uralter Entwässerungsgräben, findet zwischen Muscheln und Tang braune Scherben, abgebrochene Ränder von Tontöpfen und Geschirr. Und dann, auf einmal ...

»Da ist es!«, ruft Marten, der den Boden mit dem Fernglas abgesucht hat, und läuft los. Gesa und Kaija folgen ihm.

Feine, rechteckige Linien sind in den Meeresboden gezeichnet. Nur wer danach gesucht hat, erkennt darin die Umrisse eines Hauses. Vor ihnen liegt die Blaupause einer versunkenen Warft, mit kreisrundem Brunnenloch, eckigem Kellerloch, beide auch bei Ebbe voll Wasser gelaufen. Über den Ort, wo einst Menschen am Tisch saßen, Eltern und Kinder in ihren Betten lagen, sind seit Jahrhunderten die Gezeiten hinweggegangen, haben die versunkenen Warften überspült und aufs Neue freigelegt. So kommen sie für ein paar Jahre zum Vorschein, die früheren Hausfundamente und Brunnen, bisweilen auch Krüge, Löffel und Münzen, bevor sie wieder verschwinden in mäandernden Prielen, unter wanderndem Sand. Dafür taucht an anderer Stelle etwas Neues auf.

Marten fotografiert jeden Zentimeter mit seinem Handy. Kaija starrt Löcher in den Wattboden.

»Kommt weiter!«, ruft Gesa. »Es ist noch ein Stück bis zur Hallig.«

Nun sind sie mitten im Watt, etwa gleich weit entfernt von Insel und Hallig. Man muss, um diese zu erreichen, einen großen Bogen laufen. Würde man den kürzesten Weg wählen, hieße es, einen tückischen Priel zu durchschwimmen, der bei Ebbe mit gefährlicher Strömung in die offene See hinauszieht. Auf dem sicheren Umweg gibt es nur einen flacheren Priel, den man durchwaten kann. Trockenen Fußes gelangt keiner zur Hallig.

Gesa nimmt ihr Handy, schaut auf Karte, Uhr und Kompass. Die Entfernungen sind mit bloßem Auge schwer einzuschätzen inmitten dieser riesigen Sandfläche, auf der sich in versprengten Wasserlachen die Sonne spiegelt. Sie ist den Weg oft und lange vor Smartphone-Zeiten gegangen, das erste Mal als Kind mit Inge und Ilse Johansen, die zu jeder Jahreszeit barfuß ins Watt ging, das sie wie ihre Arztkitteltasche kannte. Im Laufe der Jahre sind sie ein paar Mal leicht vom Weg abgekommen, wurden weit draußen schutzlos von Regenschauern, sogar Hagel überfallen, doch nur einmal ist es ihnen richtig mulmig geworden, als der Seenebel sie überraschte. Kurz vor demselben Priel war das, vor dem sie nun mit den Kindern steht, im schönsten Sonnenschein. Doch das kann sich jederzeit ändern.

»Ihr wartet noch!« Gesa zieht Jeans, Socken und Stiefel aus und geht als Erste durch den breiten Priel. Sie hat die Zeit gut abgepasst, das Wasser steht schon niedrig und wird auf dem Rückweg von der Hallig noch etwas weiter gefallen sein. Trotzdem reicht es ihr bis übers Knie, Kaija steht sicher mit den Oberschenkeln im eiskalten Wasser. Hoffentlich nicht mit der Unterhose. Gesa kehrt zu den Kindern zurück. »Jetzt alle zusammen«, sagt sie und an Kaija gewandt: »Oder soll ich dich tragen?«

»Spinnst du?!« Schon ist Kaija im Wasser und marschiert erhobenen Hauptes hindurch.

Auf der Hallig setzen sie sich als Erstes auf eine Bank, strecken die Beine von sich, packen Butterbrote und Thermosbecher aus. Noch steuert kein Ausflugsschiff das Ufer an und spuckt Touristen aus, die dreimal wöchentlich für ein, zwei Stunden das Inselchen heimsuchen, verloren um die paar Häuser und über die Wiesen streifen, bis sich schließlich alle vor dem einzigen Café wiederfinden, das gleich nach Ablegen des Bootes die Pforten schließt.

Auch das Halligmuseum ist geschlossen, ein Kapitänshaus von 1756 mit der Einrichtung der vergangenen Jahrhunderte, nicht viel älter als Haus Tide. Marten und Kaija standen schon mehrmals ehrfürchtig vor dem Wandkalender, einem Abreißkalender aus der Neuzeit. Das letzte Kalenderblatt zeigt den 13. Februar 1976. In der Nacht dieses zunächst sonnigen, stillen Februartages wütete eine schwere Sturmflut auf der Hallig, die selbst ihre Landunter erprobten Bewohner in Angst und Schrecken versetzte. Die Wellen überspülten die Warften, das Wasser drang bis in die Häuser, und die letzte Bewohnerin des Kapitänshauses starb mit siebenundneunzig Jahren am 14. Februar 1976. Nicht in den Wellen der Flut, doch am nächtlichen Grauen, sodass sich das Blatt vom 13. Februar für sie nicht mehr wendete.

Zurück auf ihrer Insel spülen Gesa, Marten und Kaija Schlick und Sand von den Gummistiefeln. Gesa blickt in die leuchtenden Augen ihrer Kinder.

»Aber ihr geht niemals, hört ihr, niemals alleine ins Watt!«

»Hast du das früher auch nicht gemacht?«, will Marten wissen.

»Nein.«

»Wirklich nicht?« Kaija schaut sie mit geröteten Wangen an.

»Nein!«

»Und Onkel Enno?«

Gesa lacht. »Ach was!«

»Tante Berit?«

Gesa zögert leicht. »Nein.«

»Onkel Boy?«

Gesa zögert lange. »Kann sein.«

»Aber wenn der durfte ...«

»Der durfte nicht.«

»Aber wenn der konnte ...«

»Das gilt nicht! Boy ist eben anders.«

Pah, schnaubt Marten hinter Gesas Rücken.

Yame! Der Kampf ist zu Ende. Jochen geht heute als Sieger vom Platz. Wenigstens, denkt er, sich vor seinem Gegner verneigend, wenigstens in dieser Sache. Ohne ihm ein Haar zu krümmen, doch durchschlagend und grundlegend hat Jochen ihn zu Fall gebracht. Man muss vor allem schnell sein, Hand und Fuß schneller als Herz und Hirn. Doch es geht im Karate nicht ums Siegen, ruft Jochen sich in Erinnerung, als er nach dem Training Jeans und T-Shirt anzieht. »Oberstes Ziel in der Kunst des Karate ist weder Sieg noch Niederlage, sondern liegt in der Vervollkommnung des Charakters des Ausübenden.« Dass er sich über den kleinen Sieg so freut (diesen arroganten Hartmut konnte er noch nie leiden), beweist nur, dass er in dieser Hinsicht noch einen langen Weg vor sich hat. Ein hastiger Blick auf die Uhr verrät ihm, dass er sich sputen muss, wenn er rechtzeitig an der Fähre sein will. Und das will er. Noch kein Mal hat er Marten und Kaija warten lassen. Die beiden können verdammt noch mal nichts dafür.

Auf der Autobahn dreht Jochen das Radio auf. Ein langer Tag war das heute. So wie jeder Sonntag in diesem Jahr, seit er unter der Woche alleinerziehender Vater zweier Schulkinder ist. In seinem Job hat er werktags die Stunden runtergefahren und zum Ausgleich die Wochenenden übernommen, die Kollegen im Heim lieben ihn seitdem dermaßen. Kein Wunder, am Wochenende, ohne Schule und meist auch ohne Besuch und Familie, sind die verhaltensauffälligen, früher »schwer erziehbar« genannten Jungs besonders anstrengend. An Erziehen ist dann gar nicht zu denken. Man ist froh, wenn Montagmorgen alle noch am Leben sind und keiner das Dach überm Kopf abgefackelt hat.

Jochen greift in die Tüte auf dem Beifahrersitz, öffnet mit einer Hand die Styroporpackung und beißt in den Hamburger. Und zwar XL. Dazu ein Schluck Cola. Und zwar nix mit Zero. Hätte er nie gemacht, solange Gesa noch neben ihm saß. Aber er ist nun mal ständig hungrig, nimmt trotzdem nicht zu, gewinnt einen Kampf nach dem anderen. Sie scheint ihm also zu bekommen, die neue Ehediät. Was ist denn das für ein Vollidiot vor ihm? Na, warte!

Puh, das war knapp! Mit zitternden Fingern zündet sich Jochen eine Zigarette an, beim zweiten Mal klappt es. Fragt sich, wer hier der Vollidiot ist. Nein, keine Frage, Jochen Boysen-Mohr. Ich seh hier nur einen. Am Ende liegst du im Straßengraben, für nichts und wieder nichts, während deine Kinder im Hafen vergeblich auf ihren Vater warten. Man sollte ihm die Gürtel wieder abnehmen, ihn ganz von vorne anfangen lassen, bei Weiß wie allererster Anfang. Was ist schon ein besiegter Hartmut gegen den inneren Schweinehund in all seinen Gestalten. Hass, Gier, Zorn, Hochmut, Neid, Eifersucht … Und dann soll man Vorbild sein, für die eigenen Kinder und ebenso für die von Vater Staat in Obhut gegebenen Jungs. Um ein Haar wäre er selbst einer von denen geworden. Als er endlich stark genug war, verriegelte Türen einzutreten und zurückzuschlagen.

Den Schlüssel zur Abstellkammer zu entsorgen, in der er endlose finstere Stunden verbracht hat, war so ziemlich das Erste, was er nach dem Tod seines Vaters getan hat. Immerhin konnte er seitdem U-Bahn und Aufzug fahren, ohne in Panik zu geraten, und selbst Autofahren fiel ihm plötzlich leichter. Einen Augenblick sieht Jochen die Straße nur noch verschwommen, bevor er, als es wie aus dem Nichts zu schütten beginnt, die Scheibenwischer einschaltet. Von wegen, Karate hilft ihm, seine Emotionen zu kanalisieren. Der Meister hat ihn für seine Fortschritte gelobt, aber der Meister sitzt nicht im Auto, wenn er sonntags seine Kinder abholen fährt. Ganz zu schweigen von den Freitagen, wenn er sie abliefert und allein zurückrast.

Die Fähre ist in Sicht, hat aber noch nicht angelegt. Schade, heute hat er das Fernglas nicht dabei, mit dem er sonst nach zwei ganz bestimmten Kinderköpfen Ausschau hält. Die Kindsköpfe, einer blond, einer braun, tun dasselbe oben an Deck. Und dann winken sie sich begeistert, noch bevor alle anderen einander erkennen.

Die Sonne ist herausgekommen, es regnet nur noch leicht. Im Wartehäuschen drängen sich ältere Paare, Familien, manche Gesichter kennt Jochen vom Sehen. In dem Kabuff ist es ihm zu eng. Lieber wartet er im Regen im Freien. Da fällt er ihm auf, der andere Mann, der auch lieber draußen steht, allein und etwas abseits, mit dem Rücken zum Hafenbecken. Nah an der Kante. Vielleicht auch ein Teilzeitvater, der auf seine Kinder wartet? Nein, der ist zu jung. Meine Güte, ist dieses Schiff heute langsam, das kann ja ewig dauern! Und das Feuerzeug liegt da hinten im Auto. Jochen geht hinüber zum Hafenbecken.

»Entschuldigung, haben Sie Feuer?«

Der Mann schaut auf, aus seinen Gedanken gerissen. »Leider nicht. Ich rauche nicht mehr.« Ein Lächeln umspielt seine Lippen. »Hab's aufgegeben, seit ich Vater geworden bin. Am Tag der Geburt.«

Am Tag der Geburt, klingt es nach in Jochens Gedanken, in der angenehmen Stimme des Unbekannten, tief und gleichzeitig sanft. Ein Stück weiter am Kai legt ein Ausflugsschiff an, Wellen klatschen dicht hinter ihnen an die Kaimauer.

»Hab ich damals auch gemacht, schon während der Schwangerschaft.« Jochen steckt die Zigarette ins Päckchen zurück, ist auch besser, er hat sein Limit für heute erreicht. Ein wenig erstaunt hört er sich fortfahren: »Meine Frau fand, man könnte meinen, ich wäre gleich mit schwanger geworden vor lauter Begeisterung. Na ja, ist ein paar Jahre her ... Und bei Ihnen?«

Eine Welle schwappt über die Mauer hinweg, Wasser sammelt sich in einer Pfütze hinter den Schuhen des jungen Mannes. Er steht wirklich ziemlich nah an der Kante.

»Ganz frisch. Vor drei Monaten. Dreieinhalb.«

Das Lächeln strahlt nun auch aus seinen Augen, lässt das ganze Gesicht leuchten. Kann auch bloß daran liegen, denkt Jochen, dass er so südländisch aussieht. Jetzt hätte er doch gern eine Zigarette.

»Dort auf der Insel.« Der Mann malt eine Linie in die Luft, zeigt auf die Silhouette am Horizont, lacht.

Achtung, denkt Jochen, noch ein Schritt zurück und ...

»In der Neujahrsnacht.« Ein Schatten fliegt über das Gesicht des Unbekannten. »Und ich war nicht dabei, weil doch dieser Schneesturm ...«

Jochen geht in die Knie, stützt sich mit den Handflächen auf die Hafenkante. Ein Gemisch aus Burger und Cola ergießt sich in das aufgewühlte Wasser ein paar Meter tiefer. Mit Mühe hält er das Gleichgewicht, um dem, was aus seinem Inneren hervorbricht, nicht hinterherzustürzen. Alles dreht sich, das Wasser, der im Wasser gespiegelte Himmel, das Bild des Mannes, der – eben noch leuchtend, lebendig – rücklings ins Hafenbecken stolpert, mit den Armen in der Luft rudert, im nächsten Moment im brackigen Wasser versinkt wie ein Sack voller Steine, sein Körper, sein Kopf, der Arm, zuletzt die sinnlos winkende Hand. Im Schnelldurchlauf spult sich die Szene in Jochens Kopf ab, sein eigener Arm, der nach vorne schnellt, die in die Luft gerissenen Arme des Mannes, sein freier Fall – bis der Film wackelt, stockt, reißt, als endlich die Stimme in sein Bewusstsein dringt.

»Was ... was ist mit Ihnen?«

Jochen setzt sich schwankend auf, ohne sich umzudrehen, spuckt aus, wischt mit dem Ärmel über den Mund.

»Kann ich Ihnen helfen?«

Die Stimme ertönt dicht hinter seinem Rücken. Die Stimme des jungen Mannes. Halt, denkt Jochen, noch ein Schritt vorwärts und ...

Jochen wendet sich um. »Verschwinden Sie!« Er starrt auf die ausgestreckte Hand, wortlos und so lange, bis der andere Mann vor ihm zurückweicht.

»Papa, Papa!« Kaija kommt auf ihn zugerannt, Marten schlendert mit Abstand hinter ihr her.

Er ist zur Stelle, gerade noch rechtzeitig, als die Fähre anlegt. Jochen nimmt beide in die Arme, Sohn links, Tochter rechts, drückt sie an seine Brust, in der es noch immer wummert, ein wenig fester als sonst vielleicht.

»Papa, wir haben Schweinswale gesehen! Kurz vor dem Hafen!« Das Fernglas baumelt um Kaijas Hals.

»Wirklich! Dann hattet ihr wohl gar keine Zeit heute, beim Einlaufen nach eurem Vater Ausschau zu halten?«

»Stimmt«, gibt Kaija kleinlaut zu. »Die Schweinswale waren so nah, und die sieht man so selten und ...« Sie steckt den Zeigefinger in den Mund, beißt auf den Fingernagel, wie immer, wenn sie angestrengt überlegt. Hat sie von Gesa.

»Alles gut, mein Seebär«, sagt Jochen. »Alles prima. Das habt ihr genau richtig gemacht!«

»Papa hat ja auch nicht nach uns geguckt.« Marten mustert Jochen von der Seite. »Oder siehst du irgendwo ein Fernglas?«

Martens Blick wandert an Jochen herab und bleibt an den dunklen Flecken hängen. Da, wo er im Waschraum der Toilette hastig die Ärmel ausgewaschen hat und der Stoff noch feucht ist. Bei der Erinnerung steigt der saure Geschmack wieder hoch, legt sich auf Zunge und Gaumen, füllt den Mund aus.

»Kommt, wir fahren nach Hause. Und an der nächsten Raste gibt's Burger und Cola für alle!«

»Geil!«, ruft Marten und hebt den Blick von Jochens Ärmeln.

»Echt?« Kaija schaut skeptisch. »Aber Mama hat gesagt ...«

Marten dreht sich langsam um die eigene Achse. »Siehst du hier irgendwo Mama?«

Das Gesicht des Mannes, der rücklings ins Nichts stürzt, verschwimmt und verschwindet. Jochen starrt an die Dachschräge über dem Bettsofa. Das Mondlicht wirft ein Gitter aus schwarzen Zweigen an die Wand.

Er geht durch die stille Wohnung, öffnet vorsichtig die Tür zum Kinderzimmer, Marten hat es nicht mehr so gern, wenn man unangemeldet hereinspaziert. Jochen lauscht auf das Atmen seines Sohnes, der verborgen hinter einer Art Zeltdach alleine im Etagenbett schläft, seit Kaija in das frühere Elternschlafzimmer gezogen ist. Gesa und er haben den großen Kleiderschrank abgebaut, Kaijas Kindermöbel hineingestellt, nur das Doppelbett wollte Kaija partout behalten. Eine Weile bleibt Jochen im Schlafzimmer vor dem Bett stehen, das er eines Nachts fluchtartig verlassen hat. Nun liegt seine kleine Tochter darin, diagonal wie meistens, verschwindet fast in dem riesigen Bett und sieht doch nicht verloren aus. Nicht zum ersten Mal hat Jochen das Gefühl, dass dieses kleine Wesen ihm Kraft gibt, auch wenn es eigentlich umgekehrt sein sollte.

Als er in seinem Zimmer das Licht anknipst, ist das Gitter der Schattenzweige verschwunden. Jochen setzt sich an den

Schreibtisch, im Rücken das Schlafsofa mit dem zerwühlten Bettzeug unter der Dachschräge. Er nimmt die Tuschfeder, taucht sie ins Tintenfass. Sorgfältig zeichnet er die japanischen Schriftzeichen. 四、先づ自己を知れ而して他を知れ. Mazu jiko o shire shikoshite hoka o shire. Erkenne zuerst dich selbst, dann den anderen.

Dieses Mal, für den Bruchteil einer Sekunde, war sein Hirn (und wer weiß, auch sein Herz?) schneller als Hand und Fuß. Der Bruchteil einer Sekunde, der dem Reflex Einhalt geboten hat. Ein Leichtes wäre es gewesen, den Jüngling mit exakt dem gleichen Schlag, mit dem er Hartmut zu Fall gebracht hat, ins Hafenbecken zu befördern. So schnell, dass es fast unsichtbar gewesen wäre. Und schwer zu beweisen. Er hätte einfach weitergehen können, als wäre nichts gewesen. Aber wäre er auch hier als Sieger vom Platz gegangen?

Jochen erinnert sich an den Schatten auf dem Gesicht dieses nun nicht mehr ganz Unbekannten. »Und ich war nicht dabei...« Stimmt, mein Junge. Er pustet leicht über die Tinte. Und du warst auch sonst bei verdammt vielem nicht dabei. Bist immer noch nicht so richtig dabei, oder? Es gibt auch kein neues Doppelbett in einer neuen Wohnung. Nur ein neues Kind... Jochen schaut im Lehrbuch nach, *Japanisch für Karateka*, vergleicht die Zeichen mit denen auf seinem Blatt und zerknüllt es. Erkenne zuerst dich selbst... Eins würde er wirklich gerne wissen: Ob der Kampf vorbei ist. Ob er sich endgültig geschlagen geben soll und zusehen, wie er mit Würde das Feld räumt.

Jochen klappt das Buch zu, nimmt ein neues Blatt Papier und fängt von vorne an. Bei Weiß wie allererster Anfang.

Die Möwen fressen ihm quasi aus der Hand. Kaum hat Matteo an Deck der Fähre sein Butterbrot ausgepackt, schießt eine fette Silbermöwe mit gelben Augen und Raubtierschnabel herab und lässt sich erwartungsvoll auf der Reling nieder. Er verscheucht sie. Gleich nimmt ein anderer Vogel ihren Platz ein, eine zierliche Lachmöwe, die aussieht, als hätte sie jemand mit dem Kopf in Schokoladensauce getaucht. Die braune Kopfbedeckung, das weiß er von Gesa, gehört in der Paarungszeit zu ihrem Prachtkleid. Lächelnd zieht Matteo die dunkle Kapuze seines Hoodie über den Kopf und wirft der Lachmöwe ein Stück Brot hin. »Seevögel bitte nicht füttern!« steht auf einem Schild ihm gegenüber. Im Zweifel kann er ja so tun, als ob er nix capito.

Im Dunst der Wolken, die sich über dem Meer gesammelt haben, taucht die Silhouette der Insel auf. Matteo erkennt den Leuchtturm, das Gebäude der Reederei, in dem Enno arbeitet. Gearbeitet hat. Eine Lagerhalle, ein paar Kräne, den Deich. Ein vertrauter Anblick, seit er zum Pendler geworden ist. Warum kann sie nicht endlich nach Hamburg zurückkehren und mit ihm und Stella zusammenleben? Wie andere Paare auch. Na schön, nicht ganz wie andere Paare. Da ist der Altersunterschied, um den Gesa anfallsweise ein großes Gewese macht, da sind ihre Kinder. Niemand behauptet, dass es einfach wäre. Aber kann die Liebe, wenn sie nur groß genug ist, nicht alle Hindernisse überwinden? Matteo blickt auf das sich nähernde Ufer der Insel. Und, ist sie es? Er wirft sein letztes Stück Brot über Bord.

Im kleinen Inselhafen angekommen, will Matteo loslaufen, als ihm das ältere Paar auffällt – Rucksäcke und Anoraks im Partnerlook –, das verloren herumsteht und in wechselnde Richtungen blickt. »Kann ich Ihnen helfen?«

Die beiden mustern ihn überrascht. Sie hätten gedacht, teilt die Frau mit, ihr Gastgeber komme sie abholen, doch nun sei niemand da von der Pension Stranddistel, und sie wüssten nicht weiter.

»Wir fragen jemanden«, brummt ihr Mann und zieht an ihrem Ärmel.

»Sie können zu Fuß gehen«, erklärt Matteo, »die Hafenstraße entlang, immer geradeaus bis zum Markt, an der Post rechts rein in den, warten Sie, Strönwai, und nach ein paar Metern sind Sie da, Pension Stranddistel, gleich neben dem Bäcker.«

Die beiden sehen ihn misstrauisch an. »Kennen Sie sich hier aus?«

»Nein«, sagt Matteo und lächelt, »hab ich mir eben alles ausgedacht.«

»Komm jetzt!« Der Mann hakt die Frau unter. Sie murmelt »danke«, und beide gehen davon.

Matteo macht sich auf den Weg. Das kennt er schon. Selbst wenn er nicht im Ruhrgebiet geboren wäre, sondern auf ebendieser friesischen Insel und reinstes Inselfriesisch spräche, würde man ihn fragen, wo er herkommt, also ursprünglich. Manchmal auch, wo er denn so gut Deutsch gelernt hat. Ja, sein vortreffliches Deutsch, liebe Mitbürgerinnen und Mitbürger, s-tammt aus Hamburch. Und ursprünglich? Ursprünglich aus Castrop-Rauxel – ein Wort, dessen Aussprache einem Sizilianer Hustenanfälle verursacht, weshalb seine Eltern nach ihrer Ankunft und seiner Geburt bald nach Hamburg zogen, wo es wenigstens einen Hafen gab. Na, also, da haben wir es doch – Sizilianer! Stimmt, seine Eltern stammen aus Syrakus, aber ist er deshalb ein Sizilianer? Da sollten sie mal seine sizilianische Verwandtschaft fragen. Für die ist er der Fischkopp schlechthin – kalt und stumm wie ein eingelegter Hering. Vital und temperamentvoll wie die

Gräten eines eingelegten Herings. Charmant wie die Gräten eines eingelegten Herings in der Kehle, die man beim Aussprechen des Wortes »Castrop-Rauxel« verschluckt hat. In la famiglia kommt er in der Gruppe – man ist dort immer in der Gruppe – gar nicht erst zu Wort. Mío dío, so schwerfällig und spröde! Er selbst würde sich als ausgeglichen und besonnen beschreiben. »Ich bin ein Deutscher, gefangen in einem italienischen Körper«, pflegt er bisweilen zu scherzen. Aber in Wahrheit ist es schlimmer. Er ist ein Norddeutscher in einem sizilianischen Körper. Sizilien aber liegt gleich vor Afrika – er könnte einer von diesen Flüchtlingen sein. Und dann anderen hier den Weg weisen wollen!

Doch, diesen Weg kennt er. »Chaussee der glücklichen Erwartung und duftenden Blütenträume« heißt er vom Hafen bis zum Haus und »Abschiedsgasse« vom Haus bis zum Hafen. Es ist ein langer Weg bis Haus Tide, trotzdem wird er heute eher da sein als erwartet, da er ausnahmsweise die frühere Fähre genommen hat. Er dachte, es würde ihm guttun, zu laufen, den Kopf auszulüften, bevor er es Gesa endlich sagen muss. Dass es nicht mehr lange so weitergeht.

»›Nein‹, hab ich gesagt«, erzählt Matteo, »›hab ich mir eben alles ausgedacht.‹«

Gesas Bauch, auf dem Matteos Hand liegt, vibriert vor Lachen, und Matteo scannt sein Gedächtnis nach weiteren Geschichten, damit das Vibrieren nicht so bald aufhört.

»Aber die beiden waren nichts gegen den seltsamen Typen, den ich vorher getroffen habe. Der fand mich offenbar so zum …«

»Komm«, sagt Gesa, »erzähl's mir später. Ich zeig dir was.«

Sie zieht ihn vom Bett hoch in diesem alten Haus, das Ohren hat, in dem sie sich in manchen Momenten wieder befangen fühlt wie mit siebzehn. Gesa führt Matteo hinaus durch den Garten und ein Stück inseleinwärts auf den Weg, den sie erst vor wenigen Tagen entdeckt hat, obwohl er nicht sehr weit hinter Haus Tide beginnt. Hundertmal muss sie im Laufe des Lebens an der dichten Hecke vorbeigelaufen sein, ohne die Stelle zu bemerken. Man kann die Zweige zur Seite schieben, hindurchsteigen, und auf der anderen Seite beginnt der Pfad. Er führt durch das Wäldchen hinter den Dünen, jenen abgelegenen, ungepflegten Teil des Wäldchens, in das sich keine Touristen und kaum Insulaner verirren. Es gibt dort nichts außer dornigen Sträuchern, Farnen und Spinnweben zwischen den Bäumen. Und jenes Märchenschloss.

Gesa bleibt stehen. »Da sind wir!«

Matteo sieht sich um, erwartungsvoll, ratlos. Auch sie ist zuerst achtlos vorbeigegangen. Man war so damit beschäftigt, heil durch das Gestrüpp zu kommen, dass man gar nicht daran dachte, den Kopf zu heben. Die Kinder, die sich das Baumhaus in die Äste gebaut hatten, waren sicher schon groß. So zugewachsen und verwittert, wie es aussah, saßen sie vielleicht in diesem Moment mit ihren eigenen Kindern beim Abendbrot, in einer Reihenhaussiedlung, irgendwo auf dem Festland. Während hier das Licht schräg durch die hellgrünen Blätter fällt und Gesa die erste Stufe der Leiter erklimmt.

»Vorsicht, die dritte und siebte sind morsch!«

Das mit Moos und Ranken bewachsene Holzhaus sieht im Inneren einladend aus. In der Mitte liegt eine Luftmatratze mit Decken, auf dem Boden stehen Windlichter, Flaschen und Gläser. Gesa lächelt über Matteos erstauntes Gesicht. Eine Weile sitzen sie da, lauschen dem Wind und dem Vogelgezwitscher.

Im selben Moment, als Matteo sich vorbeugt, um sie zu küssen, sagt Gesa: »Erzähl die Geschichte.«

Er schaut sie fragend an.

»Wie es dazu kam, dass es dich gibt.«

»Bene.« Matteo räuspert sich. »C'era una volta ... Es war einmal in einem kleinen Dorf in den Bergen. Ein verschlafenes Dorf am Fuße des Ätna, in welchem noch die alten Sitten und Gebräuche herrschten. Ein Mann und eine Frau lagen abends im Bett.«

»Waren sie verheiratet?«

»Selbstverständlich.«

»Miteinander?«

Matteo legt Gesa den Zeigefinger auf die Lippen. »Allora. Sie lagen also im Bett, der Mond schien durchs Fenster.«

»Wie lagen sie?«

Matteo legt sich rücklings auf die Luftmatratze, zieht Gesa neben sich. Gesa liegt still, ohne sich zu bewegen. »So?«

»Nein. Es war eine heiße Sommernacht.« Er beginnt Gesa auszuziehen, gemächlich, largo, larghetto, während ihr Puls von allegro zu vivace übergeht. »Mitte August.«

»Sternschnuppenzeit.« Gesa knöpft Matteos Hemd auf, zwingt sich, den Genuss ebenfalls Knopf für Knopf hinauszuzögern, ritardando, ritenuto. »Der Ätna glühte und rauchte nebenan.«

»Die Frau war die schönste und feurigste des Dorfes, was sag ich, der Provinz, ganz Siziliens.« Matteo öffnet die Häkchen in Gesas Rücken, streift den BH ab, schaut. »Des Königreichs beider Sizilien.«

»Der Mond vor dem Fenster«, Gesa lässt ihre Hand über seine Brust, seinen Bauch abwärts wandern, »war errötet und hatte sich hinter einer Wolke verborgen.«

»Die Zikaden sangen«, flüstert Matteo, »das Bambino seufzte im Schlaf.«

»Sie hatten ein Baby?«

»Eins? Sie hatten fünf Kinder, fünf! Und dieses Bambino, ihr fünftes und jüngstes, schlief in einem Stofftuch, das an Seilen über dem Ehebett hing. Damit es auch schön weiterschlief, ließ sich das Tuch mit einer Schnur schaukeln.«

»Wenn man eine Hand frei hat«, sagt Gesa, deren Hand nicht mehr wandert.

»Vero.« Matteos Atem geht schneller, accelerando, stringendo. »Und das hatten sie nicht.«

Das Baumhaus knarzt und wispert im auffrischenden Abendwind. Ihre Bewegungen sind wie Wellen, die bei Flut den Strand Stück für Stück zurückerobern.

»Weiter«, sagt Gesa. Matteos Gesicht ist ganz nah, Schweißtropfen auf seiner Stirn, die Pupillen groß und schwarz. »Bitte weiter.«

»Va bene.« Matteo holt tief Luft. »Die beiden gaben sich ihrer Umarmung hin, als über ihnen ihr Baby in der Tuchwiege zu schreien begann. Die Frau griff blindlings nach der Schnur. Sie schaukelte mit der einen Hand das Tuch und hielt sich mit der anderen am Rücken des Mannes fest. Augenblicklich war es still.«

»So still«, flüstert Gesa, als auch sie beide einen Augenblick innehalten, »dass sich der errötete Mond hinter seiner Wolke hervorwagte und die Perseiden am Himmel knisterten.«

Plötzlich, mit heftigem Schub, setzen die Wellen wieder ein, die Luftmatratze unter ihnen schwankt.

»Dann ertönte das Babygeschrei umso lauter. Doch es gab kein Zurück.«

Gesa spürt, während Matteo spricht, seinen Atem in ihrem Ohr, ein und aus, ein und aus, presto, prestissimo.

»Sein Rücken bebte, ihre eine Hand trommelte darauf, die andere zog schneller und schneller an der Schnur, die das Tuch schaukelte.«

»Der Mond wurde rot wie ein ... etna rosso«, Gesa packt Matteo an den Haaren, »und schwankte am Himmel wie der ... Rotwein im Glas, als der Mann die Frau zum ersten Mal sah.«

Die Wellen, die mit hoher Brandung ans Ufer drängen, kippen am Flutsaum und haben den Strand fast ganz überspült.

»Das Tuch überschlug sich. Das Baby fiel in ... hohem Bogen auf den Rücken seines Vaters, sodass dieser ... bereits in voller Fahrt, die Notbremse nicht mehr ziehen konnte.« Salzige Tropfen fallen von Matteos Stirn auf Gesas Gesicht.

Stückchen für Stückchen, so wie sie gekommen sind, geben die Wellen den Strand wieder frei.

»Und so geschah es«, sagt Matteo nach langer Stille mit seiner gewohnten ruhigen Stimme, »dass zu dem Baby auf Großvaters Rücken ein weiteres in Großmutters Bauch sich gesellte, obwohl doch das fünfte, dieser Schreihals – mein Onkel Ernesto –, das letzte, wirklich allerletzte Kind hätte sein sollen. Du siehst, mit einer sizilianischen Wiege ist nicht zu spaßen.«

Es ist dunkel geworden im Baumhaus, das letzte Windlicht heruntergebrannt, ein blassroter Streifen verkriecht sich hinter den Horizont. Mit der Dämmerung steigt Kälte vom Waldboden, weht vom Meer durch die Kiefern. Nach einem Blick auf die Uhr fährt Gesa hoch – wahrscheinlich ist Stella längst wach, vielleicht hungrig. Mama erwartet jeden Moment ihre Rückkehr. Sie sucht ihre Kleider zusammen, verheddert sich in Hosenbeinen und Ärmeln. Eben noch war das Dasein ein langer Atemzug, ein Tauchgang, eine Zeit ohne Zeiger. Der Weg in das Baumhaus war hinter ihnen verwachsen, die Brotkrumen aufgepickt, ihre Spuren verweht. Nun, mit einem kühlen Windstoß, sind Vergangenheit und Zukunft zurück, nehmen die Gegenwart in ihre Mitte und führen sie fort.

Es knackt und raschelt im Unterholz. Gesa verfängt sich in einer Dornenranke, stolpert über eine Baumwurzel. Matteo, der mit ihr Schritt zu halten versucht, kann sie gerade noch auffangen. Endlich wird es heller, als sie wieder auf den Pfad ins Freie gelangen. Matteo steht noch vor der Hecke, Gesa ist schon durchgeschlüpft und rennt los auf der anderen Seite.

Schon auf dem Gartenweg vor Haus Tide schallt Gesa Babygeschrei entgegen. Sie sprintet die letzten Meter, reißt die Haustür auf. In der Diele prallt sie mit Kerrin zusammen, die den Mantel auszieht.

»Wo kommst du denn her?« Kerrin nimmt Gesa in Augenschein, die Ranken in ihrem Haar, die Kratzer im Gesicht.

Sie steht Gesa im Weg, packt in aller Ruhe ihre Tasche aus, Kuchen, eine Flasche Sekt. »Also *ich* hatte einen schönen Sonntag, von vorne bis hinten.«

»Ach ja?« Gesa lächelt. »Und *ich* hatte einen schönen Sonntag von vorne *und* hinten.«

Obwohl Inge bereits eine halbe Stunde mit der weinenden Stella auf dem Arm durchs Haus spaziert war, konnte sie ihrer Tochter nicht böse sein. Glücklich, wer noch die Zeit vergessen kann! Diesen Luxus kann sich Inge nicht mehr erlauben. In ihrem Zimmer stapeln sich Reiseprospekte. Noch einmal wie früher mit Willem in die Berge oder lieber in den Süden? Oder an einen Ort, den sie noch nie gesehen hat und nie mehr sehen wird, wenn nicht jetzt? Kanada, Kuba, das Rote Meer?

Inge blättert durch die bunten Bilder, legt den Prospekt zur Seite. Das schafft sie nicht mehr, schon gar nicht alleine.

Vielleicht würde Berit sie begleiten? Oder Ilse? Nein, Ilsebill bestimmt nicht, die ist ja praktisch von Geburt an mit der Insel verwachsen. Auch in ihr selbst streitet das Fernweh, das sie jedes Frühjahr überkommt, gerade besonders vehement mit dem Wunsch, auf ihrer Insel nichts zu versäumen. Keine Frühjahrsflut, keinen Herbststurm, keine Heckenrose, kein Heideblühen, nicht den kleinsten Schafshuster und Möwenschiss. Inge stopft die Prospekte in den Papierkorb.

Vor der Buchvitrine in der Stube überfällt Inge die gleiche Frage. Noch einmal ihre alten Lieblingsbücher lesen, die bei jeder Lektüre neue Seiten offenbaren, oder lieber einen druckfrischen Roman von einem jungen Menschen, durch dessen Sicht die Welt so anders erscheint als diejenige, in der sie selbst lebt? Oder eines der Bücher aus ihrem Notizheft, eine endlose Reihe von Titeln, die sie schon immer lesen wollte und nie mehr lesen wird, wenn nicht jetzt! Ohne ein Buch herauszunehmen, lässt sich Inge auf den Sessel am Fenster fallen. Wehmütig erinnert sie sich an die wahllose und wahllos glücklich machende Lektüre früherer Zeiten. Einfach das nächstbeste Buch in die Finger nehmen, aufblättern, eintauchen und neue Menschen kennenlernen, in einer bisher unbekannten Welt zu Hause sein. Früher hieß es, zu entscheiden: Was zuerst und was später? Jetzt heißt es: Noch das eine oder lieber das andere?

Ein Buch jedenfalls will sie unbedingt noch lesen. Ein Buch, für das sie alle anderen beiseitelegen würde, die alten Lieblingsbücher, die neuen Jungmenschenbücher, die gesammelten Titel von ihrer Liste. Inge erhebt sich aus dem Sessel, ein wenig zu schnell, sodass ihr schwindlig wird. Jenseits des Fensters steht einen Augenblick der Birnbaum kopf, und ein schwarzer Kater huscht mit den Tatzen nach oben durch einen grasgrünen Himmel. Im nächsten Moment ist der Kater entschwunden, der Himmel am Platz, der Baum steht da, als wäre nie etwas gewesen.

Inge holt Berits Papierstapel vom Nachttisch, noch ist es ein dünner, leichter Stapel. Es muss schwer sein, an etwas dranzubleiben, Stunde um Stunde, Tag für Tag, von dem niemand weiß, ob es am Ende gelingt – und ob irgendjemand es haben will. Außer der alten Mutter. Und die kann ihrer Tochter schlecht sagen, leg mal einen Zahn zu beim Schreiben, weil deine Mutter es vielleicht nicht mehr lange macht. Berit lebte schon immer in ihrer eigenen Zeit, ihrer eigenen Welt.

Inge erinnert sich gut an den Tag, als ihre Jüngste von der Schule kam und beim Mittagessen fragte: »Mama, was ist ein Wolkenkuckucksheim?« Es stellte sich heraus, dass Berit auf dem Pausenhof eine Mitschülerin zu einer anderen über sich sagen hörte: »Die lebt doch im Wolkenkuckucksheim!« Zuerst hatte Berit die Vorstellung gefallen, denn in und über den Wolken konnte es ja nicht anders als himmlisch zugehen, und so ein Kuckuck, schon dem Klang seines Namens nach, musste ein großer Spaßvogel sein. Doch das hässliche Lachen der Mädchen passte nicht zu Berits Bild vom fröhlichen Federball im luftigen Wolkenheim. Abfällig hatte es geklungen, als stammte Berit von einem Ort, um den man besser einen großen Bogen macht. Und einen großen Bogen um Berit machten die beiden, als sie kichernd ins Schulgebäude gingen.

Inge hatte ihrer Tochter erklärt, dass man es über Leute sage, die auf dieser Welt mit dem Kopf in den Wolken gingen und nicht mit beiden Beinen auf der Erde standen. So wie die beiden Mitschülerinnen es gewiss taten mit ihren Plattfüßen und stämmigen Waden, nicht wahr?

»Du meinst, es heißt Spinner?«

Inge hatte genickt. »Aus Sicht der Plattfußindianer.«

Eine Weile war Berit gekränkt gewesen über ihr Wolkenkuckucksspinnertum, dann hatte sie es sich einverleibt, wie andere rote Haare haben oder Segelohren, mit denen man leider auch nicht durch die Lüfte segeln konnte, sondern sie bestenfalls auf Durchzug stellen für den Spott und die Gemeinheiten der Flachohrmenschen.

Inzwischen ist aus dem kleinen Spinner eine erwachsene Frau geworden. Eine, die schon immer gern etwas ausgesponnen und nun endlich den Mut gefunden hat für eine lange Geschichte. Inge rückt den Sessel ans Fenster und liest.

»Die **Insulaner** sind mit den Inseln verheiratet, mit allen Nebenwirkungen der Ehe wie Gewöhnung, Unachtsamkeit gegenüber dem Augenblick, aber auch voll zärtlicher Zuneigung, loyaler Liebe, unverbrüchlicher Treue. Daneben gibt es die Untreuen, die zeitweise Affären mit dem Festland führen oder sich endgültig von der Insel scheiden lassen. Schließlich sind da die als **Touristen** bekannten Liebhaber beiderlei Geschlechts, welche für die Inseln entbrennen, keinen Preis noch Weg scheuen, um bei ihnen zu sein – und sie verlassen, sobald es anfängt, ein bisschen ungemütlich zu werden. Wird es draußen frischer, kühlt auch die heiße Liebe der Inselliebhaber ab, die sich im sicheren Hafen ihres Festlandlebens mit der Aussicht auf den nächsten Sommer trösten. Auch unter den Liebhabern gibt es jedoch jene Leidenschaftlichen, die ihre Insel nicht nur bei Sonnenschein begehren, sondern ebenso im stürmischen Herbst und launischen Frühjahr. Die rettungslos Verliebten kommen im November. Solche Touristen schließen mit den Inseln den Bund fürs Leben, bleiben für immer und werden **Insulaner** (siehe oben).«

In das Rauschen von Wind und Wellen mischt sich monotones Wummern. Es scheint tief vom Meeresboden heraufzurollen – oder braut sich draußen ein Unwetter zusammen und rollt auf die Insel zu? Berit schließt alle Fenster von Haus Tide, doch sobald das letzte geschlossen ist, springt das erste hinter ihr wieder auf. Das Wummern und Dröhnen rückt näher, vertreibt Berit aus dem Haus und aus dem Schlaf. Sie erwacht in Berlin. In ihrer Wohnung, zwischen gepackten und halb gepackten Umzugskisten.

Stimmt, es ist Sonntag. Die Bässe aus dem Club gegenüber breiten sich, ebenfalls in Wellen, unter und über dem Asphalt aus, in den Straßen, im U-Bahn-Schacht. »Nachspiel« nennt sich das Spektakel, sonntags ab acht Uhr morgens, für alle Clubgänger, die noch nicht schlafen können, weil sie vor der Party zu viel von irgendwas eingepfiffen haben, um den Abpfiff zu ertragen, oder weil sie noch nicht den richtigen Kick oder Fick bekommen haben, um das Spiel ohne Nachspielzeit für beendet zu erklären und nach Hause ins Körbchen zu gehen.

Es ist noch kühl in ihrem Wohn-Ess-Arbeits-Zimmer, doch vom Ofenheizen hat Berit endgültig genug im April. Sie zieht ihre Strickjacke über den Pyjama, setzt sich an den Schreibtisch und versucht es mit einer Rückkehr auf ihre Insel. In ihren Roman. Berit liest die letzten Zeilen der letzten Nacht. Die Bässe dringen in die offenen Flanken unter dem Brustkorb, treiben sie hinaus auf den kleinen Balkon. Eine Brise weht den Partymüll der Nacht über die Bürgersteige, die Touristen, Hostelbewohner und Kampfradler sind in Scharen zurück, Passanten kurven wieder um Tische und Bänke vor den Spätis. Es ist Frühling in Berlin. Die frischen Blättchen der Straßenlinden flirren goldgrün im Morgenlicht. In die Zweige vor Berits Balkon hat sich eine Elster ein struppiges Nest gebaut.

Berit schließt die Balkontür, lässt den Frühling draußen und die Stadt Berlin, kehrt an ihrem Schreibtisch auf die abgelegene Insel, in den Winter zurück und versucht sie zu erinnern: das graue Meer und den Himmel, der tief über dem Deich hängt, über feuchten Wiesen, dem feinen Netz der Entwässerungsgräben, den Windrädern am Horizont. Dort, klein und schattenhaft, tauchen nun auch I. und G. auf, kommen näher, leise miteinander redend. Berit sperrt die Ohren auf, um ihre Stimmen, jedes ihrer Worte einzufangen. Ihre Anspannung beginnt sich zu lösen. Man kann nie wissen, ob der fliegende Teppich der Imagination wieder aufsteigt und trägt. Oder ob er den Geist aufgegeben hat und als nutzloser Lumpen am Boden liegt. Man kann nie sicher sein, ob der blaue Faden der Geschichte über Nacht nicht gerissen ist. Ob man noch verbunden ist, wieder anknüpfen kann.

»Als Johanna auf der Fähre in den Hafen der Insel einläuft, tritt mit einem Mal die Sonne aus dem Dunst, während sich der Kai mit seinen rostigen Känen, Ölpfützen und Fischkisten rasch einen goldenen Morgenmantel überwirft.«

Berits Finger schweben reglos über der Tastatur. Klingt das zu märchenhaft, zu romantisch? Doch vor allem muss sie »Johanna« im Roman durch einen anderen Namen ersetzen, sonst reißt ihr Johanna den Kopf ab. In diesem ihrem Kopf allerdings ist Johanna offenbar der einzig existierende Name. Wie könnte eine Frau, könnte diese Frau sonst heißen? Eine Frau mit tiefblauen Augen, entschlossenem Kinn, energischen Bewegungen, also komm schon, irgendein Name, es gibt Hunderte von Namen! Schweigen im Walde und unter der Hirnrinde. Fast so wie in der kopflosen Zeit, als in ihrer zusammengeschnurrten Welt alles und jedes auf den Namen Johanna hörte. Die Postbotin, der Kuli, das Kopfkissen ... Aber diese Zeit ist ja nun ein für alle Mal vorbei.

»Als Johanna in den Hafen einfährt, wirft die Sonne rasch einen goldenen Morgenmantel über rostige Kräne, Ölpfützen und Fischkisten.«

In Berlin ist die Sonne ein ganzes Stück durch den Vormittag gewandert, ihr Abglanz liegt auf Berits Gesicht, ihren lächelnd gespannten Mundwinkeln, den zugleich auf den Bildschirm gerichteten und in die Ferne blickenden Augen. Plötzlich halten ihre Finger im Lauf über die Tastatur inne. Berits Zunge klebt am Gaumen, der Magen fühlt sich flau an, wie ausgepumpt. Luftiger Schwindel kreist im Kopf und das Glück wie dickflüssiger Sirup durch die Adern.

Schicht für Schicht taucht Berit auf aus der flüssigen, unter dem Wasserspiegel der Wirklichkeit verborgenen Welt. Reglos sitzt sie da, noch immer lächelnd, bis ihr Blick auf die Zeitanzeige am Bildschirm fällt. Berit springt auf. Mit einem Ruck zieht sie sich ans Ufer, aufs Festland. Das Gewicht des Körpers ist wieder da, die Zeit, die Schwerkraft. Zwei Stunden sind vergangen! Gleich halb elf, und sie ist nicht einmal angezogen. Geschweige denn geduscht, gekämmt oder sonstwie präpariert für den Antritt zum Dienst.

Beim Zähneputzen kommt Berit eine Idee, wie es weitergehen könnte im Text. Sie wirft die Zahnbürste ins Becken. Auf halbem Weg zum Schreibtisch, zwischen Tür und Angel, mit Schaum vor dem Mund, muss Berit ihre Schritte gewaltsam stoppen. Hastig packt sie ihre Mappe mit dem Redemanuskript in die Tasche, wirft einen Apfel hinterher. Während sie die Wohnungstür hinter sich schließt, spürt sie das Reißen des blauen Fadens, als zöge man das Pflaster von einer offenen Wunde.

Vor dieser Pforte wollte Berit nie wieder stehen. Heute tritt sie dennoch ein weiteres Mal durch das Tor mit der Aufschrift »Tierhimmel«. Kaum hat Berit die Grünanlage betreten, muss sie niesen, vermutlich Birkenpollen. Sie wirft einen Blick auf den Lageplan, eilt über die geharkten Wege, vorbei an Grab- und Urnenfeldern, Kreuzen und Grablichtern. Es könnte beinahe ein gewöhnlicher Friedhof sein, nur dass die Gräber kleiner sind und die laut Friedhofswerbung »Lieblinge des Menschen« in der Regel nicht in Familiengruften liegen und zu Lebzeiten Namen wie Hasso, Flocke oder Flauschi trugen.

Das waren wenigstens Hunde, Katzen und Kaninchen. Sie dagegen muss als Trauerrednerin im Tierreich wieder ganz von vorne anfangen. Also fast. Nicht bei Plankton und Amöben, aber bei den ganz kleinen Fischen. Ja, es gab Leute, die ihre Guppys und Goldfische für Geld unter die Erde brachten, anstatt sie für lau in der Toilette hinunterzuspülen, wo sie wenigstens in ihrem Element waren. Gut, bei der heutigen Bestattung handelte es sich nicht um kleine Fische, sondern um zwei dieser absurd teuren bunten Karpfen, auch bekannt als Kois. Für die Trauerrednerin gilt dennoch: kleine Tiere, kleines Geld. Immerhin haben sie kein allergieauslösendes Fell, und es gibt keine Trauergemeinde, wie bei Hunden, Katzen und Pferden üblich. Tote Hunde wurden ihr seit dem Eklat mit dem Dobermann nicht mehr angeboten. Sie war halt nicht so eine Hundefreundin. Hunde jedoch waren nun mal die besten Freunde des Menschen und tote Hunde die besten Freunde der Tiertrauerredner. Ohne tote Hunde war tote Hose auf dem Konto. Doch zurück zu den Fischen. Die beiden entschlafenen Kois hörten auf die Namen ... nein, nicht Johanna! Wie hießen sie doch gleich?

Berit setzt sich auf eine Bank, zieht ihr Redemanuskript aus der Tasche, blättert darin. Okay, hier ist der Steckbrief mit dem Foto der Verblichenen. Zwei wirklich bildhübsche Exemplare, muss Berit zugeben. Beide haben einen weißen Kopf und scharlachrote Wangen, rote Seitenflossen und einen blauen Rücken mit hellblau umrandeten Schuppen »wie Diamanten«, so steht es in ihrer Rede. Sie hieß Mizu, er Taki, beide Asagi, das war dann wohl der Familienname. Mizu hatte »lange Wimpern über den ausdrucksvollen Augen« und Taki hat seinen Freunden – nicht Besitzern, »ein Lebewesen kann ein anderes nicht besitzen, nicht wahr?«, so hatten es die vermutlich so einiges besitzenden Treuhänder der schweineteuren Kois ihr eingeschärft –, Taki also »hat seinen Freunden buchstäblich aus der Hand gefressen«. Moment, es handelt sich hier um Freunde. Berit streicht »gefressen« und schreibt »gegessen« darüber. Auch wenn die liebe Mizu und der teure Taki … Doch das durfte sie niemals, um keinen Preis in ihrer Rede erwähnen.

Herr M. hatte sie angerufen, als Frau M. aus dem Haus war. Er musste die Tragödie einfach mit jemandem teilen. Seine Frau litt bis heute an den Folgen.

»Es war am Sonntagmorgen«, hatte er mit belegter Stimme begonnen. »Ihr ist beim Füttern die Dose in den Teich gefallen. Offen, verstehen Sie?«

Berit hatte zum Ausdruck gebracht, dass sie verstand.

»Das Futter war weg, so schnell konnten Sie gar nicht gucken«, fuhr er fort.

War das ein Schluchzen am anderen Ende der Leitung? Sie war sich nicht sicher gewesen.

Im nächsten Moment klang er ganz nüchtern, als er erklärte: »Sie sind innerlich geplatzt.«

Dieses unappetitliche Bild hat Berit vor Augen, als sie kurz nach der Begrüßung des Ehepaars M. vor dem für zwei Fische erstaunlich großen Sarg steht. Dann erinnert sie sich, dass

Kois über zwanzig Kilo schwer und bis zu einen Meter lang werden können. Die Mahagonikiste ist mit einem Stück Brokat umwickelt, ein Vorschlag ihrerseits, der mit Begeisterung aufgenommen worden war.

»Koi, abgekürzt für Nishikigoi oder Brokatkarpfen«, eröffnet Berit ihre Rede, »sind aus einem ganz besonderen Stoff. Und das gilt umso mehr für Mizu und Taki Asagi.« Während sie in ihrer Rede fortfährt, ist Berit erleichtert, dass Herr und Frau M. nicht Schwarz tragen, sondern sich für leuchtende Blau- und Rottöne entschieden haben. Passend zu den Koischuppen, inklusive der Diamanten.

»… aus der Blüte ihres Lebens gerissen«, sagt Berit gegen Ende ihrer Rede, und ihre selbst gemachte Wortkonfitüre legt sich so klebrig an die Zähne, dass sie heftiger Durst überkommt. Unstillbarer Durst nach einem wahren Wort, einer aufrichtigen Rede. Doch wer will die schon hören an einem offenen Grab. Tatsächlich waren Mizu und Taki für Kois, die eine Lebenserwartung von bis zu sechzig Jahren haben, zum Zeitpunkt ihres Dahinscheidens mit ihren fünfundzwanzig und achtundzwanzig Jahren blutjung.

»Doch wollen wir deshalb keine Tränen vergießen!«, spricht Berit angesichts des umflorten Blicks von Frau M. »Denn Mizu und Taki Asagi werden gemeinsam, gleichsam Hand in Hand – äh, Flosse in Flosse – die Wasserfälle hinaufschwimmen und sich in Drachen verwandeln. In glücksbringende Drachen.«

Letzteres war leider nicht ihrer Fantasie entsprungen, sondern in alten Sagen nachzulesen – beziehungsweise in Wikipedia. Alte Sagen, Märchen oder Zitate von Konfuzius, Loriot, den Stones oder Lady Gaga kamen, je nach Zielgruppe, immer gut an. In diesem Fall hatte sie hier und da mithilfe von Schwager Jochen ein wenig Japanisch eingeflochten, im

Manuskript komplett mit entsprechenden Schriftzeichen. So was machte Eindruck und erhöhte das Trinkgeld.

»Hand in Hand«, sagt Frau M. verträumt. »Flosse in Flosse.«

Herr M. legt einen Arm um seine Frau und spricht Richtung Berit: »Mizu und Taki waren ein Pärchen!«

»Und, waren sie glücklich miteinander?«, rutscht es Berit heraus.

Die beiden scheinen ernsthaft darüber nachzudenken. So ernsthaft, dass ein Kribbeln in Berits Kehle aufsteigt. Mit aller Kraft versucht sie, es wegzudrücken, in ein Niesen zu verwandeln, ein Husten, das Verschlucken einer Brokatkarpfengräte, was auch immer. Vergebens. Das Lachen bahnt sich seinen Weg durch Berits Brust, ihren Hals, ihren Mund, gluckst und sprudelt so frisch und fröhlich aus ihrem Inneren, dass sie sich geradezu erquickt fühlt. Ein wenig erschöpft, doch wie neugeboren.

Die verwaisten Koi-Freunde scheinen ihr Vergnügen nicht zu teilen. Sie werden ihren Fauxpas der Agentur melden, man wird sie endgültig feuern. Sie sind entlassen!, hat Berit die Stimme ihrer Chefin im Ohr, als sie am S-Bahnhof aufs Rad umsteigt und nach Hause radelt. Sie tritt in die Pedale, lässt sich den Wind um die Ohren wehen, denkt an Haus Tide und die Insel, auf die jetzt die Zugvögel aus ihren Winterquartieren zurückkehren, um Kraft zu tanken für den Abflug gen Sommer. Vielleicht sollte sie es genauso machen. »Entlassen« ist genau das richtige Wort. Berit beginnt gegen den Fahrtwind zu singen. »Freedom is just another word for nothing left to lose ...«

Abrupt bremst sie ab, sieht sich um. War das nicht einer? Jetzt noch, im April? Berit fährt ein paar Meter zurück, und tatsächlich: In der Hecke hängt, zwischen frisch ausgetriebenen hellgrünen Blättern, ein dunkelgrüner wollener Fäustling. Etwas verfilzt vom Regen, selbst gestrickt und lange getragen. Und doch hier verloren, vergessen. Wo mag dein Bruder sein?, fragt Berit den Fäustling, macht ein Foto vom Fundort, steckt ihn in die Jackentasche und radelt los.

Zu Hause wird sie das Foto einstellen auf ihre Webseite *Hand & Schuh*. Jedes Mal hofft Berit, dass jemand den passenden Partner zu einem ihrer Fundstücke hat. Glückliche Wiedervereinigung in Sicht! Meist sind es aber Anfragen nach verlorenen Exemplaren, die leider nicht in einem ihrer Kartons liegen. Manchmal teilt ihr jemand mit, wie toll und zeitgemäß ihre Idee ist, und öfter, wie veraltet und überflüssig, wo man doch an jeder Ecke für ein paar Euro neue Handschuhe kriegen kann. Aber für diese Leute macht sie es ja nicht. Und vielleicht nicht einmal in erster Linie für die Menschen, die einen verlorenen Handschuh wiedergewinnen und sich darüber freuen. In erster Linie macht sie es für die Handschuhe.

Alles hatte mit einem dunkelblauen Fäustling begonnen. So ähnlich wie der von heute, nur dass jener blaue auf dem Bürgersteig lag und vor ihren Augen von einem Kinderwagen überrollt wurde. Also hob sie ihn auf und legte ihn, unübersehbar, auf einen Briefkasten. Damit hätte die Sache erledigt sein können, wäre Berit nicht kurz darauf über einen weiteren Handschuh gestolpert – einen dunkelblauen Fäustling. Dieses Exemplar lag in einer Pfütze. Handelte es sich bei den beiden womöglich um ein getrenntes Paar? Sie trug den zweiten Handschuh zum Briefkasten zurück, bettete ihn zu seinem verlorenen Partner. Dann fiel es ihr ins Auge: Beide hatten den Daumen rechts. Was blieb ihr übrig, als sie mit nach Hause zu nehmen? Von da an war sie für die Einsamen verantwortlich. Und die beiden waren erst der Anfang. Es ist erstaunlich, wie viele vereinzelte Handschuhe es gibt in dieser Stadt, wenn man erst mal angefangen hat, sie zu sehen. Berit hängte Zettel an Laternen und hatte schließlich die Idee mit der Webseite.

Johanna hatte, noch während sie begeistert von ihrer Idee erzählte, recherchiert, eine ähnliche Seite gefunden und ihr das Tablet unter die Nase gehalten. »Das gibt's schon.« Ja, auch diese Leute trugen einzelne Handschuhe nach Hause. Nach der Wäsche wurden aus verschiedenen Findlingen Paare kreativ gematcht, wie es dort hieß, mit einem Label versehen und für zwanzig bis dreißig Euro verkauft. Vielleicht eine gute Geschäftsidee, überlegte Johanna, das könnte man ausbauen, müsste es natürlich viel breiter kommunizieren.

Berit fand das nicht befriedigend. Es mochte besser sein, als wenn die Handschuhe im Müll landeten, aber die früheren Träger würden sie auf diese Weise selten zurückerhalten. Viele würden schlicht das Geld nicht haben. Und dann war der verlorene Schatz bereits umgetauft und ungefragt wiederverheiratet worden! »Du musst jetzt ganz tapfer sein«, hatte sie zu Johanna gesagt, »aber ich will keine Geschäftsidee. Ich möchte einfach, dass die Leute ihren verlorenen Handschuh zurückbekommen.« Vor allem wollte sie, dass die getrennten Paare wieder zusammenkamen. Aber das musste Johanna nicht wissen. Das würde sie bloß auf falsche Gedanken bringen.

Seitdem bewahrt Berit die Findlinge auf, verzeichnet Datum und Fundort und hat schon einige Streuner in die richtigen Hände zurückgegeben. Doch die beiden blauen Fäustlinge, Daumen rechts, liegen noch immer ganz unten im Karton.

Gestern kam diese seltene Nachricht: Jemand hatte einen Handschuh gefunden. »Vielleicht wird er vermisst? Foto anbei.« Ein dunkelblauer Fäustling. Daumen links. Sonst lässt sich Berit die Findlinge lieber schicken, aber diesmal – warum, weiß sie nicht – hat sie zur Übergabe ein Treffen vorgeschlagen.

»Überraschung!«

Berit fährt zusammen, das Redemanuskript verteilt sich über den Fußboden. Ihr Blick fällt auf einen gedeckten Tisch und das lachende Gesicht einer Frau, die mit der einen Hand eine Schüssel auf den Tisch stellt und mit der anderen eine Kerze anzündet. Gleichzeitig. Berit betrachtet den Tisch, die Schüsseln mit ihren tiereiweißfreien Lieblingsspeisen, die Blumen, Servietten und Kerzen und fühlt sich sehr müde. Sie weiß, es wird Freude erwartet, es wäre angemessen, dankbar zu sein, aber alles, was sie jetzt möchte, ist ein wenig schlafen, und zwar alleine, spazieren gehen, möglichst alleine, und mit aufgefülltem Energietank an den Schreibtisch und in ihre Geschichte zurückkehren, unbedingt alleine. Warum bloß hat sie Johanna die Schlüssel gegeben?

»Ich dachte, weil doch Sonntag ist und du arbeiten musst ...«

Johanna steht da, sieht sie immer noch lachend an. Sie trägt ein rotes Kleid mit weißen Punkten und Schleife am Dekolleté, das Berit nicht an ihr kennt und unter anderen Umständen reizend fände. Erst jetzt fällt Berit auf, dass es mucklig warm ist im Zimmer. Johanna hat den Ofen angeworfen, obwohl sie diese Arbeit hasst und selbst nie friert.

»Ich fange an, bevor alles kalt wird.« Johanna lässt sich auf den Stuhl fallen, häuft den Teller voll. Ihr Lachen ist verschwunden.

Berit setzt sich Johanna gegenüber, umfasst ihre Hände. »Liebste. Das Essen sieht köstlich aus, die Blumen sind wunderschön. Du übrigens auch.«

»Aber?«

»Aber ich habe dich darum gebeten, nicht unangemeldet hier einzudringen.«

»Einzudringen, du meine Güte.«

»Es ist meine Wohnung, meine Zeit, und ich möchte vorher gefragt werden.«

»Aber dann«, wendet Johanna mit vollem Mund ein, »ist es ja keine Überraschung.«

Nicht zum ersten Mal fühlt sich Berit als Spielverderberin. Doch auch nicht zum ersten Mal hat sie Johanna erklärt, warum es ihr ernst ist. Dass sie sehr gerne mit ihr zusammen ist, sich auch gerne von ihr überraschen lässt, aber nicht von unangemeldetem Besuch in ihren vier Wänden. Dass sie diesen Rückzugsort für sich braucht. Ob Johanna das versteht oder nicht, sie soll es bitte respektieren. Und nun kommt es immer häufiger vor, dieses Hereinplatzen. Das muss ein Ende haben.

»Gib mir bitte die Schlüssel.«

»Na endlich.« Mit feuchten Augen, in die ein Lächeln zurückkehrt, reicht ihr Johanna die Schüssel.

Berit stutzt, begreift, füllt ihren Teller. Mit einer heißen Süßkartoffel im Mund überkommt sie zum zweiten Mal an diesem Tag herzhaftes Lachen. Nur dass diesmal ihr Gegenüber, zunächst überrascht, bald lauthals einstimmt.

Aus dem Alleineschlafen ist auch nichts geworden. Wie so oft, seit Johanna und sie sich kennen, hat gemeinsames Gelächter sie ins Bett geführt. In ihrer Schlafkammer zum Hinterhof hat Johanna, ohne einen ihrer üblichen Kommentare, die Kartons mit den einzelnen Handschuhen umkurvt, die den Weg zwischen Schrank und Bett versperren. Doch sie wäre nicht Johanna, wenn man ihr nicht ansähe, dass sie sich eine Bemerkung verkneift. Bald darauf, als Johannas Lippen ihren Bauchnabel erreichen, schwirrt Berit die Frage durch den Kopf, ob sie eigentlich die Kerzen gelöscht haben und es nicht besser wäre, die noch offen auf dem Tisch stehenden Speisen in den Kühlschrank zu stellen. Etwa zwei Handbreit tiefer sind Kerzen und Kühlschrank vergessen.

»Äh, also, ich möchte dich etwas fragen«, sagt Johanna von unten herauf, während ihre Finger Berits Lippen spreizen. »Darf ich unangemeldet eindringen?«

»Tu's einfach«, stöhnt Berit. »Sonst ist es ja keine Überraschung.«

Während Johanna an diesem Sonntagnachmittag neben ihr schläft, mit verschwitztem Haar und geröteten Wangen, liegt Berit wach und grübelt. Beim Anblick von Johannas nackten Füßen, die unter der Decke hervorschauen, blitzt die Erinnerung an jenen Tag wieder auf wie die Lampen in Haus Tide, als mit einem Knall der Strom zurückkehrte.

Es war der erste Tag dieses Jahres. Ein unwirklicher, wahnwitziger Tag. Eingeschlossen vom Schneesturm hatten sie – Inge, Enno, Kerrin, Gesa, Jochen, Marten und Kaija, Inka und sie selbst – einen aufgekratzten Silvesterabend verbracht. Bei um das Haus heulendem Wind, steigender Sturmflut, flackerndem Kerzenschein saßen sie um eine lange Tafel voller Speisen, von Jochen und Kerrin in gemeinsamer Inbrunst zubereitet, während Enno, auf seinem ganz eigenen Trip, den aufgeräumten Gastgeber gab wie in einer Screwball-Komödie. Und alle schielten auf den leeren Stuhl, den Inge ans Kopfende gestellt hatte, den freien Platz für den unbekannten Gast. So hatten sie den letzten Abend des Jahres in einer Spirale der Trunkenheit verbracht, berauscht von Sekt und Rumtopf, gegorenen Früchten und unausgegorenen Gelüsten. In finsterer Nacht waren sie auf schwankendem Schiff über ein windgepeitschtes Meer getrieben, immer weiter hinaus in ein ungewisses Morgen.

Dann waren sie doch gekommen, zur Welt gekommen oder in diese zurückgekehrt: das Morgen, das neue Jahr, Gesas Baby, Kater Ahab und die Elektrizität, das Surren der Geräte, die Verbindungen zur Welt. Der Neujahrsmorgen hatte sie alle miteinander ans rettende Ufer gespült, angeschlagen, verwirrt, doch glücklich, überglücklich. Ein Tag, an dem sie alle am Leben waren.

Als Nächstes kamen die Sorgen zurück. Sorgen um die abwesenden Lieben, die sich zu ihnen auf den Weg gemacht hatten. Wo waren sie stecken geblieben oder gestrandet, Boy, Matteo, Johanna? Noch immer gab es keinen Handyempfang, der einzige Inselfunkmast war gebrochen. Der Neujahrstag war ihr, Berits, vierzigster Geburtstag, den sie in Berlin mit großer Party hatte feiern wollen, liebevoll vorbereitet von Johanna. Da sie nicht herunterkam von der Insel, hatte sich Johanna auf den Weg zu ihr gemacht.

Tatsächlich hatte sie einen der letzten Züge erwischt, die Silvester noch bis hoch an die Küste fuhren, in der Tat war sie, wie von Berit vorhergesehen, mit diesem Zug in einer Schneewehe stecken geblieben, und wahrhaftig hatte sie, anders als ihre Mitreisenden, die sich Karten spielend und Schnapsflaschen leerend ihrem Schicksal ergaben, den Zug in der Morgendämmerung verlassen und sich zu Fuß auf den Weg gemacht. Sie war lange umhergeirrt und hatte es schließlich geschafft, sich bis zum Fährhafen durchzuschlagen und die erste Fähre, die wieder fuhr, auf die Insel zu nehmen. Dort hatte sie in der Abenddämmerung des ersten Januar an das Fenster der Stube geklopft und »herzlichen Glückwunsch zum Geburtstag!« gerufen. Das Jahr war neu, doch Johanna ganz die alte. Nur ihr Gang hatte sich verändert. Nachts im Bett begriff Berit, warum. Dass letzten Endes nur Johannas Zehen erfroren waren, konnte als großes Wunder verbucht werden.

Da schauen sie unter der Bettdecke hervor, diese Zehen, die nun mitsamt der restlichen Johanna zu träumen scheinen, die lange taub waren und noch immer bei Kälte empfindlich schmerzen. Damals waren mehrere von ihnen blaurot verfärbt, zwei hatten Blasen gebildet. Doktor Johansen, Mutters Freundin und ihrer aller Inselärztin seit Kindertagen, hatte Salbe aufgetragen, ein Antibiotikum gegen Infektionsgefahr verordnet und der Patientin den Kopf gewaschen. Doch an der Art, wie Frau Doktor Johanna an den Lippen hing, als diese mit der Geschichte ihrer Irrfahrt herausrückte, hatte Berit gesehen, dass Ilse Johansen sie mit allem Enthusiasmus bewunderte, der einer eingeborenen Friesin zur Verfügung stand.

Und sie selbst? Sie selbst hat Johanna in jener Nacht die Schlüssel zu ihrer Wohnung gegeben.

Heute tut es ihr leid.

Doch wie kann sie die Schlüssel jemals zurückverlangen? Das wäre, als ob man einen Verlobungsring zurückforderte. Einen Liebesbrief. Als wären ihre süßen Zehen umsonst erfroren.

Ohne zu zögern, würde Johanna ihr die Schlüssel zu ihrer eigenen Wohnung geben und sagen, dort wäre jederzeit ein Platz für sie frei. Doch Berit braucht eine Wohnung für sich allein, um die Geschichte zu schreiben, die sie in der Zwischen-den-Jahren-Zeit auf der Insel begonnen hat und nun zu Ende bringen muss. Will. Will, wie sie niemals etwas gewollt hat. Täglich kämpft sie dafür um Raum und Zeit. Ihre kleine, unfeine, doch geliebte Wohnung wird saniert. Johanna findet das gut. Endlich Schluss mit der letzten Kohleheizung von Berlin und dem Klo auf halber Treppe. Endlich ein neues Bad, eine neue Küche, neue Fenster. Alles frisch und für Berit bald unbezahlbar. Unbezahlbar auch für ihren neunzigjährigen Nachbarn. Wenn sie Herrn Behringer im Treppenhaus traf, erstaunte es Berit, wie er es noch immer ohne Lift in den dritten Stock schaffte. Aber dann schaffte er es auch seit

Jahrzehnten und bis zum heutigen Tag, in Schulen oder bei Gedenkveranstaltungen zu sprechen, als einer der letzten lebenden Zeitzeugen des Holocaust, der noch ein Kind war, als man seine Freunde und Verwandten aus ebendiesen Häusern holte. Aus den Wohnungen, die jetzt hübsch gemacht werden für neue Generationen. Dass sie Herrn Behringer vor die Tür setzen – da immerhin sind Johanna und sie sich einig –, kommt keinesfalls infrage! Andererseits kann Johanna beim besten Willen nicht begreifen, warum Berit nicht zusieht, mehr Geld zu verdienen, um die sanierte Wohnung zu behalten. Warum sie sich nicht endlich eine Stelle sucht, die ihren Qualifikationen entspricht.

»Bei deinen Fähigkeiten«, hat Johanna ihr nicht zum ersten Mal vorgehalten. »Verschwendung ist das! Das bisschen Redenschreiberei und die Aushilfsjobs können doch keine Woche füllen. Andere haben einen Vollzeitjob, Kinder, alte Eltern, Haus und Garten ... Die haben wirklich keine Zeit!«

»Wir haben alle gleich viel Zeit«, hat Berit erwidert. »Wir nehmen sie uns nur für verschiedene Dinge.«

Zum Karrieremachen und Geldverdienen hat Berit keine Zeit. Denn die nimmt sie sich jetzt immer öfter für andere Dinge. Schreiben ist die Hölle. Das Paradies auf Erden. Und meistens einfach nur Arbeit. Vor allem, wenn sich am Ende alles lesen soll, als wäre es ein Leichtes gewesen. So viel weiß Berit bereits. Aber wer weiß denn, ob aus dem Geschreibe jemals etwas herauskommt? Etwas, das Bestand hat vor ihr selbst und der Welt? Vor einem winzigen Teil der Welt zumindest. Etwas, das jemals das Licht der Welt erblickt? Kurz und gut: ein Buch und nicht bloß ein Haufen Papier für den entsprechenden Korb. Solange Berit das nicht weiß, wird Johanna nichts von ihrem Roman erfahren, mag sie von ihr halten und denken, was sie möchte. Bisher hat Berit, unter

Schweigegebot, nur Mame davon erzählt. Irgendwie war es ihr wichtig erschienen, dass ihre Geschichte nicht eines Tages totgeboren aus dieser Welt verschwand, ohne dass irgendjemand danach fragte.

Berit setzt sich leise im Bett auf, da erklingt in ihrem Rücken ein Gähnen. Kaum hat sie ein Bein auf dem Boden, heißt es: »Wo willst du denn hin?«

Berit möchte aufstehen. Berit möchte ihr Buch schreiben. Aber für Johanna ist es Sonntag, Verschnauftag vor den Herausforderungen der neuen Woche, süße Müßiggangzeit für die Liebespaare dieser Stadt.

»Wie war denn die Erdbestattung für Fische?«, erkundigt sich Johanna, während sie mit rechts Avocadocreme aufs Brot schmiert und mit links im Sojajoghurt rührt.

»Happy End. Ich bin endgültig gefeuert!«

Zuerst findet auch Johanna das Märchen vom mutmaßlich glücklichen Koi-Paar amüsant. Aber nicht sehr lange. »Wenn du so weitermachst, wirst du unter der Brücke enden.« Sie lässt den Blick über die Umzugskartons schweifen. »Und das bei deinen ...«

»Fähigkeiten«, ergänzt Berit. »Vielleicht sind die ja erstens nicht so überragend und zweitens nicht so gefragt, wie du es dir gerne vorstellst.«

»Unsinn.« Johanna schnippt Krümel von der Tischplatte. »Du könntest jederzeit anfangen. Zum Beispiel bei uns in der Agentur. Ein paar Slogans texten, ein bisschen Kommunikation ...«

»Johanna, eure Agentur ist die Hölle. Alle Texte roh und in Häppchen, Sushi-style. Nebenbei skypen, twittern und chatten. Für mich immer schön eine Sache nach der anderen, erinnerst du dich? Ich kann ja nicht mal im Gehen essen oder telefonieren. Beim Abwaschen Hörbücher hören. Oder beim Sex an die Businesstermine von morgen denken.«

»Fang nicht wieder damit an! Das war nur, weil ich …«

»Oder beim Autofahren bügeln«, fährt Berit ungerührt fort, nimmt ein Stück Tomate von ihrem noch vollen, doch farblich sortierten Teller und schneidet das letzte Stückchen Stiel heraus. »Nacheinander und ganz oder gar nicht.«

Eine für ihre Verhältnisse erstaunlich lange Weile sitzt Johanna still und schaut Berit nachdenklich an. Dann läuft genau die Art von Strahlen über ihr Gesicht, vor dem Berit manchmal gerne eine Schutzbrille trüge.

»Okay, Prinzessin auf der Erbse. Ich bring's dir bei«, strahlt sie. »Wie man da draußen überlebt.«

Johanna macht es vor, ganz langsam und simpel, wie sie meint, und alles, was Berit tun muss, ist, es ihr nachzutun. Das kann ja nicht so schwer sein – »Multitasking für Anfänger«. Beginnen wir mit Kochen, heißt es, dann haben wir ganz nebenbei ein Abendessen. Berit unterlässt es einzuwenden, dass kein gemeinsames Abendessen vorgesehen ist (mittlerweile zieht es sie zum Schreibtisch wie den Pegeltrinker zur Flasche). Sie schält und schnibbelt Zwiebeln, Zucchini und Karotten, ihre Häuflein sind etwa halb so groß wie Johannas, die sie mit dem restlichen Grünzeug allein gelassen hat, und während auf dem Herd die Brühe mit dem Grünkern überkocht, klingelt ihr Handy.

»Geh schon ran!« Die Stimme kommt nebenan aus dem Flur.

Berit nimmt den Anruf entgegen.

»Auf kleiner Flamme quellen lassen«, dringt es in ihr Ohr. »Und jetzt weiterschnibbeln!«

Berit legt das Handy auf die Küchentheke und schnibbelt weiter.

»Und dabei mit mir telefonieren«, verlangt die Stimme von der Küchentheke.

»Au! Verfluchte Scheiße!«

Nachdem Berits Finger verpflastert und das Blut vom Messer gewaschen ist, stellt Johanna die Pfanne auf den Herd, gießt Öl hinein und überlegt.

»Okay, eine Lektion zurück.« Sie dreht am Radio. Berit zuckt zusammen, als es rauscht und knattert. Nach einigem Suchen findet Johanna einen Sender mit Nachrichten. »Da lernt man gleich noch etwas dabei.«

Am Ende der Sendung, als Berit sich nach wiederholten Blicken ins Kochbuch auf die richtige Dosierung der Gewürze konzentriert, schaltet Johanna aus.

»Und?«

»Und was?«

»Und was ist los in der Welt?«

»Akuter Mangel an Kräutern der Provence in der Provence?«, schlägt Berit vor. »Aber wenn ich es mal in Ruhe hören darf, erzähle ich dir hinterher alles. Du dagegen hast nur Schlagzeilen im Kopf, die Welt von heute in groben Zügen.«

Johanna muss zugeben, dass Berit, wenn sie etwas liest, hört oder sieht, sich an erstaunliche Details erinnern, das Ganze flugs in größere Zusammenhänge einordnen sowie auf originelle Weise interpretieren kann, wenn gewünscht. Das ist sicherlich bewundernswert, aber nicht im Sinne ihrer aktuellen Lektion. »Schlagzeilen und grobe Züge genügen in der Welt von heute.«

Sie hätte wissen müssen, dass die Propagierung grober Züge ein grober Fehler war. Natürlich folgte daraus ein längerer Disput, an dessen Ende in der Wohnung dicke Luft herrscht, der Boden übersät ist von den Hülsen ihrer Wortgefechte, über denen der Qualm versengter Illusionen und verkohlter Zwiebeln wabert.

»Unser schönes Abendessen!« Johanna schüttet die angebrannte Masse in die Toilette auf halber Treppe. »Wie in der Steinzeit«, hört Berit sie im Treppenhaus schimpfen, »gut, dass hier bald die Zivilisation einkehrt«, tönt es aus dem Flur, und schließlich, zurück in den Rauchschwaden der Küche, »jetzt brauchen wir nur noch einen Job für dich!«

Berit sagt nichts, schaut auf die Uhr. Es ist später Nachmittag, sie hat kein Wort geschrieben. Für morgen steht ihr anderer Höllenjob im Kalender. Müde fühlt sie sich mit einem Mal, todmüde. Ihr Blick bleibt auf dem Ziffernblatt der Küchenuhr hängen.

»Was ist, erwartest du jemanden?«

»Nein.«

»Hast du heute noch etwas Wichtiges vor?«

»Ja.«

»Darf ich erfahren, was?«

Schweigen.

Johanna beugt sich vor, streckt die Arme nach ihr aus, wie um sie zu schütteln, lässt sie sinken. »Du treibst mich zum Wahnsinn mit deiner Geheimniskrämerei!«

»Muss in der Familie liegen. Du solltest dich mit Kerrin unterhalten. Die dachte wochenlang, mein Bruder hätte eine Affäre. Dabei hatte er nur einen Tumor.«

»Wie beruhigend.« Als Berit auf ihren sarkastischen Ton nicht eingeht, wird Johanna blass. »Aber du – du hast doch nicht ...«

»Nein, alles in Ordnung bei mir«, sagt sie zu Johanna und murmelt dann, mehr zu sich selbst: »Aber wie eine Krankheit kommt's mir manchmal auch vor. So 'ne Art Infektion.«

»Du verrätst mir jetzt auf der Stelle, was los ist!«

Berit schaut Johanna tief in die Augen, und ihr scheint, als blitzte das eine vor Zorn, während das andere vor Angst und Trauer glänzt. »Bitte, Johanna. Mach dir keine Sorgen. Vertrau mir. Gib mir einfach etwas Zeit.«

»›Etwas‹ heißt das Zauberwort.«

Johanna steht auf, sucht ihre Sachen zusammen, zieht die Jacke über. Nach dem Abschiedskuss bleibt sie im Türrahmen stehen. »Bis wann?«

Der schnelle Aufbruch, der unerwartete Kuss haben Berit überrumpelt. Vor allem der Kuss. Es lag etwas Heißkaltes, beinahe Hartes darin, das sie an Johannas Zehen denken ließ, an den Zug, den sie im Morgengrauen verlassen, und den Weg im Schnee, den sie verloren und wiedergefunden hatte, an das Klopfen ihrer Knöchel ans Fenster.

»Bis wann?«

Und noch etwas war in dem Kuss. Etwas, das ihre Müdigkeit verfliegen lässt. Etwas, das sie von Kopf bis Fuß elektrisiert. Das sie beinahe dazu bringt, zu sagen: Verweile doch, du bist so schön.

»Bis wann?!«

Berit nennt den nächstbesten Termin, der ihr in den Sinn kommt. »Bis zum großen Fest. Der Doppelgeburtstag, du weißt schon«, fügt sie hinzu, bevor die Tür hinter Johanna ins Schloss fällt.

Allein in ihrer stillen Wohnung sitzt Berit am Schreibtisch, auf genau dem Platz, nach dem es sie den ganzen Tag verlangt hat. Doch kein Satz stellt sich ein, geschweige denn eine Szene, ein Dialog. Stumm verharren die Spieler vor einem Bühnenbild aus bemalter Pappe. Und alles, was Berit durch den Kopf kreist, ist: drei Monate Galgenfrist! Der Tag wird kommen, ehe du dich versiehst.

II

Himmelskörper, drei goldene Haare

»Glück ist das Gegenteil von Gewöhnung.«
Oder auch »Glück = besser als erwartet.«
Eckart von Hirschhausen

»Obwohl Kometen als spektakuläre Leuchterscheinungen
beobachtet werden, sind ihre Kerne die schwärzesten
Objekte des Sonnensystems.«
Wikipedia: Kometen

Oben auf dem Deich über Haus Tide bekommt Inge einen seltenen Vogel ins Visier: In ihrem Fernglas erscheint Sönke Sönksen, seines Zeichens Bürgermeister und Postbote der Insel und somit der inseleigene Schicksalsbote. Seit Jahren läuft er durchs Watt zur Hallig Westeroog, um beim Vogelwärterpaar nach dem Rechten zu sehen und ihre Post zu besorgen. Es sei erstaunlich, hat er in einem redseligen Moment erzählt, wie viel Post man schreibe und bekomme, wenn man allein auf einer Scheibe Gras und Schlick im Meer hause. Zweimal in der Woche geht Sönksen bei Ebbe die Strecke, das ganze Jahr, auch in Eis und Kälte. Im Sommer nimmt er gelegentlich Touristen mit auf die Tour. Sie müssen Schritt halten mit seinem flotten Tempo und barfuß gehen in kurzen Hosen. Dass sie sich vor und nach den Prielen Gummistiefel aus- und anziehen oder Hosenbeine ab- und anzippen und dergleichen, dafür hat Sönke Sönksen keine Zeit. Offenbar auch nicht für Schuhe und Schnürsenkel. Ihr Bürgermeister und Postbote läuft sommers wie winters, drinnen wie draußen barfuß. Wenn jedoch bürgermeisterliche Termine oder Feierlichkeiten formelle Kleidung erfordern, hält er sich an die Konvention. Dann geht er barfuß in Schlips und Anzug.

Inge wartet auf ihrer Bank zwischen den Schafen. Sie hat heute Lust auf ein Schwätzchen mit dem Schicksalsboten. Und er kann ihr nicht mehr ausweichen, ohne dass es auffiele. Weit und breit gibt es weder eine Abzweigung noch ein Versteck auf dem Deich.

»Moin, Moin«, sagt Inge.

»Moin.« Schon ist Sönksen mit Riesenschritten halb an ihr vorbei.

Schnell setzt sie hinzu: »Alles gut da draußen?«

Widerwillig bleibt er stehen. »Wie immer.«

»Und dort?« Inge nickt in Richtung Osteroog. »Alles noch lebendig?«

Inge weiß, dass sie sich die Neugier und Geschwätzigkeit nur erlauben kann, weil sie mit Sönkes Mutter Lore die Schulbank gedrückt und dieser die Aufsätze geschrieben hat. In Rechtschreibung und Grammatik war Lorchen eine Niete, dafür hat sie Inge unter der Hand die verhassten Handarbeiten abgenommen. Inge ist nicht sicher, ob Sönke über dieses Tauschgeschäft im Bilde ist, aber bei Lore hatte sie lebenslang einen Stein im Brett, und so was vererbt sich unter Insulanern.

Sönke Sönksen weiß natürlich, was mit der Frage nach dem »dort« und »lebendig« gemeint ist. Er scheint nur noch nicht zu wissen, ob er sie beantworten möchte. Auf der winzigen Hallig Osteroog haust seit Jahren von März bis Oktober ein Vogelwart, um die Vögel zu »warten«, das heißt zu zählen, zu beobachten und zu dokumentieren. Ansonsten wartet er vermutlich im Frühjahr auf den Sommer und im Sommer auf den Herbst, denn Osteroog ist nichts weiter als ein kleiner Haufen Sand weit draußen im Meer. Auf diesem Sandhaufen lebt der Vogelwart allein in einer Hütte auf Pfählen. Die Hütte hat weder Heizung noch fließendes Wasser, der Tank fasst einhundertfünfzig Liter Trinkwasser für einen Monat, nicht viel mehr als das, was Nicht-Vogelwarte im Durchschnitt pro Tag verbrauchen. Das Wasser des Vogelwarts ist zum Trinken und Kochen da. Statt eines Wasserklosetts gibt es eine Grube, Sand drauf und fertig. Einmal im Monat ist der große Tag, dann läuft der Vogelwart bei Ebbe hinüber zur Insel, um hier einzukaufen und – Highlight des Monats – zu duschen. Er duscht bei Bürgermeister Sönksen persönlich, manch einem Vogelwart musste dieser das Wasser auch persönlich wieder abdrehen. Der Weg nach Osteroog ist weit und die Zeit knapp bemessen, wenn der Vogelwart nicht auf dem Rückweg in der steigenden Flut ersaufen möchte. Steigt die Flut einmal höher, wird der Sandhaufen verschluckt, und nur die Pfahlhütte ragt aus dem Meer. Dann sitzt man, womöglich im Finstern und bei heulendem Sturm, da draußen in seiner Arche Noah, die nicht schwimmt, umgeben von Wassermassen. Immerhin, der Vogelwart von heute hat einen kleinen Stromgenerator, Funk, Radio und Handyempfang. Meistens. Aus Sönksens Sicht gibt es angesichts dieses Luxus keine Entschuldigung für das, was mit dem letzten und vorletzten Vogelwart passierte.

Der vorletzte hatte sich jahrelang im Natur- und Vogelschutz engagiert, schien ruhig und besonnen und für das Amt bestens geeignet. Nachdem er sich jedoch zum monatlichen Termin nicht auf der Insel hatte blicken lassen und mehrere Tage nicht auf Funk reagierte, fuhr Sönksen samt Begleiter im Boot zur Hallig, um nach dem Jungen zu sehen. Schon aus einiger Entfernung schlug ihnen mit dem Wind ein süßlich-fauliger Geruch entgegen. Sie waren auf das Schlimmste gefasst, jedoch nicht auf das, was sich ihnen beim Anlanden darbot. Die gesamte Hallig war mit toten Vögeln bedeckt, Vogelkadaver baumelten von den Pfählen der Hütte, Vogelleiber in unterschiedlichen Stadien der Verwesung, säuberlich aufgereiht und geordnet nach Art, Unterart und Größe, darunter zahllose Jungvögel. Über allem lag ein mörderischer Gestank. Sönksen und sein Begleiter fuhren zusammen. Von oben aus der Pfahlhütte wurden Schüsse abgefeuert, Vögel fielen wie Steine aus vollem Flug ins Wasser und auf den Sand, einer klatschte ihnen direkt vor die Füße. Lachen schallte aus der Hütte. Drinnen fanden sie einen verwahrlosten Mann, der ein ums andere Mal nach »Ruhe!« schrie.

Man nahm später an, dass der stille Vogelliebhaber verrückt geworden war vom unaufhörlichen Lärmen Tausender Vögel, die dort auf engstem Raum in Scharen lebten und brüteten und ihm Tag und Nacht die Ohren vollkreischten. »Eine Autobahn ist nichts dagegen«, musste selbst der hartgesottene Sönksen zugeben. Man kam überein, ein »hohes Maß an Lärmtoleranz« in die Jobanforderung aufzunehmen.

Der Nachfolger des Lärmopfers, ein physisch und psychisch robusterer Zeitgenosse, hatte mit dem Krach kein Problem. Und auch sonst mit rein gar nichts. Unbeschadet überstand er Brutzeiten, Sturmfluten und Funkstillen. Seine gute Laune schien unerschütterlich. Dumm war nur, dass er sich weigerte, im Oktober seinen Pfahlbau zu räumen und seinen Sandhaufen zu verlassen. Schließlich wurde er knapp vor dem ersten Herbststurm zwangsevakuiert. Auch hier musste Bürgermeister Sönksen ran, diesmal in Begleitung zweier Polizeibeamter. Es hätte den sicheren Tod des Mannes bedeutet, ihn im Winter allein da draußen zu lassen. Sönksen war überzeugt, dass genau dies dessen Absicht war: heroischer Abgang in der Vogelwarthütte. Tot aufgefunden mit gefrorenem Grinsen im Gesicht. Doch den Gefallen wollte er ihm nicht tun.

Und so kam es, dass in diesem Jahr zum ersten Mal eine Vogelwartin auf Osteroog lebte. Bürgermeister Sönksen hatte seinen jahrelangen Widerstand gegen die absurde Idee zähneknirschend aufgegeben. Schlimmer konnte es schließlich nicht kommen.

»Scheint so«, beantwortet Sönke Sönksen gefühlte drei Tage später Inges Frage nach Leben und Überleben auf Osteroog, bevor er erleichtert, das Gespräch zu einem höflichen Abschluss gebracht zu haben, von dannen zieht. Abrupt bleibt er dann noch einmal stehen, wendet sich um und spricht über die Schulter: »Im Übrigen bin ich der Meinung, dass dieser Komet ein Hirngespinst ist.«

Nachdem der komische Vogel fort ist, hebt Inge erneut das Fernglas an die Augen. Weit und breit nichts als Himmel und Wasser. Und Wolken, die über den Himmel und durch das Wasser ziehen. Etwas weiter draußen, wo die Sonne jäh durch eine Wolkenlücke fällt, ergießt sich Glanz und Glitzern auf das Meer. Geblendet schließt Inge die Augen, und als sie sie wieder öffnet, taucht eine sattgrüne Wiese aus den Wellen, eine Warft, darauf ein paar stattliche Gebäude, gegen die die entfernteren Häuser geduckt und armselig wirken. Ja, an dieser Stelle könnte sie gestanden haben, die Westerwarft, das Anwesen eines in der Walfängerzeit zu Wohlstand gekommenen Kapitäns. Auf alten Karten ist sie noch verzeichnet.

Die Haustür unter dem Giebel des Haupthauses springt auf, und Inge schaut direkt in den Pesel, die gute Stube, hinein: die Wände mit Delfter Fliesen geschmückt, die hölzerne Decke kunstvoll bemalt, in der Vitrine Porzellan, silberne Teekannen und Zuckerdosen. Der schwere Deckel der großen Holztruhe öffnet sich knarzend und gibt den Blick frei auf kostbare Stoffe, Hauben und Spitzen. An der Wand vor dem Brautteller aus Messing strahlt eine Kerze, deren Widerschein auf Adam und Eva unter dem Apfelbaum fällt und die Inschrift: »Eva heft gebeten, Adam heft hem opgegeten.« (Eva hat ihn gegeben, Adam hat ihn aufgegessen). Inge zuckt zusammen, als die große Standuhr die Stunde schlägt. Durch die Tür tritt eine Frau in Festtagstracht, mit hohem Kopfschmuck aus schwarzem Samt, die Brust mit Silberschmuck behängt. Sie wirft den Deckel der Truhe zu und löscht die

Kerze vor dem Brautteller. Die Stube versinkt in Dunkelheit und die Warft samt Haus, Mann und Maus in den Fluten.

Die Geschichte dieser Frau und ihrer Familie ist in die ungeschriebene Chronik der Insel eingegangen. Man erzählt sie seinen Kindern und Enkeln zur Warnung. Es heißt, dass die Westerwarfter, die durch den Walfang reich geworden waren und alles besaßen, ihr eigenes Unglück heraufbeschworen, weil sie nicht in Frieden miteinander zu leben vermochten. Die Mutter neidete den Töchtern ihre Schönheit und Jugend, die Töchter stahlen der Mutter das Silber von der Brust. Ein Bruder gönnte dem anderen nicht die Butter aufs Brot, der Vater war verhasst bei seinen Nachbarn, deren Söhne auf seinen Schiffen starben, während er mit jeder Fahrt reicher nach Hause kam. So geschah es, dass der Haushalt der Familie geteilt und weitere Häuser auf der Warft gebaut wurden, die sich gegenseitig das Wasser abgruben.

Wie eh und je war ein Gut knapp geblieben auf der Insel: Süßwasser für die Menschen, Regenwasser, das sie im Fething sammelten. Was halfen Porzellan aus China und Tee aus Ceylon, wenn es kein sauberes Wasser gab, um den Tee zu bereiten. Die verfeindeten Verwandten auf der Westerwarft trugen das kostbare Nass kübelweise in ihre Häuser, sodass für die anderen kaum etwas übrig blieb. Eines Tages war das Regenwasser im Fething vergiftet. Noch in derselben Nacht, so erzählte man, stieg das Wasser des Meeres, brach den westlichen Teil von der Insel und holte sich die Westerwarft zurück.

Auch jetzt, als Inge noch einmal blinzelt, ist da draußen unter der Wolkenlücke wieder Wasser und nichts als Wasser. »Wo Geld ist, ist der Teufel«, kommt ihr ein altes friesisches Sprichwort in den Sinn, »aber wo nichts ist, ist er zweimal.« Das erscheint ihr sehr wahr, und damit wandern Inges Gedanken von der im Meer versunkenen Vergangenheit zu der in den Sternen stehenden Zukunft, zum bevorstehenden Fest und zur alten Frage nach Schicksal und Zufall. Unter all den unfassbaren Zahlen und Fakten über die Himmelskörper hat sich Inge ein Satz ins Gedächtnis gebrannt: »Obwohl Kometen als spektakuläre Leuchterscheinungen beobachtet werden, sind ihre Kerne die schwärzesten Objekte des Sonnensystems.«

Sie muss dabei an die menschliche Seele denken.

Ratsch, ratsch. In Haus Tide wird in langen Streifen die nasse Tapete von Decke und Wänden gerissen. Im Zimmer ihrer Tochter steht Kerrin auf der Leiter, schwindelig angesichts der pechschwarzen Wände mit blutroten Spritzern. Hunderte roter Sprenkel aus der Spraydose, die Inka in der Zeit zwischen den Jahren wie ein Irrwisch hat kreisen lassen. Es wäre sinnlos zu versuchen, das Desaster überzustreichen, alles muss runter, neu tapeziert und gemalert werden. Sie wird keine Pastellfarben nehmen, nichts Heiteres wie beim letzten Mal (von einem Tag auf den anderen hatten Inka Gelb und Rosa Brechreiz verursacht), auch nicht Elfenbein- oder Cremefarben. Reinweiß soll es diesmal werden. Blütenweiß.

Vor wenigen Stunden hat Inka ihr mitgeteilt, dass sie nicht, wie versprochen, vor den Sommerferien noch einmal nach Hause kommt. »Zu Hause ist zurzeit Petersburg, Mama. Ich wohne hier, ich lebe nicht unter der Brücke.« Kerrin hat die Worte ihrer Tochter im Ohr, selbst die Stimme des Mädchens ist dunkler geworden, passend zu ihren schwarz gefärbten Haaren und dem düsteren Outfit. Außerdem hat Inka sie wissen lassen, sie habe soeben einen Flug gebucht für einen

Tag vor dem Fest. Er sei ja so günstig! Und es war ja auch so günstig, nicht wahr, die Vorbereitungen für die Party – nicht zuletzt ihre Party zum achtzehnten Geburtstag – komplett der Mutter zu überlassen. Häh, hat es da geheißen, welche Vorbereitungen? Kerrin hat aufgelegt. Zum ersten Mal hat sie ein Gespräch mit ihrer Tochter beendet und nicht umgekehrt. Inka hat nicht zurückgerufen.

Ein Dutzend Mal musste Kerrin es sich seither selbst verkneifen. Inzwischen ist der Rasen gemäht und das gehackte Holz so hoch gestapelt, dass auf den April nahtlos der Winter folgen könnte. Kerrins Arme und Beine schmerzen, doch sobald sie sich eine Minute hinsetzt, beginnt es in ihren Eingeweiden zu brodeln. Deshalb ist sie nun hier, im Zimmer ihrer Tochter, an dessen geschlossener Tür sie seit Anfang des Jahres mit Scheuklappen vorbeihuscht. Untersteh dich, etwas anzurühren, hat Inka ihr zum Abschied eingeschärft. Und sie hat sich unterstanden. Bis jetzt.

Als Gesa an der Tür vorbeikommt, hinter der es totenstill war in letzter Zeit, hört sie seltsame Geräusche, ein Reißen und etwas, das klingt, als ob dort jemand abwechselnd fluchen und schluchzen würde. Sie klopft an, öffnet vorsichtig die Tür zu Inkas Zimmer, Gesas eigenem früheren Kinderzimmer, doch für sie zuletzt Sperrgebiet, da offenbar jeden Augenblick mit der Heimkehr der Tochter gerechnet wurde. Im blauen Overall steht Kerrin auf der Leiter, reißt Tapete von der Decke, Schnipsel fallen auf ihre kurzen blonden Haare, ihre Schultern, und um sie fliegen die Fetzen. Gesa ist nicht sicher, ob sie ihr Hereinkommen bemerkt hat. »Kerrin?«

Kerrin fährt fort, ohne sie zu beachten, mit einer Verve, als gelte es, einen Dschungel zu lichten. Gesa verharrt einen Augenblick auf der Schwelle und beginnt dann, die gegenüberliegende Wand von der schwarzen Tapete zu befreien. Schweigend arbeiten die beiden Frauen nebeneinander, nur das Reißen des Papiers und das Rücken der Leiter durchbrechen die Stille. Je länger ihre Anwesenheit geduldet wird, desto sicherer ist Gesa, dass ihr Mitwirken in diesem Säuberungsprozess für Kerrin von Bedeutung ist. Sie kann Inkas Auflehnung gegen das Pastellparadies verstehen, aber sie findet auch, dass ihre Nichte zu weit gegangen ist, als sie dieses Schlachtfeld hinterlassen hat. Selbst Kleiderschrank und Kommode hat das Mädchen mit schwarzer Farbe bepinselt und durch die Sprayattacke vollends ruiniert.

Gesa erinnert sich, während ihre Hände unter der schwarzen Tapete eine weiße Schicht freilegen, wie sie am Silvestertag mit Berit in Inkas nach frischer Farbe riechendem Zimmer saß. Eisblumen überzogen das Dachfenster, durch das jetzt die Frühlingssonne hereinscheint. Seite an Seite auf dem für Berit aufgestellten Klappbett, die Schwester in Sorge um ihre Liebste und sie selbst um Matteo, betrachteten sie, halb schockiert und halb amüsiert, was aus ihrem früheren Mädchenzimmer über Nacht geworden war.

Unter der weißen Tapete liegt Sonnengelb – das muss aus Karstens und Inkas Kinderjahren stammen. Gesas eigene Kinder waren noch nicht auf der Welt, sie selbst ist nicht mehr oft hier gewesen zu der Zeit, ihr Leben war ausgefüllt von Reisen und Politik, unübersichtlichen Lieben und dem Einstieg in ihre Frauenarztpraxis. Parallel zu Ennos und Kerrins Nestbau wuchs in Gesa das Gefühl, keinen eigenen Platz mehr zu haben im Elternhaus.

Unter dem Sonnengelb kommt zartes Blau zum Vorschein, noch eine Schicht tiefer wird es plötzlich gemustert. Und wie. Gesa stößt einen Pfiff aus auf ihrer Leiter, neben ihr arbeitet Kerrin ungerührt weiter. Augenblicklich ist es wieder da, das längst vergessene Muster ihrer Kindheit, Kreise, Ellipsen und Rauten in Orange und Magenta, eine Kreuzung aus Les Humphries Singers und Abba. Behutsam legt Gesa zwei Streifen auf die Fensterbank. Berit wird Augen machen, wenn sie ihr einen davon gibt. Wie in einem Zeitenspiegel sieht Gesa sich am Schreibtisch unter dem Dachfenster sitzen, mit Wachsmalstiften bunte Bilder produzieren und alles dick mit Schwarz übermalen. Die kleine Schwester durfte mit spitzem Messer die Farben hervorzaubern. Berit konnte davon nie genug bekommen, doch ihr selbst war es bald langweilig geworden. Die bunten Bilder in der *Bravo* waren definitiv interessanter.

»Hattest du auch so ein irres Muster im Kinderzimmer?« Gesa schaut zu Kerrin, die sich an der letzten Wand zu schaffen macht.

»Ich hatte kein Kinderzimmer.«

Je länger Kerrins Schweigen andauert, desto mehr fühlt sich Gesa, als hätte sie etwas sehr Taktloses, Dummes gefragt. Sie wendet sich wieder dem Flowerpower-Muster zu, das den Kontrast zum Katastrophenwinter bildete, als sie schon einmal hier eingeschneit waren, dreieinhalb Jahrzehnte zuvor. Nie wird sie den Abend vergessen, als Boy in den Wetterbericht hinein, der den Schneesturm verkündete, die Bombe platzen ließ. »Ich hab mich zur Seefahrtsschule gemeldet.« Und damit besiegelte, dass Enno zu Hause blieb, in der Heimat, in Haus Tide, an Land. Weil Enno, der Älteste, dem Gesetz der Familie gehorchte, dass nur einer der Söhne zur See geht. Und dass er gehorchte, hat Gesa für immer bewiesen, dass er ohnehin nicht getaugt hätte für ein Leben da draußen. Nicht so wie Boy.

Mit dem letzten Streifen Papier in der Hand steht Gesa vor der nackten Wand und denkt an den fernen Bruder. Nun, da sie zurückgekehrt ist, ist niemand mehr da, um Erinnerungen an die gemeinsame Kindheit zu teilen. Selbst der sesshafte Enno ist ausgelaufen aus dem Hafen von Haus Tide. Umso entschiedener verteidigt Kerrin ihr Revier.

»Wenn wir fertig sind«, sagt Kerrin und fegt die Tapetenreste auf dem Boden zusammen, »kannst du mit Stella hier einziehen.« Sie hält mitten im Fegen inne, geht zur Tür.

Erst da hört auch Gesa, dass ihr Baby weint, schiebt Kerrin aus dem Weg und läuft hinunter.

Am Abend sitzt Gesa in der Stube im Alkoven, mit der beim Stillen eingeschlafenen Stella im Arm, die ihr immer schwerer wird. Doch sie duftet so süß, man kann sich daran nicht sattriechen. Als Gesa Schritte hört, schaut sie durch den Spalt zwischen den geschlossenen Holztüren des Wandbetts. Kerrin läuft durch den Raum, verschwindet aus Gesas Blickfeld, taucht wieder auf. Was macht sie eigentlich hier mit dem Müllsack in der Hand? Immerhin ist die Stube im Erdgeschoss Mamas Wohnzimmer. Gesa öffnet die Türen etwas weiter, weit genug, um Kerrins Arm zu sehen, der auf der Buchvitrine nach der kleinen Nixe greift, ein Mitbringsel von Boy aus einem exotischen Ramschladen.

»Moment mal, Mama ist noch nicht tot!«

Kerrin lässt die Nixe fallen.

Gesa stößt die Türen des Wandbetts auf. »Auch wenn du es schon vor Monaten verkündet hast.«

Kerrin hebt die Figur vom Boden, versenkt sie im Müllsack. »Du bist nur Gast in diesem Haus, vergiss das nicht!«, sagt sie und macht den Sack zu.

»Du und Enno«, sagt Gesa, geht langsam auf Kerrin zu und stellt sich dicht vor sie, »bleibt nur in diesem Haus, wenn wir anderen drei aufs Erbteil verzichten – vergiss das nicht!«

Stella im Alkoven ist wach geworden und weint, keine der beiden rührt sich. Da platzt Inge in den Raum, beachtet weder Familienaufstellung noch Müllsack. »Bei Birte geht's los!«

Im Morgengrauen kehren Gesa und Kerrin zurück. Kerrin hält Gesa die Haustür auf. Gesa hängt Kerrins Jacke an die Garderobe. Beide lauschen, ob alles still ist, alle friedlich schlafen. Dann sitzen sie in der Küche, grau im Gesicht, und rühren im Tee.

»Gott, bin ich plötzlich müde.« Kerrin sackt auf der Küchenbank in sich zusammen.

»Hab ewig keine Nacht durchgemacht.« Gesa reißt den Mund auf und gähnt. »Und dann ausgerechnet hier ... bei Frerksens!«

Bauer Frerksen, der nächste, immer noch recht weit entfernte Nachbar, ist nie ein Freund der Familie gewesen, und dass er sich nach Inges vermeintlichem Tod aufgeführt hat, als gehörte Haus Tide samt Grund und Boden schon ihm, hat seine Beliebtheit bei den Boysens nicht gesteigert. Aber was zählte das in einem solchen Moment. Birte, die hochschwangere Tochter, war zu Besuch bei den Eltern, als die Wehen sie vorzeitig überfielen, ausgerechnet an dem Abend, an dem sie allein im Haus war. Es blieb keine Zeit mehr, zurück aufs Festland zu kommen. Also hat sie die Inselhebamme Kerrin gerufen. Und da sie so panisch klang, hat Kerrin kurzerhand Gesa mitgenommen.

Sie haben Birte untersucht und sich über Birtes hoch aufragenden Bauch hinweg einen Blick zugeworfen. Alles sah nach Komplikationen aus, und zwar solchen, bei denen jede freischaffende Hebamme die Frau umgehend in die nächste Klinik geschickt hätte. Nur dass die nächste Klinik Luftlinie vierzig Kilometer entfernt war und unter der Luftlinie Wasser lag. Man hätte den Hubschrauber rufen müssen, aber selbst dafür würde die Zeit nicht mehr reichen. Wenn bei der Geburt etwas schiefgehen sollte, würde Kerrin bis ans Lebensende Schmerzensgeld zahlen. Gesa war offiziell in Elternzeit und hatte in ihrer Praxis nur mit Vor- und Nachsorge zu tun, ihre letzte Geburt ... Sie erinnerte sich kaum. Sollten sie den Hubschrauber rufen und die Frau ihrem Schicksal überlassen? Oder das Risiko eingehen, am Ende des Tages finanziell und beruflich ruiniert zu sein? Beide hatten sich angeschaut und genickt. Es war gar keine Frage.

»Mensch, Kerrin«, sagt Gesa frühmorgens auf der Küchenbank in Haus Tide, »du warst ja noch von Stellas Sturzgeburt in Übung. Aber ich. Wenn du wüsstest, wie mir der Arsch auf Grundeis ging.«

»Hat man nicht gemerkt.« Kerrin reißt eine Tüte Kekse auf, legt sie zwischen beide auf den Tisch. »Du hast mir Kommandos gegeben wie eine Oberärztin. Zackzack.«

»Wirklich?« Gesa schaut Kerrin betreten an. »Du bist doch in Sachen Geburt die Expertin. Ich hab vielleicht kommandiert, aber du hast gehandelt.«

»Expertin – ist das dein Ernst?« Kerrin wirft Gesa einen skeptischen Blick zu und stopft Schokoladenkekse in sich hinein. »Am Anfang haben meine Hände nur so geflattert.«

»Kein bisschen«, sagt Gesa. »Du warst der reinste Buddha, hast uns regelrecht in Trance versetzt. Mich und Birte. Und den kleinen Lukas.«

»Wir haben's geschafft.« Ein Lächeln erscheint auf Kerrins Lippen, verschwindet. »Aber es war knapp.«

Gesa leert mit zitriger Hand die Teetasse. »Es hing am seidenen Faden.«

Am nächsten Morgen legt Gesa auf den letzten Metern bis Haus Tide einen Zahn zu. Eigentlich sollte sie wissen, dass ein unschuldsblauer Himmel hier oben nichts zu bedeuten hat. Das Donnergrollen schien ihr beim Joggen den gesamten Rückweg dicht auf den Fersen, und in diesem Augenblick kübelt es nur so los. Gesa sprintet durchs Gartentor, rettet sich unters nächstbeste Dach, in die Scheune.

Sie blickt auf einen Rücken, gerade und gespannt, hört einen gedämpften Knall. Es ist Kerrins Rücken, der sich nun in Richtung Zielscheibe bewegt, die an der gegenüberliegenden Scheunenwand hängt. Wo noch nie zuvor so etwas gehangen hat. Soweit Gesa weiß. Kerrin zieht etwas aus der Mitte der Scheibe, heftet eine neue an. Sie dreht sich um, Gewehr in der Hand, reißt es hoch und richtet es auf Gesa. »Was machst du hier!?«

»Wollte ich dich gerade fragen.«

»Meine Sache.« Kerrin, noch immer in angriffslustiger Haltung, lässt die Waffe sinken.

Kurz erhascht Gesa einen Blick in ihr verquollenes Gesicht, bevor Kerrin ihr wieder den Rücken wendet und sich in Schussrichtung postiert.

»Kann man in diesem Haus nichts für sich behalten?« Kerrin legt noch einmal an, zielt.

»Ist doch kein Verbrechen! Nehme ich mal an.« Gesa beobachtet, wie Kerrins Finger, dieselben Finger, die vor Kurzem so behutsam das Neugeborene hielten, sich um den Abzug legen. »Weiß das wirklich niemand?«

Kerrin schüttelt den Kopf.

»Dein Enno?«

»Dein Jochen«, sagt Kerrin, schießt und trifft wieder ins Schwarze.

»Tatsächlich.« Während Kerrin zur Scheibe geht, die Patrone herauszieht, Zahlen in eine Tabelle einträgt, läuft vor Gesas Augen ein Streifen vom Silvesterabend ab. Familie Boysen um die lange Tafel mit dem von Kerrin und Jochen angerichteten Festmahl sitzend, der hysterische Enno, die ganze aufgekratzte Runde, auf das Dessert wartend, das aus der Küche nicht rüberkommt. Dort trifft sie auf Kerrin und Jochen, die auf dem Boden hocken, zwischen Scherben, einer Puddingpfütze und heißen Himbeeren, Kerrins offene Bluse getränkt von Himbeersaft, und sich küssen. Sie war hinausgegangen und hatte der in der Stube wartenden Meute etwas anderes aufgetischt.

Kerrin malt die siebte 10 in Folge in ihr Notizheft. Sie muss sich bald ein anspruchsvolleres Schussfeld suchen, aber draußen könnte sie jemand entdecken. Schlimm genug, dass ausgerechnet Gesa jetzt etwas gegen sie in der Hand hat. In beiden Händen, wenn sie den Müllsack hinzurechnet. Jochens letzter Besuch kommt Kerrin in den Sinn, als er ihr mit verschwörerischem Lächeln ein frisches Päckchen Munition überreichte – diesmal in einer Schatulle mit dem Aufdruck *Diva* –, scherzend mit ihr plauderte und sie kurz darauf im Regen stehen ließ, als Gesa auftauchte. Kerrin betrachtet Gesa mit ihrem dunklen Haar, das sich von der Feuchtigkeit wellt, den vom Laufen geröteten Wangen und funkelnden Augen ... Sie würde sich auch stehen lassen, wenn sie die Wahl hätte.

»Was gibt's übrigens zu weinen?«, fragt Gesa.

Bei diesen Worten steigen Kerrin neue Tränen in die Augen, und sie flüstert: »Stell dir vor, Lukas wär gestorben!«

»Ist er aber nicht.«

»Aber stell dir nur vor, dieser kleine ...« Der Rest geht in Schluchzen unter.

Nach einer Weile hat Gesa aus der Schwägerin herausgebracht, dass mit der Angst um das Leben des Säuglings Kerrins Erinnerung an ihre Fehlgeburten zurückkam, ihre beiden verlorenen Kinder, wie sie sagt. Bevor sie Inka adoptiert hat.

»Und du?« Kerrin lädt neue Patronen ins Gewehr. »Dir ist so was bestimmt nie passiert!«

»So was nicht. Ich hatte mal eine Abtreibung.« Gesa schaut Kerrin in die Augen. Gleich wird sie sagen, wie konntest du nur, du hast ein Kind getötet! Oder mitleidsvoll fragen, ob sie noch immer darunter leidet, es bereut. Die Antwort ist Nein, Kerrin. Nein und noch mal nein.

Stattdessen liest sie Erstaunen in Kerrins Blick. »Warum dann nicht auch ... dieses?«

»Weil ich es wollte. Dieses.«

Still sitzen sie nebeneinander, während der Donner näher kommt und der Regen auf das Dach prasselt, an den Wänden herabbraust.

»Schießen hilft gegen ... alles Mögliche.« Kerrin streckt Gesa das Gewehr entgegen. »Willst du auch mal?«

Gesa möchte nicht schießen. Aber sie würde gern wissen, wogegen es hilft. Vielleicht lag es am Wolkenbruch, der sie in dieser Scheune wie in einer Kapsel einschloss, jedenfalls erzählte ihr Kerrin auch davon. Wie es ihr geholfen hat, »danach« eine Waffe in die Hand zu nehmen. Nach der Vergewaltigung in ihrer Jugend – denn das war es, wovon sie erzählte, auch wenn Kerrin das Wort nicht aussprach.

»Und davon weiß auch niemand, Kerrin? Die Polizei damals? Deine Mutter? Freundinnen?«

Kerrin schüttelt den Kopf.

»Nicht mal Enno?«

»Jetzt weißt du es.« Kerrin zögert. »Und Jochen.«

Sieh mal an. War doch etwas Ernstzunehmendes daran – Kerrin und Jochen? Für Gesa ergaben die beiden zusammen kein Bild. Aber vielleicht war sie blind auf diesem Auge?

»Lass mich doch mal!« Gesa greift nach dem Gewehr.

»Okay.« Kerrin erklärt ihr Schritt für Schritt, was sie tun muss.

Während Gesa anlegt, zielt und schießt, sieht sie Kerrin vor sich, die junge, sommersprossige Kerrin, die niemanden hat, sie zu beschützen, niemanden, an den sie sich wenden kann. Sie sieht andere Frauen, damals in der Klinik, heute in ihrer Praxis, junge und alte. Missbrauch, Vergewaltigung, Verstümmelung, Missachtung. Manche brechen Jahre später zusammen. Aus manchen bricht es Jahrzehnte später heraus. Wenn sie ein Kind gebären. Wenn sie Krebs haben und Angst zu sterben.

Das Schießen hilft Gesa nicht gegen die Angst, Jochen verloren zu haben, Matteo zu verlieren, ihre Kinder, eines Tages aufzuwachen und zu erkennen, dass sie alles verspielt hat. Doch es hilft gegen die ohnmächtige Wut. Und es tut verdammt gut, alle Aufmerksamkeit zu bündeln im gleißenden Strahl einer Sekunde, alle Antennen auszurichten auf ein einziges Ziel.

»Weißt du was«, sagt Gesa, als sie Kerrin die Waffe zurückgibt, »das solltest du allen Frauen auf der Insel beibringen!«

»Ich bin Hebamme.«

»Ja, ohne Babys. Das Schießtraining wird dein zweites Standbein. Ach was, dein Sprungbein. Das wird der Renner!« Dabei sieht Gesa selbst aus, als wollte sie, Wolkenbruch hin oder her, gleich noch einmal lossprinten.

Alles neu macht der Mai, summt Kerrin, als sie das Wohnzimmer auf den Kopf stellt. Inkas Zimmer ist frisch tapeziert und gestrichen, die ruinierten Möbel sind durch neue ersetzt,

Möbel, die ihr, Kerrin, gefallen, und Gesa ist ins frühere Inkareich umgesiedelt, mit Stella und all ihren Plünnen. Na ja, fast allen. Kerrin hebt einen Schnuller vom Teppich. Es ist lange her, dass dieses Zimmer ein Wohnzimmer war für sie und Enno. In den Wochen vor Weihnachten hat Enno in diesem Raum auf dem Sofa geschlafen. Allein, ohne sie. Nur kurz war er, während der Familieninvasion zwischen den Jahren, in ihr Ehebett zurückgekehrt. Von da ging es ins Krankenhaus und von dort flugs weiter zur Weltumrundung. Allein, ohne sie.

Kerrin steigt auf eine Trittleiter, um die oberste Reihe der Schallplatten abzustauben, Ennos Sammlung seit Jugendtagen, die eine Wand vom Boden bis zur Decke füllt. Verstellt vielmehr. Die Schränke quellen über, und sie kann kaum etwas aufstellen oder aufhängen, weil es Enno sofort zu bunt wird. Höchste Zeit, ein bisschen frischen Wind und Farbe hier hineinzubringen.

Selbst getöpferte Schalen, Porzellanfiguren und Holzmöwen werden von Kerrin aus der Versenkung geholt und auf Couchtisch, Sideboard und Fensterbänke verteilt. Vor sich hin summend betrachtet sie die lange verbannten Dinge. Niemals hätte Enno zugestimmt, dass Gesa mit dem Baby hier einzog, die Kinder übers Wochenende kamen und gelegentlich der Liebhaber. Na ja, auf den könnte auch sie verzichten, mitsamt der Schlafzimmerblicke und -töne. Ohne Matteo jedoch wäre Stella nicht hier, gar nicht auf der Welt, muss sie zugeben. Mit Gesa ist wieder Leben in die Bude eingekehrt. Kerrin zieht ein einzelnes Babysöckchen unter dem Sofakissen hervor. Nur dummerweise nicht ihr Leben.

Was glitzert da in der Ritze des Bettsofas? Kerrin entfaltet ein hauchdünnes Etwas aus schwarzem Satin – und vielen Aussparungen. Soll wohl einen Body darstellen. So ein Unsinn, bei den Temperaturen! Aber dieser Hauch von Stoff ist ja auch reine Deko. Der mit Bügeln unterlegte BH kommt ihr reichlich knapp vor für Gesa. Kerrin nimmt das Ding näher in Augenschein, wirft es aufs Sofa zurück, hat es im nächsten Moment wieder zwischen den Fingern. Im Schritt bilden zwei schwarze Bänder eine Raute, in deren Mitte längs ein loses Kettchen mit schimmernden Perlen verläuft. Sonst nichts. Man kann diesen Body also anbehalten, während man … Kerrin wusste bis eben gar nicht, dass es so was gibt. Wozu auch? Glaubt Gesa ernsthaft, dass sie damit ihren jungen Romeo bei der Stange halten kann? Eine Frau in ihrem Alter, eine Mutter von drei Kindern! Kerrin streicht über die Perlen. Tja, man steckt nicht drin.

Oder vielleicht doch, nur für eine Sekunde? Kerrin trägt die Beute ins Schlafzimmer, verschließt die Tür, quetscht sich in den Body, dreht und wendet sich vor dem großen Spiegel. Ihr stockt der Atem. Was ist das für eine Frau? Die hochgepushten Brüste quellen aus den halben Cups, die Brustwarzen stechen spitz hervor. Kerrin stellt sich seitlich vor den Spiegel, beugt sich vor, streckt den Hintern heraus. Mannomann, wenn Enno sie so sehen könnte! Die Perlen rollen sanft über ihren Kitzler, sie steckt das Kettchen tiefer zwischen die Lippen, ihre Fingerspitzen versinken in Feuchtigkeit. Nichts wie raus aus dem Teil! Es passt nicht zu ihr, passt ihr nicht, platzt aus allen Nähten. Ratsch, ratsch. Zwei lange Risse haben aus dem hauchdünnen Etwas einen Fetzen gemacht.

Hinter verschlossener Tür sticht Kerrin die Nadel durch den Stoff, doch da ist nichts zu retten. Sie läuft hinunter in die Küche und vergräbt das Corpus Delicti im Abfall. Gräbt es wieder aus. Zu gefährlich. Lieber würde sie sterben als zuzugeben … Kommt da jemand? Kerrin knüllt das schmutzige Stück Stoff in der Faust zusammen, reißt die Klappe des Bileggers auf, wirft es in die Glut, schließt die Ofenklappe. Die Schritte gehen vorbei. Gerettet.

Endlich ist das Wohnzimmer von allen fremden Sachen befreit. Kerrin lässt sich aufs Sofa fallen, streckt die Beine von sich, steht wieder auf. Was macht man in einem Wohnzimmer ohne Mann und Kinder? Sie sollte Besuch einladen. Kurz darauf steht ein Piccolo auf dem Couchtisch, Kerrin hebt das Glas an die Lippen, ist zwar noch etwas früh am Tage, doch das hat sie sich jetzt verdient. Sie wirft Ennos Plattenspieler an. Heute kommt nichts aus Ennos Rock- und Soulsammlung auf den Teller, sondern ein Album aus ihrer Jugend.

»What a feeling!«, krächzt Irene Cara. Kerrin nimmt die Nadel hoch und pustet den Staub fort. So, noch mal von vorne. »What a feeling!«, singen Irene und Kerrin im Duett. »First when there's nothing, but a slow glowing dream ...«

Kerrin tanzt um Couchtisch und Zimmerpalme aus dem Raum hinaus und kommt verwandelt zurück. Wie gut, dass sie nichts wegwerfen kann. Die orangefarbenen Leggins passen noch, wenn sie den Bauch einzieht, ebenso das neongrüne Oberteil. Dazu selbst gestrickte Ringelstulpen und ein Stirnband, und weiter geht's mit *Flashdance*!

Nach einer Weile kommt Kerrin in Fahrt. Wenn man sie schon hier allein lässt, kann sie sich auch mal vergnügen, mit ein paar harmlosen, doch in Haus Tide verpönten Freuden. Sie wird ihre Discomusik aufdrehen und tanzen. Wird auf diesem Sofa in aller Ruhe ihre Vorabendserien und Liebesfilme gucken, in Leggins, in Teddybärpuschen, Füße hoch. Wen stört's? Sie wird stapelweise Illustrierte durchblättern, Käseblättchen an Eierlikör! Kerrin holt eine Tüte Erdnussflips hinter den Reiscrackern hervor, stopft eine Handvoll in den Mund, springt beim Gedanken an die Kalorien auf, schwingt

Arme und Hüften und singt mit vollem Mund: »What a feeling! Bein's believin'. I can have it all. Now I'm dancing for my life.«

»Stör ich?« Gesa steht in der Tür. »Ich hab geklopft, aber ...«

»Komm rein!«

Gesa wirft einen amüsierten Blick auf die hüpfende Aerobic-Queen mit Piccolo. »Gibt's was zu feiern?«

»U-hund ob!« Kerrin drückt ihr Erdnussflips in die Hand, gießt tänzelnd ein zweites Glas Sekt ein. »Sturmfreie Bude.«

»Aha.« Gesa sieht sich im Zimmer um. Oje! So würde das ganze Haus aussehen, wenn man's Kerrin überließe. Bloß nichts sagen, ermahnt sie sich. Du hast nur eine befristete Aufenthaltserlaubnis. »War ich der Grund für die Flaute in der Bude?«

»Ach was.« Kerrin winkt großzügig ab und reicht Gesa das Sektglas.

»Darf leider noch nicht«, sagt Gesa, froh, diesen guten Grund parat zu haben. »Lieblich« steht auf dem Piccolo.

»Stimmt.« Kerrin leert das zweite Glas selbst, damit's nicht umkommt, und holt für Gesa eine Flasche Cola. Aber sie muss schließlich nicht stillen. Pass auf, jetzt kommt's, das haben diese vier Wände noch nicht gesehen, sagt sich Kerrin, gießt sich auch eine Cola ein und hält die Flasche Korn über ihr Glas. Cola-Korn! Enno würde sich in seiner Koje umdrehen, wenn er das sehen könnte. Kann er aber nicht.

»Kerrin, lass uns was draus machen!« Gesa erntet einen fragenden Blick. »Aus dieser seltsamen Zwischenzeit. Unserer Wohngemeinschaft. Ich hab keine Ahnung, wie mein Leben weitergehen soll, aber was dich betrifft ...«

Dass Kerrin bald darauf der Kopf schwirrt, liegt nicht am Cola-Korn, denn der steht unangerührt auf dem Tisch. Gesa und sie haben einen Plan gemacht, Wünsche und Ziele, Träume und Ideen auf ein Blatt gekritzelt. Kerrin wusste bis eben gar nicht, dass sie so viele hatte. Zu ihren Talenten fiel ihr erst mal nichts ein, Gesa dafür umso mehr.

»Kochen, backen, gärtnern, heimwerkern, tapezieren, reparieren, Wunden heilen, Kinder aufziehen, verschrobenen Ehemann lieben und ehren ... schießen nicht zu vergessen«, sagt Gesa. »Wenn wir uns alle nach dem Kometeneinschlag in der Wildnis wiederfinden – du wirst es überleben. Aber vor allem bräuchte die Welt wieder eine erstklassige Geburtshelferin wie dich.«

»Wenn du das ernst meinst«, sagt Kerrin, mit einem Mal ganz feierlich, »musst du es auch aufschreiben. Sonst glaub ich später, ich hab's geträumt.«

Als Gesa nicht gleich zum Stift greift, wendet sich Kerrin enttäuscht von ihr ab. »Was wolltest du eigentlich hier?«

»Irgendwo muss noch einer von Stellas Schnullern liegen. Sie will den und keinen anderen.« Gesa lacht, während sie sich über die Ideenskizze beugt und etwas schreibt. »Du kennst das ja ...«

Kerrin reicht ihr den Schnuller und das Babysöckchen. »Na dann.«

Nachdem Gesa mit ihrem Kram gegangen ist, stellt Kerrin die Platte noch einmal an. »Take your passion and make it happen!«, singt Irene Cara aus voller Kehle, diesmal ohne Kerrin. Nach ein paar Schritten lässt sich Kerrin auf den Teppich fallen. Ihr Rücken schmerzt, die Energie ist verpufft. Was ist denn deine Passion, deine Leidenschaft, Kerrin Boysen? Sie leert den warm gewordenen Cola-Korn. Irgendwie hat das Bild, das sich abzeichnet, vage mit Gesa zu tun. Aber die ist ja nun bestimmt kein Vorbild für sie! Und bevor das Bild klarere Konturen annimmt, stürmt plötzlich, ohne anzuklopfen, die reale Gesa in den Raum und hält ihr die ausgestreckte Handfläche unter die Nase.

»Was kommt hier als Nächstes in den Müll – oder auf den Scheiterhaufen?«

»Wieso, was denn?« Kerrin erkennt es sofort. Das Metallkettchen mit den verschmorten Kunststoffperlen. Ihr wummerndes Herz schickt heiße Ströme über Brust, Hals und Wangen. »Keine Ahnung, woher soll ich …«

»Versuch's gar nicht erst.«

Kerrins Ohren glühen, sie drückt die Hände darauf. Stehen nicht mehr ab wie früher, die Ohren, doch sind noch immer dieselben miesen Verräter. »Wenn das die Kinder gefunden hätten!«

Gesa lacht laut auf. »Wo bin ich hier? In einem Pfarrhaus der Fünfzigerjahre!? By the way, es sind meine Kinder.«

Gesa fixiert Kerrin, die rot angelaufen vor ihr steht – wegen eines Dessous, meine Güte. Wie kann man nur so verklemmt sein! Beinahe tut sie ihr leid. Aber dann kommt Gesa ein anderer Gedanke. Wenn Kerrin wirklich nur prüde wäre, hätte sie es dir mit spitzen Fingern unters Kopfkissen gelegt oder in den Müll geworfen. Aber doch nicht ins Feuer! Gesa sieht ihren Body in Flammen aufgehen, zu einem Häufchen Asche verkohlen. Die Erkenntnis ist wie ein Stich aus dem Hinterhalt: Kerrin hasst sie.

»Warum lässt du auch ständig alles herumliegen, ich lass dich hier wohnen, die Kinder und deinen Lover …« Kerrins Lamento dringt wie durch dichten Nebel zu Gesa. »Und du nutzt das aus bis zum Letzten, machst dich breit, verstreust deinen Krempel, die dumme Kerrin kann ja hinter dir aufräumen, nicht? Und dabei …«, Kerrin holt tief Luft, »bist du nur Gast in diesem Haus!«

»Ja, und zwar Mamas ›Gast‹«, sagt Gesa, als der Nebel sich

plötzlich lichtet. »Und nebenbei ihre Tochter. Mal sehen, wer von uns beiden am Ende länger hier lebt.«

Das Zimmer ist wieder leer, leer und still. Kerrin zerknüllt die Skizze mit ihren blödsinnigen Träumen und Ideen. Streicht sie wieder glatt und liest doch noch Gesas Notiz. »Die Welt wartet auf Kerrin Boysen, eine erstklassige Geburtshelferin.« Unterschrieben mit Datum, Gesa Boysen, Haus Tide. Mitten ins Wort »wartet« ist ein Loch gerissen.

Tränen tropfen auf das Papier. Kerrin sitzt in ihren Leggins und geringelten Stulpen auf dem Boden vor dem Couchtisch und zieht das Stirnband aus den verschwitzten Haaren. Einen Moment hat es so ausgesehen, als hätte sie mit Gesa in dieser Familie eine Verbündete gefunden, beinahe eine Freundin. Eine, mit der man gemeinsam Pläne schmieden kann und so richtig Spaß haben. Aber sie musste ja alles kaputt machen! Kein Wunder, dass Karsten und Inka und Enno die Flucht ergriffen haben. Vielleicht war dieser ganze Tumor nur dazu da, um es sich fern von ihr mal richtig gut gehen zu lassen.

Kerrins Blick fällt auf Ennos alten Radioapparat. Dahinter hatte sie gesteckt, die Mappe vom Arzt mit den Unterlagen aus Ennos »Praxis für Todgeweihte«. Und sie hatte ihn der Untreue verdächtigt! Dann diese unselige Geschichte hinter Inkas Adoption, die Silvester aufgeflogen ist. Sie hat Enno ja regelrecht vertrieben. Und wer weiß, was ihm da draußen alles zustoßen kann, wenn er niemanden hat, der auf ihn aufpasst.

Und sie? Sie muss Gesa die Wahrheit sagen.

Lieber würde sie sterben.

»Enno«, flüstert Kerrin, »du bist doch so klug, so vernünftig. Dir würde so etwas Peinliches niemals passieren! Hast du nicht einen Rat für mich?«

Sie schaltet Ennos Radio ein, der Sender steht noch auf seinem geliebten Seewetterbericht. Windstärke und -richtung in Nord- und Ostsee, das interessiert sie jetzt nicht. Kerrin holt die Mappe mit Ennos Reiseroute hervor. Enno schwimmt zurzeit vor der portugiesischen Küste. »Flaches Tief Golf von Genua, wenig südostziehend. Hochdruckzone Azoren und Balearen, ostziehend«, verkündet eine Stimme. Das hilft ihr auch nicht weiter. Und es ist nicht Ennos Stimme, die zu ihr spricht.

Kerrin trocknet ihre Augen mit Ennos Stofftaschentuch. Den ganzen von ihr gebügelten Stapel hat er zu Hause liegen lassen. Dabei kriegt er doch so leicht einen Schnupfen. Sie kann nur hoffen, dass er sich nachts an Deck nicht erkältet. Und auf der Reise um die Welt niemals weinen muss.

»Ach, Enno. Sprich doch mit mir!« Kerrin winkt mit dem tränennassen weißen Tuch Richtung Portugal.

In weiter Ferne erblickt Enno ein weißes Segel. Kurz darauf ist es aus seinem Blickfeld verschwunden. Er hält das Fernglas fest umklammert bei dem Versuch, den schwankenden Horizont geradezurücken. Natürlich weiß er, dass nicht der Horizont schwankt, sondern das Schiff unter seinen Füßen, aber wenigstens für den Bruchteil einer Sekunde muss es doch möglich sein, eine gerade Linie auszumachen, wo die See sich vom Himmel scheidet. Keine Chance. Enno wandert hinüber auf die andere Seite des Oberdecks. Im blauen Morgendunst verschwimmt östlich die portugiesische Küste. Sie haben die Nordsee hinter sich und die Niederlande links liegen gelassen, Frankreich umschifft und im Golf von Biskaya eine unruhige Nacht bei rauer See erlebt. Nun geht es schon eine Weile stetig nach Süden über den Atlantik. Atlantik! Das ist mal etwas anderes als seine Nordseefähre, von der Insel zum Festland, vom Festland zur Insel. Ein weltumspannender Ozean, ein Meer, wie Boy es seit Jahren kreuzt und quert.

Enno lässt das Fernglas sinken, ein vortreffliches, kostspieliges Exemplar, ein Geschenk von Gesa für seine Reise. Überhaupt waren alle furchtbar nett zu ihm, seit der Tumor in seinem Kopf ans Licht kam, Kerrin, Mutter, die Geschwister, die Kinder, selbst seine widerspenstige Inka, dito Chef und Kollegen. Zu Hause, auf der Arbeit, im Inselverein, wohin man sah und hörte, nichts als milde Blicke und warme Worte. Bisweilen war es schwer zu ertragen. Diese Weltreise allerdings fanden einige dann doch übertrieben, zumal er ja gar nicht *todkrank* war, wie es aussah. In die milden mischten sich missbilligende Blicke. Dennoch, alle wünschten ihm glückliche Reise, manche hatten eine Menge zu ihrer Verwirklichung gegeben, das Ganze hatte verdammt viel gekostet. Man fühlte sich zum Glücklichsein geradezu verpflichtet. Alles andere wäre undankbar, persönliches Scheitern, emotionale Impotenz. Aber mit dem Glück war es wie mit dem Sex: Wenn man ganz dringend musste, wollte es meist nicht so recht.

Sich vorsätzlich einfach nur zu vergnügen, erwies sich jedoch als schwieriger als gedacht. Nehmen wir zum Beispiel den Pool. An einem frischen Frühlingsvormittag wie diesem ist er beinahe menschenleer, dennoch sind sämtliche Liegen in der ersten Reihe mit Handtüchern belegt. Enno hat sich ein weißes Tuch aus der großen Kiste genommen und steht unschlüssig da. Dieses Reviermarkieren wie im Tierreich, nicht viel besser als die schlecht erzogenen Hunde der Badegäste ... Bevor die Gedanken an dieser Stelle ins Detail gehen, fasst Enno sich an den Kopf. Eine flüchtige Berührung der kahlen Schädeldecke, dort, wo das Bohrloch noch immer spürbar ist, erinnert ihn daran, dass das Leben zu kurz ist, um sich über streunende Hunde und Handtücher zu ärgern.

Als Enno nach dem Schwimmen auf das türkisblaue Wasser des Pools blickt, beginnt es in seinem Hirn zu rechnen, wie viele Kilo Stoff hier täglich sinnlos in der Wäsche landen, wie viel Waschmittel, Wasser und Energie, Arbeitszeit und -kraft auf der Reise verbraucht werden, um all die sauberen Badetücher zu reinigen, und als er sich den Kopf darüber zerbricht, wie das Ganze zu verändern und verbessern sei, und auch der Griff an das Bohrloch dem Grübeln nicht Einhalt gebietet, steht er auf und überlässt seinen Platz kampflos den Reviermarkierern. Das ist doch wirklich nicht dein Problem, ruft sich Enno zur Räson, das ist nicht dein Laden, du bist nicht dafür verantwortlich. Wozu hast du dir ein Sabbatjahr genommen, eine unbezahlte Auszeit vom Job, erinnert er sich, wenn du unbezahlt fortfährst mit dem Waschen fremder Wäsche. Du bist hier, um dich zu vergnügen und zu entspannen, verstehst du, entspann dich und vergnüg dich einfach mal, ermuntert sich Enno in einem Ton, der ihn an Kerrin erinnert, und fühlt prompt einen stechenden Schmerz in Nacken und Schultern.

Der Wellnessbereich ist in flauschigen Farben gehalten, passend zu Bademänteln, Pantoffeln, Musik und Licht. Bevor man zum Paradies des Wohlbefindens vordringt, will jedoch die Vorhölle des Spa Shops passiert sein, gesäumt von Friseur, Kosmetikabteilung und gläsernen Vitrinen voller Produkte, die von Schönheit und ewiger Jugend raunen. Auf Spiegel hat man wohlweislich verzichtet, dennoch ist manchen Damen die Verzweiflung ins von ewiger Jugend Jahrzehnte entfernte Gesicht geschrieben. Nicht so bei der auch nicht mehr jungen Frau, deren kupferrote Locken sich unter einer Art Turban hervorkringeln und die laut auflacht, als sie an der Seite eines grau melierten Herrn durch die Tür zu den »Spa Suiten für zwei« verschwindet. Enno stutzt. So, so, Liberty! Die hat er seit dem Einchecken nicht wieder gesehen. Aber die leibt und lebt ja auch auf dem Oberdeck.

Umso erstaunter ist Enno, als er bald darauf im Nebel des orientalischen Dampfbads ein weiteres bekanntes Gesicht auszumachen glaubt. Die in warme Schwaden gehüllte Gestalt mit den sittsam übereinandergeschlagenen Beinen, den sorgfältig ondulierten blonden Haaren, ist das nicht Libertys Begleiterin …

»Harmony?«, entfährt es Enno. Das hat man von dieser sogenannten Entspannung. Wie peinlich! Zumal sie beide sich allein im Dampf gegenübersitzen. Nackt und rosig. Schweißüberströmt.

»Ja, nicht wahr?«, antwortet die Dame. »Harmonie und Ruhe, die findet man hier.« Vorwurfsvoll klingt dieser Satz aus ihrem Mund, als wären Harmonie und Ruhe das Letzte, was Harmony auf dieser Reise gewünscht und gesucht hat.

Sie kommen ein wenig ins Plaudern, und Enno erfährt, dass Harmony im wirklichen Leben Rosemarie heißt, was ihm sehr passend erscheint, und mit ihrer besten Freundin namens Liliane reist, die aber seit Jugendzeiten – so lange kennen sich die beiden schon – von allen Liane genannt wird.

»Die Ärmste, sie muss auf sich aufpassen«, seufzt Harmony. »Heute tanzt sie, morgen kann sie kaum gehen.« Ein Schweißtropfen löst sich zitternd von ihrer Unterlippe. »Wir hatten einen Wellnesstag geplant, aber ihr ist nicht gut. Sie wollte sich lieber hinlegen.«

Und das tut sie sicher auch in diesem Moment, denkt Enno in Erinnerung an den grau melierten Herrn und die

Spa Suite für zwei. Auch er selbst liegt wenig später nackt auf dem Bauch und gibt sich der Berührung kraftvoller, warmer Hände hin. Oder versucht, sich hinzugeben. Denn weder kann er sich unpassender Gedanken an Harmonys rosige, feuchte Haut erwehren noch des Gefühls, dass der schmale asiatische Masseur, der im Akkord wohlgenährte Europäer knetet, ein wenig Entspannung viel nötiger hätte als er selbst. Dennoch schafft er es, selbst einen verspannten Brocken wie ihn weichzuklopfen. Und so versinkt Enno nach der Massage im Ruheraum mit Meerblick, eingewickelt in eine babyblaue Flauschdecke, in babyblaue Lethargie.

Bis seine frei flottierenden Gedanken ihn unversehens in die Heimat katapultieren. Auf die Insel in Haus Tide. Wie konnte er dort alles stehen und liegen lassen und die Flucht ergreifen? Kein Wirtschaftsflüchtling ist er, erst recht kein Kriegsflüchtling, sondern schlicht und einfach ein Problemflüchtling. So sieht er sich selbst nun von oben herab, dahingefläzt und alle viere von sich gestreckt vor dem Panoramafenster, während Kerrin daheim ohne ihn die Stellung halten und sich kümmern muss: ums uralte Elternhaus (seins), wo es durchs marode Reetdach tropft, um die alte Mutter (seine), die vor ein paar Monaten fast gestorben wäre, um das Baby der Schwester (seiner), die sich indes mit ihrem jugendlichen Liebhaber dem dolce vita hingibt, derweil sich Kerrins (und seine) eigenen halbwüchsigen Kinder auf Um- und Abwegen befinden. All diese Sorgen verkleben ihm auch in weiter Ferne nach alter Manier Herz und Hirn. Und das ist noch lange nicht alles. Da sind weiterhin die unsicheren Finanzen und die noch immer völlig ungeklärte Zukunft ihres Zuhauses für den Fall, dass Mutter stirbt und das Erbe aufgeteilt werden muss. Ein Fall, der früher oder später unausweichlich eintreten wird. Die einzig sichere Konstante im Leben, sinniert Enno, ist der Tod, als ihn ein Schwall kalten Wassers ins Gesicht trifft.

»Oje!« Die aus dem Tritt gekommene Dame hält ihm eine halb leere Wasserkaraffe vor die Nase, als wollte sie ihm den auf frischer Tat gestellten Täter präsentieren. Zu seiner Beruhigung teilt sie ihm mit, das Wasser sei nicht nur jungfräulich, sondern zudem informiert gewesen. Sehr positiv informiert. »Edelsteinwasser, sehen Sie.«

Ihr Finger deutet auf den Grund der Glaskaraffe, wo im Restwasser farbige Steine glitzern. Diese Edelsteine, weiß Enno in Kürze, übertragen ihre Informationen auf das Wasser, welches seinerseits dazu prädestiniert ist, Botschaften zu speichern, denn was ist Information letztlich anderes als eine Art Schwingung, die die Materie anregt?

»Danke, vielen Dank!« Enno schält sich aus der Decke, schüttelt der Dame die freie Hand, dass ihr Arm nur so schwingt, und versichert, dass er sich in der Tat durch die Botschaft des Wassers wie neugeboren fühle, reingewaschen von der sicheren Konstante des Todes.

Dann geht er noch einmal eine Runde schwitzen, diesmal in der Trockensauna und ohne Harmony. Stattdessen sitzen ihm gegenüber auf der Holzbank zwei Herren, die sich laut und breit über die Höhen und Tiefen ihres Lebens, sprich ihrer Investitionen und Aktienkurse austauschen. Beim Stichwort »Bankenrettung« muss Enno an die obligatorische Rettungsübung für Passagiere denken, die ungemein zu seiner Beunruhigung beigetragen hat. Diesen desorientierten Haufen würde niemand zu besonnenem Verhalten im Ernstfall bewegen. Man konnte froh sein, wenn man nicht von den rücksichtslosesten Exemplaren seiner Mitreisenden niedergetrampelt wurde. Diese beiden – er wirft einen Blick auf die schwitzenden Muskelpakete – gehörten sicher zu den Ersten, die eigenhändig kleine Kinder über Bord warfen, wenn es galt, sich Platz im Rettungsboot zu verschaffen. Die Anweisungen der Crew waren zudem so lückenhaft ausgefallen, dass Enno sich nur mit fest zusammengebissenen Zähnen davon abhalten konnte, nach vorne zu treten und die fehlenden, im Zweifelsfall lebensrettenden Informationen zu ergänzen. Leider hat er sich dabei böse auf die Zunge gebissen.

Lass dich doch einfach mal gehen, ermahnt sich Enno. Vor Kurzem warst du froh und dankbar, einfach auf der Welt zu sein, weil durch das Loch im Dickschädel zu dir durchgesickert ist, dass die Welt viel besser ohne dich klarkommt als umgekehrt. Und jetzt willst du sie schon wieder verbessern.

»Vielen Dank für die Beratung«, sagt Enno zu den perplex aufschauenden Herren, erhebt sich von der Bank und schlingt das Handtuch um die Hüften. »Werde unverzüglich mein Portfolio umschichten.«

Spricht's und tritt draußen unter den Eisbrunnen, zieht an der Schnur des hoch aufgehängten Fasses, woraufhin sich ein eisiger Schwall über ihn ergießt. Ob es daran liegt, dass das Wasser positiv informiert war oder nicht, Enno fühlt sich nach dem Guss erquickt und zu allen Schandtaten bereit.

Jawohl. Beim nächsten Landgang hat er es sich und der Welt mal so richtig gezeigt. Wie das geht mit dem leichtfertigen Vergnügen. Hat sich Übermut angetrunken bei der Sherryprobe in den Weinkellern von Jerez de la Frontera, eine Flamenco-Show in Sevilla besucht, ist beim Zuschauen ins Schwitzen gekommen aus Furcht, man würde ihn wie andere Touristen auf die Bühne holen. Liberty Liane allerdings schien sich dort oben so wohl zu fühlen, dass man sie geradezu hinunterbugsieren musste. »Hach, ich glaub, ich hab Zigeunerblut im Blut«, gab sie beim Abstieg außer Atem zum

Besten. Enno hat aus Dankbarkeit, dass ihm ein ähnlicher Auftritt erspart blieb, in der Showpause dem Mädchen mit dem Bauchladen gleich mehrere Fächer abgekauft. Und ein Paar Kastagnetten!

In seiner Kabine holt Enno die muschelförmigen Holzschalen aus ihrer Schachtel und denkt an Berit, die als Kind vor Freude aus dem Häuschen geriet, als sie auf die Nachbarinsel zu den Musikmuscheln fuhren. Niemand hatte verstanden, warum sie in Tränen ausbrach, als sie auf der Strandpromenade vor zwei grob an Muscheln erinnernden Gebilden aus schmutzig weißem Beton standen, in denen eine Blaskapelle aus alten Herren spielte. Erst beim Zubettgehen brachte Mutter aus Berit heraus, dass sie tatsächlich Muscheln erwartet hatte, aus deren Innerem die herrlichste, berauschendste Musik erklang. Vergeblich versucht Enno, in Erinnerung an die ihm schon immer rätselhafte kleine Schwester, die hölzernen Muscheln zu rhythmischem Klappern zu bewegen.

Was haben diese Kastagnetten noch gekostet? Enno holt das Logbuch hervor, in das er seine Reiseeindrücke notiert, besonders die Landgänge. Sonst weiß er ja am Ende gar nicht, wo er überall gewesen ist und was er alles erlebt hat. Ein paar Seiten sind für die Ausgaben reserviert. Unter »Königspalast Alcazár, 9,50 Euro (lohnt sich)« und »Flamenco-Show in Triana, 27 Euro (wenn man schon mal da ist)« steht »Kastagnetten«. Er dreht und wendet die Schachtel, durchwühlt Portemonnaie und Jackentaschen nach dem Bon. Schließlich schreibt er »?? Euro (rausgeworfenes Geld)«. Die Fächer kann er wenigstens als Geschenke deklarieren. Aber wem ist er eigentlich Rechenschaft schuldig? Sämtliche Extraausgaben der Reise gehen auf seine eigene Rechnung.

Enno klappt das Buch zu. Er ist es eben gewohnt, zu haushalten. Anders als Bruder Boy, der die Scheinchen, ohne mit der Wimper zu zucken, verbrannte, wenn er sie hatte, aber ebenso gut von Luft und Liebe leben konnte, wenn nichts da war. Neuerdings ist Boy aber offenbar zu Geld gekommen. Keiner wusste, wie viel und woher, aber es musste eine Menge sein. Er hatte Boy versprechen müssen, niemandem vom angekündigten Reisegeld zu erzählen. Wenn die Sache bloß nicht zum Himmel stank! Dann würde er, Enno, mitstinken, denn er hatte Boys versprochenen Anteil für die Reise fest eingeplant.

Ungerufen erscheint das Bild des Bettlers neben der Warteschlange zum Palast Alcazár. Ein dunkler, dürrer Mann, auf Beinstümpfen auf einer schmutzigen Decke hockend, das Gesicht zu Boden gerichtet, die Arme ausgestreckt, reglos in der Hitze, während Hunderte von Menschen im Zeitlupentempo an ihm vorbeizogen. Auf seiner Decke war eine Flasche Limonade umgekippt. Vielleicht hatte ihm die Flasche morgens jemand hingestellt, der abends abkassieren kam. In der ganzen Zeit, in der Enno sich Schritt für Schritt dem Bettler näherte, sah er nicht einen, der eine Münze in den Pappbecher warf. Und mit jedem, der ungerührt ohne eine Gabe vorbeiging, wurde es schwieriger, peinlicher, aus der Reihe auszuscheren und es zu tun. Auch er selbst tat es nicht, als er endlich am Bettler vorbeiging.

Noch jetzt wird Enno flau, wenn er an die umgeworfene Limonadenflasche denkt. Wenn es wenigstens Wein gewesen wäre! Und dennoch, selbst schuld der Mann. So läuft das nicht mit dem Betteln. Nicht in Europa. Nicht bei Touristen. Zu allem Überfluss das einzige Getränk umzuwerfen, das man in der Hitze in Reichweite hat – wenn man nicht allein aufstehen und sich Wasser holen kann. Und dann zwang er sie, das Elend eine gefühlte Ewigkeit mit anzusehen, wie in einem Stau neben der Unfallstelle auf der Autobahn.

Enno schüttelt sich und die Erinnerung an den Bettler ab. Sonst wird das nichts mit der *Glückspassage*. Hier begegnete einem das Glücksversprechen auf Schritt und Tritt. Es begann mit einer Runde Glücksyoga am Morgen und zog sich bis zur Happy Hour durch das Bordprogramm, das täglich Seiten füllte. Manchmal fragte sich Enno, in welcher Form die Leute, die sich an Bord von morgens bis abends bespaßen und beseelen ließen, in der animationslosen Zeit existierten. »Wer sein Glück hier nicht findet«, lautete der Slogan dieser Reise, »findet es irgendwo.« Auch Enno hat durchaus schon sein Glück gefunden. Das Glück, Tag und Nacht auf die Wellen hinabzuschauen, am Fenster seiner Kabine oder hoch oben an Deck. An der See hat Enno sich noch lange nicht satt gesehen.

Heute Abend geht Enno zum ersten Mal ins Dinner-Restaurant und steigt von Deck 14 direkt auf Deck 12 hinab. Deck 13 gibt es nicht, wie auch sonst auf keinem Kreuzfahrtschiff. Hier machen wir uns die Welt eben, wie sie uns gefällt. Die Zahl 13 existiert ebenso wenig wie Tod und Teufel, Armut und Alter, Liebeskummer und Zahnschmerzen. Wohin man blickt, blühende Landschaften in Menschengestalt. Er nimmt Platz an einem der Tische, an denen laut Bordbroschüre »alleinreisende Gäste zwanglos miteinander speisen können«.

»Sehr richtig!« Sein einziger Tischgenosse nickt anerkennend, nachdem Enno seine Getränke bestellt hat. »Sie gehören nicht zu den Leuten, die sich teure Drinks aufschwatzen lassen, wo doch der Wein im Preis inklusive ist.«

Zur Vorspeise – Rindertartar mit marinierter Paprika und pikanter Zwiebelmarmelade – tauschen sich die beiden Alleinreisenden angeregt aus, über die sinnlose Rettungsübung, den kriminellen Mangel an Rettungsbooten, das niveaulose Unterhaltungsprogramm, und entwickeln beim zweiten

Gang – Käsecremesuppe mit Vollkorn-Grissini – die ein oder andere Idee zur Effizienzsteigerung suboptimal organisierter Abläufe. Beim Zwischengericht – Tortellini mit Tomaten-Oliven-Sauce und Basilikum – und bei der Erörterung auf Karten und Schildern omnipräsenter Rechtschreibfehler angelangt, stellt Enno mit leicht schmerzendem Kopf fest, dass er in diesem Gegenüber seinen Meister gefunden hat. Und dass ihm das Essen in dessen Gegenwart kein bisschen schmeckt. Zum Hauptgericht – Rinderfiletsteak mit geschmorten Schalotten und Chili-Schokoladenreduktion – dreht sich das mittlerweile einseitige Tischgespräch um die allgegenwärtige Verschwendung. Enno bestellt ein weiteres Glas Wein, um den stärker werdenden Kopfschmerz zu betäuben.

»Denken Sie nur«, sagt Herr N.-K. (für Nervensäge-Korinthenkacker, wie Enno ihn in stiller Missbilligung nennt) und stochert in seinem gegrillten Barrakuda, »wie viel von diesen Lebensmitteln auch heute Abend wieder in der Mülltonne landet. Und das bezahlen Sie und ich natürlich mit.«

Die freundliche Tischkellnerin, die sie das ganze Dinner hindurch zuvorkommend bedient hat, erkundigt sich nach ihren Wünschen zum Dessert. Enno möchte nur eines ordern: einen Knebel für sein Gegenüber. Doch Herr N.-K. ist schneller.

»Ich hätte gern den Nachtisch mit der Maus.«

»Wie bitte?«

N.-K. tippt auf die Karte. Das Klopfen des Fingernagels erinnert Enno an einen Specht. Und in Ennos schmerzendem Schädel ist der Wurm drin.

Der Blick der Kellnerin folgt dem stochernden Zeigefinger. »Sie wünschen das Litschi-Mousse mit Mandelkrokant? Sehr gerne.«

»Was für ein Mus? Hier steht ›Mouse‹. Zu gut Deutsch

›Maus‹, oder nicht? Also bringen Sie mir auch die Maus. Mit oder ohne Mandelkrokant.«

»Wie Sie wünschen«, murmelt die Kellnerin und geht eiernden Schrittes von dannen. Als Enno ihr nachblickt, sieht er, dass sich ihre Strumpfhose an einer Hacke rot verfärbt hat. Aufgeplatzte Blasen. Das muss den ganzen Abend höllisch geschmerzt haben, vom Rindertartar bis zur Schokoladenreduktion.

»Litschi-Mouse. Haha! Das muss ich gleich in mein Logbuch schreiben.« Herr N.-K. lacht auf. Noch nie hat Enno ein derart freudloses Lachen gehört. »Da notiere ich die Servicemängel und Reklamationen. Und natürlich die Ausgaben.« Der Zeigefinger sticht in Richtung Enno. »Genau wie Sie.«

Enno hat das Dessert sausen und Herrn N.-K. sitzen lassen. Nie, nie wieder, schwört er sich in seiner fest verriegelten Kabine, setzt er sich an einen Tisch für Alleinreisende! Es gibt hier kaum jemanden, der alleine reist – und wenn, ahnt man spätestens nach fünf Minuten, warum. Nach fünfzehn Minuten weiß man es. Aber dann ist es zu spät. Dann sitzt man in der Falle und wartet auf die sedierende Wirkung des Weins. Die bei ihm nicht eingetreten ist. Im Gegenteil, er fühlt sich aufgekratzt wie nach einem inneren Jucken, gepaart mit inzwischen stechendem Kopfschmerz und Schwindel. Schmerzen und Schwindel, wie er sie lange nicht mehr gefühlt hat. Gar nicht mehr gefühlt hat seit – seit der Operation.

Oh Gott. Der Teppichboden unter seinen Füßen schlägt Wellen, und der Horizont vor dem Fenster beginnt zu schaukeln. Enno stürzt ins enge Bad der Kabine und befördert, eingequetscht zwischen Tür und Toilette, einen Teil des Vier-Gänge-Menüs in umgekehrter Reihenfolge aus sich heraus.

Schon eine ganze Weile steht Enno vor der Tür des Schiffsarztes, will sich eben umwenden und gehen, als diese sich öffnet und ein Patient herauswankt, dessen Atem drei Meter gegen den Wind nach Schnaps riecht. Enno weicht zurück, doch der Arzt hat ihn entdeckt. »Was führt Sie zu mir?«

Dieser Arzt, der den Passagieren auf dem Schiff rund um die Uhr zur Verfügung steht, hat vermutlich schon so einiges gesehen (und gerochen). Stockend berichtet Enno von Kopfschmerzen und Schwindel. Der Arzt fragt nach Abendessen, Alkohol, Allergien und Seekrankheit.

»Schon meine Vorfahren fuhren zur See.« Enno räuspert sich. »Und ich selbst komme ebenfalls von der Seefahrt. Gewissermaßen.«

»Gut, gut.« Der Arzt misst Blutdruck und Puls, notiert die Werte, runzelt die Stirn. »Gab es sonst etwas, das Sie heute Abend möglicherweise schlecht vertragen haben?«

»Meinen Tischnachbarn. Die Konversation.«

Der Doktor lacht. »Dagegen ist die Medizin leider machtlos.«

Bei der Erinnerung an den stochernden Zeigefinger, das Ausgabenbuch, den Nachtisch mit der Maus fasst sich Enno auf den Schädel und spürt ein leises Pochen unter der haarlosen Haut. Er denkt an Gesas Theorie von der Schockmauser. Als Kind hatte Enno geglaubt, sich mausern hieße, sich in eine Maus zu verwandeln, später, etwas aus sich zu machen, sich zum Besseren zu wandeln wie das hässliche Entlein zum Schwan. Doch inzwischen weiß er, dass sich mausern zuallererst bedeutet, flugunfähig, nackt und hilflos zu sein.

»Haben Sie Haarwuchsmittel?«

Der freundlich fragende Blick weicht aus dem Gesicht des Arztes. »Da werden Sie bestimmt in der Kosmetikabteilung fündig.« Er blickt auf die Uhr. »Es warten weitere Patienten.«

Enno hat die Arztkabine verlassen und sich ein Stück entfernt, als ihn die Stimme des Schiffsarztes zurückruft. Noch einmal schließt sich hinter Enno die Sprechzimmertür. Leise sagt der Arzt: »Ich habe in Ihrer Patientenakte einen Hinweis gefunden …«

In seiner Kabine blättert Enno in der Reisemappe und stellt fest, dass er nichts vom soeben Gelesenen behalten hat. Er wirft den Ordner in die Ecke. Ein Kuvert rutscht heraus. Enno hat den Brief nicht geöffnet seit der Abfahrt des Schiffes. Jetzt liegen über zweitausend Kilometer Luftlinie und eine noch viel längere Küstenlinie zwischen ihm und zu Hause. Mal sehen, was für gut gemeinte Ratschläge Mutter ihm mit auf den Weg gegeben hat. Er zieht eine Postkarte aus dem Umschlag. Snoopy und Charlie Brown mit dem Rücken zum Betrachter auf einem Steg am See sitzend.

»Eines Tages werden wir alle sterben«, sagt Charlie Brown. »Das stimmt«, antwortet Snoopy, »aber an allen anderen Tagen nicht.« Enno wendet die Karte, auf der in Mutters schwungvoller Schrift nur ein einziger Satz steht: »Und heute ist einer dieser anderen Tage.«

Und das, denkt Enno, gilt dann wohl auch für heute Nacht.

In der Tanzbar wechseln blaues, rosiges und violettes Licht, die Tanzfläche ist halb gefüllt, es werden die Songs seiner Generation gespielt, nur selten etwas aus den Charts von heute. Auf den Loungesofas haben es sich Paare bequem gemacht, an der Bar klammern sich Alleinreisende an Cocktailgläser. Enno möchte am liebsten kehrtmachen, doch in Gedanken an Charlie Brown steuert er auf einen der freien Barhocker zu. Auf dem letzten Meter hält er inne. Wenn er nicht für immer dort hocken und am Ende seines Lebens betrunken und betrübt ohne Abendessen ins Bett geschickt werden möchte, muss er jetzt auf die Tanzfläche. Jetzt oder nie.

Einen Augenblick steht Enno starr unter der rotierenden Discokugel. Tanzende schieben sich an ihm vorbei und mustern ihn aus den Augenwinkeln. Bei den ersten hölzernen Schritten ächzt es ein wenig im Gebälk. Doch Enno sagt sich: Er muss jetzt Rumpf und Arme und Beine bewegen, so lange, bis sie das Kommando übernehmen und der Kopf auf Stand-by geht. So lange, bis er sich endlich vergisst. Vergisst, wie albern er aussehen mag, ein Mann über fünfzig, halbe Glatze, der zu den Songs seiner Jugend abrockt. »Come on now, try to understand ...« Nichts katapultiert einen schneller in vergangene Zeiten als ihre Musik. Mit jeder Bewegung schüttelt Enno ihn ab, den ausgebrannten, schockgemauserten, zu Tode erschrockenen und – das wird ihm schlagartig unter der Discokugel bewusst – einsamen Mann. »... the way I feel, when I'm in your hand.«

Er will das Gefühl zurück, das Gefühl von damals, in der Brust, wenn das Herz im Takt schlägt, im Bauch, wenn der Rhythmus wechselt, in Brust und Bauch und noch etwas tiefer, wenn die Stimme der Sängerin einsetzt. Eine Stimme wie Rauch und Feuer, eine Stimme wie Suzies ... Plötzlich mischt sich in die Stimme von damals eine Stimme von heute, dicht an seinem Ohr.

»Dieser Tanz ist für zwei gemacht.«

Enno weiß nicht recht, wie ihm geschieht, ob er führt oder geführt wird, verführt oder vorgeführt von braun gebrannten Armen und braun brennenden Augen, von niemand anderem als Liberty Liane herself, die ihm ins Ohr haucht: »Wie die Nacht und das Leben.«

Sie tanzen Foxtrott und Jive, Cha-Cha und Rumba, auf einmal ist er Teil eines Paares, und während seine Füße sich der

Schritte entsinnen, überkommt ihn Dankbarkeit für Kerrin, die ihn jahrelang zu Tanzkursen geschleppt hat – und etwas wie Scham, weil er fast nie mit Kerrin tanzen gegangen ist und nun an ihrer Stelle eine Rotgelockte in den Armen hält. Eine Rotgelockte mit nachgewachsenem grauen Haaransatz, wie Enno von oben herab feststellt. Erst auf den zweiten Blick erkennt man unter dem bunten Nagellack und Modeschmuck Libertys feingliedrige, elegante Hände. Sie trägt, zu seiner Überraschung, einen Ehering. Im Gegensatz zu ihm. Es war ein spontaner Impuls gleich nach dem Auspacken seines Koffers, schwupp, ab war er, sicher verstaut in der untersten Schublade, und dabei ist es geblieben.

Liberty ist eine impulsive Tänzerin, sie auf Kurs zu halten eine schweißtreibende Angelegenheit. An Liberty treibt das orientalisch duftende Parfum Blüten. Nur mit Mühe kann Enno sich davon abhalten, einen Blick unter seine Achseln zu werfen.

»Oh, Entschuldigung!« Enno bleibt mitten in der Drehfigur stehen, weil er seiner Dame auf den Fuß getreten ist. Auf Pumps in Kroko-Imitat.

»Lassen Sie das!«

»Tut mir leid«, stammelt Enno, »wird nie wieder ...«

»Das Entschuldigen.« Liberty holt aus zum Hüftschwung. »Und das Stehenbleiben.«

Später am Abend, Enno und Liberty sind fröhlich verschwitzt, schwenkt der DJ auf Schlager um.

»Ich war noch niemals in New York, ich war noch niemals auf Hawaii. Ging nie durch San Francisco in zerriss'nen Jeans«, singt man rundherum lauthals mit. »Ich war noch niemals in New York, ich war noch niemals richtig frei. Einmal verrückt sein und aus allen Zwängen flieh'n.«

Im nächsten Moment, als Enno sich fragt, seit wann sich

»Jeans« auf »flieh'n« reimt, flieht er selbst vor einer wogenden Menge, die sich »atemlos durch die Nacht« zu einer Polonaise formiert.

»So betrunken bin ich dann doch nicht«, spricht er seitwärts zu seiner Begleitung, doch die Begleitung ist futsch. Hat sich in die Manege gestürzt und winkt ihm armreifklimpernd zu, sich einzureihen. Peinlich berührt wendet Enno sich ab. In der sicheren Zuflucht eines Loungesofas, weit weg von der Tanzfläche, überlegt er, ob es nicht das Beste wäre, einfach zu verschwinden. Er hat seinen Spaß gehabt, deutlich mehr als an allen Abenden zuvor, und Liberty wird sich auch ohne ihn amüsieren. Jederzeit und überall. Mit allem und jedem.

Atemlos, in der Tat, lässt Liberty sich mit gerötetem Gesicht neben ihn ins Sofa plumpsen und nimmt ihm den Drink aus der Hand. »Ich bin zu alt für Schämen und guten Geschmack«, sagt sie, kippt die Bloody Mary hinunter und kriegt einen Schluckauf. »Diesen ganzen Sno-hicksi-bismus.«

»Aber Sie sind doch noch nicht ...«, will Enno einwenden.

»Zu alt für alkoholfreie Cocktails. Aah!« Sie reicht ihm das leere Glas zurück. »Und politisch korrekten, hicks, Sex.«

Enno will sich nicht anmerken lassen, dass es sein erstes Mal ist. Wie verhält man sich im Casino? Er hat Lotto gespielt, und das auch nur ein einziges Mal, in diesen verrückten Tagen vor Silvester. Er erinnert sich, wie peinlich ihm dieser irrationale Griff nach dem großen Los vor der Ladeninhaberin war, die ihn selbstverständlich kannte. Aber hier ist er einer von zweitausend Passagieren, unidentifizierter Glückskabinenbewohner beim Glücksspiel. Ihm fällt auf, dass nicht einmal seine Tanzpartnerin ihn beim Namen kennt. Sie hat nicht danach gefragt. Er hat sie mit steigendem Alkoholpegel ein paar Mal mit Liberty angeredet, und sie hat nicht widersprochen.

Zu Ennos Überraschung stehen im glamourösen Casinosaal an einer ganzen Wand Spielautomaten. Die will er links liegen lassen, doch Liberty flattert, ehe er sich's versieht, zu den bunten Lichtern. Der Automat, von ihr gefüttert, blinkt und rattert, ohne etwas auszuspucken, und bekommt zum Abschied einen Puff in die Seite.

Enno geht vor zu den Roulettetischen. Erst mal schauen, was die anderen machen. Wie überhaupt die Spielregeln sind. Er kann kaum glauben, wer da hinter den Spieltischen schweigend an der Wand lehnt: sein Tischgenosse vom heutigen Dinner, das ihm Lichtjahre entfernt scheint. Zu dieser fortgeschrittenen Stunde hätte er ihn mit Schlafmütze im Bett vermutet, die Hände auf der Decke gefaltet, aber nicht an einem Ort solch lasterhaften Vergnügens. Allerdings, zum Vergnügen ist N.-K. auch nicht hier. Er beobachtet, spielt nicht, steht da als stummer Mahner. Wie ein Falke, dem keine Regung des Gewürms am Erdboden entgeht.

»Faites vos jeux! Machen Sie Ihr Spiel! Make your bets!«, ruft soeben der, nein, die Croupière. Mehrere Hände werfen oder legen ihre Jetons auf das Tableau. Rot oder schwarz, gerade oder ungerade, einzelne Zahlen. Die Croupière ist mit dem getätigten Einsatz am Tisch nicht zufrieden. Auffordernd schaut sie in die Runde. Ein paar legen nach. Endlich setzt sie die Roulettescheibe in Bewegung, wirft die Kugel gegen die Drehrichtung in den Zylinder. Während die Kugel losrast, setzt Liberty drei Jetons auf 35, in letzter Sekunde, bevor es heißt: »Rien ne va plus. Nichts geht mehr. No more bets.«

Aller Augen folgen gebannt der kleinen Kugel, die über die Fächer mit Zahlen flitzt, in das ein oder andere Fach hinein- und wieder herausspringt, bevor sie endlich in einem Nummernfach liegen bleibt. Es ist nicht die 35. Die Croupière sagt

Zahl, Farbe und einfache Chancen an, die gewonnen haben, zieht mit ihrem Rechen die verlierenden Einsätze ein und zahlt die Gewinne aus.

Die wenigen Regeln hat Enno bald begriffen, der Rest ist Glück oder Pech, weiß ja jeder. Enno fühlt Libertys Blick auf sich ruhen. Nun setz schon, gibt er sich innerlich einen Ruck, da gibt's nichts zu überlegen, es ist reiner Zufall! Aber das ist es ja eben. Diese Willkür. Dass man so ausgeliefert ist. Widerwillig wirft er einen Jeton auf Schwarz. Liberty lächelt spöttisch.

Enno gewinnt. Ein ganz klein wenig, seinem Einsatz entsprechend. Beim nächsten Mal ein wenig mehr. Hin und her gerissen zwischen Sparsamkeit und Spendierhosenlaune, welche mit jedem Spiel, parallel zu Libertys Mundwinkeln, steiler nach oben schnellt, besorgt Enno Jeton-Nachschub für sie beide. Aus den Augenwinkeln sieht er, wie N.-K. zwischen den Tischen umhergeht, den Spielern ins Gesicht starrt, auf die Hände.

Enno wird immer verwegener. Nichts mehr mit einfachen Chancen, rot oder schwarz, gerade und ungerade. Kinderkram! Alles auf eine Zahl, das ist die Königsklasse! Was auch immer Liberty mit ihrer 35 hat, bei ihm ist es die 19. Mit neunzehn hätte er auf die Seefahrtschule gehen sollen statt Bruder Boy, seinetwegen auch wie Bruder Boy, jedenfalls hätte er gehen sollen. Hätte sollen. Hätte.

»Faites vos jeux! Machen Sie Ihr Spiel!«

Enno legt eine Hand voll Jetons auf die 19. In Libertys Augen blitzt Bewunderung. Dann begegnet er einem anderen Blick, einem stechenden Blick aus kleinen Augen. Wut steigt in Enno auf, ein sich zum Ekel steigernder Widerwille, als ob dieser Mann, dieser Blick daran schuld wäre, dass damals sein Mumm nicht gereicht hat.

Die Kugel fällt, und Enno schaufelt alles, was er hat, auf die eine Zahl, bevor es heißt: »Nichts geht mehr.«

Die Kugel rast, und Enno bricht kalter Schweiß aus. Liberty fasst nach seiner Hand. Sein Herz hämmert, der rotierende Zylinder verschwimmt vor den Augen.

Die Drehung verlangsamt sich, die Kugel hüpft ein letztes Mal von einem Fach in ein anderes, liegt still. Gewinne werden angesagt, der Rechen harkt die »Masse« der Verlierer vom Feld. Als Enno wieder klar sieht, erblickt er zuerst ein hämisches Grinsen, bevor N.-K. sich abwendet und geht. Dann ein warmes Strahlen aus zwei braun brennenden Augen.

»Das müssen wir feiern!«, sagt Liberty und knallt ihm einen Kuss auf die Wange wie einen Ritterschlag. »Gleich beim ersten Mal hast du alles verloren!«

Tatsächlich, Enno fühlt sich in Feierlaune. Denn er spürt, er hat einen Coup gelandet. Wenn nicht bei der Bank, dann bei Liberty. Weil sie weiß, dass er nicht zu den Schnöseln gehört, die solchen Verlust aus anderer Leute Portokasse zahlen. Weil er wirklich etwas riskiert hat. In ihren Augen geht er vom Platz als Held.

»Feiern wir!«, ruft Enno, dreht mit Liberty eine Runde um die Tische und hinaus aus dem Casino im Walzerschritt. Wiener Walzer, ein schwindelerregend schneller. Die Erkenntnis des Abends, wenn nicht seines Lebens ist das: dass er, wenn er wirklich etwas riskiert, nur gewinnen kann. Entweder in bar – oder in ihren Augen.

Den Champagner an der Bar wollte Liberty zahlen, da er soeben sein letztes Hemd verspielt habe. »Dann zahle ich mit dem Unterhemd«, hat Enno geantwortet und aus Freude über die eigene Schlagfertigkeit die ganze Flasche geordert. Wozu gibt es Kreditkarten? Als sie zu fortgeschrittener Nacht mit der Flasche und zwei Gläsern auf das Oberdeck treten, schlägt ihnen heißer, böiger Wind entgegen.

»Schirokko«, sagt Liberty, streift über die Reling und pustet feinen roten Staub von den Fingern. »Bringt Saharasand.«

»Schirokko«, murmelt Enno. »Saharasand.« Bisher gab's für ihn kühlen Nordwester und Nordseestrand. Jetzt steht er hoch über der See in einem fiebrigen Wind, der ihre Haare und Kleider flattern lässt und endlose Sanddünen, Körnchen für Körnchen, über die Meerenge von Gibraltar trägt.

»Europa!« Liberty streckt die Hand nach backbord, dann steuerbord. »Und Afrika!«

Das Klimpern ihrer Armreifen klingt wie Sphärenmusik. Zum Greifen nah ziehen die Lichter der europäischen und afrikanischen Küste vorüber. Tief unter ihnen schwarzes Wasser, in das ihr Schiff eine weiße Spur malt. Gelbes und rötliches Licht flirrt über Tanger und Gibraltar. Und dann diese Sterne am Himmel! Und er mitten unter ihnen! Und neben ihm Liberty! Das alles, staunt Enno, gibt es hier die ganze Zeit, ob mit oder ohne ihn. Das alles hätte er nie erlebt, nie erblickt, wenn er voreilig gestorben wäre. Enno hebt sein Glas. »Auf uns Glückspassagiere!«

Im selben Moment ertönen Stimmen in ihrem Rücken, ein Grüppchen jüngerer Leute tritt neben ihnen an die Reling.

»Da drüben liegen Melilla und Ceuta!« Ein bärtiger Mann mit Dutt streckt die Hand in den Himmel. »Wo die, die es durch die Wüste geschafft haben, an unserem Stacheldraht verrecken.«

»So ist es«, sagt eine junge Frau mit langem schwarzem Haar, die ihn an Inka erinnert. An die neue, verwandelte Inka. »Und die anderen saufen in diesem Meer ab. Schon fast tausend allein in diesem Jahr.«

Enno findet, dass die beiden übertrieben laut miteinander

sprechen, und fragt sich, ob die Mitteilung ihnen gilt, beiseitegesprochen fürs Publikum. Dem dekadenten mittelalten Paar, das auf dem Oberdeck Champagnerflaschen leert. Andererseits: Die beiden Hipster sind schließlich auch auf dem Schiff. Reisen auf Papas Kosten durch die Welt. Oder gehören sie zur Crew? Wenn, dann bestimmt zum Künstlerprogramm.

Enno zieht Liberty sanft am Ärmel, will sie hineinbugsieren ins Schiff und weg von den Toten am Stacheldraht, den gekenterten Booten, die sich vor die flirrenden Lichter am Horizont schieben und aus den eben noch berauschenden Wellen steigen.

»Sie haben recht«, sagt Liberty und trinkt seelenruhig einen Schluck Schampus aus der Flasche. »Aber wir auch.«

Enno schaut sie an, ob sie das wirklich ernst meint, und möchte gar nicht mehr von ihrer Seite weichen. Möchte sich mit ihr baden in dieser Selbstgewissheit, dieser Unbekümmertheit, dieser Skrupellosigkeit – was auch immer es sein mochte, es musste ungeheuer erfrischend sein.

»Meinst du wirklich?«, fragt Liberty auf dem verlassenen Pooldeck vor dem bereits abgedeckten Whirlpool.

Zum ersten Mal erlebt Enno die Frau an seiner Seite zögernd und zweifelnd, und das lässt ihn, im Zusammenwirken mit Cocktails und Champagner, umso entschlossener die Abdeckung vom Pool zerren, die Kleider ablegen und in Unterhose ins türkisblaue, von unten angestrahlte Wasser steigen. »Warm«, ruft er, »herrlich!«

Sekunden später sitzt Liberty neben ihm halb nackt im Wasser. Enno findet sogar den richtigen Knopf und drückt ihn. Es beginnt zu sprudeln. Der Champagner sprudelt auch noch. Enno hebt die Flasche über ihren Kopf. »Ich taufe dich«, sagt er und begießt sie mit Schampus, »auf den Namen Liberty.«

»Auf die Freiheit!«, ruft Liberty, als ihr der Schaumwein durch die Haare in den Nacken rinnt. Sie nimmt Enno die Flasche aus der Hand, steht auf, beugt sich über ihn. »Jetzt du. Wie möchtest du heißen?«

»Anders.«

»Im Ernst? Na schön. Ich taufe dich auf den Namen ...«

»Anders als in Wirklichkeit. Such du was aus.«

Die Flasche schwebt über seinem Kopf. Liberty stutzt. »Was hast du da?«

Unwillkürlich fasst Enno auf das kleine, zugewachsene Loch. »Ach, nichts. Eine Erinnerung.«

Liberty setzt sich wieder, schweigt, sieht auf einmal sehr traurig aus. Nun nimmt Enno ihr die Flasche aus der Hand, schüttet sich selbst den Rest über den halb kahlen Schädel und wirft die leere Flasche in den Pool, wo sie sich in den weiß schäumenden Strudeln dreht. Wie auf Kommando hechten beide hinterher, strampeln und prusten. Liberty drückt Ennos Kopf unter Wasser, und Enno bleibt unten und spielt toter Mann. Plötzlich taucht er auf und speit eine gewaltige Fontäne in die Luft.

Und dann muss alles ganz schnell gehen.

»Scheiße!«, sagt Liberty, »raus hier!«

Sie haben es gerade noch geschafft herauszuklettern, ihre Kleider an sich zu raffen und zu rennen. Die Gläser sind am und die Flasche im Pool zurückgeblieben. Oha, so was kann teuer werden. Liberty muss einen ihrer Kroko-Pumps verloren geben und Enno beide Socken und sein Hemd (wenn auch nicht sein letztes). Egal, Hauptsache, die Portemonnaies samt Bordkarten mit ihren Namen sind nicht am Tatort zurückgeblieben.

In eine der Umkleiden geflüchtet, horchen sie und hoffen, dass ihnen niemand folgt. Enno hat auf der Flucht ein Badetuch geschnappt und reicht es Liberty, die sich zitternd abtrocknet. Danach ist er an der Reihe und sieht beim Trockenrubbeln, dass Liberty die Bluse aus der Hand fällt, dass sie beim Aufheben erst danebengreift, sie dann mühsam über die Arme zieht. Er selbst muss im Unterhemd vor ihr stehen, Feinripp, voll peinlich. Aber auch Liberty ist nicht in Bestform. Die Haare hängen ihr triefend um den Kopf, und der Lack ist ab. Eigentlich gefällt sie ihm so besser. Die braunen Augen brennen noch heller im schmalen Gesicht. Unnatürlich schmal allerdings. Und das Zittern könnte doch langsam mal aufhören?

»Leider kann ich dir keinen Pullover …« Enno stockt, kann Liberty eben noch auffangen, als sie zusammenbricht und einen Augenblick wie ein nasser Sack in seinen Armen hängt. Bevor sie zu sich kommt, sich von ihm losmacht und auf die Bank sinken lässt. Nach Atem ringend sitzt sie mit geschlossenen Augen da.

»Glaub bloß nicht«, stößt sie plötzlich hervor, »das wär so eine billige Masche von mir.«

»Keine Sekunde«, sagt Enno. »Aber wenn es wegen unseres kleinen … Einbruchs ist – ich werde für alle möglichen Folgen aufkommen.«

»Ach was.« Mit einer Handbewegung wischt Liberty alle möglichen Folgen beiseite. Zittert dabei weiter am ganzen Leib.

»Was dann? Was hast du?«

»Nichts.« Vergeblich versucht sie, die oberen Knöpfe ihrer Bluse zu schließen. »Ein kleiner Ausblick auf die Zukunft.«

Enno würde gern helfend zur Hand gehen, möchte aber auch keiner billigen Masche verdächtigt werden. Stattdessen rutscht es ihm plötzlich heraus. Die saublöde Frage nach ihrem Ehemann.

»Ach, der! Den hat mir Rosi für die Reise geliehen.« Liberty dreht den Ehering. »Sie hat mehrere, also Ringe, die Männer sind ihr immer so weggestorben.« Sie schaut Enno ins Gesicht. »Und warum hast du deinen abgelegt?«

Enno steht einen Augenblick der Mund offen, er kann ihn gerade noch rechtzeitig schließen, um einen schmetterlingsleichten Kuss einzufangen.

»Gute Nacht.« Liberty steht auf und geht auf Strümpfen, einen Kroko-Pumps in der Hand, Richtung Ausgang.

»Warte!« Enno kommt angesichts von Libertys Rücken ein niederschmetternder Gedanke. Vielleicht haben sie und Harmony ja nur eine Teilstrecke gebucht? Im Grunde kann sie nach jeder Etappe von Bord gehen. »Bleibst du eigentlich auch bis zum Ende der Reise?«

»Darauf kannst du Gift nehmen«, antwortet Liberty, ohne sich noch einmal umzuwenden. »Diesmal bleibe ich bis zum Ende.«

Enno taumelt in die Kabine. Seine Jeans ist feucht, wo er sie über den nassen Slip gezogen hat, der als Badehose herhalten musste. Dunkel verfärbt im Schritt. Mannomann, voll peinlich sieht das aus. Hoffentlich gibt's keine Erkältung. Er zieht beide Hosen aus, pfeffert sie auf den Boden, denkt an Liberty. Scheiß auf peinlich! Nimm das, Erkältung! Enno ballt die Fäuste und boxt in die Luft. Aber Zähne putzen muss sein, ermahnt er sich. Ohne Ausnahme. Wenn man damit erst anfängt ...

Im Bad kann er den Blick kaum vom Spiegel wenden. Enno bleckt die Zähne, reißt die Augen auf. Was ist es nur? Irgendetwas ist anders an ihm als vor dieser Nacht, wenn auch die Taufe ins Wasser fiel und noch kein neuer Name sich über sein Haupt ergossen hat. Was für eine Nacht! Vom Dinner mit Herrn N.-K. und Audienz beim Schiffsarzt über Tanzbar und Casino mit Liberty bis hinein in den strudelnden Whirlpool! Enno streicht sich über den Kopf. Streicht noch einmal und stutzt. Da ist doch was. Da wächst was! Er beugt den Kopf vor den Vergrößerungsspiegel, kneift die Augen zusammen. Gleich neben dem Bohrloch: drei neue Haare! Und zwar nicht etwa graue, wie ihm der miesepetrige Onkologe prophezeit hat. Goldblonde!

Darauf lässt Enno es noch einmal richtig krachen. Mit voller Wucht wirft er sich rücklings aufs Bett. Der Lattenrost überlebt's ebenso wie sein eigenes Knochengestell. Als Zugabe gibt es einen Purzelbaum. Dann liegt Enno mit verschränkten Armen da und schaut aufs Meer hinaus. Über der dunklen Fläche der See erblickt er am Horizont einen Lichtstreif, zart und schmal und rosarot. Ein neuer Morgen, der keineswegs graut. Liberty bleibt bis zum Ende. Und das alles – seine Fee, seine See, die drei goldenen Haare –, das alles ist erst der Anfang! Taghell wird es in Ennos Brust bei der Aussicht auf den Aufgang nie da gewesener, fremder Sonnen.

Morgensonne fällt in Haus Tide durch den Vorhangspalt in Inges Wandbett. Beim Aufwachen schmerzen ihre Knochen, die Gelenke, Arme und Beine fühlen sich steif an. Kaum vorstellbar, jemals aus diesem Bett hochzukommen. Langsam, Stück für Stück schiebt Inge den Bettvorhang zur Seite. Sie wendet das Gesicht zum Fenster, saugt das Licht auf mit jeder Pore. Licht macht glücklich. Frühlingsmorgenlicht besonders, und ganz besonders, wenn man im Norden lebt und eine alte Frau ist.

»Wie schön, dass du auch noch gekommen bist!«, begrüßt Inge den neuen Tag. »Hatte gar nicht mehr mit dir gerechnet. Was kann ich dir anbieten?«

Inge weiß noch nicht, was dieser Tag von ihr will, aber sie möchte jetzt schwarzen Tee mit Sahne und ein Brötchen mit dick Butter und dünn Konfitüre. Das ist einer der Vorzüge des Alters, findet Inge, als sie die Himbeerkonfitüre vom Löffel leckt, das Glück des täglichen Brötchens mehr zu genießen. In der Jugend gibt's nur Hunger und Völlerei. Auch in der Wohlstandsgesellschaft wird das tägliche Brötchen verachtet. Neulich hat sie gelesen, dass das Glück im Alltag selten geschätzt und erst herbeigesehnt wird, wenn in Ausnahmesituationen wie Krieg und Flucht, Krise und Krankheit der Alltag verloren ist. Doch warum soll man auf einen Krieg oder ein Erdbeben oder Krebs warten, um sich glücklich zu schätzen für ein Dach über dem Kopf, einen Tag ohne Hunger, Kummer und Schmerzen?

Inge jedenfalls versucht an jedem einzelnen dieser Tage, sich nicht nur glücklich zu schätzen – so nach dem Motto, ja, ich weiß, ich sollte dankbar sein –, sondern sich tatsächlich glücklich zu fühlen. Und das ist wirklich gar nicht so leicht. Wie einfach ist es dagegen, sich in miese Stimmung zu versetzen. Man braucht nur die Nachrichten zu hören, die Zeitung aufzuschlagen, es gibt täglich mehr als tausend Gründe, an der Welt im Allgemeinen und der Menschheit im Besonderen zu verzweifeln. Sich trotzdem glücklich zu fühlen, erscheint im Angesicht all des Leids, der geballten Gewalt und Katastrophen als ein Akt der Ignoranz, beinahe des Irrsinns. Und doch glaubt Inge, dass es gut und richtig ist, das menschliche Streben nach Glück, nach dem eigenen und solchem, das man teilen und mehren kann. Man muss nur aufpassen, dass man vor lauter Streben nicht achtlos daran vorbeirauscht. Da hilft es, das Glück nicht nur in der gleißenden Ferne und diesigen Zukunft zu suchen, sondern zuallererst vor der eigenen Nase, in der eigenen Brust. In der schillernden Seifenblase eines schwebenden, runden Augenblicks. Jedes einzelnen schillernden Augenblicks im Verlauf eines langen Tages.

In der Nacht, wenn das Licht uns verlassen hat, sieht die Welt anders aus. Wie so oft in letzter Zeit findet Inge keinen Schlaf. Unter dem Kopfkissen muss ein Nest liegen, aus dem sich, sobald sie den Kopf darauf bettet, die Sorgenbrut in ihre Träume schlängelt. Haus Tide, zischt es unter dem Kissen, das Testament, das Zittern der Hände und Gedanken. Immer häufiger träumt sie von Enno und Boy, Gesa und Berit, die sich vor ihren Augen durch einen Dschungel kämpfen, über steinige, baumlose Steppe, einen Fluss voller Untiefen und Strudel. Inge sieht sie nah und deutlich, winkt ihnen, ruft ihnen zu, doch niemand beachtet sie, als ob eine unsichtbare Wand sie trennte. Sehr laut klingt es in der Stille der Nacht, das leise Rieseln der Sanduhr. Besser, sie steht auf und wandert durchs Haus.

Als Inge am Wandspiegel vorbeihuscht, weißhaarig und im weißen Nachthemd, erscheint sie sich darin wie ihr eigener Geist. Im selben Moment springt draußen etwas Schwarzes auf die Fensterbank, eine im flirrenden Mondlicht riesige dunkle Silhouette. Inge öffnet dem Biest das Fenster, mit einem Satz landet es im Zimmer, schüttelt sich, streckt sich. Auf dem Bettvorleger ist aus dem Panther wieder ein Kater geworden. Abgemagert und verfilzt sieht er aus, mehrere Tage hat sich Ahab nicht blicken lassen. Zwar ist er nicht mehr der Jüngste, aber im Frühjahr noch immer auf Freierspfoten bei sämtlichen Katzen, die nicht beim ersten Miau auf dem Baum sind.

»Erwarte bloß kein Mitleid«, sagt Inge zum hoch erhobenen Katerschwanz. Der restliche Kater ist bereits durch die Tür entschwunden. Es wird wohl eher eine Portion Futter erwartet.

In der Küche brennt eine Kerze auf dem Tisch. Schatten flackern über Gesas Gesicht. Sie blickt weiter in die Ferne, als Inge eintritt. »Ich sehe einfach nichts da draußen.«

»Wie auch«, sagt Inge und öffnet im Dunkeln eine Dose Katzenfutter, »solange du hier drinnen die Zeit anhältst.«

Gesa richtet den Blick auf die Flamme der Kerze. »Manchmal erscheint mir das, was Matteo und ich miteinander teilen, alles andere in den Schatten zu stellen, alles aufzuwiegen, wenn auch nur für Stunden, Augenblicke. Das pure Leben, wundervoll und vergänglich.«

»So wie es eben ist«, sagt Inge und löffelt Futter in den Napf. »Das pure Leben.«

Ahab hat sich auf den Futternapf gestürzt und verschlingt laut schmatzend seine extragroße Portion.

Gesa schenkt dem Kater keine Beachtung. »Dann wieder denke ich, es ist nur ein Trick der Natur. Begehren, Leidenschaft, nichts als Hormone und heiße Luft.« Gesa fährt mit dem Finger durch die Flamme. »Heiße Luft, die das, was gut und von Dauer sein könnte, abfackelt und zerstört. Liebe, Partnerschaft ... Hörst du mir überhaupt zu?«

»Ja, einen Moment.« Inge steht auf. »Das erinnert mich an etwas.« Nach ein paar Minuten kommt sie mit einem Blatt Papier zurück. »Hier ist die Stelle. ›Was von außen wie ein heiß glühender Stern aussieht, ist in Wirklichkeit eine lose Zusammenballung aus Wassereis, Gas, Staub und kohlenstoffhaltigen Verbindungen. Deshalb stellt man sich Kometen oft als schmutzige Schneebälle vor.‹«

»Du meinst, meine Matteo-Liebe ist nur eine Illusion?«

»Ich meine, mal siehst du Sternschnuppen, mal einen schmutzigen Schneeball.«

»Und manchmal bin ich mitten im heiß glühenden Stern.« Gesa knetet aus Kerzenwachs eine Kugel, steckt ein Zündholz hinein. »Dann sehe ich gar nichts.«

Das Licht wird angeknipst, Gesa und Inge zucken zusammen. Kerrin steht im Raum, in Gummistiefeln und Pyjama.

»Hilfe!«, stößt sie nach Luft ringend hervor. »Schnell! Es geht um Schnucke.«

Schnucke allerdings ist offenbar nicht zu helfen. Keine Spur von dem jüngeren ihrer beiden Schafe, als Kerrin, Gesa und Inge auf der Wiese zwischen Garten und Deich nach ihm Ausschau halten. Heide blökt ihnen aufgeregt entgegen, während ihre Lämmer, ein weißes, ein schwarzes, sich an sie drücken. Kerrin, die in der Vollmondnacht ebenfalls keinen Schlaf fand und sich aus dem Fenster lehnte, hat es genau gesehen: Schnucke ist mit dem Ziegenbock durchgebrannt! Der verwünschte Bock von Bauer Frerksen ist anstandslos über den Zaun gesprungen, hat als Rammbock das Gatter aufgedrückt – und eh du dich versiehst, springen Geißbock und Schaf Seite an Seite über die Wiesen.

Inge ist ins Haus zurückgekehrt, während Gesa und Kerrin weiter nach dem bocksbeinigen Entführer und der schafsköpfigen Ausreißerin suchen. Verfroren und erschöpft will sie zu Bett gehen, da erklingt durch das Babyphone Stellas Weinen.

»Mannomann, Kleine, mach dich auf was gefasst«, murmelt Inge, als sie das Baby im Arm wiegt. »Die Welt ist aus den Fugen! Ein Schaf und ein Ziegenbock, was soll dabei herauskommen!«

Stella schaut sie mit staunendem Silberblick an, und draußen, im mondbeschienenen Garten, huscht der schwarze Schatten eines schwarzen Katers umher.

»Daran ist einzig und allein der Frühling schuld«, erklärt Inge der Enkelin. »Dieser langfingrige, grünäugige Schuft mit seinem Flieder, seinen Eiern, seinem Spargel.«

Die schraffierten Linien um die Insel zeigen das Watt, den Teil, der bei Ebbe trockenfällt, durchzogen von den schwarzen, mäandernden Adern der tiefen Priele, in denen man selbst bei Ebbe ertrinken kann.

»Das sind unsere letzten Chancen!« Marten malt rote Kringel um drei Punkte auf Onkel Boys alte Karte. »Wenn da nichts ist, gibt es nichts!«

»Quatsch!« Kaija fährt sich durch die hellblonden Haare, bis sie in alle Richtungen vom Kopf stehen. »Da ist was. Da muss was sein. Muss!«

»Vielleicht war Onkel Boy ein Lügner und Betrüger.« Marten durchkreuzt einen weiteren Punkt. »Nicht der einzige in dieser Familie.«

Kaija nimmt ihrem Bruder den Stift aus der Hand und versieht den durchkreuzten Punkt mit einem Fragezeichen. »Suchen wir den Schatz, ja oder nein?«

»Wir suchen seit Wochen.« Marten starrt vor sich hin. »Die letzten Punkte sind draußen im Watt. Weit draußen. Hinter dem Priel. Dem tiefen. Nicht dem Babypriel, durch den wir mit Mama gewatet sind.«

Kaija beginnt sich an Armen und Beinen zu kratzen. Ihr Bruder darf nicht von Bord gehen! Jetzt, da sie der Rettung so nahe sind. Wie soll sie alleine ins Watt gehen, den Schatz ausgraben, nach Hause tragen? Wie soll sie den Weg zurückfinden, bevor die Flut steigt? Ebenso plötzlich, wie es gekommen ist, hört das Jucken auf. Kaija sitzt ganz still. Das ist jetzt beschlossene Sache. Wenn er wirklich kneift, der Feigling, so kurz vor dem Ziel, dann sucht sie alleine. Es geht ja nicht anders. Unmöglich, dass Haus Tide verkauft wird und Fremde darin wohnen. Unmöglich, nie mehr oben im Spitzboden zu schlafen und im Alkoven Geschichten zu hören und in der Stube die Segelschifffliesen zu zählen und Heide und Schnucke zu füttern und Ahab … und Ahab … Hat Marten daran vielleicht mal gedacht? Kaija kneift die Augen zu, presst die Lippen aufeinander. Es hilft nichts.

Marten zuckt zusammen. Oh Mann, diese Weiber! Das kann er einfach nicht vertragen, das Geflenne. »Schon gut. Wir werden ihn finden. Und jetzt hör mit dem Geheul auf, okay?« Er hält Kaija ein zerknülltes Taschentuch unter die Nase. »Meinst du vielleicht, ich will nicht immer und immer ins Haus Tide zurückkommen?«

Marten blickt durch die runde Dachluke aufs Meer. Auf den hellen Streif am Flutsaum, der aus Tausenden von Vögeln besteht. Dann schielt er hinüber zur kleinen Schwester. Kaija strahlt, als hätten sie die Goldbarren schon in der Tasche. Ja, die ist froh und glücklich, weil sie keine Ahnung hat. Was ist denn, wenn sie den Schatz wirklich finden? Wenn Onkel Boys Karte etwas taugt und ihn nicht längst ein anderer ausgegraben hat? Dann ist womöglich Haus Tide gerettet. Sie können es kaufen, können hier leben. Aber Moment mal, wer denn nun genau? Wie auf Kommando ertönt im selben Moment unten diese Heulboje. Es gibt nur eine Lösung: Der Schatz muss her, und das kleine Monster muss weg.

Höchste Zeit, die Kinder abzuholen. Jochen biegt auf den Parkplatz, mal wieder in letzter Minute, der Fährhafen ist schwieriges Terrain geworden, und vom Hafenbecken hält er sich lieber fern. Seine wiederkehrenden Albträume haben nun ein Gesicht, ein liebenswürdiges, ein schönes Gesicht, was die Träume nicht schöner macht. Seit dem Tag hat er das Rauchen wieder aufgegeben. Das Problem ist, er hat seitdem noch mehr Hunger. Aber wenn man ohnehin nicht satt wird, hält man sich stattdessen eben an *Japanisch für Karateka* oder geht trainieren. Sein Meister ist sehr zufrieden mit ihm. Zufriedener, als er selbst es je sein wird.

An Deck der Fähre schaut Jochen auf die weiße Spur, die das Schiff zwischen ihn und das Festland zieht, und denkt an den Sinnspruch, den der Meister ihnen nach dem Training mit auf den Weg gegeben hat. »Das Glück kommt in Wellen – dazwischen stirbt man tausend Tode.« Tja, im Moment befindet er sich wohl dazwischen. Das Bild hat etwas Tröstliches, von unten gesehen, im Wellental: Die nächste Welle kommt bestimmt. Und trägt dich wieder nach oben. Wenn man gerade obenauf schwimmt, ist es dagegen nicht sehr ermutigend. Kann man das Glück, ob es nun Minuten oder Monate dauert, überhaupt genießen mit dem nächsten tiefen Fall vor Augen, dem unvermeidlichen Untergang? Gesa kann es, denkt Jochen und hält sich an der Reling fest. Gesa kann alles vorher und nachher vergessen, hoch oben, rittlings auf dem Wellenkamm. Deshalb will man immer wieder mit ihr dort sein. Und bleiben. Sich am Wellenkamm festklammern.

»Seevögel bitte nicht füttern!« liest Jochen an der Schiffswand, als er übers Deck nach vorne geht. Die vertrauten Umrisse der Insel rücken näher, und er bereut, dass er sich hat überreden lassen, die Kinder heute im Haus abzuholen statt am Fährhafen auf dem Festland. »Bitte nicht füttern!« – so ein Schild würde er sich selbst jetzt gern um den Hals hängen. »Zu viele Erinnerungen können Magenkoliken verursachen.«

Nach der Nachtschicht im Wohnheim, dem kurzen Schlaf am Vormittag fällt die Müdigkeit wie ein Sack auf seine Schultern, als Jochen den Weg zu Haus Tide einschlägt. Er nennt ihn seit Kurzem, nach der japanischen Bezeichnung für Karate, den »Weg der leeren Hand«. Ein guter Weg, sagt sich Jochen, da lernt man was fürs Leben. Wie man sich aus der Abhängigkeit befreit von Menschen und Dingen, Gegebenheiten und Bedürfnissen. Wie man Gegebenheiten als gegeben nimmt, Bedürfnisse kommen und ziehen lässt wie Wolken. Am besten auch Menschen und Dinge. Dem Himmel ganz nahe ist, wer sich von allem Brauchen und Wollen befreit hat – auch von dem Begehren, um jeden Preis zu leben.

Jochen beginnt zu laufen, mit jedem Schritt schüttelt er die Müdigkeit wie Tropfen aus nassem Fell, fühlt sich leichter, leer bis auf die wiederkehrenden Atemzüge. Als er in den Feldweg biegt, an dessen Ende, allein vor dem Deich, Haus Tide in Sicht kommt, verlangsamt Jochen das Tempo. Er will nicht durch das Tor in der Feldsteinmauer, nicht durch die von Rosen umrankte Haustür. Mit einem Mal schmerzt der Knöchel wieder, den er sich Ende des Jahres verstaucht hat, auf ebendiesem Weg, bei seinem ersten Fluchtversuch. Kater Ahab war ihm zwischen die Beine gelaufen. Der verstauchte Knöchel, der verreckte Motor, die ausgebuchten Quartiere, der Schneesturm ... Wer weiß, in welche Falle er diesmal hineinläuft! Jochen hält inne. Leere und Leichtigkeit? Auch die Kammer war leer, in die ihn sein Vater gesperrt hatte. Die Stille war ihm in Mund und Ohren gekrochen mit dünnen, haarigen Beinen. Die Leere hatte sich um ihn gelegt als ein Panzer aus Eis.

»Jochen!« Die Stimme sprengt die Tür auf, die Tür zur Kammer. Licht dringt in das Innere. Draußen scheint die Sonne. Alles ist hell, warm. Kaum zu ertragen.

Gesa hat Jochen zuerst entdeckt, von oben aus dem Fenster, als er den Weg zum Haus hochtrabt, und ist ihm entgegengegangen. Plötzlich stoppt er kurz vor dem Gartentor, steht ganz starr. Nun schaut er sie an wie ein Wesen von einem anderen Stern. Zieht sie an sich, schließt sie fest in die Arme. Unter dem verschwitzten T-Shirt wummert sein Herz. Mit einem Ruck hält ihres von der anderen Seite dagegen, nur ein kurzes Stakkato, bevor die Arme sich lösen. Jedes schlägt weiter für sich allein.

Inge ist nicht mehr sicher, ob es eine gute Idee war, Jochen zum Bleiben zu überreden. Unten in der Stube sitzt sie mit ihm, Gesa und den Kindern am Tisch vor dem Spielbrett, während Kerrin draußen die Kleine spazieren fährt. In manchen Augenblicken sieht Jochen entspannt und beinahe glücklich aus. Sie selbst ertappt sich, wenn mit gespieltem Eifer gegnerische Spieler aus dem Feld geräumt und wechselnde Allianzen geschmiedet werden, mehr als einmal bei dem Gedanken: ganz wie früher. Bis Kerrin mit der schreienden Stella auf dem Arm hereinrauscht. »Sie hat Hunger.«

Jochens Lächeln stürzt ab. »Bleib«, sagt er, als Gesa mit dem Baby hinausgehen will. »Ich hab schon mal eine nackte Brust gesehen. Sogar diese.«

Wie auf Befehl setzt sich Gesa in den Alkoven. Während aus dem Hintergrund leises Saugen und Schmatzen zu hören ist, blickt Jochen fordernd in die Runde. »Na los, das Spiel geht weiter.«

In diesem Moment erinnert er Inge an jenen Jochen, der nachts mit brennender Zigarette vor der reetgedeckten

Scheune stand, der während des Sturms die Haustür aufriss und eine Schneewehe ins Haus stürzen ließ.

Kerrin hat Gesas Platz eingenommen und spielt weiter mit ihrer Figur. Jochen und Kerrin sind die Einzigen, die mit Eifer bei der Sache scheinen. Die Kinder tauschen Blicke und rutschen auf ihren Stühlen herum, und Inge meint am eigenen Leib zu spüren, wie unbehaglich Gesa sich fühlen muss.

»Genug gespielt«, sagt sie und nimmt ihre Figur aus dem Feld. Marten und Kaija stürmen nach oben, um ihre Sachen zusammenzupacken und mit ihrem Vater nach Hause, in die Schule, den Alltag zurückzukehren. Obwohl sie schon Routine haben im Pendlerleben, geht es nie ohne Gezeter und Geschrei.

Gesa hat die schlafende Stella im Alkoven zugedeckt und lehnt sich an den Bilegger, der nur noch schwache Wärme verströmt.

»Dieses Jahr steht im Zeichen grundlegenden Wandels«, verkündet Kerrin. »Erst mit Komet ›Fortune‹ wird sich zeigen, ob das Schicksal sich zum Guten oder Schlechten wendet.«

»Fortschn«, sagt Gesa. »Fortschn heißt das oder For-tün, nicht Vor-tuh-ne.«

»Sterne und Schicksal sind dumme Ausreden«, stellt Jochen klar. »Ausreden für Menschen, die keine Verantwortung für ihr Leben übernehmen wollen. Sich vor Entscheidungen drücken.«

Bei seinem letzten Satz richten sich alle Blicke auf Gesa. Wie in Flutlicht getaucht steht sie da, bevor die Scheinwerfer ruckartig weiterwandern.

»Was mich betrifft«, sagt Gesa, »ich gehe zurück nach Hamburg. Fange wieder an zu arbeiten. In der Praxis freuen sie sich schon.«

»Nett, dass ich auch davon erfahre.« Jochen schiebt die Spielfiguren auf dem Brett zusammen. »Hat dein Liebster so viel Platz in seiner Dachkammer? Sehr romantisch.«

»Wer hat gesagt, dass ich zu Matteo ziehe?«

»Ach so.« Jochen fegt die Figuren vom Tisch in den Karton. »Soll ich unser Schlafzimmer schon mal frei räumen? Kaijas Babybett steht auch noch irgendwo auf dem Speicher.«

»Ich suche eine Wohnung für mich und Stella.« Gesa hat es in dieser Sekunde entschieden. »Mit einem Zimmer für Marten und Kaija. Die haben's dann nicht mehr so weit mit dem Pendeln zwischen uns.«

Wieder treffen sich alle Blicke auf Gesa.

»Interessant«, sagt Jochen. »Eine zweite Wohnung in Hamburg. Hast du geerbt?«

»Nicht dass ich wüsste«, bemerkt Inge.

Gleichzeitig platzt Kerrin heraus: »Hast du Matteo den Laufpass gegeben?«

»Nein«, sagt Gesa, »ganz im Gegenteil.«

Auf der Rückfahrt steht Jochen nicht mehr allein an Deck der Fähre. Neben ihm halten Marten und Kaija Ausschau nach Seehunden und Schweinswalen. Kaija hat verkündet, dass Schweinswale mindestens so viel Glück bringen wie Delfine. Schließlich sagt man auch »Schwein gehabt«. Marten sind Schweine und Wale jetzt egal. Er hat vor der Stubentür heimlich mitgehört, während Kaija nach seiner Anweisung oben herumpolterte und Packen spielte. Seine Stimmung wechselt wie Himmel und Meer minütlich von Himmelblau nach Schwarzgrau. Mama kommt zurück nach Hamburg! Aber mit dem Baby. Sie zieht nicht zum Italo! Aber auch nicht zu Papa. Die Erwachsenen sind, obwohl sie ständig Vernunft predigen, unberechenbar und voll durchgeknallt. Da hilft nur eins:

so schnell wie möglich selbst einer werden. Dann können die ihn nämlich alle mal. Vielleicht kaufen er und Kaija gar nicht das Haus frei, wenn sie den Schatz finden. Vielleicht hauen sie lieber ab. Aber da wird Kaija nicht mitmachen. Und wenn er alleine …? Marten schaut kurz zur Schwester, die ihm begeistert zuwinkt, weil sie einen ihrer geliebten Schweinswale erblickt hat. Mannomann, mehr braucht dieses Kind nicht zum Glück.

Man muss schon genau hinsehen, denkt Jochen, um die dunklen Stellen zu erkennen, wo die Sandbänke liegen, unsichtbar unter dem Wasserspiegel bei Flut. Wenn man jetzt auf die wogende Nordsee blickt, ist es schwer zu glauben, doch würden sie nur ein wenig abweichen vom Kurs durch die schmale Fahrrinne, liefe ihr Schiff auf Grund.

Zwei Möwen flattern dicht vor Jochens Gesicht und schnappen nach Brotkrumen, die eine Frau in die Luft wirft. In Gedanken läuft er noch einmal den »Weg der leeren Hand« ins Haus Tide. Im Schnelldurchlauf werden Figuren über das Spielbrett geschoben und hinausgeworfen, Gewinne verteilt und eingezogen, bis der Film stoppt und Gesas Gesicht erscheint, nah und groß, über das ein Leuchten zieht, als der Name Matteo fällt. Ruckelnd läuft der Film wieder an, und Gesas Lippen sagen »ganz im Gegenteil«.

Jochen setzt sich auf eine Bank, holt sein Heft hervor. »Das Glück kommt in Wellen«, schreibt er in japanischen Schriftzeichen auf ein Blatt, flüssig diesmal und ohne zu stocken. »Dazwischen stirbt man tausend Tode.«

»Was hast du geschrieben?« Plötzlich steht Kaija neben ihm.

Jochen wuschelt mit den Fingern durch Kaijas Haare. »Das Glück ist keine Dauerwelle«, sagt er, und Kaija kichert.

Dann kommt Jochen ein seltsamer Gedanke. Ob man auch in einer Welle von Glück ersaufen kann, wenn sie einen überrollt? Er faltet aus dem Blatt Papier ein Schiff, wirft es über Bord und übergibt es den Wellen.

Auf der anderen Seite der Erdkugel tritt in derselben Sekunde Boy Boysen aus dem Gefängnis ins Freie. Das Gefängnistor hat sich quietschend geöffnet, hinter ihm flucht auf Spanisch der Aufseher. Wie in einem alten Hollywoodstreifen, schwarzweiß, dramatische Musikuntermalung. Jetzt muss ich nur noch in die gleißende Sonne blinzeln, geblendet vom Licht der Freiheit, und die Hand über die Augen halten, denkt Boy, blinzelt in die gleißende Sonne und hält die Hand über die Augen. Eröffnungsszene, der Zuschauer fragt sich: Wurde soeben der Schurke entlassen oder der zu Unrecht eingekerkerte Held?

Auch wenn Boy sich selbst weder einen Welpen anvertrauen noch als Schwiegersohn empfehlen würde – in diesem Fall plädiert er ausnahmsweise für Held. Er klopft sich auf die Brust, wo er den Scheck trägt, den man ihm zur Entlassung wieder ausgehändigt hat. »Seid umschlungen, Millionen«, summt Boy und schlingt die Arme um den Oberkörper. Da sind sie, zittern mit jedem Herzschlag, die Scheinchen in spe, um Haus Tide freizukaufen. Und dafür hat er immerhin sein Leben riskiert. Hat sie haarscharf überlebt, die mörderische Wette mit Arschloch O'Neill. »Fifty-fifty«, klingt ihm die Stimme des Reedereibesitzers im Ohr, als dieser lässig seine Überlebenschancen abwog, wenn er, Boy, bei Nacht vom Schiff zur Osterinsel schwamm. Sollte er lebend das Ufer erreichen, könnte er den Scheck einlösen. Als Toter – tja, eben nicht. Fifty-fifty.

Die Haie hatten keinen Appetit auf ihn, doch beim ersten Schritt ans vermeintlich rettende Ufer ist er in den verfluchten Seeigel getreten. Ein paar Stacheln sind unter der Haut abgebrochen, die Wunde hat sich entzündet, Blutvergiftung, Fieber, und eine Zeit lang, die Boy am liebsten für immer aus dem Gedächtnis streichen möchte, ist er halb verdurstet und halluzinierend auf diesem gottverlassenen Eiland umhergeirrt. Bis er endlich in eine menschliche Siedlung kam, von wo aus man ihn Tage später mit dem nächsten Schiff aufs dreieinhalbtausend Kilometer entfernte chilenische Festland und ins Krankenhaus von Valparaíso verfrachtete. Und als er endlich wieder auf zwei Beinen stehen und zur Bank spazieren konnte, um den schönen Scheck einzulösen, hat man ihn vom Schalter weg verhaftet.

Das Kreuzfahrtschiff, die »Esperanza«, auf der er für Eigner O'Neill und seine illustren Passagiere auf dem Piano geklimpert hatte, erfuhr er, war kurz nach seinem Absprung von Bord havariert. Zwar nicht auf ein Riff gelaufen und mit Mensch und Maus versunken, wie es Carlos, sein Vorgänger als Bordpianist, prophezeit hatte. Doch die dramatische Evakuierung des Luxusliners war ein Riesenskandal, technische Mängel wurden konstatiert, von Versicherungsbetrug war die Rede. Und genau das, wenn sie ihn fragten, war auch der Grund dafür, dass sich Reedereibesitzer O'Neill seit der Unglücksnacht in Luft aufgelöst hatte. Stattdessen verdächtigte man ihn, dessen Schiffsmusikersklaven, der sich die Freiheit unter Einsatz seines Lebens erkauft hatte, des Mordes an seinem Dienstherrn. Natürlich sprach es nicht für ihn, dass er kurz vor der Katastrophe von Bord gegangen und mit einem Millionenscheck des Verschollenen wieder aufgetaucht war. Und wer glaubte schon die Story mit der Wette! Auf dem Polizeipräsidium von Valparaíso hatte man herzhaft gelacht.

Bis ebenjener Carlos auf den Plan trat, der unter Eid aussagte, Boy habe erst durch ihn von dem freien Posten als Schiffsmusiker gehört und in letzter Sekunde angeheuert – und dass Reeder O'Neill Carlos einst eine ähnlich wahnwitzige Wette angetragen hatte, die er leider ausschlug. Boy hielt das ehrlich gesagt für eine gute Idee, denn Unglücksrabe Carlos hätte mit Sicherheit der erstbeste Hai gefressen. Umgehend verlangte der Mann von ihm für seine Aussage, bei der er nichts als die Wahrheit gesagt hatte, »seinen Anteil«. Wenn das Ganze endgültig geklärt war und das Geld floss, würde er Carlos schon nicht vergessen. Doch bevor O'Neill nicht wieder an die Oberfläche komme, bleibe das Konto eingefroren, hatte es geheißen. Boy war entschlossen, den Abgetauchten notfalls eigenhändig tot oder lebendig an die Oberfläche zu hieven.

»Was ist, Hurensohn, schon Heimweh? Wollen wir tauschen?« Die Stimme kommt aus einem der vergitterten Fenster.

Mehr als vier Monate hat Boy in diesem Loch gesessen, seine Kenntnisse der chilenischen Unterwelt erweitert und sein Spanisch aufgefrischt. Wenn auch keines, das für eine Konversation bei Hofe taugen würde. Boy läuft los, fühlt sein Herz höher schlagen beim Eintauchen in die Straßen von Valparaíso. Liebe auf den ersten Blick war es für ihn bei dieser Stadt am Pazifik, ihren bunten Häuserwürfeln, von lässiger Hand über die Hügel des Paradiestals geworfen. Aus dem chilenischen Hochsommer ist später Herbst geworden. Nach den Wochen in der kahlen Zelle prasseln in den gewundenen Gassen mit ihren steilen Treppen, dem Gewirr aus Stromkabeln und Wäscheleinen die Farben, Töne und Gerüche auf ihn ein. Boy kann sich kaum sattsehen und -hören an den orange, blau und rot leuchtenden Häusern, den Wellen von

Sprache und Musik, die aus Fenstern und Türen schwappen. Unvermittelt dringt durch die Lamellen eines Holzroladens Seufzen und Stöhnen in die mittagsstille Gasse. Wie ein vergessenes Lied, dessen Klang und Rhythmus mit dem ersten Ton zurück ist, fährt es ihm in Kopf und Bauch.

Und dann riecht Boy ihn, noch bevor er in Sicht kommt: Der Wind weht vom tiefblauen Pazifik, den er bald überfliegen wird, vom Herbst der Südhalbkugel in den europäischen Frühling.

Lange nicht mehr hier gewesen. Boy läuft über den Feldweg auf Haus Tide zu. Unangekündigt. Die ersten Augenblicke ungeschützter Begegnung verraten oft mehr als wochenlanges Nebeneinander. Seltsam, auch er ist auf den Anblick des Hauses nie gefasst. Ein altes Friesenhaus, von windschiefen Bäumen umstanden, bemoostes Reetdach, Spitzgiebel, rote Ziegelwände, blaue Haustür und Fensterrahmen, Mutters Rosenstrauch, der sich um den Eingang rankt ... alles wie immer, alles vertraut. Alles friedlich und harmonisch ohne ihn.

Eigentlich müsste er ein wenig hinken, der aus dem fernen Verlies in die Heimat zurückkehrende Sohn. Boy probiert ein Humpeln, zieht beim Gehen das linke Bein nach. Kurz vor dem Gartentor lässt er das Hinken, nimmt Anlauf und springt wie früher über das Tor. Nicht ganz wie früher, er landet auf allen vieren. Richtet sich auf, klopft den Dreck von der Hose und lacht so laut, dass man es im Haus hört. Ein Kopf taucht im Fenster auf, zieht die Gardine mit einem Ruck wieder zu. Tja, Kerrin, keine Zeit mehr, Türen und Tore zu verriegeln. Enno hätte seinen Spaß gehabt, ihn bei der Bruchlandung zu sehen, aber Enno ist ja nun auf We-helt-rei-se, nicht wahr? Warum kommt Mutter nicht an die Tür gelaufen wie früher? Er ist doch nicht diesmal tatsächlich ... zu spät?

Mit zitternden Knien denkt Boy an die Todesnachricht, die ihn kurz vor Silvester auf der »Esperanza« erreichte. Zuerst hat er es einfach nicht geglaubt, und besser, er wäre dabei geblieben. Aber dann hätte er auch die Wette nicht abgeschlossen – und gewonnen.

Kurz glaubt Boy, Inka hinten im Garten zu entdecken, bevor die Gestalt aus seinem Blickfeld verschwindet. Sie soll sich ja so verändert haben. Märchen und Sagen waren zu ihm vorgedrungen, das einst brave blonde Mädchen sei ein Goth geworden, gehe nur noch in Schwarz, führe im fernen Petersburg ein wüstes Leben ... Gespannt war er auf die Begegnung mit der neuen Inka, sehr gespannt. Würde er sie gleich wiedererkennen?

Aber die da, die kennt er. Jene Frau, die jetzt aus der Tür tritt und ihm mit dem Baby auf dem Arm entgegenläuft. Schon wieder so ein Streifen: Der Schurke kehrt nach Hause zurück, die liebende Frau kommt ihm mit dem Kindchen im Arm entgegen. Allein hat sie es zur Welt gebracht, während er hinter Gittern schmorte. Sofort läuft die passende Melodie ab, schluchzende Streicher undsoweiter, er weiß wie so oft nicht, ob es das Stück gibt oder sich soeben selbst in seinem Kopf komponiert hat. Was für eine Schmonzette! Nur dass es sich im wahren Leben, und das ist auch viel besser so, um seine schöne Schwester handelt und um das Kind eines ihm Unbekannten. Boy betrachtet die dunkelhaarige Gesa im roten Kleid und das Kind mit dem schwarzen Haarschopf. »Himmel«, sagt er und küsst Gesa auf die Stirn, »so was wie euch würde man nicht erwarten, wenn sich die Klönschnacktür unterm Reetdach öffnet!«

Vielleicht wird es so werden, denkt Boy, der bei Kaffee und Wasser im Café Vinilo in Valparaíso sitzt und versucht, etwas über den Verbleib von O'Neill herauszufinden. So oder so ähnlich, an jenem Tag, an dem er endlich, endlich nach Hause kommt. Vielleicht auch ganz anders. Anders wäre interessanter.

Zuerst taucht der Schnorchel auf, dann der weiße Schopf von Freddy O'Neill. Der knochige Alte watet an den schneeweißen Strand und schüttelt sich, dass die Tropfen fliegen. Vor seiner Hütte schaukelt die Hängematte im lauen Lüftchen der Südsee. Kann er nicht einfach hierbleiben und als Mr. Nobody seinen Lebensabend in jener Hängematte verbringen? Aber herrje, so ein Lebensabend kann lang werden. Wenn er nach seiner friesischen Sippe schlägt, in der grundsätzlich keiner vor neunzig abtritt, hat er noch gut und gerne zwanzig Jährchen herumzubringen. Ein Mann wie er, in den besten Jahren, im Vollbesitz seiner Kräfte! Freddy schmettert eine Kokosnuss gegen die Hüttenwand, und rate, wer danach ein Loch hat.

Er holt ein kaltes Bier aus der Hütte, setzt sich in den Liegestuhl auf der Veranda, lauscht dem Rascheln der Palmblätter. Gleich wird direkt vor seiner Nase die Show beginnen: Sonnenuntergang. Nicht jungfräulich zart errötend wie im Norden, sondern blutrot und jäh wie eine Granate. Klatsch ins Meer und splash, tropische Nacht! Und zwar Abend für Abend zur selben Stunde. O'Neill trinkt einen Schluck und seufzt. Ehrlich gesagt wird das Ganze schon verdammt langweilig. Aber was soll er machen? Die trügerische »Esperanza« ist nun mal hoffnungslos untergegangen. Die Sicherheitstechnik war nicht mehr auf dem neuesten Stand, kann schon sein, und wer ist so dämlich, ständig die maßlos übertreuerten Checks und Wartungen vorzunehmen. Niemand! Man durfte sich bloß nicht erwischen lassen. Eben. Er wird erst wieder auftauchen, wenn er eine wasserfeste neue Identität hat. Absolut wasserfest.

Freddy trinkt und rülpst. Schade um den schönen Namen. Freddy O'Neill. Hat ihm immer gefallen, weit besser als Frerk Nielsen, als der er das Licht der Welt erblickt hat. Auf der friesischen Insel gleich neben dem Eiland von diesem Boy Boysen. Frerk, für die Amis Frörk, das klingt, als würde man einen Frosch erwürgen.

Freddy hält die Flasche an den Hals, kaltes deutsches Bier, schmeckt hier wie Champagner. Hilft nichts, Freddy O'Neill ist ertrunken und versunken. Denn dem werden sie, sobald er den Kopf aus dem Wasser streckt, den Prozess machen, ihm Mühlsteine an den Hals hängen, so viel sie nur können. Versicherungsbetrug, pfff, so was hat er gar nicht nötig. Er hat Geld genug, mehr als genug. Nun ja, hatte. O'Neill leert die Flasche, wirft sie Richtung Meer, wo sie ziellos in der Brandung trudelt.

Er geht hinüber zu seiner Hütte und lässt sich in die Hängematte fallen. Jetzt zehrt er von letzten Reserven. Wenn er nicht mehr an seine Konten kommt, ist er bald bankrott. Vollkommen bankrott. Während Boy Boysen, dieser halbseidene Schiffsmusiker, sich mit *seinem* Scheck in der Tasche auf den Heimweg macht, um dort den Helden zu spielen, der das Elternhaus rettet. Denn überlebt hat Boysen die Wette, der friesische Habenichts, so viel weiß er, sein ehemaliger Chef, der ehemalige Multimillionär, der ehemalige Freddy O'Neill. Er spuckt von der Hängematte in hohem Bogen in den sonnenwarmen Sand. Sie waren sogar gemeinsam in der Zeitung! Er selbst, der »verschollene Reeder«, Betrüger oder Opfer, das war hier die Frage, und der »mysteriöse Bordpianist«, ein Abenteurer, Glücksritter – oder Mörder?

»Mein Junge«, spricht O'Neill in das schale Lüftchen der Südsee, »du bist mir noch etwas schuldig. Und zwar eine ganze Menge!«

Er wird ihn selbst daran erinnern, jawohl, wenn die Zeit reif ist. Mit der Kokosnuss in der Hand zielt er noch einmal Richtung Hütte. Nicht zum ersten Mal stellt sich Freddy O'Neill das dumme Gesicht dieses Boy vor, wenn er eines bildschönen Tages an die Tür von Haus Tide klopft.

III

Die letzten Sekunden im Leben eines Kometen

»Acht Hauptstuck sind / die ein Comet /
bedeut / wann er am Himmel steht;
Wind / Theurung / Pest / Krieg / Wassersnoth /
Erdbibm / Endrung / eines Herrn Todt.«
Merkvers von 1661 über die Auswirkungen eines Kometen

»Unvermittelt tauchen Kometen zwischen gewohnten
Sternbildern auf und erstrahlen heller als die Fixsterne.«
www.planet-wissen.de/natur/weltall/kometen/

Noch sieben Tage

An diesem unwirklich blauen Sommermorgen tritt Inge in Sandalen, Hemd und Leinenhose auf die Wiese vor ihr Haus. Morgennebel steigt in Schwaden vom Boden und verdampft in der Sonne. Ein weiterer heißer Tag steht bevor. Ein Tag im Juli, den sie noch erlebt, Inge Boysen, in einer Woche achtzig Jahre alt. Sie lehnt sich an den Stamm des alten, vom Sturm gekappten Birnbaums, durch dessen Adern frischer Saft fließt, und schaut hinauf in das dichte Blätterdach, aus dem die Amseln ihren Gesang in die Welt hinausschmettern. Hoch aus den Lüften fällt Möwengeschrei in den Garten, und über dem Gras liegt als honiggelber Klangteppich das Summen der Hummeln und Bienen, die bereits in der Frühe angetrunken von Blüte zu Blüte taumeln. Leise dringt am beinahe windstillen Morgen das Rauschen der See herüber, die unsichtbar hinter dem grünen Deich liegt.

Inge tritt unter dem Blätterdach des Birnbaums hervor und wandert durch den Garten. Früher hat sie den Herbst geliebt. Den aparten Herbst mit seinen satten Farben, noch einmal aufleuchtend im sich neigenden Licht. Den Sommer lieben kann jeder, hat sie gedacht. Das ist kein Kunststück. Aber muss Liebe ein Kunststück sein? Im Vorübergehen zupft Inge Beeren von den Sträuchern und stopft sie in den Mund. Seit Langem schon zieht sie den Sommer vor, und zwar Hochsommer, so hoch wie nur möglich. Sonne hoch, Quecksilber hoch, Saison hoch, Höchststand an Badegästen und Brutvögeln, Licht und Liebe, das volle Programm. Ungewöhnlich ist die Kette heißer Tage für ihre Breitengrade, doch nicht sie sind der Grund für die Karawane vom Festland, die sich in Richtung ihres kleinen Eilands in Bewegung gesetzt hat und Tag für Tag weiter anschwillt. Schuld sind die aktuellen Meldungen, dass Komet »Fortune« in den bevorstehenden Tagen auf seiner Umlaufbahn der Erde am nächsten komme und das Himmelsereignis von diesem Erdenfleckchen besonders gut gesichtet werden könne. Wobei es nicht auszuschließen sei, dass einige Meteoritenbrocken unbekannter Größe einschlagen, in die Nordsee oder an der Küste. Oder auf einer der Inseln.

Inge nascht verstohlen von Kerrins Erbsen. Was für Früchte aus Nachbars Garten gilt, trifft auch auf das Gemüse der Schwiegertochter zu. Herrlich süß schmecken die Erbsen frisch aus verbotener Schote. Schade wär's um diesen Garten ... Erst war von südlicher Nordsee die Rede, da würden die Brocken noch gut und gerne auf den Niederlanden niederlanden, dann von der deutschen Nordseeküste, was den Ostfriesenwitzen neue Nahrung gab, doch inzwischen haben sie sich auf Nordfriesland eingeschossen. Je näher ihr Geburtstagsfest rückt, desto enger zieht sich der Kreis um diesen Tag und diese Insel. Es wird Zeit, den Champagner kaltzustellen.

Am Küchentisch sichtet Inge die Post. Eine Karte aus Sizilien, unterschrieben von Gesa und Matteo. Die hat aber lange gebraucht. Und das hier? Inge öffnet ein Kuvert. Großnichte Regine samt Anhang – sie erinnert sich kaum, wann sie Regine zuletzt gesehen hat, vermutlich im Taufkleid. Inge beißt in ihr Brötchen und liest laut mit vollem Mund. »›Liebe Inge! Ein runder Geburtstag steht ins Haus! Wir sind gerade in der Gegend und dachten ...‹, du wärst inzwischen zu verkalkt«, ergänzt Inge, »um zu durchschauen, dass es uns einzig und allein darum geht, bei freier Kost und Logis dem Kometenspektakel beizuwohnen.« Inge wirft den Brief in den Papierkorb zu anderen Schreiben von alten Bekannten und unbekannten Verwandten, die sich zufälligerweise in den letzten Tagen an sie erinnern. Dann holt sie ihn wieder heraus. Regine und alle anderen – sollen sie ruhig kommen. Wer weiß, ob man sich in diesem Leben sonst noch mal wiedersieht.

»Dieser Gauner! Erpresser!« Kerrin tritt in die Küche und wedelt mit einem weiteren Kuvert in der Hand. »Feddersen hat die Preise für das Festbuffet schon wieder erhöht! ›Wegen akuter Lieferengpässe und erhöhter Beschaffungskosten‹.« Auf und ab gehend zählt sie ihre Vorräte in Kammer und Garten auf und schlägt vor, das Buffet aus eigenem Anbau zu bestücken.

Schöne Idee auf den ersten Blick. Doch dann muss Inge sich eingestehen, dass Kaufmann Feddersen am längeren Hebel sitzt. Sie möchte ihren Gästen etwas mehr bieten als Kerrins eingelegte Gurken und selbst gezogene Radieschen.

Mit dem Ziel Inselkaufmann vor den zusammengekniffenen Augen sitzt Inge auf dem Beifahrersitz von Ilses Auto, derselben alten Karre, mit der diese seit Ewigkeiten ihre Hausbesuche bei den Patienten macht. Die Rasanz ihres Fahrstils ist parallel zur Klapprigkeit des Gefährts angestiegen. Was hilft's, Inge muss ein ernstes Wort mit Kaufmann Feddersen reden, und sie fährt selbst nicht mehr seit dem Schlaganfall.

»Guck dir das an!«, ruft Ilse, während sie sich kurz vor Frerksens Hof in die Kurve legt. »Die Festung Königstein ist eine Sandburg dagegen!«

Inge öffnet die Augen. Es lohnt sich. Frerksens haben sich hinter hohen Zäunen verschanzt. »Ich war in Physik nie die

Hellste«, bemerkt sie, »aber kommen Meteore nicht eher von oben? Was helfen da Zäune ums Haus?«

»Sie helfen gegen Nachbarn«, bemerkt Ilse mit einem Seitenblick auf Inge. »Falls die es nach der Katastrophe auf die gehorteten Speckseiten abgesehen haben.«

Auf dem Weg in den Inselort passieren sie weitere verbarrikadierte und zum Teil von ihren Bewohnern verlassene Häuser. Vor anderen wiederum, Einfamilienhäusern und Wohnungen, die sonst nie vermietet wurden, hängen »Zimmer frei«-Schilder. In der Hafenstraße wendet eine Frau in Kittelschürze das Schild auf »belegt«.

»Mannomann.« Ilse drückt im Vorbeifahren auf die Hupe. »Wenn selbst die Kramer-Bude Abnehmer findet, muss wirklich Landunter sein. Alles total vergilbt dort. Otto Kramer hat gleich zwei Raucherbeine.« Sie tritt aufs Gaspedal. «Wer braucht Beine, wenn man Zigaretten in den Fingern halten kann.«

Als sich die beiden alten Frauen zu Fuß dem Hauptplatz des Ortes nähern, hat Inge das Gefühl, dass etwas nicht stimmt. Der Inselsupermarkt sieht geschlossen aus, in die Kirche strömen so viele Menschen wie sonst nicht mal an Weihnachten.

»Sag mal, haben wir uns im Tag geirrt? Ist heute Sonntag?«

»Ach was«, sagt Ilse. »Hier ist jetzt täglich heilige Messe. Aufgrund stark gestiegener Nachfrage. Heute ist irgendwas mit Beichte oder so, ich kenn mich da nicht aus.«

Stimmt, Ilse ist eine der wenigen, die keiner Kirche angehören. Die meisten Insulaner sind, zumindest pro forma, evangelisch, ein paar Katholiken gibt es und seit Kurzem eine Handvoll Muslime, die vor dem Krieg in der Heimat um die halbe Welt geflüchtet und ausgerechnet hier, am kalten Arsch der Welt, gestrandet sind, verteilt nach deutschem Quotensystem. Das haben viele Ureinwohner noch nicht verkraftet, dass die Welt da draußen neuerdings bis zu ihnen vordringt. Ganz nach dem alten friesischen Leitspruch: »Lewer stjunk fan Sjipluurter üs fan Fräärmern.« Lieber Gestank von Schafdünger als von Fremden. Einige dieser Fremden sprechen fließend Englisch, besitzen Smartphones und begeistern sich nicht für sämtliche abgelegten Kleider der Insulaner, die die günstige Gelegenheit zu nutzen suchen, ihre Schränke vom Ballast der Jahrzehnte zu befreien und sich dabei moralisch hochwertig zu fühlen. Manche der muslimischen Frauen tragen nicht mal Kopftuch, geschweige denn Burka. Enttäuschung auf ganzer Linie.

»Lass mal sehen.« Inge nimmt Kurs auf die Kirchentür.

Die Kirche ist voll bis auf den letzten Platz. Inge und Ilse quetschen sich zwischen die dicht gedrängt stehenden Menschen im hinteren Teil des Kirchenschiffs. Als das Orgelspiel einsetzt, legt sich das Geflüster. Die Musik braust in unheilschwangeren Wellen über die Versammelten, und es scheint, als baumelten die von der Decke hängenden geschnitzten Schiffsmodelle noch tiefer als sonst über den gesenkten Köpfen. Dann ist es plötzlich still.

»Ein Stern erstrahlte am Himmel«, hebt der Pastor an, »heller als alle Sterne, und sein Licht war unaussprechlich, und seine Neuheit erregte Befremden.«

Ist das wirklich ihr guter alter Pastor Köster, der mit seltsam hoher Stimme zu ihnen spricht?, fragt sich Inge. Ob ihm die stark gestiegene Nachfrage zu Kopf gestiegen ist?

»Auch uns steht etwas Unaussprechliches, Neues bevor«, fährt Pastor Köster fort und senkt die Stimme. Diesmal eine Oktave tiefer als gewöhnlich. »Heute sind wir hier versammelt, um im Angesicht des Kommenden Buße zu tun. Noch ist es Zeit, zu bereuen und umzukehren.«

Recht hat der Mann, denken sich Inge und Ilse. Sie kehren

um und quetschen sich durch die Herde seiner Schäfchen Richtung Ausgang.

An der Tür des einzigen Inselsupermarkts hängt ein handgemaltes Schild. »Heute wegen Ausverkauf geschlossen.«
»Wie bitte?« Inge schaut auf die Uhr. »Es ist nicht mal elf!«
»Du kriegst wohl gar nichts mit auf eurem Einödhof da draußen«, meint Ilse. »Feddersens Laden wird Tag für Tag früher leer gefegt vom Ansturm der Insulaner und Kometentouristen. Er druckt auch jeden Tag neue Preisschilder. Es wird nicht billiger.«
Inge drückt die Nase an der Scheibe platt und betrachtet die leeren Regale im Inneren des Supermarkts. Was wird nun aus der großen Lieferung vor ihrem Fest? Und was aus dem ernsten Wort, das sie mit Kaufmann Feddersen reden wollte?
Auf dem Rückweg zum Parkplatz kommen sie am Büro der Kurverwaltung vorüber. Die Kurverwaltung – Touristeninformation, Zimmervermittlung, Service, Souvenirs, WLAN – rangiert in ihrer Monopolstellung auf der Insel gleich nach dem Kaufmann. Auch hier hängt ein Schild im Fenster: »Alle Quartiere ausgebucht«. Die Tür steht allerdings offen.
Ein Glöckchen bimmelt, die Leiterin und einzige Mitarbeiterin, kurz Königin der Kurverwaltung, blickt auf. Ihr professionelles Lächeln gefriert beim Anblick der beiden ihr wohlbekannten Alten. »Oh, guten Tag, was verschafft mir die Ehre?«, begrüßt sie Inge und Ilse säuerlich. Dann kehrt das Lächeln zurück. »Habt ihr zum … bevorstehenden Ereignis ein Quartier anzubieten?«
»Du meinst meine Geburtstagsfeier?« Inge gibt sich geschmeichelt. »Dass du daran gedacht hast. Du bist ja nicht einmal eingeladen.«

»Nein, ich dachte eigentlich …«

»Ganz im Gegenteil, ich brauche Unterkünfte für meine Gäste.«

Darüber kann die Kurverwaltung nur lachen. »Haha. Nicht mal mehr ein Bett im Stroh ist zu haben. Nicht mal mehr ein Strohhalm.« Sie deutet auf hohe Stapel, wo sonst die Gastgeberverzeichnisse ausliegen. »Aber bitte, nehmt doch davon.«

Zurück in Ilses Auto holt Inge die Broschüren aus der Tasche. »Sternstunden der Insel« steht in pompöser Schrift auf dem Cover. In das Foto eines Sonnenuntergangs über dem Meer wurde anstelle der Sonne ein Komet gephotoshopt. Dieser Sonnenuntergang sieht in Inges Augen eher nach Erduntergang aus. Sie schlägt das Heft auf und liest laut vor: »Tipps und Tricks zum richtigen Verhalten im Kometenfall«.

»Im Kometenfall, um Himmels willen.« Inge macht einen Satz in ihrem Sitz, als Ilse sprunghaft anfährt. »Die Kurverwaltung wird poetisch. Rette sich, wer kann.«

Noch fünf Tage

»Was lesen Sie denn Schönes?«, möchte die ältere Dame gegenüber von Berit wissen. Genau wegen solcher unausweichlicher Gespräche und Blickwechsel setzt sich Berit im Zug sonst nie an einen Vierertisch. Aber heute hat sie gedacht, sie könnte mit etwas Glück im Zug das Kapitel zu Ende schreiben, bevor sie sich in Haus Tide in das Finale der Festvorbereitungen stürzt. Den Plan hat sie schnell wieder aufgegeben, denn nur eins ist unangenehmer, als wenn einem die Leute beim Lesen über die Schulter schauen: wenn einem die Leute beim Schreiben über die Schulter schauen. Ebenso gut könnte man Berit zwingen, die Tür der Zugtoilette sperrangelweit offen stehen zu lassen oder eine Kamera über dem Bett zu installieren.

Statt einer Antwort hält Berit der Dame das Buch entgegen. *Suomi Tango ilman hirvi* steht darauf, was so viel bedeutet wie »Finnischer Tango ohne Elch«. Das Risiko, dass ihr Gegenüber Finnisch spricht, hat Berit für überschaubar gehalten. Außerdem gefiel ihr das Bild auf dem Umschlag: Ein altes Paar, das auf einer Lichtung inmitten schneebedeckter Fichten mit melancholischen Mienen Tango tanzt, aus dem Unterholz beobachtet von einem ebenso melancholisch dreinblickenden Elch. Unter dem Schutzumschlag verbirgt sich ein anderes Buch, ein Geschenk von ihrem neuen Handschuhfreund. Der mit dem dunkelblauen Fäustling, Daumen links. Es heißt *Familienfeiern überleben für Hochsensible*.

Ein wahrer Glücksfall ist das gewesen. Auch wenn sein und

ihr Fäustling doch kein perfektes Paar ergaben, hat ihr die Begegnung mit Torben über vieles in ihrem Leben die Augen geöffnet. Darüber, dass sie nicht, wie so lange befürchtet, krank oder gestört, sondern einfach anders ist, anders wahrnimmt. Ungefilterter, detaillierter, komplexer, komplizierter. Genau wie Torben und viele andere, die von Kindheit an zu hören bekamen, sie sollen sich nicht so anstellen, nicht immer so übertreiben und sich zusammenreißen. Keine Extrawürste bitte (oder gar gar keine Würste). Alle anderen können auch, niemand sonst hat damit jemals ein Problem gehabt, also, wo ist das Problem? Passt schon, wird schon. Und wer nicht passt, wird passend gemacht.

Wenn ihr heute jemand so kommt, erinnert sich Berit an die Gespräche mit Torben, Codewort »blauer Fäustling«. Vor allem gehe es darum, hat Torben gesagt, ihre Sensibilität nicht als Handicap zu betrachten, sondern als persönliche Eigenart und Quelle ihrer Kreativität. Diese Eigenart sei weder ein Grund, sich zu schämen, noch sich etwas darauf einzubilden.

»Ist das Finnisch?«, dringt es in Berits Ohr.

Berit nickt, schüttelt den Kopf, lächelt, als ob sie nicht recht verstünde. Sie hat sich unauffällig umgeschaut, es gibt keinen freien Platz mehr in diesem Zug. Hinter ihr dröhnt jemand ins Handy, am Vierertisch nebenan öffnet soeben eine Gruppe in HSV-Trikots ploppend Bierflaschen. Gleich wird es gewiss sehr lustig zugehen. Für die HSV-Fans. Torbens Ratgeberreihe hat noch viel Potenzial: *Reisen überleben für Hochsensible*, *Konferenzen überleben für Hochsensible* usw.

Keine halbe Stunde hatte sie mit Torben im Café gesessen, als er Berit mit wissendem Lächeln »im Club« begrüßte – nur dass sie von ihrer Clubmitgliedschaft bislang keine Ahnung hatte. Seitdem hat sie viel mit ihm gesprochen, einiges zum Thema gelesen und ihre emotionale Ernährung umgestellt, ähnlich wie Leute, die herausfinden, dass sie kein Gluten vertragen. Die Diät für »Hosen« (Torbens und Berits Abkürzung für Hochsensible) hieß, Reizüberflutung reduzieren, Hektik, Chaos, Lärm und Menschengruppen nur in kleinen Dosen zu sich nehmen und zum Verdauen des Erlebten für Auszeiten sorgen. Zeit zum Runterfahren, Tagträumen, in der sich die inneren Quellen wieder auffüllen, bis sie zu sprudeln beginnen. Es ist nicht einfach in diesen schneller, greller, lauter werdenden Stand-by-Zeiten, sich Auszeiten zu verschaffen, aber für sie und ihresgleichen absolut notwendige Voraussetzung für ein glückliches Leben. Denn wenn man sie nur ließ, konnten die Hosen mit nichts und wieder nichts verdammt glücklich sein.

Und was sagte Johanna zu dem Ganzen? Tja, Johanna musste ihr Desensibilisierungsprogramm samt Multitaskingtraining komplett einstellen. Eine Glutenunverträglichkeit heile man auch nicht, indem man möglichst viel Gluten in sich hineinstopft, hatte Berit erklärt. Während sie sich nun mithilfe von Torbens Ratgeber auf die große Familienfeier vorbereitet, hat Berit das Gefühl, einen forschenden Blick auf sich zu spüren. Nein, sie wird jetzt nicht hochschauen, sondern sich tiefer in ihr Buch vertiefen. Doch der gefühlte Blick durchkreuzt ihre Gedanken ebenso wie lautes, monotones Brummen. Gleich wird sie rot werden unter diesem eindringlichen Blick, als hätte sie tief drinnen etwas zu verbergen. Berit klappt das Buch zu. Was heißt hier »hätte«? Sie hat etwas zu verbergen! Eine ganze Menge sogar. Wie jeder Mensch, der nicht aus Plastik besteht.

»Ich werde es Ihnen nicht verraten«, sagt Berit zu der Dame.

An Deck der Fähre überkommt Berit das große Glück. Nicht beim ersten Blick auf die See, nicht im selben Moment, in dem sie es erwartet, aber sie weiß inzwischen, es wird kommen. Langsam, aber sicher blüht es in ihr auf angesichts der sich entfernenden Küste, der vorüberziehenden Silhouette der Halligen, der weißen Spur, die das Schiff in das Fahrwasser wühlt. So ist es auch mit Johanna, geht es Berit, an die Reling gelehnt, durch den Sinn. Oft spürt sie nach einer Trennung nicht viel im lang ersehnten Augenblick, wenn sie sich in den Armen liegen, fühlt sich lieblos und unzulänglich deshalb – und schäumt Stunden später über vor Freude, wenn Johanna sich auf Johanna-Art die Haare kämmt, oder Tage später beim Anblick ihrer Haare in der Bürste, die wieder mal im Flur herumliegt, weil Johanna in Eile war.

Ihr Glück kommt in Langwellen. Und es kommt immer, früher oder später, am Meer. Berit ist bewusst, wenn sie auf das scheinbar makellose Blau blickt, dass in jedem Quadratkilometer Meer Unmengen von Plastikmüll treiben, von gigantischen Müllstrudeln bis zu Millionen unsichtbarer Mikropartikel, dass die Meere vergiftet und überfischt sind, der von Menschen erzeugte Unterwasserschall Wale und Robben orientierungslos und krank macht, und weiß auch, dass wir all das nur ignorieren können, weil es für uns in weiten Teilen unsichtbar und unhörbar bleibt. Und doch hält Berit an der See als Inbegriff des Vollkommenen fest, so wie andere an ihrem Glauben an Gott und das Paradies.

Auf dem Innendeich der Insel stehen ein wenig erhöht alte Häuser mit freiem Blick auf die Dorfstraße, in deren Gärten Heckenrosen, Klatschmohn und Lupinen blühen, als müssten sie die Kurzlebigkeit des nördlichen Sommers durch besondere Farbenpracht wettmachen. Vor den Häusern stehen Bänke, auf den Bänken sitzen alte Leute. So war das hier immer schon, und manchmal kommt es Berit vor, als wären es noch dieselben Alten wie in ihrer Kindheit. Verwunschen sitzen sie auf ihren Inselbänken, altern nicht, sterben nicht, während um sie herum Kriege geführt, Grenzen verschoben, weltweite Netze gespannt und Schokoriegel von Raider in Twix umbenannt werden.

Und manche Dinge ändern sich nie, denkt Berit, als sie in Haus Tide mit Gesa in Inkas Zimmer auf dem Bett sitzt. Die einst bunt gemusterten, später pastellfarbenen, zuletzt pechschwarzen Wände ihres früheren Mädchenzimmers leuchten blütenweiß. Aus den Mädchen sind Frauen geworden. Doch noch immer gibt es Menschen, die ihren Mitmenschen solche Briefe schreiben.

»Heute ist wieder einer gekommen«, hat Gesa gesagt und Berit das Machwerk zu lesen gegeben.

»Gesa Boysen, alte Schlampe! Gehst mit nem Typ ins Bett, der dein Sohn sein könnte. Ekelhaft ist das, einfach wiederlich. Und dann mit dem Bastard hierher zurückkommen!«

»Und Tausende Männer da draußen brüsten sich mit ihren Jahrzehnte jüngeren Frauen!« Berit faltet das Blatt zusammen. Das Papier brennt ihr zwischen den Fingern, als würde Gift aus den Buchstaben triefen. »Ich hab früher auch solche netten Schreiben gekriegt.«

»Du, wieso das denn?«

»Widerliche Lesbe, lass deine schmutzigen Finger von unseren Töchtern ... Gleicher Rechtschreibfehler übrigens, wiederlich mit e. Damals war ich zum ersten Mal richtig verliebt.«

Gesa und Berit spazieren im Abendlicht über den von Schafen bevölkerten Deich. Jede Herde hat ihre Farben, manche Tiere laufen mit bunt markierten Rücken umher. Lämmer stürzen sich auf die Euter ihrer Mütter, die sich mit Schafsgeduld von ihren Halbstarken aussaugen lassen.

Die Schwestern setzen sich auf eine Bank und sind bald

eingekreist von Schafen, die sie aus undurchdringlich hellen Augen mustern. Zwei schubbern sich an beiden Seiten der Bank, während Gesa Plastikschalen und Baguette aus ihrem Rucksack holt.

»Fehlt bloß, dass sie neben uns Platz nehmen«, sagt Gesa.

»Und erwarten, dass wir ihnen weiße Servietten umbinden«, meint Berit und nimmt das Pistazienmus in Augenschein. »Wie war's auf Sizilien?«

»Wenn ich fünfzehn Jahre jünger wäre«, sagt Gesa und blickt auf die sinkende Sonne, »würde ich auswandern. Das Reisebüro hat Matteo eine Stelle als Filialleiter in Aussicht gestellt. In Syrakus.«

»Quatsch, jünger, geh mit!«, ruft Berit.

»Ich hab drei Kinder. Zwei davon haben einen Vater, der eher nicht mitgeht.«

»Klar. Hab ich ne Sekunde vergessen, die Kinder.«

»Tja«, sagt Gesa, »das ist der Unterschied.«

Seit jenem Tag, dem schlimmsten ihres Lebens, muss sie es aufs Neue lernen, die Kinder eine Sekunde zu vergessen, auch ihre »Großen«. Niemals vergessen wird Gesa die luftabschnürende Angst, die bohrenden Schuldgefühle. Wenn sie tatsächlich ertrunken wären da draußen … An einem strahlenden Maitag waren Marten und Kaija alleine ins Watt hinausspaziert, durch den verbotenen Priel geschwommen. Und sie wären auch heil zurückgekommen, hat Marten geschworen – kreidebleich und schlotternd, als man sie fand, und lange noch kleinlaut danach –, wäre nicht wie aus dem Nichts der Seenebel aufgekommen. Aber so kam er eben auf, der Seenebel, aus dem Nichts. Kaija war barfuß in eine Muschel getreten, zu Hause, in Sicherheit, spürte sie den Schmerz des tiefen Schnitts. Orientierungslos waren sie im dichten Nebel im Kreis gelaufen, das Handy ohne Empfang, und hatten sich schließlich auf eine Sandbank geflüchtet. Die Flut kehrte zurück, und das Wasser stieg. Die Suche nach ihnen war in vollem Gang.

»Dass ausgerechnet Matteo sie gefunden hat ...« Wie durch ein Objektiv, das scharfgestellt wird, nimmt Gesa die Möwen wieder wahr, die um sie flattern, die Bank auf dem Deich, Berits hellhäutige Hand auf ihrem gebräunten Arm. In ihrem Schreck waren Marten und Kaija herausgerückt mit der fixen Idee, einen Schatz zu finden, um Haus Tide zu retten. Gesa hatte nicht gewusst, dass ihre Kinder es so sehr liebten, mehr als sie selbst. Damit war für sie unwiderruflich klar, dass ein Verkauf des Hauses auch nach Inges Tod nicht infrage kam, wie sehr sie das Geld in ihrer Lage auch gebrauchen konnten. Gesa hofft inständig, dass Marten und Kaija ein für alle Mal verstanden haben, was Jochen und sie ihnen sagten: dass kein Schatz der Welt sie ersetzen kann. Dass der größte Schatz, den es zu bewahren gilt, ihr Leben ist. Hoffentlich hat auch Mama es verstanden, denkt Gesa, als sie nach dem Gespräch mit den Kindern zu ihr sagte: Das Gleiche gilt auch für dich.

Lange sitzen die Schwestern schweigend da, schauen in die über den Horizont ziehenden Wolken. Dann fragt Berit: »Was meinst du zu Mame?«

»Gut«, sagt Gesa, der die Angst in der Stimme der jüngeren Schwester nicht entgeht, »erstaunlich gut. Du wirst sehen, Mamas Neunzigsten feiern wir auch noch.«

Als Berit und Gesa die Sandbucht erreichen, beginnt Gesa, sich auszuziehen. »Los geht's!«

»Ich hab keine Badesachen ...«

»Quatsch, Badesachen!« Gesa wirft ihre Kleider in den Sand und läuft ins Meer.

»Aber ich hab auch kein Handtuch und ... na schön.« Berit bespritzt sich mit Wasser und geht bis zur Hüfte hinein. Hitzewelle hin oder her, diese Wellen sind arschkalt wie immer. Aber ist das göttlich, bei Sonnenuntergang im Wasser zu stehen, mitten im Glorienschein des rotgoldenen Leuchtens!

Gesa schwimmt schon ein ganzes Stück weit draußen und winkt. »Komm rein!«

Eine Weile gleiten die beiden nebeneinander durchs Wasser.

»Sag mal, stimmt es, dass Jochen eine neue Freundin hat?«
»Mmh.«
»Bringt er sie mit zum Fest?«
»Mmh.«
»Wie ... ist das für dich?«

Gesa taucht unter, kommt hochgeschossen und sagt, während ihr Wasser übers Gesicht läuft: »Das ist für alle das Beste.«

Es ist fast elf, als Berit allein zurückspaziert. Noch immer liegt ein heller Streif am Horizont. Dunkelblauviolettes Meer, dunkelblauvioletter Himmel, Wiesen, aus denen blauviolett der Duft der Nacht aufsteigt. Magisches Licht. An Schlaf nicht zu denken.

Zu Hause schleicht sich Berit, um Mame nebenan nicht zu wecken, in die Stube und öffnet die Türen des Wandbetts. Sie drückt ein Kissen an die Rückwand des Alkovens und klappt das Notebook auf. Hier hat sie ihn begonnen, ihren Roman, zwischen den Jahren, während um sie die Welt vereiste. In ihrer Geschichte zieht der Schneesturm erst noch auf, der das Haus einschließen wird, während draußen in der wirklichen Welt Winter und Frühling ins Land gingen und einem Jahrhundertsommer wichen. Zwei Tage sind vergangen im Roman, zweihundert in der Welt. Wenn es in diesem Tempo weitergeht, wird Mame das Buch nicht mehr ... Unsinn, Gesa hat gesagt, wir werden noch ihren Neunzigsten feiern.

Im Alkoven schreibt Berit einen neuen Satz für ihr Geburtstagsgeschenk. Sie hat sämtliche Briefrollen, die Mame und sie in Jahrzehnten füreinander im Geheimfach des Alkovens versteckt haben, sortiert, aneinandergebunden und ineinandergerollt zu einer weit mäandernden, beinahe unendlichen Geschichte. Vorläufig endet sie so: »Die Nacht lässt sich Zeit, lungert auf der Schwelle des Sonnenuntergangs herum, der ihr einen roten Teppich ausgerollt hat.«

Eine Nacht ist vergangen in der Welt, ein paar Seiten sind entstanden im Roman. Berit ist hundemüde, die Sonne hingegen hat nach einem kurzen Nickerchen hinterm Horizont wieder Oberwasser. Seltsam ist das: Hier kann sie schreiben. Ohne Tisch, ohne eigenes Zimmer, umschlossen von den himmelblauen Wänden des Alkovens. Aber ins Haus Tide kann sie nicht zurück, solange Enno und Kerrin hier herrschen und solange Leute hier leben, ganz nah und doch unerkannt, die solche Briefe schreiben. Ja, es kann stressig und nervig sein, doch Berit liebt ihr Berlin, wo trotz aller Enge Platz ist für Menschen und Seligkeiten jeder Façon. Natürlich hat Johanna ihr einen Schlüssel zu ihrer Wohnung in die Hand gedrückt, sobald sie aus der eigenen rausmusste (auch für den alten Herrn Behringer gab's trotz Protest keine Gnade). Aber bei Johanna kann sie nicht schreiben. Da ist zu viel Johanna. Ebenso wenig in einer WG oder einem Café. Da ist zu viel WG und Café. Und auch nicht in einem dieser neuen *Coworking spaces*. Hat sie alles probiert.

Immerhin, ihre Geschichte hat die ersten heiklen Monate überstanden. Ihr Herz schlägt regelmäßig und kräftig, sie nimmt Form an und wächst. Für einen Abbruch ist es zu spät. Erleichterung überkommt Berit bei dieser Gewissheit, bevor sie die Türen des Wandbetts zuklappt und in tiefen Schlaf fällt.

Noch drei Tage

*D*as ganze Haus wird auf den Kopf gestellt. In einer Verschnaufpause lässt sich Kerrin im Schlafzimmer in den Korbsessel fallen. Es wird schön gemacht und herausgeputzt für das Fest, ihr wunderbares, angeheiratetes Haus Tide. Ihm wurde sie nicht in die Wiege gelegt wie die Boysen-Kinder, und doch ist es ihr erstes Zuhause im Leben. Sie kennt seine Schmuckseiten und Schmutzecken, seine Gebrechen und Geheimnisse, jeden Winkel. Wenn man es Enno und ihr wegnimmt nach Inges Tod, weil sie die Geschwister nicht auszahlen können ..., dann müssen sie erst ihre Wurzeln aus dem Dielenboden reißen.

Aber daran will Kerrin jetzt nicht denken. Jetzt heißt es, sich ins Zeug zu legen für den großen Tag. Die Lieferengpässe und all die kleineren und größeren Hindernisse, die sich auf den letzten Metern auftürmen, spornen sie nur an. Wenn sie etwas gelernt hat im Leben, dann aus nichts etwas zu machen. Alle tragen auf ihre Weise zu den Vorbereitungen bei, Inge, Gesa, Berit, sogar die Kinder. Im Haushalt ist Berit weiß Gott keine große Hilfe, aber dafür kümmert sie sich um Tischreden und Gästelisten, bastelt mit Marten und Kaija Glückskekse mit Sprüchen und ähnliche Dinge, für die man einen Doktor in Lingudingsbums gebrauchen kann. Zwischendurch ist sie für Stunden wie vom Erdboden verschluckt, aber das kennt man ja von Ennos kleiner Schwester.

Kerrin geht ihre Liste durch: Gartenfackeln, Servietten, Sektkühler, Erdbeerkuchen. Erdbeerkuchen, Erdbeerkuchen … Da fehlt doch noch was, denkt Kerrin, als ihr Blick auf die leere Seite des Bettes fällt und von dort zum immer noch leeren Bilderrahmen auf dem Nachttisch wandert.

Enno. Enno fehlt. Ennos starke Schulter, Ennos klangvolle Stimme, Ennos Fernweh und Furcht vor Schnupfen, sein Mut bei Sturm und Gewitter, seine Schwäche für Seefunk und Seefahrt, seine Rockmusik, Karten und Zahlen, seine Angst vor übler Nachrede, offenen Türen, Ennos Liebe zu Haus und Heimat, seine Sturheit, seine treublauen Augen, seine süße Loyalität. Ganz besonders jetzt fehlt er ihr, vor dem Fest und vor Inkas Geburtstag. Und was, und was, und was … wenn der Komet tatsächlich … wenn sie Enno niemals wiedersieht?

In dieser Sekunde piept ihr Handy. »Skypen? Bin gerade an Land und könnte …« So schnell war Kerrin noch nie an ihrem Computer, der nun auch hier im Schlafzimmer steht. Ein verwackelter Enno erscheint.

»Enno!«, bringt Kerrin leicht heiser heraus.

»Geht's dir gut, Liebling? Du siehst so …«

»Jaja, alles in Ordnung«, unterbricht ihn Kerrin und lächelt. »Ist nur gerade Hochwasser in Sachen Partyplanung, du weißt schon.«

»Uns steht das Wasser auch bis zum Hals.« Enno grinst in der heiteren, beinahe albernen Art, die er seit einiger Zeit an den Tag legt. Er deutet hinter sich, wo im offenen Fenster eine türkisblaue Fläche aufscheint. »Guck schnell, bevor sie futsch sind.«

»Futsch sind?«

»Na, die Malediven.«

Ehrlich gesagt, die Malediven können Kerrin gestohlen bleiben.

Enno schlägt einen ernsteren Ton an. »Bist du ganz sicher, dass ihr ohne mich klarkommt? Ist Mutter wirklich nicht traurig? Nein?« Er sieht fast ein wenig enttäuscht aus. »Und du? Soll ich nicht doch kommen? Noch kann ich einen Flug buchen.«

Ennos Stimme schwankt, und sein Bild wackelt. Kerrin weiß, dass er sein Angebot ernst meint. Und gleichzeitig hofft, dass sie es nicht annimmt. Schnell, bevor die Verbindung abreißt oder sie es sich anders überlegt, sagt Kerrin mit fester Stimme: »Ganz sicher, Enno. Wir kommen klar. Und du bleibst, wo du bist!«

Der türkisblaue Schein und Ennos Gesicht verlöschen. Kerrin schluchzt, beißt die Zähne zusammen. Offenbar ist es nicht bis zu den Kreuzfahrern durchgedrungen, dass der Komet in der Nähe ihrer Insel herunterkommen soll. Wenn sie Enno gestanden hätte, dass sie Angst hat, nachts manchmal schweißgebadet aufwacht, würde er sich Sorgen machen, womöglich die Reise unterbrechen. Und das will sie nicht. Enno soll endlich unbeschwert glücklich sein.

Kerrin kehrt zur Liste zurück. So, was fehlte zum Erdbeerkuchen? Schlagsahne! Sie macht eine Notiz und springt auf. Hier tatenlos herumzusitzen hilft gar nichts.

Zehn, Zehn und nochmals Zehn. Peng, das war bloß ne Zwei, aber immerhin hat sie die Scheibe getroffen, und zwar mit links! Ihre kleine Schießbude in der Scheune ist im Trubel der Festvorbereitungen Kerrins Festung geworden. Gesa hat recht gehabt, die in die Geburtsvorbereitungskurse integrierten Schießübungen haben sich – nach anfänglichem Widerstand – als Hit bei den schwangeren Inselfrauen erwiesen. Doch deren Zahl hält sich nach wie vor in Grenzen. Und die Kurverwaltung hat ihre angeblich schwangere Tochter als Spionin zum Kurs geschickt und droht Kerrin mit Ärger wegen unerlaubten Waffenbesitzes. Kerrin jedoch hat nun eine Verbündete. Gesa unterstützt sie in ihren Plänen, seit sie der Schwägerin das Debakel mit dem Loch im ungefragt ausgeliehenen Body gebeichtet hat. Einer der peinlichsten Momente ihres Lebens, doch was blieb ihr übrig, als Gesa die Koffer packte. Sie wäre sonst mitsamt der kleinen Stella ausgezogen.

Im Laufe der nächsten Tage wird sich das Haus füllen, bis es aus allen Ritzen platzt. Ihr Sohn Karsten hat sich entschuldigt, leider, leider, er büffelt in den Staaten Tag und Nacht für seine Abschlussprüfungen. Das geht natürlich vor. Aber morgen wird Inka kommen. Bei diesem Gedanken schießt Kerrin prompt daneben. In Sekundenschnelle hat sich vor die Freude auf ihre Tochter die Aussicht auf die Stunde der Wahrheit geschoben. Die vermaledeite tote Mutter ist noch das kleinere Übel im Vergleich zum quicklebendigen Vater.

Kerrin heftet eine frische Zielscheibe an. Wer weiß, ob er überhaupt kommt. Schwager Boy wechselt seine Pläne bekanntlich wie seine Unterwäsche. Vermutlich öfter. Kerrin legt aufs Neue an, zielt. Schließlich hast du es schon einmal geschafft, jemanden für immer loszuwerden, erinnert sie sich. Diese Suzie, die für ein paar (Tausend) Silberlinge ihre schwarz lackierten Fingernägel von ihrem Enno gelassen hat (lange bevor sie sie nach Boy ausstreckte). Auch Boy mit seinem Lebenswandel auf großem Fuße und ohne Standbein braucht bestimmt dringend Geld! Das Korn liegt auf einer Linie mit der Oberkante der Kimme. Die Linie zittert. Das Dumme ist, dass sie ihre gesamten Ersparnisse in Ennos Reise investiert hat.

Kerrin steht da, gespannt bis in die Fingerspitzen, den Blick auf die Zielscheibe gerichtet. Sie denkt an die Maulwürfe, die sie so lange mit Heringsköpfen und in Benzin getränkten

Lappen traktiert hat, bis sie ihr Feld räumten. An die Ratten, die das Gift mit dem Köder fressen, die Schnecken, die von ganz allein ins Bierglas fallen, wenn man es ihnen nur hübsch serviert.

Gemeinsam mit Gesa geht Kerrin am Esstisch die in Haus Tide erwarteten Gäste durch. »Also, du, Matteo und Stella zieht zurück in mein Wohnzimmer«, ordnet sie an, »Inka in ihr Zimmer zu Berit – ach nein, zu Berit kommt ja noch Johanna. Und Inka hat gemailt, dass sie zwei Freund*innen aus Petersburg mitbringt. Mit Sternchen nach Freund – was hat das wieder zu bedeuten, irgendwas mit dem Kometen?«

»Ich denke, es hat zu bedeuten«, sagt Gesa, »dass eine der beiden Freundinnen ein Freund ist. Oder trans.«

»Trans?«

»Vergiss es. Lass dich überraschen.«

Kerrin zuckt zusammen. »Meinetwegen. Also Inka und ihre Freunde in Inkas Zimmer. Berit und Johanna unten in die Stube, da müssen sie wohl mit Isomatten vorliebnehmen. Jochen und seine Neue ...« Nun zuckt Gesa zusammen. Kerrin schaut auf die Liste. »Nami – soll das ein Name sein?! Tja, raus in den Garten, anders geht's nicht.«

»Nami heißt ›Welle‹. Ist ne Japanerin«, sagt Gesa. »Und was heißt ›raus in den Garten‹?«

»Wir stellen Zelte auf. Ist ja kein Hotel hier. Und die Insel ist komplett ausgebucht. All die Sternengucker, Pressefuzzis ...«

»Katastrophentouristen«, ergänzt Gesa. »Vielleicht geht die Insel wegen Übergewicht unter, bevor der Komet sie versenkt.«

Nun ist es wieder an Kerrin, zusammenzufahren. »Wir sollten das Schicksal nicht herausfordern!« Sie erinnert sich an das Vorbrennen, die unheilverkündenden Lichter draußen auf See zwischen den Jahren. »Jedes Kämmerchen belegt, genau wie vor Silvester ... Nur dass diesmal keine Inge dahintersteckt.«

Wie bitte? Gesa versucht, ihre Überraschung zu verbergen. Dafür, dass Jochen und sie zwischen den Jahren gegen ihren Willen gemeinsam hier eingesperrt waren, sollte Mama verantwortlich sein? Na, darüber wird sie mit ihr noch ein Wörtchen reden! Aber nicht mit Kerrin, die sie gespannt beobachtet.

»Du hast jemanden vergessen«, sagt Gesa.

»Wen?«

»Kann jeden Moment vor der Tür stehen. Der würde sicher gerne im Spitzboden schlafen wie früher. Aber da sind schon Marten und Kaija.«

»Dann kommt er halt in den Keller.«

»Das Haus hat keinen Keller.«

»Tja.«

»Was hast du eigentlich gegen ihn?« fragt Gesa. »Übrigens, ich wüsste noch ein freies Bett. Ein halbes Doppelbett in einem geräumigen Schlafzimmer.«

»Nur über meine ...« Kerrin verstummt.

Gesa folgt Kerrins Blick, steht auf und rennt.

Einen Moment glaubt Gesa, er springt jetzt wie früher über das Gartentor. Mit großen Schritten nimmt Boy Anlauf, stoppt in letzter Sekunde vor dem geschlossenen Tor, dass der Staub aufwirbelt, drückt die Klinke hinunter und schlurft o-beinig und mit hängenden Schultern hindurch. Gesa lacht laut auf bei diesem Anblick, und im selben Augenblick lacht auch Boy, richtet sich auf, geht über den Gartenweg auf Gesa zu und breitet die Arme aus.

Kurz bevor Gesa hineinfliegen kann, lässt Boy die Arme

sinken und tritt einen Schritt zurück. »Schwesterherz! Kannst du bitte noch mal reingehen und mit dem Baby auf dem Arm wiederkommen?«

Gesa macht auf dem Absatz kehrt und kommt mit Stella auf dem Arm wieder heraus.

»Himmel«, sagt Boy und küsst Gesa auf die Stirn. »So was wie euch würde man nicht erwarten, wenn sich die Klönschnacktür ... ach, nee.« Er hält inne, überlegt. »Und jetzt noch mal im roten Kleid, bitte.«

»Willkommen zu Hause, Spinner.«

»Zelt ist super«, sagt Boy zu Kerrin, die mit verschränkten Armen vor ihm in der Küche steht. »Wollte schon ewig mal wieder zelten.«

»Zelt kommt nicht infrage«, schaltet sich Inge ein, deren Augen glänzen, seit Boy wieder da ist. »Mit deinem kaputten Rücken. Denk an den Sturz, wie lange du danach ...«

»Welcher Sturz? Ist doch mehr als sieben Jahre her!« Boy nimmt Kater Ahab auf den Arm, der sich vor ihm aufgebaut hat. Der Kater sträubt sich und zeigt Krallen. »Autsch. Alle sieben Jahre wächst dem Menschen ein neues Rückgrat, frisch wie am ersten Tag, wusstet ihr das etwa nicht?« Er krault Ahab zwischen den Ohren. »Das heißt, manchen Menschen. Andere müssen ein Leben lang ohne auskommen.«

»Na dann«, sagt Kerrin. »Wir haben aber keine Unterlagen mehr. Die Luftmatratzen sind oben bei den Kindern und die Isomatten kriegen Berit und ...«

»Wer braucht Unterlagen. Es kommen doch schöne Frauen zur Party, oder etwa nicht?« Über Kerrins Kopf hinweg, deren Ohren sich rot färben, zwinkert Boy Gesa zu und legt sich Ahab um die Schultern wie einen Fellkragen. Nur dass aus dem schwarzen Fell ein einzelnes lebendiges Auge blitzt.

Drei grüne Augen sehen Gesa an, als sie ihren Bruder mit dem Katerkragen betrachtet.

Boy nimmt das Tuch zur Abdunkelung von der Dachluke im Spitzboden, dem einzigen Raum im Haus, von dem aus man über den Deich hinweg das Meer sehen kann. Der Strahl des Leuchtturms, der draußen über das schwarze Wasser läuft, streift in regelmäßigen Abständen sein Gesicht. Marten und Kaija haben ihm ihren Platz überlassen und sind, bis Matteo kommt, zu Gesa und dem Baby ins Wohnzimmer gezogen. Dieser für einen Erwachsenen viel zu niedrige Raum ist der einzige im Haus, in dem ihm nicht eng wird, der einzige, in dem er an Land gut schlafen kann. Vielleicht, weil der Rhythmus des Leuchtfeuers beinahe so gut ist wie das Wiegen der Wellen.

Heute will er nicht schlafen. Seine erste Nacht unter diesem Dach seit wer weiß wann. Boy öffnet die Luke, saugt die salzige Luft ein. Möwenschreie. Mondlicht. Ein silbriger Pfad über den Wellen, dem man schlafwandelnd folgen möchte. Einmal ist er tatsächlich hinausgegangen in einer solchen Nacht, es war Vollmond, Ebbe, er war zwölf, hatte seine Schatzkarten im Gepäck. So manches hat er gefunden im Laufe der Jahre im Watt, Scherben, Henkel von Tonkrügen, Löffel, kleine Knochen. Doch in jener Nacht hätte ihn der Ausflug fast das Leben gekostet.

Boy öffnet die Tür zum Dachboden nebenan, der Strahl der Taschenlampe wandert über Spinnweben und Gerümpel. Er steigt auf einen Stuhl und leuchtet auf jeden Dachbalken. Das Kästchen mit seinen Schatzkarten ist verschwunden. Er lässt den Lichtstrahl über die Dielen laufen, auf der Suche nach etwas, das ihn heute weit mehr interessiert als die kindischen Karten.

Auf den Notizheften steht kein Name, nur »Lesen verboten« unter einem Totenkopf in seiner sich schwindelfrei seitwärts neigenden Schuljungenschrift. Ewig hat Boy nicht an die Hefte gedacht, vor Jahrzehnten unter den Dielen vergraben, voll von Erinnerungen, die er nicht mitnehmen wollte hinaus in die neue Welt, hinaus aus Haus Tide. Als er nun zu lesen beginnt, ist es, als hätte ihn jemand über Bord gestoßen, und er sänke lotrecht hinab in die Tiefe.

»Endlich frei! Ich hab mir hier oben im Giebel unter der Luke ein Bett gebaut. Dies ist die erste Nacht: Der Wind weht vom Meer herein. Es ist zwei Uhr, meine Haut fühlt sich salzig an. Ich kann nicht schlafen. Wie kann man schlafen, wenn alles um einen und in einem so sehr ... lebt?!!«

Da stehen sie vor ihm, siamesische Zwillinge: dieser Junge mit seinen biegsamen grünen Fasern und sein erwachsenes Selbst, in dem diese Fasern verholzen und brüchig werden. Der Junge schaut nach vorn, und der Mann schaut zurück. Und mittendrin teilen beide ein Herz.

Hinterrücks überfällt ihn das tot geglaubte Verlangen nach Alkohol, dem ersten Schluck, der heiß die Kehle hinabrinnt. Hastig blättert er zurück. Noch einmal dieser Boy sein, der sich geschworen hat, hinauszugehen in die weite Welt und so viel er von ihr tragen kann in die Taschen seiner Matrosenjacke zu stecken. Ja, er hat seine Taschen gefüllt. Vom Boden bis zur Decke stapeln sich die Souvenirs in den Kammern seines Gedächtnisses. Dies sind seine Schätze: Erinnerungen an Länder, Städte, Häfen, an Farben, Speisen und Gerüche, an Meere, Menschen, Musik. Mit diesem Besitz wird er sterben als reicher Mann, auch ohne O'Neills Millionen.

Nein. Du schleichst dich jetzt nicht hinunter, sagt sich Boy. Kein Tropfen. Nie wieder. Denk an die Nacht, als du beinahe in deiner eigenen Kotze verreckt bist. Denk an den

Geschmack im Mund, den Geruch in den Kleidern. Denk an den Ekel im Blick der jungen Frau, die dich ... okay, das hat noch immer geholfen. Überhaupt, sagt sich Boy, als er die lose Diele zurücklegt und festklopft, du hast doch, trotz des Unfalls, die Kurve gekriegt und dein Glück gemacht. Vom Seemann zum Bordpianisten – kein Anlass, zu bereuen und sich zu betrinken. Er trägt die Hefte nach nebenan, auf sein Lager im Spitzboden, und begegnet dort sich und Gesa, die in ebendiesem Raum mit der unwiederbringlichen Begeisterung der Jugend *Die Sturmhöhe* lesen.

Hat auch Gesa ihr Glück gemacht, oder verspielt sie es gerade?, fragt sich Boy, während der Strahl des Leuchtturms flüchtig sein Gesicht streift. Enno, Berit? Mutter? Wenn, dann muss ihr Glück ein anderes sein als jenes, das er gesucht hat. Seines war nicht auf Wachstum und Ernte aus, nicht auf die nachhaltigen Freuden des Wurzelschlagens und Früchtetragens. Sein größtes Glück war das Fallobst, das einem unverhofft in den Schoß segelte, während man vergeblich, gelegentlich verzweifelt etwas ganz anderes suchte – so wie Amerika oder Röntgenstrahlen, LSD, Viagra, Sekundenkleber. Ja, er war noch immer verliebt in das Zufallsglück, andernorts auch »luck«, »chance«, »serendipity« genannt, mal wirkungslos und mal lebensändernd – immer jedoch mit dem Kick des Unverhofften, der Überraschung.

Moment, was ist das denn? Stammt nicht von ihm, dieser Zettel zwischen den Seiten. Boy nimmt das Heft, schlägt es auf. »Ich weiß nicht, was mich auf die hirnverbrannte Idee gebracht hat, ausgerechnet diese Suzie aufzusuchen«, steht dort in einer Erwachsenenschrift. »Dass Enno früher für sie geschwärmt hat, hätte mir Warnung genug sein sollen.« Auf dem Zettel ist nichts als ein großes Fragezeichen.

Boy ist froh, dass er Enno beim Fest nicht unter die Augen

treten muss. Kerrin hat nichts dergleichen gesagt, aber er ist sicher, dass sein Bruder inzwischen Bescheid weiß über Kerrins und sein Komplott. Niemals hätte Enno sonst zugestimmt, das versprochene Geld für die Reise von ihm anzunehmen. Aber was ist mit Inka? War es Inkas Zettel, Inkas Fragezeichen? Hat sie seine Tagebücher gefunden, gelesen, sich etwas zusammengereimt? Und wenn ja, was? Boy schiebt den Zettel zurück an die alte Stelle. Vielleicht war es an der Zeit, Inka die ganze Wahrheit über ihre Adoption zu sagen, biologischer Vater inklusive. Oder, warte, vielleicht könnte man sie raten lassen. Stell dir vor, er ist heute Abend hier unter den Gästen … tatatataaa (drei Achtel auf G, ein langgezogenes Es, fortissimo).

Ein Lächeln macht sich breit auf Boys Lippen, verschwindet. Nein, er hat es Kerrin hoch und heilig versprochen, das war nun mal der Deal: Sie adoptiert ein Kind, das sogar blutsverwandt ist, er wird eins los, das dennoch in der Familie bleibt. Schwamm drüber. Damals war ihm das als geniale Idee erschienen. Aber ein Kind ist nun mal nicht aus Kreide.

Boy legt das Heft aus der Hand, stößt sich beim Aufstehen den Kopf an der niedrigen Decke. Es bleibt dabei: Was soll er mit einer Tochter? Da ist einfach kein Platz in seinem Seesack. »Where ignorance is bliss, 'tis folly to be wise«, zitiert er, sich den Schädel reibend, Thomas Gray. Wo Nichtwissen Seligkeit bedeutet, ist es Torheit, klug zu sein. Nicht wahr?

Noch zwei Tage

*E*s ist brütend heiß, als sich die Familie zum Mittagessen auf der Terrasse versammelt. Inge, Kerrin, Berit und Marten sitzen im Schatten zweier Sonnenschirme, Gesa, Boy und Kaija in der prallen Sonne. An Boys Platz liegen zwei Messer, er steht auf und kommt mit einer Gabel zurück.

Kerrin stellt Würstchen und Kartoffelbrei auf den Gartentisch und füllt Boys Teller. Boy wollte ja so gerne draußen essen, und wenn der Herr sich alle Jubeljahre blicken lässt, ist sein Wunsch Befehl. »Und, was hast du die ganze Zeit getrieben in Peru?«

»Chile.«

»Chile.« Sie gießt schwungvoll Sauce aufs Püree, ein Spritzer landet auf Boys hellem Sommerhemd.

»Was man da halt so macht. Ich saß im Gefängnis.«

»Wie bitte?« Inge wird weiß um die Nase. »Ich dachte, du ...«

»Kleiner Scherz.«

»Wirklich witzig.« Berit streicht kurz über Inges Hand.

»Das stimmt bestimmt.« Kaija fuchtelt mit einem aufgespießten Würstchen in der Luft. »Onkel Boy war im Knast. Vielleicht als Pirat ...«

»Ja klar«, sagt Marten, »mit ner Eisenkugel am Bein.«

Boy hustet, hält die Hand vor den Mund. Er läuft in die Küche, spuckt Kartoffelbrei ins Spülbecken. Pfui Teufel, Muskat! Von dem Geschmack wird ihm übel, seit er mit vierzehn das Zeug geraucht hat. Es hieß, Muskatpulver macht high, aber seinem Freund und ihm hat es bloß Erbrechen und Kopfschmerz beschert. Die winzigste Spur reicht seitdem, ihm den Magen umzudrehen, doch das konnte die Köchin sicher nicht wissen. Boy öffnet den Kühlschrank, um den widerlichen Geschmack mit seiner kalt geliebten Sommerlimo hinunterzuspülen. Aber nix da. Dabei könnte er schwören, dass die Karaffe heute Morgen noch zu drei Vierteln voll war. Im Abfluss des Spülbeckens liegen Minzeblättchen.

Aus der kühlen Küche heraustretend, empfängt Boy die Hitze wie eine schwüle Umarmung. Am Tisch ist Unruhe ausgebrochen, ungebetene Gäste surren um die Schüsseln, angezogen vom Duft des Fleischs. Boy setzt sich auf seinen Platz zurück, auf der Hut vor Muskatnuss und Wespen. Als sich eine dicht neben seinem Arm auf dem Tischtuch niederlässt, zieht er einen Flip-Flop vom Fuß und schlägt zu. Dann schaut er in die Runde. »Sorry, ich bin nun mal allergisch gegen die Biester.«

»Und ich gegen das Töten«, sagt Berit.

»Und ich weder noch«, sagt Kerrin und schneidet unter Martens fasziniertem und Kaijas empörtem Blick eine Wespe auf ihrem Teller mit Messer und Gabel präzise entzwei.

»War das wirklich ein Scherz?« Inge steht in ihrem Zimmer am Fenster, während Boy sich am Piano zu schaffen macht.

Boy nimmt behutsam den Oberrahmen und die Tastenklappe herunter. »Und dein Tod im Dezember, war das nur ein Scherz?«

»Nun ja, ich lebe noch.«

»Und ich bin hier.«

»Okay«, sagt Inge, »hier spielt jetzt die Musik. Ich hab auf dich gezählt und keinen DJ bestellt. Du erinnerst dich an ›Heinis Spielmobil‹, die rollende Ohrenfolter?«

Boy verzieht das Gesicht wie bei schlimmem Zahnschmerz. »Seinetwegen hab ich diesem lieblichen Eiland einst den Rücken gekehrt.« Er wendet sich wieder dem Klavier zu. Dann holt sich Boy Ton A von der Stimmgabel. »Was schwebt dir vor?«

»Du kannst spielen, was du willst, frisch und aus der Konserve, alle Richtungen, für jedes Alter, querbeet. Ich hab nur eine Bedingung ...« Inge genießt Boys gespannten Blick. »Ganz nach dem Motto der Gemeinde auf Hallig Oland: ›Wir spielen nur Dur. Moll haben wir hier das ganze Jahr genug.‹«

»Da wär ich vorsichtig«, sagt Boy. »Die wirklich traurigen Songs klingen in Dur noch trauriger.«

Durch vielfachen Vergleich ermittelt Boy die exakte Tonhöhe aller zwölf Halbtöne in der mittleren Oktave. Inge betrachtet ihren Sohn, der, in Gedanken weit fort von ihr, den schwebenden Tönen nachlauscht. In diesem Augenblick ist sie sicher, dass er jede Menge trauriger Songs in- und auswendig kennt, *by heart,* wie die Engländer so schön sagen.

»So, die Temperatur stimmt«, sagt Boy nach einer ganzen Weile. Dann beginnt er die gestimmten Töne auf die unteren Lagen des Klaviers zu übertragen.

In einer Pause fragt Inge: »Soll ich mit Kerrin sprechen? Dass sie aufhören soll, dich hinauszuekeln? Schließlich ist das hier immer noch mein Haus. Und wenn ich mal ernst mit dem Scherz mache, zu einem Viertel auch deins, mein Sohn.«

»Lass man gut sein«, sagt Boy. »Kerrin wird mich bald heiß und innig lieben. Sehr bald. Um was wollen wir wetten?«

»Nicht schon wieder wetten!«, sagt Inge und verlässt kurz darauf den Raum.

Boy versucht, sich wieder auf das Stimmen zu konzentrieren. Schon wieder? Was heißt hier »schon wieder«? Sie ahnt doch gar nichts von seinem letzten Coup, oder doch? Als

Kind hatte er seine Mutter manchmal in Verdacht, mit überirdischen Mächten im Bund zu stehen. Fakt ist, sie weiß zu viel. Ein guter Grund, sich gebührend von ihr fernzuhalten, denkt er. Und die kleine Kaija mit ihrem niedlichen Blondschopf und ihrer Stupsnase – vor der muss man sich auch in Acht nehmen.

Als Boy beim Stimmen der oberen Töne angelangt ist, hat sich, wie meist, auch seine eigene Stimmung gehoben. Nein, Inge weiß noch nichts von ihrem Glück, ebenso wenig wie alle anderen. Aber er weiß inzwischen, dass Herr Nielsen alias O'Neill lebt. Alles andere wäre auch höchst überraschend gewesen, denn der Typ gehört zu jener Spezies Mensch, die garantiert in einer goldgefüllten Gondel landen, wenn man sie irgendwo von einer Klippe stößt. Moment, der Ton stimmt noch nicht. Der Klang dieser Saite war immer schon leicht neben der Spur, erinnert sich Boy, der das Klavier in Haus Tide lange nicht angefasst hat. Dabei hat es ihm einst das Leben gerettet. Damals nach dem Sturz, als er mit gebrochenem Rückgrat, ein arbeitsunfähiger Seemann, nach Hause gekrochen war und Mutter sich mit ihm vierhändig Stück für Stück zurück ins Leben spielte.

Boy schlägt den wackligen Ton noch einmal an, lauscht. So, alles eingestimmt für das Fest. Auch der ungebetene Gast kann kommen. Er freut sich schon auf das dumme Gesicht von O'Neill, wenn ihm aufgeht, dass er geradewegs in die Falle gelaufen ist, angetrieben von zwei Kräften, denen er folgt wie die Fliegen dem Duft, der an den Klebestreifen in der Speisekammer haftet: Gier und Neugier.

Mal schauen, wann er es ihnen sagt. Boy lässt die Finger über die Tasten laufen. Ein bisschen Lametta muss schon sein bei der Verkündung des Hauptgewinns, für den er sein schäbiges kleines Leben riskiert hat. Fifty-fifty. Und nun heißt es:

»Eineinhalb Millionen gehen an ...« Tanz und Trubel, seinetwegen auch Meteoritenschauer, das harmoniert mit der Aussicht auf Geldregen. Nicht umsonst heißt *fortune* »Glück« und »Vermögen«. »Freu-de schö-ner Göt-ter-fun-ken«, intoniert er.

Mal schauen, ob er es ihnen sagt. Boys Finger liegen still auf den Tasten. Zunächst will er noch ein wenig prüfen, was die liebe Mischpoke wert ist. Seines Bruders Weib, Gesa und ihr neuer Lover, die kleine Hexe Berit – und last, but not least die große Unbekannte.

Sie taucht unter einer Leine mit bunten Lampions hervor, die zwischen die Bäume gespannt ist. Auf der Terrasse, wo die Familie nach einem langen Tag voller Festvorbereitungen zusammensitzt, wird es still.

»Hallo – ist da jemand? Oder hab ich mich im Planeten geirrt?«

»Inka!« Kerrin ist die Erste, die sich aus dem Staunen löst, aufspringt und das Mädchen in die Arme schließt.

Und das Mädchen, registriert Berit, lässt sich umarmen, ohne die Augen zu verdrehen und sich schnellstmöglich loszumachen. Auch sonst ist ihre Nichte kaum wiederzuerkennen. Die schwarzen Haare der Wintertage sind wieder blond, nicht schulmädchenbravblond wie früher, sondern weißblond und raspelkurz. Sie trägt eine lange rote Uniformjacke über einer transparenten Bluse, durch die etwas Buntes schimmert, dazu silberne Shorts und Stiefel. Unwillkürlich schaut man sich um, wo sie den Rest der Band gelassen hat. Ob es am hellen Haar liegt, dass ihre grünen Augen nun so auffallen? Bei Inkas letzter Anwesenheit in Haus Tide, zwischen den Jahren, war ihr Gesicht halb hinter einem Vorhang langer Haare verborgen, ihr Körper in wallenden schwarzen

Gewändern. Goth ist tot, denkt Berit, es lebe Inka. Der Vorhang ist aufgezogen.

Inka umarmt und küsst Inge, begrüßt alle anderen, nimmt auf dem freien Stuhl am Kopfende Platz. Mit einem Mal ist die schläfrige Runde hellwach. Alle reden durcheinander, lachen, heben die Gläser. »Wer wird übermorgen noch erwartet?«

»Was, die auch!«

»Erinnerst du dich an …«

»Wolltest du nicht zwei Freundinnen mitbringen?«, fragt Kerrin, nicht mehr ganz nüchtern, mit schwerer Zunge. »Oder zwei Freunde. Oder einen Freund und …«

»Die kommen direkt zum Fest«, sagt Inka. »Gab etwas Stress zwischen den beiden.«

Es ist Nacht geworden, als sie die Flaschen und Gläser zusammenräumen und Gesa die heruntergebrannten Kerzen löscht. Lange her, so scheint es ihr, dass sie zusammen hier so laut und lustig waren. Nur Boy ist in den letzten Stunden still gewesen.

Noch ein Tag

Die letzten Stunden unserer Insel?
Komet »Fortune« im Anflug auf Nordfriesland!

Was für ein Aufmacher, denkt Inge beim Blick auf die Titelseite, als sie am Morgen den *Inselboten* aus dem Briefkasten holt. Ein letzter Rest Hoffnung ruht allein auf dem Fragezeichen, das sich unter der Last der Verantwortung zu biegen scheint. Gleich unter der Überschrift prangt in Wort und Bild das Dreigestirn der Insel-Honoratioren.

»Vernehmt die himmlische Botschaft«, mahnt Pastor Köster, »kehret um und tut Buße!« Ein Anflug von Angst überkommt Inge beim Anblick von Pastor Kösters Zeigefinger, der geradewegs auf sie gerichtet scheint, und sie wendet den Blick zu ihrer aller Bürgermeister und Postbote, der mit stoischer Miene wiederholt: »Im Übrigen bin ich der Meinung, dass dieser Komet ein Hirngespinst ist.« Die beruhigende Wirkung seines Mantras läuft ins Leere. Dass Sönke Sönksen einen Nebensatz verwendet, zeigt den ganzen Ernst ihrer Lage.

Inge betrachtet die Dritte im Bunde, ihre Kurverwaltung. Ist das wirklich Meike Peters? Oder hat sich die echte davongemacht und ein Double an ihre Stelle gesetzt? Mit fescher Frisur und komplett neuem Styling – ein Zeichen der Hoffnung oder letztes Aufbäumen? – gibt sie unverdrossen praktische »Tipps und Tricks« zum Besten, etwa welche Schutzbrillen und Vorräte es bereitzuhalten gilt. Zum ersten Mal keimt in Inge der Verdacht auf, dass die Kurverwaltung mit dem Inselkaufmann unter einer Decke steckt. Vielleicht kriegt sie Provision.

»Am besten ist das Spektakel vom nordwestlichen Ende aus zu beobachten, verrät uns Meike Peters, die unsere Insel kennt wie ihre Westentasche.« Inge liest weiter, stockt und blinzelt, doch da steht es noch immer: »Glück haben daher die Gäste, die morgen zum achtzigsten Geburtstag unserer Insulanerin Inge Boysen geladen sind.« Es folgt der Hinweis auf Haus Tide samt Adresse.

»Sind wir hier richtig?« Ein Lieferwagen hält vor Haus Tide. Kurz darauf werden Zelte in den Garten getragen und aufgebaut, als Nächstes Tische und Bänke angeliefert, es folgen Kisten voller Gläser und Geschirr. Inge dirigiert, Kerrin trägt gemeinsam mit Marten und Kaija Sachen von hier nach dort an ihren Platz. Boy und Inka proben in der Scheune für den Auftritt, auch Berit ist mit geheimniskrämerischen Vorbereitungen beschäftigt. Gesa holt Matteo und Johanna von der Fähre ab, es dauert lange, bis das Auto zurückkommt.

»Da draußen ist die Hölle los«, schnauft Gesa mit der zappelnden Stella auf dem Arm. »Der ganze Ort ein einziger Marktplatz! Buden über Buden, Kometen-Becher, Kometen-Cupcakes, Kometen-Schirme, Kometen-Basecaps. Gruselig!«

»Ooh!« Kaija hüpft um Gesa herum, Marten schlägt nach kurzem Zögern in Matteos Hand ein. »Habt ihr uns was mitgebracht?«

»Ganz bestimmt nicht«, sagt Gesa, während neben ihr Matteo, mit Reisetasche und Tüten bepackt, heftig nickt.

Berit umarmt und küsst Johanna, dann fällt ihr Blick auf das T-Shirt. »Ist das nicht ein wenig verfrüht?«

I survived Fortune prangt in neongelben Lettern auf Johannas Brust. »Wenn ich's nicht überlebe, kann ich's ja nicht mehr tragen«, entgegnet Johanna in ihrer glasklaren Logik. »Hat dreißig Euro gekostet, der Lappen.«

Inge strahlt und zeigt auf Johannas T-Shirt. »So was möchte ich auch.«

Das Fenster zu Inges Schlafzimmer steht weit offen, trotzdem ist es warm. Kein Lüftchen da draußen, normal ist das nicht. Ein Käuzchen ruft, Kater Ahabs schwarzer Schatten huscht umher, das schrille Quieken einer gemeuchelten Maus hallt durch den Garten. Kein Wunder, dass sie nicht schlafen kann, auch wenn sie sich zeitig zurückgezogen hat unter dem Vorwand, todmüde zu sein. Bevor morgen das große Rambazamba losbricht, möchte Inge ein wenig zur Ruhe kommen, einen klaren Kopf bewahren. Kein leichtes Unterfangen, wenn die Leute um einen herum ihn scharenweise verlieren.

Ihr bis dato solider, ein wenig biederer Kulturverein – der einzige auf der Insel und somit zu Inges Bedauern alternativlos – hat sich in den vergangenen Wochen zu einer Art Sekte entwickelt. Sobald die Rede auf »Fortune« kam – wurde vorher noch Guten Tag gewünscht, konnte man sich glücklich schätzen –, schossen Verschwörungstheorien, Heils- und Untergangsfantasien ins Kraut. Dass noch kein kollektiver Selbstmord propagiert wurde wie damals bei Hale-Bopp, um der bevorstehenden Apokalypse mithilfe Außerirdischer zu entkommen, war alles. Bei der letzten Vereinsversammlung stand die »gemeinschaftliche spirituelle Vorbereitung auf das Himmelsereignis« auf der Tagesordnung. Inge hat sich entschuldigen lassen. Nun muss sie »Fortune« unvorbereitet, quasi geistig nackt gegenübertreten.

Nackt und dürr ragen auch Inges Arme aus dem T-Shirt, das sie heute zur Feier der Nacht statt Nachthemd trägt. Sie klopft sich auf die flache Brust mit der geschwungenen

Schrift: *I survived Fortune*. Johanna muss es ihr unters Kopfkissen gelegt haben. Schnapp dir bloß diese Johanna, möchte Inge Berit gern sagen, und halt sie fest.

Was hat dieser Komet nicht alles in Gang gesetzt und ins Rollen gebracht, bisweilen ins Rutschen oder ins Schwimmen, lange bevor er die Erde und Insel berührt, versenkt oder auch nur an ihr vorbeirauscht? Die einen bauen Wälle, horten Lebensmittel, andere öffnen Fremden ihre Türen und plündern die Speisekammern. Notorische Geizhälse verprassen ihr Vermögen, die Böcke von gestern sind heute lammfromm, Biedermänner und -frauen stürzen sich in Affären mit anderen Biedermännern und -frauen, so manche langjährige, zärtliche Liebschaft dagegen wird jäh beendet, um reumütig in den ehelichen Schoß zurückzukehren. Kinder werden gezeugt (Kerrin freut sich auf den kommenden April) und verlassen, ja, auch das ist bereits geschehen: Ludger N. und Karen B. haben bei Nacht und Mondschein das Weite gesucht, ob abhängig oder unabhängig voneinander, ist noch nicht gesichert. Stellen wurden gekündigt (wenige), Krankmeldungen eingereicht (massenhaft), Dr. Ilse Johansen, die sich weigerte, »kerngesunden Schwachköpfen« Atteste auszustellen, erntete, wie das heute so populär ist, Hassmails und Morddrohungen. Indes stehen Büßer und Heiratswillige Schlange bei Pastor Köster, der sich, dem Ansturm der Geister, die er rief, nicht länger gewachsen, im Pfarrhaus verbarrikadiert und ein weißes Laken aus dem Fenster gehängt haben soll. Zur Krönung kam die Kurverwaltung in norddeutscher Version auf die Luther'sche Idee, heute noch einen Birnbaum zu pflanzen. Nur an eines denkt bemerkenswerterweise so gut wie niemand: an Flucht. Offenbar will man es eher riskieren, sein Leben zu verlieren, als das Jahrhundertereignis auf der Insel zu verpassen.

Inge wandert zum Fenster. Da draußen gibt's offenbar auch keinen Schlaf. Die Grillen zirpen, als gäbe es kein Morgen, und die Vögel singen sich selbst in den kurzen Stunden der Dunkelheit ihre unermüdlich pochenden Herzchen aus der Federbrust. Vielleicht, kommt es Inge in den Sinn, tun sie ja alle miteinander recht daran, die verwandelten Insulaner. Diejenigen, die endlich tun, was sie immer schon tun wollten, und ebenso diejenigen, die endlich bleiben lassen, was sie schon lange nicht mehr wollten. Vielleicht ist diese ganze Kometenchose einfach eine Art Wunsch-Katalysator, was auch immer ansonsten dabei herauskommt.

Und was ist mit dir, Inge Boysen? Nebenan in der Stube beginnt die alte Wanduhr die Stunde zu schlagen. Eins, zwei, drei, vier, fünf, sechs, sieben, acht, neun, zehn, elf, zwölf ...

»Vernehmt die himmlische Botschaft«, murmelt es bald darauf durch Inges ersten, leichten Schlaf, in dem die Träume noch dicht unter der Oberfläche schweben, »dass dieser Komet ein Hirngespinst ist.«

Der Tag »Fortune«

*H*aus Tide ist erwacht, als Inge von ihrem Gang ans Meer zurückkommt. Bei ihrem Aufbruch lag es noch schlafstill da, jetzt steht der obere Teil der Klönschnacktür offen, und der Widerhall von Stimmen und Schritten dringt hinaus in den Garten. Schon am frühen Morgen ist es im Haus kühler als außerhalb der Backsteinwände. Die Tür zur Wohnstube neben ihrem Zimmer ist heute geschlossen. Einen Augenblick steht Inge davor, die Hand auf der Klinke, der metallene Fisch liegt kühl in ihrer Hand, blank gegriffen vom Händedruck der Generationen. Ihr geheimer Wunschfisch. Sie schließt die Augen, wünscht sich etwas, zu schön, um wahr zu werden, sagt sie sich, und öffnet die Tür.

»Zum Geburtstag viel Glück, zum Geburtstag viel Glück! Zum Geburtstag, zum Geburtstag ...«

Die Gesichter ihrer Familie verschwimmen in der gleißenden Sonne, die durch die Fenster in die Stube flutet. Der Duft von Blumen mischt sich mit dem nach frischem Kaffee, Kuchen und Kerzen eigens für diesen Tag zur Duftnote »Inge No. 80«.

Beim Frühstück sitzt Inge am Kopfende der Tafel, zu ihrer Rechten Gesa mit Stella auf dem Schoß, Matteo, Marten und Kaija, zu ihrer Linken Boy, Berit, Johanna und Inka, am gegenüberliegenden Kopfende Kerrin. Vor Inge erscheint ein anderes Bild, im selben Raum, am selben Tisch. Für einen Augenblick schiebt sich eine Schneewolke vor die Sonne, Enno vor Boy, Jochen vor Matteo, ein Silvesterkarpfen vor den Geburtstagskuchen. Johanna steigt rückwärts aus dem Fenster in den Schnee, Stella schlüpft zurück in Gesas Bauch, Kerrin setzt sich um und räumt den Platz für den Unbekannten. Inge blinzelt, alles ist wie zuvor.

Kerrin geht mit der Sektflasche um den Tisch und schenkt ein. Gesa lässt sie aus, Gesa darf noch nicht, aber Boys Glas gießt sie randvoll. Er schiebt es rasch beiseite.

»Glückauf für uns alle!«, prostet Inge der Tischrunde zu, im selben Moment klopft es gegen die Scheibe. Tacktack.

Kaija läuft zum Fenster und öffnet es. »Komm rein«, sagt sie, »gibt frische Brötchen.«

Die Taube bleibt auf der Fensterbank hocken, ist ihr zu voll hier, denkt Inge und geht sich die Post abholen. Sie nimmt den Zettel aus der kleinen Kapsel und versenkt ihn unter neugierigen Blicken ungelesen in der Hosentasche. Noch immer kann sie Ilses Brieftauben nicht auseinanderhalten, wie immer hofft sie auf Turtel. Die Stunde für H. L. Geist, den Täuberich, hat noch nicht geschlagen.

»Wisst ihr noch?«, fragt Inka in die Runde. »Silvester ist gegen dieselbe Scheibe ne Möwe gedonnert. Der Sturm heulte, die Flut stieg, Papa war voll durchgeknallt, Mama mit Jochen in der Küche versackt ... Die Möwe hat sich das Genick gebrochen. Und heute? *Una paloma blanca*«, singt sie mit künstlich süßer Stimme. Onkel Boys aufmerksamen Blick auf sich fühlend, fährt Inka in unheilschwangerem Tonfall fort: »Zum Glück gibt's später noch ›Fortune‹!«

»So!« Kerrin klatscht in die Hände. »Zeit für Geschenke!«

Auf dem Tisch liegt ein Häufchen Geschenkpapier neben einem Stapel geöffneter Briefe. Ein wenig schwirrt Inge der Kopf vom Sekt, von all den guten oder gut gemeinten Gaben und Worten der vielen Menschen aus ihrem langen Leben.

Jedes ausgepackte Geschenk, jede gelesene Karte hat etwas in ihr angestoßen, sodass die Gefühle wie Billardkugeln durch ihren Bauch schießen, einander berührend, einander vorwärtstreibend oder versenkend.

Da fällt Inges Blick auf ein noch ungeöffnetes Kuvert. Schlicht und weiß liegt es zwischen creme- und roséfarbenen Umschlägen und bunten Glückwunschkarten. Nicht adressiert und unfrankiert. Einfach weiß, wie alles und nichts. Inge öffnet es mit zittrigen Fingern, zieht etwas heraus, dreht es um, steckt es zurück. Ihr Blick fällt auf Boy. »Noch so ein Scherz?«

»Todernst, Mama.«

Auf seine Worte hin wird Inge weiß wie das Kuvert und klappt zusammen. Statt Jubel, Trubel, Heiterkeit erntet Boy vorwurfsvolle Blicke, während Inge aufgefangen und in den Alkoven verfrachtet wird, wo Berit ihr die Beine hochlegt, Gesa den Puls fühlt und Kerrin gegen Inges Wangen klapst.

»Schluss mit dem Getue!« Kaum hat sie wieder die Augen geöffnet, wedelt Inge alle Helfer fort, setzt sich auf und nimmt Boy ins Visier. »Und jetzt hätte ich gerne die Gebrauchsanweisung zum neuen Spielzeug.«

Oh Mann. Nun steht Boy da, den anderen gegenüber, die sich im Raum verteilt haben, und fühlt neun neugierige Augenpaare auf sich gerichtet. Neunzehn neugierige Augen, denn auch Ahab, der sich zu Inges Füßen niedergelassen hat, scheint mit gespitzten Ohren zu lauschen. Nur Stella döst friedlich in Matteos Armen. Geprobt hat Boy seine Ansprache vorher nicht, er will ja auch selbst seinen Spaß haben. Rasch geht er ein paar Schritte auf und ab. Es ist gar nicht so einfach. Schließlich ist es eine unglaubliche, aber wahre Geschichte. Die plausibel erfundenen werden viel leichter geglaubt. Boy verlässt den Raum. Kurz darauf kommt er mit dem Akkordeon zurück.

»Treffen sich zwei Bordpianisten«, beginnt er, »in einer Spelunke in Valparaíso, Chile. Der eine joblos, brotlos, der andere, nennen wir ihn Carlos, im Besitz eines Engagements auf dem Luxusliner »Esperanza« – aber auch eines gebrochenen Handgelenks ...« Boy spielt die ersten Takte eines Seemannslieds und spürt, wie frischer Wind in die eben noch schlaffen Segel der Geschichte fährt. Bald ist sie in Fahrt gekommen, kreuzt die promilleblauen Gewässer der »Bar Indigo« auf der »Esperanza«, in der er an Carlos' Stelle Abend für Abend spielte, und während der Shanty fließend in einen argentinischen Tango übergeht, schreitet zum tangoroten Sonnenuntergang Sängerin Cecília an Bord. Mit den ersten Haifischflossen am Horizont, die lautlos das stille Blau des Pazifiks durchschneiden, erscheint auf dem Barhocker an der Theke ein hemdsärmeliger, weißhaariger Mann: Freddy O'Neill, der Bar samt Piano und Pianist, Schiff, Flotte und, ach was, die ganze Welt sein Eigen nennt. Und der, wie es der Zufall will, von einer kleinen nordfriesischen Insel, gleich neben dieser, stammt. Unter der Hand verwandelt sich Boys Tango in einen *Homeward-bound*-Shanty, wie ihn die Seeleute früher auf der langen, gefahrvollen Fahrt nach Hause sangen. Ein paar Hände klatschen mit, ein paar Stimmen stimmen ein. Unvermittelt bricht er ab.

»Eines Nachts«, spricht Boy leise in die stille Stube hinein, »erzählte unser Bordpianist, erschüttert durch die falsche Nachricht vom Tod seiner Mutter, Schiffseigner O'Neill von seiner Heimat und Haus Tide. Einem Haus, unwiederbringlich und einzig auf der Welt, das nun unter den Erben aufgeteilt und verkauft werden müsse.«

Die Blicke seines Publikums wandern umher zwischen den schwarzen Beinen des gusseisernen Ofens, dem klaffenden Riss in der Platte des Eichentischs, dem Deckenbalken aus dem Mast eines gestrandeten Schiffes, bis Boys Stimme sie in die Geschichte zurückholt. »Und so kam es, dass jener O'Neill, der beinahe alles in seiner Trophäensammlung hatte, aber noch kein von jemand anderem geliebtes Elternhaus, dem Bordpianisten eine Wette antrug. Eine Wette auf Leben und Tod. Nachts allein vom Schiff bis zur Osterinsel schwimmen und den Scheck einlösen – oder untergehen. Fifty-fifty.«

Inge wird aufs Neue sehr blass um die Nase. Berit hat sich neben sie in den Alkoven gesetzt und nimmt ihre Hand. »Wird der Held überleben?«, fragt sie. »Schalten Sie nicht aus. Gleich nach der Werbepause geht es weiter ...«

Hier und da wird verhalten gelacht, doch die Blicke im Raum sind weiter gebannt auf Boy gerichtet. Ein wenig aus dem Konzept gebracht, beginnt er wieder zu spielen, und mit der Melodie kommen die Worte zurück.

»Da steht er nun, der arme Tor, tief unten im Schiffsbauch, in der offenen Luke über der See, mit nichts als einem wasserdicht verpackten Scheck vor der Brust. Er schaut hinab auf das schwarze Wasser und denkt an die Strömungen, die Haie, die Kilometer, die ihn vom Ufer der Osterinsel trennen. Er schaut hinauf in den sternenübersäten Himmel und denkt an diese Insel, dieses Haus, Mutters Haus«, er wendet den Blick zu Inge, deren Augen voll Tränen stehen, »in dem wunderbare Menschen aufgewachsen sind«, sein Blick fällt auf Inka, die fragend die Brauen hochzieht, »und ... und ... Werbepause.«

Mit einem schwungvollen Stück überspielt Boy die Unterbrechung. Irgendwo unterwegs ist ihm das Steuerruder aus der Hand geglitten. Höchste Zeit, die Reißleine zu ziehen und die vom Kurs abgekommene Geschichte zurückzuholen aus den sentimentalen Gefilden und melodramatischen Gewässern, in die sie geraten ist.

»So, liebe Zuhörer, wir sind zurück im Schiffsbauch, in der offenen Luke über der See. Da steht er immer noch, der Tor, und ihm ist so bang als wie zuvor. Endlich fasst er sich ein Herz und sagt sich ... scheiß drauf. Du springst jetzt und schwimmst zum Ufer. Es ist doch bloß ein Katzensprung!«
Boys Blick wandert zu Ahab, doch der schwarze Kater ist fort.
»Tja, und so war es dann auch – ein Katzensprung. Man muss es nur tun, dann hat man's getan. Wette gewonnen. Scheck in der Tasche. Haus Tide gerettet. Ende der Geschichte.«
Boy, selbst noch benommen von dem im Schnelldurchlauf zurückgelegten Trip, schaut in acht glasige Augenpaare. Eins sieht noch klar.
»Warum hat dieser Katzensprung ein halbes Jahr gedauert?«
Na klar, die kleine Berit. Will's immer genau wissen. Statt jetzt einfach mal happy zu sein über das Happy End. Boy stellt das Akkordeon zur Seite. In knappen Sätzen bringt er die Geschichte der letzten Monate hinter sich, umschifft dabei Seeigel und Wundfieber ebenso wie Verhaftung und Knast, erwähnt vage ein paar Hürden, die noch genommen werden mussten, nicht jedoch die eine, die noch genommen werden muss, nämlich die kleine Hürde namens O'Neill. Das hat Zeit bis heute Nacht.
Marten und Kaija sind die Ersten, die es kapieren. Jubelnd springen sie auf, tanzen über Bänke und Tische und dann um Onkel Boy herum. Auch in die Erwachsenen kommt Bewegung, alle wollen den Scheck sehen, drehen und wenden, Fragen prasseln auf Boy ein. Er hebt die Hände. Geduld, Geduld, jetzt erst mal das große Ganze. Was die Details angeht, müssen sie sich alle in Ruhe zusammensetzen, natürlich noch zu Mamas Lebzeiten, und ja, Kerrin, am besten, wenn Enno zurück ist.

»Eins kann aber heute schon begossen werden, Leute: Das Geld reicht, um Haus Tide zu behalten.«

»Eineinhalb Millionen durch drei«, beginnt Kerrin laut zu rechnen, »das macht fünfhunderttausend für jeden!«

»Wieso durch drei?«, möchte Gesa wissen.

»Na, Enno, du, Berit!«

»Ich muss gestehen«, wirft Boy ein, »mein selbstsüchtiger Plan sah vor, dass ich auch einen Teil bekomme.«

Kerrin läuft rot an. »Aber sicher, klar doch, selbstverständlich!«

»Er könnte das Geld auch ganz behalten«, erinnert sie Gesa. »Es ist ein Geschenk an uns alle, weiter nichts.«

»Er kann es immer noch ganz behalten«, meint Berit. »Nehmt euch also in Acht, ihn nicht zu vergraulen.«

»Was denkst du von mir!« Boy sieht ehrlich gekränkt aus. »Geschenkt ist geschenkt. Die beiden Geburtstagskinder behalten den Scheck zu treuen Händen.«

»Die beiden!?«, fragen mehrere Stimmen zugleich.

»Eine super Idee«, erklärt Inge, leicht beschwipst, aus dem Hintergrund des himmelblauen Alkovens. »Inka und ich, Treuhänderinnen der Boysen'schen Kronjuwelen.«

»Oh Mann!« Inka bricht in Gelächter aus. »Wisst ihr, was jetzt echt der Witz wär?«

»Sag du's uns«, meint Johanna.

»Wenn ›Fortune‹ heute Nacht in diese Hütte krachen würde!«

Schon vor dem für den Abend kalt gestellten Champagner, von dem nun das ein oder andere Fläschchen vorab geleert wird, fühlen sich die Boysens allesamt besoffen. Ist das jetzt wirklich wahr oder bloß ein irrer Traum, aus dem man jeden Moment erwacht? Durcheinanderlaufend, lachend, Unsinn redend, fallen sie dem Nächstbesten ins Wort oder in die Arme. Inge umarmt Berit und Matteo mit Stella, Kerrin zieht Inka und Gesa an sich, Johanna rennt mit Marten und Kaija hinaus, um auch Ahab von seinem Glück in Kenntnis zu setzen. Boy steht lächelnd daneben und fragt sich, welches Lied am besten zu alldem passen würde. Und in diesem Moment, den er sich tausendmal ausgemalt hat, fällt ihm gar nichts ein.

Ausgerechnet Boy, ausgerechnet Boy, denkt Kerrin, während sie im Laufschritt die Treppe ins Schlafzimmer nimmt. Dabei hat sie immer geglaubt, dass alles an ihm scheitern würde, weil er, anders als vielleicht Gesa und Berit, niemals auf seinen Anteil am Erbe verzichten würde. Sie stürzt zum Computer und schaltet ihn ein. Verzichtet hat Boy ja nie im Leben, das war nicht seine Sache. Stattdessen hat er mal so eben ein Vermögen aus dem Ärmel gezogen und an Land geschüttelt.

»Kannst du skypen?«, tippt Kerrin in ihr Handy. »Jetzt gleich! Wichtig!« Sie marschiert im Zimmer auf und ab. Enno und sie dürfen hierbleiben! Und Karsten und Inka ... Enno wird so glücklich sein! Erst wurde ihm das Leben geschenkt, dann die Weltreise, jetzt noch sein geliebtes Elternhaus obendrauf. Es piept. Kurz darauf erscheint ein braun gebrannter Enno auf dem Bildschirm. Sie hat ihn eine Weile nicht gesehen, nur Kurznachrichten wurden in letzter Zeit gewechselt.

»Wir haben's!«, bricht es aus Kerrin heraus.

»Geht's dir gut, Liebling?«, fragt Enno. »Du siehst so ...«

Dabei ist er es, der komisch aussieht, kaum wiederzuerkennen! Kerrin versucht Enno die Sache mit Boy, der Wette, dem Scheck zu erklären, verhaspelt sich und verliert den Faden. Offenbar hat er's noch nicht begriffen, nur daran kann es liegen, dass Enno bei Weitem nicht so begeistert aussieht, wie sie es erwartet hat.

Im Hintergrund huschen zwei aufgetakelte Frauen durchs Bild, eine Rotgelockte in bunten Gewändern, eine Blonde im rosa Kostüm. Die Rotgelockte kommt näher, schaut über Ennos Schulter neugierig in ihr, Kerrins Schlafzimmer, wo sie, Kerrin, ungekämmt vor dem leeren Ehebett sitzt, und winkt fidel in die Kamera.

»Wer ist das denn bitte!?«, möchte Kerrin wissen. Doch da ist die Verbindung bereits abgebrochen.

Eine Weile sitzt Kerrin wie vor den Kopf gestoßen da. Plötzlich, beim Anblick des leeren Bilderrahmens auf dem Nachttisch, sieht sie sonnenklar, was an Enno nicht stimmte. Wo bis vor Kurzem die Halbglatze glänzte, wuchsen rotblonde Haare auf seinem Schädel. Und zwar nicht zu knapp! Viel zu lang für die kurze Zeit, in der sie ihn nicht gesehen hat, und dicker und kräftiger als je zuvor. Die reinste Mähne war da im Anmarsch. Kerrin springt auf und läuft nach unten, zurück zu den anderen. Mein Gott, es gibt noch so viel zu tun, bevor die Gäste kommen!

Die Stubentür öffnet sich und eine Frau tritt herein. Klein und drahtig, mit kurzen schwarzen Haaren, federndem Gang. Sie schaut sich um, betrachtet in aller Ruhe den Raum und die ihr unbekannten Menschen. Nach und nach verebben die Gespräche. Alle Blicke richten sich auf sie.

»Guten Tag«, sagt die Frau in die Runde, geht auf Inge zu und überreicht ihr eine einzelne, langstielige Blume, deren Blüte an den Kopf eines exotischen Vogels erinnert. »Meine herzlichsten Glückwünsche zum Geburtstag!«

»Da bist du ja!« Jochen kommt hinterhergestolpert. »Ich hab dich gesucht, wollte dir den Weg …«

»Sie hat ihn gefunden«, sagt Inge und reicht Nami die Hand.

Die Party kann beginnen.

La Fête Fortune, Glückauf-Feier, Good-Luck-Party

*E*in paar Stunden später an diesem heißen, sonnigen Julinachmittag haben viele, viele Gäste den Weg gefunden, geladene wie ungeladene, bekannte und unbekannte, Partygäste, Sommergäste, Sternguckergäste und Zaungäste. Sie breiten sich aus in Haus Tide mit ihren Stimmungen und Stimmen wie Ringe um einen ins Wasser geworfenen Stein. Von der Stube und Küche dringen sie vor bis in die obere Etage und im Laufe des Tages in jeden Winkel von der Speisekammer bis zum Spitzboden. Noch verteilen sich die meisten Gäste auf der Terrasse, schwärmen aus in den Garten, wo unter einem Pavillon Getränke ausgegeben werden, Bäume und Zeltdächer Schatten spenden. Zu den Vergnügungen mit Seifenblasen, Glücksrad und Planschbecken werden die Kinder vorgeschickt, bevor sich die Erwachsenen hineinstürzen.

Mit einem Glas Jubelpunsch geht Inge durch die Gästeschar, sie hat den alkoholfreien gewählt, damit sie die ohnehin viel zu zahlreichen Gäste nicht womöglich noch doppelt sieht. Auch ohne Alkohol entfaltet der Punsch seine Wirkung. Haus Tide bleibt!, jubelt es in ihr, Haus Tide bleibt in der Familie! Außerdem gefällt es Inge, dass ausgerechnet Boy den Coup für die Familie gelandet hat. Die Invasion in ihr soeben für die Zukunft gerettetes Haus macht ihr heute ganz und gar nichts aus, ebenso wenig wie die Tatsache, dass ein Großteil der Gäste nicht wegen ihr oder Inka gekommen ist. Der Star dieses Festes treibt sich noch irgendwo da draußen im Universum herum.

Zu seiner letzten Party, hat sich Inge gedacht, muss man niemanden mehr einladen, weil man ihn einladen muss. Weil man sich immer zweimal begegnet im Leben oder zweihundertmal im Inselkaufladen. Man kann ausschließlich einladen, wen man mag und möchte! Inge schaut sich um und seufzt. Nützt aber am Ende auch nichts, wie man sieht. Sie stärkt sich mit einem weiteren Schluck Punsch. Wen haben wir denn hier so alles?

Da sind die Nachbarn Frerksen und ihre Tochter Birte mit dem kleinen Lukas. Birte ist seit Lukas' Geburt Gesa und Kerrin für immer dankbar. Wohl auch deshalb pfeift sie ihre Eltern zurück, die ihre Nasen hinter jede Tür und in jede Schublade stecken möchten und die ein oder andere Veränderung planen, in der Annahme, dass nach Inges Tod das Haus notgedrungen verkauft wird – und wer läge da näher als die nächsten Nachbarn. Tja, sie wissen es halt nicht besser.

Die Fraktion Kurverwaltung-Kulturverein hat sich nicht lumpen lassen und ist vollzählig erschienen, schon von Weitem sieht Inge Königin Meike mit ihrer Gefolgschaft im Schlepptau auf ihr Gartentor zumarschieren. Die zwei Dutzend Damen und zwei Herren des insularen Kulturvereins werden von Inge enthusiastisch begrüßt – und schon wandeln sich die trutzig vorgereckten Kinne, darunter einige doppelte, allesamt zu fliehenden.

»Ja, also, wie ihr wisst, habe ich die gemeinschaftliche spirituelle Vorbereitung auf das Himmelsereignis leider verpasst.« Inge räuspert sich. »Ich litt an jenem Tag an einer seltenen kranialen Kontraindikation. Doch ich zähle auf euch. Ihr haltet mir doch einen Platz unter euch frei …«, sagt sie, in wohlwollend fragende Gesichter blickend, »… wenn das Raumschiff kommt?«

Im nächsten Augenblick, als zwei Dutzend plus zwei böse Blicke sie wie mit Löchern durchsieben, verschränkt Inge schützend die Arme vor der Brust und ihrer Botschaft *I survived Fortune*.

Zum Glück wenden sich die Blicke bald voller Neugier in eine andere Richtung. Diesen unbekannten, doch geladenen Gast bekommen viele Insulaner heute zum ersten Mal zu Gesicht. Da geht und steht sie, die mit Spannung erwartete, geheimnisvolle junge Vogelwartin. Da trinkt und isst sie, singt und spricht sie und entpuppt sich nicht als Spinnerin, weder als Ökoterroristin noch potenzielle Selbstmörderin auf der Pfahlhütte im Watt, sondern als stinknormale, dabei wohlriechende und wohlerzogene Person. Nicht mal Zweige hat sie an den Kleidern, nicht mal Federn in den Haaren, geschweige denn einen Vogel im Kopf. Was für eine Enttäuschung!

Aus den Augenwinkeln sieht Inge, wie jemand aus einem Zelt Fotos von der jungen Dame schießt. Daraufhin fällt er ihr öfter auf, jener Mann mit dicker schwarzer Brille, wie er sich mit stets griffbereiter Kamera unters Volk mischt. Seltsam, sie hat gar keinen Fotografen engagiert. Vielleicht eine Überraschung ihrer Lieben? Inge kommt nicht dazu, dieser Frage nachzugehen, denn in diesem Moment wird eine Glocke angeschlagen und um Ruhe gebeten. Tatsächlich wird es still, als Sönke Sönksen, seines Zeichens Bürgermeister und Postbote der Insel, das Wort ergreift. Es kommt ja nicht oft vor, aber bei achtzigsten Geburtstagen von Eingeborenen gehört es nun mal zu seiner Pflicht. Der Bürgermeister hat sich auf einen Stuhl gestellt, in Anzughosen und barfuß, und während Inge noch hofft, dass die Bürgermeisterfüße nicht direkt aus dem Watt hierherspaziert sind, da es sich um einen weißen Polsterstuhl von Kerrin handelt, hat sich Sönksen bereits den Mund fusselig geredet und kommt zum Ende der

Ansprache. »Im Übrigen bin ich der Meinung …«, setzt er an, besinnt sich, als ein Aufstöhnen durchs Publikum geht, steigt vom wackelnden Stuhl und ruft: »Das Buffet ist eröffnet!«

Schön, dass sie es auf diese Weise auch erfährt. Inge wechselt Blicke mit Kerrin und Gesa, die offensichtlich ebenso überrumpelt sind, doch nun gibt es kein Halten mehr, und die Menge stürmt Platten und Schüsseln. Auch Kaufmann Feddersen greift herzhaft zu am von ihm selbst gelieferten Buffet. Zur Bürgermeisterfraktion gehörend, die sich demonstrativ keinerlei Sorgen wegen des Kometen macht, hat Feddersen dennoch die Preise, thematisch passend, in astronomische Höhen getrieben und sicherheitshalber Vorkasse verlangt. Gewiss geschah es allein in vorausschauender Vorwegnahme der vielen ungeladenen Gäste, dass er die teuren Zutaten, wenn Inges Gaumen nicht alles täuscht, gepanscht und gestreckt hat. Vielleicht sollte sie ihm wirklich dankbar sein, denn die Leute stürzen sich aufs Buffet, als wär's ihre letzte Mahlzeit.

Gesa hat nicht erwartet, dass sie es so sehr genießen könnte, mit Matteo an ihrer Seite durch den Garten und die Gästeschar zu schlendern, als Paar. Matteo und Gesa. Gesa und Matteo. Wo immer sie auftauchen, ziehen sie Blicke auf sich, bewundernde, missbilligende, neidische, neugierige. Ähnlich ergeht es Boy, wie Gesa bei dieser Feier nicht zum ersten Mal bemerkt. Der von der kleinen Insel in die große Welt hinausgegangene Sohn, der seefahrende Musiker, der nur selten und flüchtig in der Heimat vor Anker geht – wenn er sich zu Hause sehen lässt, erntet auch er diese Blicke. Einen Vorteil allerdings hat er: Die meisten verfallen ihm spätestens bei der Musik. So ist es auch heute. Wenn Boy zu spielen beginnt, mit dem Akkordeon wie beiläufig durch den Garten schlendert, dazu singt, den zum jeweiligen Publikum passenden Ton anschlägt, beginnen die Menschen zu lauschen, zu lächeln und früher oder später mitzusingen und zu tanzen. Wie kann man jemandem böse sein, der einem ein Lächeln auf die eben noch verkniffenen Lippen zaubert, ob es sich dabei nun um einen tadellosen Menschen handelt oder nicht?

Im Vorbeigehen begegnet Gesa über die Köpfe einiger Nachbarn hinweg Boys Blick. Er spitzt die Lippen und deutet ein anerkennendes Pfeifen an. Beflügelt von Boys Hausrettungs-Coup hat sie sich noch einmal umgezogen, das kirschrote, rückenfreie Kleid gewählt, in dem sie sich am Morgen zu nackt vorgekommen war. Nun spürt sie Matteos Hand zwischen den Schulterblättern, seine Wärme sickert durch ihre Haut, breitet sich über ihren Rücken aus. Es erscheint ihr, als traumwandelte sie im gleißenden Licht dieses Nachmittags.

»Gesa?«

Gesa sieht in ein Gesicht, das sie von früher kennt.

»Ich bin's, Sabine. Mein Mann Frank.« Ja, natürlich, Sabine, gemeinsames Rettungsschwimmerabzeichen Junior. Sabine hält ein Baby auf dem Arm. Sie bemerkt Gesas Blick und lacht. »Unser erstes Enkelkind!«

»Mein Mann Matteo«, sagt Gesa, streichelt Stella über den Kopf, die im Tuch vor Matteos Brust schläft. »Unser Baby. Stella.«

Es folgt eine Pause, dann wendet sich Frank an Matteo. »Und woher kommen Sie ... ursprünglich?«

»Meine Eltern stammen aus Sizilien«, sagt Matteo, »Syrakus.«

Bei diesen Worten streicht er mit den Fingerspitzen über Gesas Rücken, streift federleicht die Stelle zwischen ihren Wirbeln, von der eine Welle über ihren Körper läuft, prickelnd und betörend wie beim ersten Mal. »By now we know, the wave is on its way to be. Just catch that wave, don't be afraid of loving me ...«

Als sie wieder allein sind, stupst Gesa Matteo in die Seite. »Was ist los mit dir, du hast gar nicht Castrop-Rauxel gesagt?«

»Und du? Hast ›mein Mann‹ gesagt.«

Ja, das hat sie gesagt an diesem unnatürlich heißen, erwartungsflirrenden veilchenblauen Julitag, an dem so vieles neu, so vieles möglich scheint. An dem ihr Bruder ihnen allen mit einem tollkühnen Meisterstück verschlossene Türen aufgestoßen hat. Nun ist es an ihnen, etwas zu wagen in den neu eröffneten Spielräumen. Einen Einsatz für ihr Glück.

Am liebsten hätte sie Matteo festgehalten, als er eben mit Stella ins Haus gegangen ist. Verlass mich nicht, lag ihr auf der Zunge, wo es ungesagt liegen blieb. Die hässlichen Briefe kommen Gesa in den Sinn, der Briefschreiber, der unerkannt unter den Gästen ist und Sekt trinkt, sie vielleicht beobachtet. Sie hält Ausschau nach Marten und Kaija, die mit anderen Kindern ums Planschbecken toben, geht aus dem Garten hinaus und über die Wiese. Oben auf der Deichkrone ist es zur Umkehr zu spät.

Gesa hält einen Moment inne, ebenso wie Jochen, der von der anderen Seite den Deich heraufkommt.

»Jochen! Dann kann ich's dir ja endlich erzählen. Wir sind heute zu Geld gekommen.« Sie berichtet ihm von Boys Abenteuer, Boys Wette. »Ist das nicht irre? Unglaublich, oder?«

Musik und Stimmen dringen vom Haus herüber, mischen sich mit dem Rauschen der See. Jochen schaut über die Deichkrone in den Garten.

»Es wird uns die Situation leichter machen«, sagt Gesa, »finanziell. Wenigstens diese Sorge sind wir los! Und Haus Tide bleibt.«

»Aha. Ja. Schön für dich. Und die Kinder natürlich.« Jochen kneift die Augen zusammen, als müsste er in der Ferne etwas fixieren.

Gesa wartet eine Weile. »Seit wann kennst du sie?«

Jochen lächelt in sich hinein. »Sie hat mich gleich bei der ersten Begegnung umgehauen.«

»Soso.« Gesa lacht. »Liebe auf den ersten Blick?«

»Vor. Vor dem ersten Blick.«

Ab und zu bläst eine frische Böe übers Wasser, sobald sie sich legt, brennt die Sonne auf der Haut.

»Chudan Oi Zuki«, erklärt Jochen, »den Arm packen und den Angreifer über die Schulter werfen. Hatte gar keine Zeit, sie groß anzuschauen, bevor ich am Boden lag.«

»Verstehe«, sagt Gesa, »Hals über Kopf.«

Sie sieht nun ebenfalls in die Ferne, nur in die andere Richtung, zur See. Weit draußen taucht vor Gesas Augen etwas Dunkles aus dem Meer, die Dächer der Westerwarft, Schornsteine, Giebel mit gekreuzten Pferdeköpfen, bevor sich die Wasserfläche wieder schließt, glatt und glänzend, als wäre nie etwas gewesen. »Und, bist du ... glücklich?«

»Glücklich?«

Jochen sieht sie an, als hätte er sich diese Frage noch nie gestellt, als hätte Glück mit alledem noch am wenigsten zu tun. Es gibt Gesa einen Stich. So schlimm steht es also um ihn.

»Na dann«, sagt Gesa und wendet sich zum Gehen, »unterhalten wir uns einfach weiter, wenn du wieder sprechen kannst.« Sie winkt ihm zum Abschied. »In ein, zwei Jahren oder so.«

Kurz vor dem Gartentor biegt Gesa ab, geht ein Stück inseleinwärts, schlüpft durch die Hecke. Im Wäldchen hinter den Dünen riecht es nach Erde, trockenen Kiefern. Das Meer scheint hier weit fort. Warum, warum, warum? Gesa stolpert über eine Wurzel, fängt sich. Warum konnte dieser Mann, wenn er nicht dagegen immun ist, wenn er sich ebenso infizieren, entzünden, entbrennen kann ... warum konnte nicht *er* anstelle von Matteo die gewisse Stelle entdecken? Sie auf eine Weise berühren, dass sie sich verwandelt. Gesa bahnt sich einen Weg durch den zugewachsenen Pfad. Und warum sie nicht bei ihm?

Kerrin scheint überall zugleich zu sein, schenkt hier ein Glas Bowle ein, faltet dort im Vorübergehen eine Serviette zum Fächer, verteilt Seifenblasen an die Kinder, schickt Aushilfen mit Geschirrstapeln zur Spülmaschine. Plötzlich war es ganz einfach, Hilfen für das Fest zu finden. Nachdem die Sache mit dem besten Kometenblick von Haus Tide aus in der Zeitung stand, konnten sie sich vor Angeboten kaum retten. Vermutlich hätten manche fürs Arbeiten bezahlt, bloß um hautnah dabei zu sein. Haus Tide war heute der Hotspot der Insel. Ihr Haus Tide! Ihr wunderbares, für die Familie gerettetes Haus Tide! Kerrin pustet selbst ein paar Seifenblasen in die Luft. Hier kann sie nun in Frieden mit Enno alt werden. Hat aber keine Eile. Heute fühlt sie sich kein bisschen alt.

Umringt von Inselfrauen, die einen verschwörerischen Kreis um sie bilden, steht Kerrin vor der Scheune. Die Frauen lachen und tuscheln, es muss niemand mitbekommen, dass sie da drinnen heimlich schießen lernen. Kerrin sonnenbadet in der Anerkennung der Frauen, die ihr weit mehr bedeutet als das Taschengeld, das sie durch den Unterricht dazuverdient. Dann entschuldigt sie sich und eilt zum Kuchenbuffet.

Jemand muss dafür sorgen, dass zumindest von der Familie und den geladenen Gästen jeder ein Stück von Inges Geburtstagstorte bekommt – ein mehrstöckiges Prachtexemplar, köstlich und begehrt. Für Jochen und seine Japanerin ist dann leider doch kein Stück von der Torte mehr übrig. Zu spät. Obwohl die Arme dringend etwas Fleisch auf den Rippen vertragen könnte. Muss man als Frau so sehnig und mager aussehen? Dazu so kurze Haare haben? Na ja, wo die Liebe hinfällt, denkt Kerrin, hoffentlich rutscht er nicht böse drauf aus. Und sie hat geglaubt, für Jochen gäbe es keine Frau auf der Welt außer Gesa. Wenigstens er würde Rücksicht auf die Kinder nehmen, Anstand und Verstand bewahren. Pustekuchen! Kerrin leckt Buttercreme vom Finger. Die leeren Pralinenschachteln, *Diva* und *Süße Versuchung,* sind im Müll gelandet, Jochens Patronen lange verschossen.

Als Boy nach einer Weile zum zweiten Mal vor der Torte aufkreuzt und enttäuscht auf die kahl gefressene Platte schaut, holt Kerrin ein großes Stück unter dem Tisch hervor.

»Oh, welch neu entbrannte Sympathie!«

Klar, dass Berit genau in dem Moment auftauchen muss. Was soll's. Kerrin lässt ihren Spott an sich abperlen wie so vieles zuvor, anders ließ es sich nicht leben in dieser Familie. Auf dieser Welt. Kerrin blickt Boys breitem Rücken nach und wünscht, sie könnte ihn zum Gartentor hinausschieben, von der Insel herunter, bis an den Rand der Welt und darüber hinaus ... Sie fegt die Krümel von der Kuchenplatte. Es ist ihr nicht entgangen, dass der Schwager Inka mit Blicken verfolgt, sich neuerdings für seine Tochter interessiert. Ihre Tochter! Es ist immer noch ihre Tochter, ihre und Ennos. Und dieser unberechenbare Mann hat nicht nur den Schlüssel zu ihrem Zuhause in der Tasche, sondern auch den Zünder zur Zeitbombe. Wer weiß, ob Boy über seinen klebrigen kleinen Beitrag zu Inkas Existenz dichthält. Mit einem Stück Torte, so viel ist klar, wird sie ihm nicht das Maul stopfen können.

»Mund auf, Augen zu.« Boy winkt Inka nach vorne auf die Bühne.

Die Bühne besteht aus zusammengezimmerten Brettern, davor ist ein Theatervorhang zwischen zwei hohe Bäume gespannt, den man an einer Schnur auf- und zuziehen kann. Bevor das Geburtstagskonzert losgeht, bleibt er geschlossen. Inka ist das Auftreten noch nicht gewöhnt, sie kann von einer Sekunde zur nächsten schüchtern werden. Obwohl sie dazu wirklich keinen Grund hat. Es hat ihn echt umgehauen, als er sie zum ersten Mal singen gehört hat vor ein paar Tagen. Früher hat Inka nie den Mund aufgekriegt, nicht mal zu Weihnachten unterm Baum. Nicht, dass er oft dabei gewesen wäre, aber daran erinnert sich Boy wie gestern: das scheue, verstockte Schulmädchen, das ihm so fremd und verschlossen war. Und vorgestern hat Inka ihn auf einmal gefragt, ob sie ihm mal was vorsingen dürfe, seine Meinung einholen als Profi und so. Sie hätten da nämlich was geplant, sie und ihre Freundin und ihr Freund, zu Omis Geburtstag. Zu Anfang klang Inkas Gesang noch wacklig. Er hat gesagt, sie solle die Augen schließen, nicht an ihn denken, nicht ans Publikum, sich nur auf den Song konzentrieren, auf jedes Wort, jede Silbe, den Sinn und Klang. Die Emotion dahinter. Dann hat er selbst die Augen geschlossen, und sie hat losgelegt, und sein Herz hat wumms gemacht, und er hat gedacht, es zieht ihm die Schuhe aus. Weil da Suzie sang. Eine Frau, die längst tot war.

Auch jetzt, bei den ersten Tönen, kriegt Boy eine Gänsehaut. Verdammt schön eigentlich, dass da jemand weiterlebt und weitersingt, wenn andere tot sind. Die Mutter schon lange und der Vater ebenfalls irgendwann, auch wenn ihm in diesem Augenblick der Tod so unvorstellbar weit fort scheint wie eine ferne Galaxie. Boy holt den großen Kasten aus der Ecke und legt ihn Inka zu Füßen. »Für dich.«

»Upps, ich hab doch erst morgen. Und heute schon ne halbe Million gekriegt oder so.« Inka lacht. »Oder hab ich das geträumt?« Sie öffnet den Kasten, blickt auf den glänzend schwarzen Body, streicht über den weißen Hals. »Wow! Ist die echt für mich? Du bist doch nicht mal mein Patenonkel. Ich mein, die sieht ja richtig cool und ... teuer aus.«

Boy muss zugeben, er hatte zuerst daran gedacht, seine alte Konzertgitarre zu verschenken, die er vor Urzeiten hier zurückgelassen hat, ein wirklich gutes Teil aus schönstem Palisander. Aber die ist spurlos verschwunden.

»When I was young and so much younger than today-hay ...«, intoniert Inka mit der brüchigen Stimme einer alten Diva. »Das haben Papa und ich zusammen an Silvester gesungen.«

Manchmal kann sie so richtig abgebrüht erscheinen, denkt Boy, und im nächsten Moment naiv und kindlich.

»Zuerst hat Papa auf der E-Gitarre gespielt. Aber wir hatten ja keinen Strom.«

»Na ja«, wirft Boy ein, »bei Enno hat's auch mit Strom keinen Saft.«

»Du hast ja keine Ahnung«, fährt Inka ihn an. »Hatte ich auch nicht«, setzt sie etwas milder hinzu. »Mein Papa ist cool.«

Enno und cool? Das hört er zum ersten Mal. Und warum stören ihn neuerdings Inkas »mein Papa« und die Wärme in ihrer Stimme, wenn sie es ausspricht?

»Ja, isser«, antwortet Boy mit zweideutigem Lächeln.

Seitdem sich die ersten Mutigen in das dunkelblaue, mit Sternen bemalte Zelt der Wahrsagerin gewagt haben, stehen die Schicksalssucher Schlange. »Ist ja nur Spaß!«, versichern sie sich gegenseitig und blicken hoffnungsfroh oder ängstlich, bevor sie die Zeltwand zurückschlagen und einzeln das Innere betreten.

Auch Boy stattet in einer Pause zwischen zwei Auftritten Sterndeuterin Esmeralda einen Besuch ab. Sogleich versteht er, warum ab und zu ein Schrei aus dem Zelt dringt. Das wallende Gewand, die turbanartige Kopfbedeckung und dicke Schminke sehen eher lustig aus, doch der Blick in die Augen ... Es gibt keine Augen und keinen Blick, nur weiße Augäpfel ohne Pupillen und Iris. Man sieht keine Regung darin und keinen Gedanken, es ist, als würde man in einen leeren Spiegel blicken. Bleiben nur die Stimme, die Worte. Die Stimme kommt Boy bekannt vor und auch wieder nicht.

»Du hast es gern, wenn andere auf dich warten«, murmelt Esmeralda und betrachtet seine Handflächen, »aber niemand soll etwas von dir erwarten.«

Boy zieht die Hände zurück. »Ich dachte, ich erfahre hier etwas über meine Zukunft. Ob mir die Sterne hold sind und so.«

»Oh ja, da erscheint etwas ... da kristallisiert sich etwas heraus«, sagt Esmeralda mit tiefem Blick in die Glaskugel. »Ein Schlüssel ... ein Herz ... ein Anker. Du trägst für liebe Menschen den Schlüssel zum Glück in den Händen. Sieh zu, dass du ihn nicht verlierst!«

Boy schaut verdattert. »Okay, das war's schon?«

Esmeralda entlässt ihn mit einem Nicken und gibt ihm einen Glückskeks mit auf den Weg. Beim Hinausgehen ruft sie ihm nach: »Vergiss nicht, mit diesem Schlüssel auch ein Tor zum eigenen Glück zu finden.«

Draußen in der Schlange hüpft Kaija auf und ab. Endlich darf sie hinein. Sie betrachtet das bestirnte Zeltdach, die flackernden Kerzen, die Glaskugel, setzt sich Esmeralda gegenüber und nimmt sie in Augenschein. »Oh, Tante Berit. Sieht ja cool aus!«

Esmeralda will zuerst leugnen, dann grinst sie. »Puh, ich brauch eh dringend ne Pause. Aber verrat mich nicht!« Sie nimmt den Turban ab, pult die Kontaktlinsen aus den geröteten Augen. »Du solltest den Job machen, Kaija. Du kannst wirklich hellsehen, ich stochere nur im Nagel und treff ab und zu den Nebel auf den Kopf – wie Onkel Enno sagen würde.«

Kaija kichert, setzt sich den Turban auf, der ihr über Stirn und Augen rutscht, legt ihn zurück. Draußen wendet sie, Berits Bitte folgend, das Schild am Zelt. Enttäuschtes Raunen geht durch die Wartenden. »Zukunft vorübergehend geschlossen.«

Nach ihrer letzten Schicht läuft Berit in voller *fortune teller*-Montur aus dem Zelt in den Garten. So ziemlich alle wollten's heute wissen. Von Inge über die Einzelnen, sofern bekannt, vorab informiert, hat sie sich bemüht, jeder und jedem etwas mitzugeben für diesen besonderen Tag und vielleicht auch für morgen – Ermutigung, Aufmunterung oder einen kleinen Tritt in den Hintern, falls nötig. Nebenbei hat sie vergeblich versucht, den Schreiber der anonymen Briefe zu entlarven. Auch Johanna ist zu Esmeralda gekommen. Sie hat Berit nicht auf den ersten Blick erkannt, aber bei den ersten Worten. Da ist Berit sicher, auch wenn Johanna so getan hat, als fiele sie auf die Maskerade herein. Sie hat gesagt, sie wolle etwas über die Zukunft ihrer Liebe wissen. Und Esmeralda hat in die Kugel geschaut und prophezeit, die Zukunft ihrer Liebe sehe rosig aus. Nein, nicht rosig. Purpurrot und glücklich. Anders sei es bei einer Frau wie ihr ja auch gar nicht möglich. Es sei denn, ihr Liebster sei ein Trottel, ein Tölpel. Eine Trottellumme, ein Basstölpel. Kurz und gut: ihrer Liebe nicht wert. »Oha«, hat Johanna erwidert, »da bin ich mir nicht so sicher.«

Beim Durchqueren des Gartens fällt Berit eine Frau auf, die von Gast zu Gast geht und sich bemüht, die Leute in Gespräche zu verwickeln. Inzwischen sind viele zu betrunken, um sich zusammenhängend zu äußern, wenn es etwa heißt: »Und wie haben Sie persönlich sich auf den Kometen vorbereitet?« Endlich hat die wissbegierige Frau ein Grüppchen stocknüchterner alter Herrschaften aufgetan, die ihre Fragen bereitwillig beantworten – und zwar alle mit den gleichen Worten: »Wie bitte?« Die Frau tippt auf ihrem Smartphone und verdreht die Augen in Richtung eines Mannes mit dicker schwarzer Brille, der die Runde alter Insulaner aus einiger Entfernung ablichtet.

Im kühlen Haus schließt Berit die Badezimmertür hinter sich ab und ist glücklich, einen Moment für sich allein zu haben. Erstaunlich, wie gut sie bisher durchgehalten hat. Torbens Ratschläge haben ihr durch die Trubeltage geholfen und die Atempausen, heute jedoch schwimmt sie pausenlos auf einer Woge der Energie. Berit befreit sich von Perücke und Schminke, schält sich aus den Gewändern. Als Esmeralda ist sie noch gar nicht dazu gekommen, zu realisieren, was mit ihrer eigenen Zukunft passiert ist. Erst in diesem Moment, allein und nackt unter der Dusche, sickert, strömt und rauscht der Gedanke mit voller Kraft in Berits Bewusstsein: Ihr wurde heute etwas sehr, sehr Kostbares geschenkt. Sie dreht das kalte Wasser auf, mit einem Schock zieht die Kälte in ihr Inneres. Der Anteil an Boys Wettgewinn hat ein zugemauertes Fenster aufgesprengt, ein Fenster mit Aussicht auf ein Leben als Schriftstellerin (falls sie es jemals schafft, eine zu werden), jenseits von täglicher Existenzangst und faulen Kompromissen, von hartem Brot und Hungertuch. Zumindest für eine ganze Weile. Wärme breitet sich in Berits Körper aus, ihre Haut rötet sich und prickelt. Sie ist hellwach.

Mit der Dämmerung sind Kinderspiele und Erwachsenenbelustigungen einer nervösen Spannung gewichen, die Kaffeetassen den Cocktailgläsern. Im Fernsehen läuft seit dem Nachmittag eine Sondersendung zum Kometen. Je weiter der Tag voranschreitet, desto öfter werden die Handys gezückt, um mit der »Fortune«-App auf dem aktuellsten Stand seiner Flugbahn zu sein.

Mittlerweile hat Inge mit so ziemlich allen Anwesenden ein paar Worte gewechselt. Von den geladenen Gästen sind lediglich zwei ferngeblieben – unentschuldigt, aber nicht grundlos. Beide sind kurz vor dem Fest verstorben. Von den lebend erschienenen Gästen hat Inge noch niemanden die Party verlassen sehen, selbst Neunzigjährige und Eltern von Wickelkindern halten die Stellung. Nur Ahab, fällt Inge auf, hat sich weder in Haus noch Garten in letzter Zeit blicken lassen. Dafür steigen mittlerweile die Zaungäste über die Zäune. Offenbar hat es sich herumgesprochen, dass niemand abgewiesen wird. Die Kurverwaltung hat nicht nur das Gerücht lanciert, von Haus Tide gebe es den besten Blick auf »Fortune«, sondern als Extraprise Salz in die Gerüchtesuppe gestreut, jeder erhalte hier bei Dunkelheit gratis ein spezielles Fernglas.

Inge interessiert sich jetzt mehr für ein anderes Gerücht. Jemand hat ihr gesteckt, ein alter Freund von Boy habe im verlassenen Wahrsagerinnenzelt ein Wettbüro eröffnet. Es würden dort Wetten abgeschlossen, ob und wo in dieser Nacht Meteoriten auf die Erde treffen. Inge kann sich schon denken, auf wessen Mist die Wettidee gewachsen ist. Sie schlägt die Plane zum Zelteingang zurück, mitsamt dem Schild »Zukunft vorübergehend geschlossen«.

»Moin, Ole. Wie läuft das Geschäft?«

»Oh, Frau Boysen!« Der Buchmacher schaut betreten.

Hat er wirklich geglaubt, der »Geheimtipp« würde nicht bis zur Gastgeberin durchdringen? Inge betrachtet den in die Jahre gekommenen, dicklichen Junggesellen, der dem Dickerchen von damals, das immer ein paar Schritte hinter Boy zur Schule watschelte, verblüffend ähnlich sieht. Sie tritt an den Tisch mit den Wettunterlagen, die Ole nicht schnell genug vor ihr verbergen kann. Interessant. Die Gewinne steigen bei Eintreten des Ereignisses proportional zur Genauigkeit der Ortsangabe und Nähe zum Standort. »Meteoriten im Nordseeraum« erzielt noch einen mageren Preis, schon üppig wird es bei »Volltreffer auf unserer Insel«, und der Hauptgewinn winkt demjenigen, der auf »Treffer versenkt Haus Tide« setzt.

Ein älterer Herr stürmt herein und eilt, ohne Inge zu beachten, zum Tresen. »Alles auf Hauptgewinn!«, keucht er und schüttet aus einem roten Samtbeutel einen Haufen Münzen auf den Tisch.

»Ich glaube, ich bin zu alt, um das zu begreifen«, wendet sich Inge an den Pastor. »Mal angenommen, Sie gewinnen – wie soll der Preis dann noch zu Ihnen gelangen?«

»Der Herr hat's genommen, der Herr wird es geben«, antwortet der fromme Mann.

Inge fragt sich allen Ernstes, welcher Herr hier was genommen haben könnte. Doch sie will keine Spielverderberin sein und setzt ebenfalls eine Summe. Nicht auf Hauptgewinn.

Draußen vor dem Zelt trifft sie Ilse. »Min Ilsebill! Möchtest du auch auf den Untergang unserer Insel wetten?«

Zu ihrer Überraschung sagt Ilse mit zittriger Stimme: »Hör bloß auf damit!« Flüsternd setzt sie hinzu: »Ich hatte noch nie solche Angst vor etwas, an das ich kein bisschen glaube.«

»Ich auch nicht«, sagt Inge. »Aber ich bin wahnsinnig gespannt drauf.«

Während Kerrin das Lagerfeuer entfacht, hält sie Ausschau nach Inka. Morgen wird sie volljährig, ihre Tochter, die als fremdes Baby ins Haus kam und Tag für Tag mit tausend kleinen Wurzeln eingewachsen ist in das Leben ihrer Eltern, ihrer Großeltern, ihres Bruders. Und dann wird aus dem Baby ein Kind und aus dem Kind ein Teenager und ... wieder eine Fremde, die Tag für Tag ihre kleinen Wurzeln herauszieht aus dem Familienballen.

Hier und da taucht Inka zwischen den Gästen auf und wieder unter, es gab auf diesem Fest kaum mehr als flüchtige Begegnungen zwischen ihnen beiden. Doch jedes Mal, wenn sie Inka sieht, geht Kerrin das Herz auf. Ihre Tochter hat wieder helle Haare, trägt leuchtende Farben, lacht viel, sprüht vor Energie, sieht auf ihre ungewöhnliche Art, das muss Kerrin zugeben, richtig gut aus. Das scheinen auch ihre beiden Begleiter zu finden, die heute Nachmittag eingetroffen sind und Inka kaum von der Seite weichen – das Mädchen auf der einen, der Junge auf der anderen Seite. Immerhin sind es Mädchen und Junge, soweit Kerrin das feststellen kann, nichts mit Trans und Sternchen, und sogar ein Paar, denn sie hat die beiden knutschen sehen, als sie einmal Inka nicht in ihrer Mitte hatten. Und das fand Kerrin irgendwie beruhigend.

Im Laufschritt eilt sie vom Feuer zur Scheune. Siedend heiß ist ihr eingefallen, dass da drinnen noch ihre Ballerkladde herumliegt, wie sie das Heft mit den Ergebnissen der Schießübungen nennt, und da könnte ja jemand, falls er hier herumschnüffelt, auf falsche Gedanken kommen. Beziehungsweise richtige. Also nichts wie hin und das Beweisstück wegschaffen. Im Eingang zur Scheune bleibt Kerrin stehen – hockt doch da hinten an der Wand im schummrigen Licht ein knutschendes Pärchen. Die beiden sind so vertieft, dass sie Kerrin gar nicht bemerken. Kerrin aber bemerkt, dass es sich bei dem Jungen um den ständigen Inka-Begleiter handelt. Der auch in diesem Moment Inka begleitet, denn niemand anders ist das Mädchen an seiner Seite.

Andere Mütter würden sich vielleicht freuen, wenn sie ihr fast erwachsenes Mädchen endlich einen Jungen küssen sehen. Kerrin jedoch hat nun eine Weile gebraucht, um sich mit dem Gedanken anzufreunden, dass ihre Tochter auf Frauen steht. Es ist ihr weiß Gott nicht leichtgefallen, doch schließlich hat sie Frieden damit geschlossen oder zumindest Waffenstillstand. Vor allem nachdem Gesa ihr erklärt hat, dass zwei Frauen heutzutage gar nicht selten Kinder miteinander haben. (Und dass Johanna Gesa kürzlich verraten hat, sie wolle auch welche kriegen. Wovon Berit aber noch nichts weiß, also bitte vertraulich behandeln.) Jedenfalls hat sie sich gerade an die Geschichte gewöhnt, und schon ist wieder alles anders! Und was ist, nebenbei bemerkt, mit dem anderen Mädchen? Weiß Inka davon? Vielleicht sollte sie dieses Jüngelchen mal zur Rede stellen. Aber erst muss die verräterische Ballerkladde weg. Kerrin schleicht zum Regal.

»Mama? Was machst du hier?«

Kerrin geht auf die beiden zu. Ist ihnen noch nicht mal peinlich, von der Mutter halb nackt in flagranti ... Wie sieht Inka überhaupt aus? Verschlungene Ornamente ziehen sich vom Dekolleté bis zum Nabel.

»Gefällt's dir?«

Inka streift die halb transparente Bluse über den BH. Jetzt blickt Kerrin endlich durch. Was da durchschimmert, ist ein großflächiges buntes Tattoo. Okay. Soll sich das Kind von Kopf bis Fuß einfärben und mit Metall behängen. Sie ist Kummer gewöhnt. Aber das da geht zu weit! »Was ist das?«

»Wodka«, gibt Inka Auskunft und liest vom Etikett: »Russian Standard aus Petersburg.«

Der Jüngling müht sich derweil, unauffällig seinen Hosenstall zu schließen. Er hat rote Ohren dabei, was Kerrin ein klein wenig für ihn einnimmt. Aber nur ein klein wenig.

»Ich würde gerne mit meiner Tochter alleine sprechen«, sagt sie. Der Junge macht sich schneller aus dem Staub, als Inka protestieren kann. Kaum ist er draußen, platzt Kerrin heraus: »Weißt du, dass er auch mit deiner Freundin knutscht?«

»Mit Livia? Na klar, mache ich auch.«

Kerrin öffnet den Mund und schließt ihn wieder. Okay, okay, Tattoos, Piercing, Gruftiphasen, Dreiecksgeschichten mit beiderlei Geschlecht, alles kein Problem. Aber das da ist eins. »So was darfst du noch gar nicht trinken!«

»Von mir aus, ich kann warten.« Inka schaut auf die Uhr. »Noch eine Stunde und sechsundvierzig Minuten.« Dann blickt sie Kerrin ins Gesicht. Ihre Mutter sieht gestresst aus, richtig mitgenommen. Doch nicht wegen des bisschen Wodkas? Der Knutscherei? Oder vielleicht …

»Weißt du was, Mama«, schlägt Inka vor, »bringen wir's doch hinter uns. Du erzählst mir jetzt gleich, wer meine Mutter ist.« Als Kerrin zusammenfährt, setzt sie hinzu: »Also die Bio-Mutter. Der Brutkasten.«

»Sag doch so was nicht«, bittet Kerrin mit dünner Stimme.

Jetzt sieht sie wirklich elend aus, ihre vitale, ein wenig pausbäckige, sommersprossige Mutter, in Sekunden um Jahre gealtert.

»Wie auch immer.« Inka legt eine Hand auf Kerrins verkrampfte Hände, die ein kariertes Heft umklammern. »Meine richtige Mutter, meine Mama bist du. Und bleibst es für immer.«

Kerrin versucht wirklich alles, um dagegen anzukämpfen. Es beginnt mit einem leisen Schluchzen, im nächsten Moment fließen die Tränen, als hätten sie jahrelang auf diesen Tag gewartet.

Oh Mann. Inka rückt ein Stück von ihr ab. Kaum sagt man mal was Nettes ... Wer muss denn hier wen trösten? Als ob das alles für sie so leicht wäre. Als ob sie nicht auch aufgeregt wäre an diesem herbeigesehnten, gefürchteten Tag, an dem sie endlich erfahren soll, wer sie geboren hat. Und dann weggegeben. Und warum. Seit Monaten dreht sich ihr der Magen um, sobald sie nur daran denkt. Seit Wochen wacht sie jede Nacht auf, liegt wach, fantasiert. Manchmal hat sie sich vorgestellt, ihre Mutter wäre eine Untergrundkämpferin oder Geheimagentin, die das Baby notgedrungen opfern musste. Oder ein Pop- oder Filmstar. Ihre Lieblingsfantasie jedoch, das würde sie aber nie, nie jemandem verraten, ist diese: Ihre richtigen Eltern sind Kerrin und Enno. Und aus irgendeinem Grund – ihr ist beim besten Willen kein plausibler eingefallen – haben sie sich diese Adoptionsgeschichte ausgedacht. Im Grunde hat Ominge sie darauf gebracht. Es gibt nämlich äußerliche Ähnlichkeit zwischen ihr und der Verwandtschaft. Zwar nicht direkt mit Mama und Papa, aber mit Großtante Engelline, Omis Schwester, die als Kind gestorben ist. Das hat sie auf alten Fotos gesehen, die sie mit Ominge angeschaut hat. Es war ein Schock, sich selbst mit geflochtenen Zöpfen und kariertem Trägerrock auf einem vergilbten Foto zu entdecken. Sie hat Omi darauf angesprochen, die getan hat, als wäre nichts. Es war aber was.

»Du hast recht«, sagt Kerrin in Inkas Gedanken hinein. »Also, deine Mutter ... die Frau, die dich geboren hat, stammte auch von dieser Insel.«

Aha. Adieu Geheimagentinnen, Untergrundkämpferinnen und Filmstars. »Und weiter?«

»Sie hieß Susanne.«

»Wieso hieß?«

»Sie ist tot. Schon lange. Viele Jahre.«

Nein, denkt Inka, nein, das ist jetzt nicht wahr. Alles Mögliche hat sie erwartet, darunter auch echt fiese Sachen, aber nie, niemals, dass ihre Mutter tot sein könnte. All die Szenen, die sie sich bis ins Kleinste ausgemalt hat, für den Tag, an dem diese Frau ihr begegnet, die Sätze, die sie ihr so oft gesagt hat, dass sie die Litanei im Schlaf könnte, falls die dumme Kuh sie mal zufällig wecken kam. Und nun das. Einfach weg. Aus dem Staub. Unerreichbar für immer. Bye-bye. Es ist, als hätte sie Inka noch einmal verlassen. Aber vielleicht, blitzt eine Hoffnung in ihr auf, hat sie das ja gar nicht!

»Ist sie ... kurz nach meiner Geburt gestorben? Hat man mich deshalb zur Adoption gegeben?«

Kerrin zögert. Dann legt sie das Heft aus der Hand und einen Arm um Inka. »Nein. Sie war drogenabhängig. Konnte keine Mutter sein. Daran ist sie später auch gestorben, an den Drogen, weißt du.«

Inka blickt auf die Flasche vor ihnen. Plötzlich versteht sie. Die Drogenpanik ihrer Eltern, Kerrins nerviges Behüten und Bemuttern – es war Angst um sie. Nicht bloß übertriebene, grundlose Gluckenangst. Angst aus Liebe.

»Ach, Mama!« Inka erwidert Kerrins Umarmung. Lange sitzen beide da, aneinandergeklammert, und schweigen.

Kerrin kommen noch einmal ein paar Tränen. Sie haben es hinter sich gebracht! »Darauf müssen wir anstoßen, jede nur ein Schlückchen.« Sie greift zur Wodkaflasche und schaut auf die Uhr. »Noch eine Stunde und vierunddreißig Minuten. Was soll's!«

»Halt, da fehlt noch was. Oder hat mich diese Susanne vom Heiligen Geist empfangen?«

»Tut mir leid«, sagt Kerrin und stellt die Flasche zurück. »Vater unbekannt. So steht es in der Geburtsurkunde.«

»Zumindest weiß ich, dass er nicht tot ist.«

»Wo... woher?« Kerrin stößt den Wodka um. Beide schauen zu, wie sich die klare Flüssigkeit über den Scheunenboden verteilt.

»Onkel Boy hat's mir verraten.«

»Wie bitte?! Was hat er gesagt?«

»Er hat gesagt: ›Stell dir vor, er ist heute Abend hier unter den Gästen.‹«

Einen Moment glaubt Berit, ein Stück entfernt auf dem Deich ihren Handschuhfreund zu entdecken. Sie hatte ihn eingeladen, aber Torben meinte, er sei noch nicht so weit, seine eigenen guten Ratschläge zum Überleben von Familienfeiern in die Tat umzusetzen. Und sicher hätte er nicht so ein Gerät mitgeschleppt, wie es der Mensch dort oben installiert hat, ein Teleskop auf einem Stativ, wie Berit beim Näherkommen erkennt. Auf seinem Klapptisch liegen Karten, Okulare, ein Notizbuch und Bleistifte. Ob er vom Fernsehen ist oder von einem astronomischen Institut? Doch irgendwie sieht dieser Mann nicht offiziell aus. Ganz gegen ihre Gewohnheit bleibt Berit stehen und starrt den Astronomen an. Sie hat so eine Ahnung, als könnte ihr dieser Mensch mehr verraten als jeder Blick in die Sterne. Er dreht am Sucher des Teleskops, notiert etwas in sein Buch, hat keine Augen für neugierige Frauen oder den Rest der Welt.

»Soll ich Ihnen etwas vom Buffet holen?« Berit deutet Richtung Haus Tide, von wo Musik und Lärm herüberschallen. »Etwas zu trinken? Da gibt's mehr als genug.«

Der Astronom tritt vom Teleskop zurück. »Möchten Sie sehen?«

Unzählige Lichter flackern am Himmel, größere und kleine, hellweiße, gelbe und rötliche Lichtpunkte tanzen wild hin und her, als Berit den Blick wandern lässt.

»Ein Teleskop ist wie ein Klavier«, sagt der Astronom, »nur mit viel Übung spielt es Musik.« Er stellt etwas nach, lässt Berit noch einmal hindurchschauen. »Sehen Sie die lange Sternenkette, die Schlange? Und den orange leuchtenden Stern im Schlangenkopf? Das ist α Serpentis, ein Riesenstern, dreiundsiebzig Lichtjahre entfernt, also ziemlich nah, mit der fünfunddreißigfachen Leuchtkraft unserer Sonne.«

So sehr Berit es versucht, sie kann mit Lichtjahren und fünfunddreißigfacher Leuchtkraft nicht viel anfangen, weiß nur, dass diese Dinge ihre Vorstellungskraft weit übersteigen. Das ändert sich nicht, als ihr der Astronom erklärt, dass ein Lichtjahr 9,461 Billionen Kilometern entspricht, der Durchmesser unserer Galaxie, der Milchstraße, etwa hunderttausend Lichtjahre beträgt und die Entfernung zur nächsten größeren Galaxie, dem Andromedanebel, circa 2,5 Millionen Lichtjahre. Gewiss erkennt der Astronom am Sternenhimmel ein Vielfaches mehr als eine Blinde wie sie, denkt Berit, er hat gelernt, die Brailleschrift der leuchtenden Punkte zu entziffern, die Grammatik der Galaxien, die Syntax der Spiralnebel, das Vokabular der weißen Zwerge und schwarzen Löcher. Doch trotz Millionen katalogisierter Himmelskörper und jahrtausendelangen Versuchen, eine himmlische Ordnung zu erkennen, erscheint Berit das Universum als eine unergründliche Form der Existenz, eine den Menschen verschlossene

Sprache. Ebenso unbegreiflich wie »Fortune«, dessen Botschaft nun alle erwarten und persönlich nehmen.

»Wenn man etwas immer tun wollte und es auf einmal tun kann«, sagt Berit, »ohne Sorgen und Steine im Weg – warum bekommt man dann höllische Angst?«

»Wenn Sie Ihr Ziel nicht erreichen«, sagt der Astronom und dreht an einem Rädchen, »ist es ganz allein Ihre Schuld. So kann man es sehen. Oder auch anders.« Er richtet das Teleskop vom Himmel weg landeinwärts. Berit sieht hindurch. Baum, Haus und Welt stehen Kopf. Dann schwenkt er es von der verkehrten Welt zurück Richtung Himmel und sagt: »Im Weltall gibt es kein Oben und Unten.«

Plötzlich hat er es sehr eilig, das Teleskop wieder für sich allein zu haben. Er dreht am Sucher, justiert und notiert, hat keine Augen mehr für die neugierige Frau und den Rest der Welt.

Berit schaut noch einmal, ohne Teleskop, in den Himmel. Sie hat vergessen, wie viel Lichtjahre die Milchstraße umfasst, ob es hundert, tausend oder hunderttausend waren. Zur Bedeutungslosigkeit verblassen die Zahlen unter diesen Lichtern, ausgegossen über das Firmament in einer Spur unfassbarer Fülle und Verschwendung. Auch die eigene Vergänglichkeit und Nichtigkeit, die in der Großstadt – als ein Mensch unter Millionen, die alle einzigartig und wichtig sein wollen – erdrückend und niederschmetternd wirkt, erscheint Berit hier, im Angesicht des Meeres und sternenübersäten Himmels, angemessen und von tröstlicher Schönheit.

Ja, sie werden heute Nacht Sterne sehen. So viel steht fest, glaubt man dem Sprecher der »Fortune«-Sondersendung, die pausenlos in der Wohnstube läuft und von wechselnden Zuschauern umlagert wird. »… gelangen Meteore in die Erdatmosphäre«, verkündet der Mann, »und werden mit hochgradiger Wahrscheinlichkeit in Teilen auf die Erde treffen.« Als er anhand von simulierten Flugbahnen präzisiert, dass einige von ihnen »im Bereich Nordfriesland niedergehen«, läuft ein Raunen durch die Menge, durchbrochen von dem einen oder anderen spitzen Schrei aus den Reihen des Kulturvereins. Der zweite Teil der Meldung, »… aller Voraussicht nach ins Meer«, geht im Stimmengewirr unter. Einen Moment stehen die Menschen tuschelnd beisammen, im nächsten wenden sie dem Bildschirm kollektiv den Rücken und pilgern zur Bühne im Garten. Da spielt jetzt die Musik. Man will tanzen und leben.

»In dieser außerordentlichen, unwiederbringlichen Nacht, liebe außerordentliche Gäste, liebe unwiederbringliche Inge«, kündigt Boy an, »hat sie Premiere auf Erden, die vor wenigen Stunden aus Sternenstaub geborene Band. Es spielen für euch jetzt und hier die *Stardust Memories*!«

Die vier legen los, spielen ein paar Takte gemeinsam, kurze Soli, dann wieder zusammen: Livia am Schlagzeug, Alex an der Bassgitarre, Inka Gitarre und Gesang, Boy Keyboard und Akkordeon. Widerstrebend haben Alex und Livia »dem Onkel« gestattet mitzuspielen, nachdem Inka darauf bestanden hat. Oder beherrschte hier irgendwer sonst ein Tasteninstrument oder Bandleading? Na also.

Der Sound klingt etwas schräg und ziemlich wüst für die kleine Insel, aber zugegeben mitreißend, und das Publikum ist ausreichend berauscht und entschlossen, sich mitreißen zu lassen. Notfalls von einer Art P!nk in Grün. Inka steht auf der Bühne in einem flaschengrünen Paillettenkleid, von den Knien abwärts ausgestellt wie der Schwanz einer Nixe, und einer Perücke mit langen seegrünen Haaren. Passend zum Song *Grüne Fee* trägt Nami einen Bauchladen mit Absinthgläsern und ein mysteriöses Lächeln durchs Publikum. Namis Erscheinung, eine Mischung aus Ninja-Kämpferin und Manga-Prinzessin, erweckt bei manchen Befremden, doch der Absinth findet reißenden Absatz. Die Kinder sind wild auf Waldmeisterbrause und die Teenies auf ein Selfie mit Nami, deren Lächeln wie abgelöst von ihren Lippen in der Luft schwebt.

Die *Stardust Memories* werden mit jedem Lied besser, wachsen zusammen, fordern sich heraus, stürzen ab, steigen danach umso weiter in die Höhe, mit furchtlosem Griff in die Tasten, in die Saiten, zu den Sternen. Funken sprühen zwischen Livia, Inka und Alex und fliegen hinüber ins Publikum. Boy schippt unermüdlich Kohlen in die Glut. Bald tanzen Junge und Alte zur Musik unter den sich drehenden Sternen, die drei hoch aufgehängte Discokugeln auf sie werfen.

Marten und Kaija stehen mit Jochen am Rand der Tanzfläche in der Nähe der Bühne. Immer wieder haben sie nach Ahab Ausschau gehalten, der mit Beginn der Party verschwunden ist. Da kommt Nami vorbei und bringt es fertig, über ihren Bauchladen hinweg mit ihrem Vater einen Kuss zu tauschen. Marten nutzt den Moment und tauscht seinerseits sein Glas Waldmeisterbrause gegen Jochens Glas mit Absinth, leert es auf einen Zug und stürzt sich ins Gewühl, wo er wie angestochen auf und ab springt. Kaija will wissen, was er da macht. »Pogo, Mann, was sonst.« Kaija probiert auch Pogo, doch da hört Marten neben ihr sofort damit auf. Auch egal, die Party ist super, sie dürfen die Nacht durchmachen, und die Erwachsenen sind zu knülle, um irgendwas mitzukriegen. Und das Allerbeste: Haus Tide bleibt für immer! Onkel Boy da vorne auf der Bühne ist ihr Held. Eigentlich könnte jetzt alles gut sein ... Marten und Kaija schauen sich nach Jochen um, der noch immer an Namis Lippen hängt. Ihre Blicke begegnen sich, beide verdrehen die Augen. Nach einem Luftsprung landet Marten auf dem Fuß seines Nachbarn. Liebe? Wer hat sich diesen Scheiß ausgedacht?!

Als Nami fort ist, sieht Jochen seine Kinder vor der Bühne herumhüpfen. Gut, dass sie heute so ausgelassen und fröhlich sind. Ihm fehlt einfach die Kraft, sich wie sonst um die beiden zu kümmern. Ist alles ein bisschen viel auf einmal. Zum ersten Mal ist er zur selben Zeit mit dem neuen Mann seiner Frau hier. Denn dass Matteo Gesas neuer Mann ist, daran besteht für Jochen seit diesem Tag kein Zweifel. Wenn man die beiden zusammen sieht ... Sie müssen sich nicht küssen, nicht mal berühren. Nur nebeneinander gehen und stehen, im selben Garten, auf derselben Insel, demselben Planeten. Man kann es beinahe greifen, ein feines, fest gespanntes Band. Er hat wirklich keine Ahnung, warum sie mit diesem Mann nicht längst zusammenlebt. Grausam, das Ganze so künstlich hinauszuzögern. Jochen nimmt einen Schluck aus seinem Glas. Brr, was ist das eigentlich für ein süßes Gesöff? Keine Spur von Alkohol. Er schüttet den Rest des Getränks auf den Rasen. Farblich passt es.

Da hat ihm seine grüne Fee tatsächlich Brause statt Schnaps verabreicht. Soll ihm das irgendwas sagen? Jochen hält Ausschau und sieht Nami in ihrem fedrig grünen Gewand unter einem Blätterdach am Baumstamm lehnen. Auch das ist heute ein erstes Mal: er in Gesas Zuhause mit einer anderen Frau. Ohne Nami hätte er sich niemals darauf eingelassen, auf demselben Fest zu sein wie Matteo. Matteo an Gesas Seite ist ein Stachel im Fleisch. Tief eingewachsen, schmerzhaft nur noch bei Berührung.

Jochen schaut noch einmal zum Baum, über Namis schwarzes Haar und helles Gesicht fliegen die Discokugelsterne. Auch zwischen Nami und ihm gibt es ein Band, so unerwartet, unerwünscht aus dem Nichts gebunden, dass er noch nicht sagen kann, ob es eine Schleife ist um ein Geschenk des Himmels oder ein Strick, mit dem man an der Nase herumgeführt wird. Doch ohne Namis Augen zu sehen, weiß er, dass sie ihn in diesem Augenblick zu sich einlädt.

Das lange Gras ist platt gedrückt, wo der Bauchladen abgestellt war, der mit Nami wieder verschwunden ist. Laut setzt die Musik ein, die doch sicher die ganze Zeit gespielt hat. Einen Song, zwei oder fünf? Eben, als Nami und er sich geküsst haben, hat Jochen Gesa vollkommen vergessen. Gesa, den Garten, den Planeten, die Zeit und sich selbst.

Eine ganze Weile steht Jochen an den Baumstamm gelehnt. Nach dem vollkommenen Augenblick des Küssens und Vergessens fühlt er sich Nami unbeschreiblich nahe. Und ebenso Gesa.

Es dauert alles nur wenige Sekunden. Matteo kommt zurück aus dem Haus, wo er Stella schlafen gelegt und in die Obhut einer Babysitterin gegeben hat. Er sieht Marten und Kaija mit Kerrin vor der Bühne hüpfen und sucht nach Gesa. Endlich, zu dieser späten Stunde, haben sie einmal Zeit für sich, Beine und Arme frei zum Tanzen, zum Umarmen, nur sie beide. Dann entdeckt er Gesa, lässt die zum Winken erhobene Hand sinken, folgt ihrem Blick. Jochen und Nami, in einem Kuss versunken an einen Baum gelehnt.

»Wollen wir tanzen?« Nach seinem Schweigen hat sich die junge Frau von Matteo abgewendet und ist überrascht über die Verve, mit der sie im nächsten Moment in seinen Armen herumgewirbelt wird. Weit, weit weg von diesem Blick.

Sie kann den Anblick der beiden kaum ertragen. Ihre Tochter und dieser Scheißkerl gemeinsam auf der Bühne! Ein Albtraum, wie sie einträchtig auftreten, die Leute begeistern. Aber ist die Sängerin nicht auch fantastisch? Kerrin drängt sich nach vorne in die allererste Reihe, hält das Handy Richtung Bühne. Das wird alles festgehalten für Enno. Der alte Knacker am Keyboard muss ja nicht mit auf das Video. Ach, Enno, auch du wärst jetzt so stolz! Was für eine Ausstrahlung, was für eine Stimme! Woher hat das Mädchen bloß dieses Talent? Kerrin drückt aus Versehen auf Stopp. Na, woher wohl?

Nein, das ist nicht Suzies Stimme. Nicht die Stimme einer Toten, auch nicht ein fernes Echo seiner eigenen. Es ist die von Inka Boysen, eine noch unausgereifte Stimme voll überschüssiger Kraft und Wachstumsschmerz. Fast tut es Boy leid, dass sie gleich ein paar Songs gemeinsam singen werden. Viel lieber würde er einfach weiter diesem Gesang lauschen, während die Sternschnuppen fallen und die Welt untergeht.

Kerrins Hand zittert, als Boy nach vorne neben ihre Tochter tritt. Er hat das Keyboard verlassen und sich Ennos alte E-Gitarre geschnappt. Inka und er nicken einander zu, spielen ein paar Riffs im Wechsel, dann gemeinsam. Boy stimmt in Inkas Gesang ein, Kerrins Video verwackelt. Zwei Stimmen, die sich aneinander reiben und Funken schlagen. Vier grüne Augen, die mit jedem Song ein wenig heller leuchten. Sind die Menschen um sie herum alle taub und blind?

> »There's a rising moon for every falling star
> Makes no difference just how sad or blue you are
> One never knows about tomorrow
> Just what another day may bring …«

Fuck, jetzt hatte sie einen kleinen Aussetzer. Als ihr Blick auf ihre Mutter fiel, die dicht vor der Bühne das Handy in die Höhe reckt wie ein Groupie. Eine Sekunde schließt Inka die Augen und hört Boys Worte: nicht ans Publikum denken, sich nur auf den Song konzentrieren, den Sinn und Klang. Die Emotion dahinter.

>»Who knows what happiness is waiting
>Just a kiss away from where you are
>There's a rising moon for every falling star«

Gar nicht so einfach, wenn es im Hinterkopf die ganze Zeit hoch hergeht. »Tot. Viele Jahre«, flüstert eine Stimme, »drogenabhängig.« Das erinnert sie an etwas, die ganze Zeit schon, Susanne, Suzie ... Während Inka mit aller Kraft versucht, zusammen mit Boy weiterzusingen, als ob nichts wäre, geistern Fetzen durch ihren Kopf. Fetzen aus Boys Tagebüchern, die sie im Winter auf dem Dachboden gefunden und heimlich gelesen hat, bis sie im Chaos von Schneesturm und Stromausfall in Vergessenheit gerieten. Suzie, drogensüchtige Sängerin, Papas Jugendliebe ... Aber Moment mal, mit der hat doch Onkel Boy ein Kind gemacht?

Jetzt hat sie wirklich einen Blackout. Mit offenem Mund, aus dem kein Ton kommt, steht Inka da, keine Ahnung, wie lange schon. Noch immer ist ihr schwarz vor Augen. »Vater unbekannt, Vater unbekannt«, schrillt eine Stimme, und eine andere antwortet lässig: »Er ist heute Abend hier unter den Gästen.«

Boy bringt den Song ohne sie zu Ende, kürzt ab, legt mit den anderen beiden ein spontanes Finale hin, als wäre alles so geplant gewesen. Er zieht Inka mit sich nach vorne, Alex und Livia kommen dazu, zu viert stehen sie am Bühnenrand, legen einander die Arme um die Schultern, Applaus bricht los.

Inka befreit sich, tritt aus der Reihe, reißt ihre Gitarre hoch über den Kopf. Der Applaus ebbt ab, gehört das jetzt noch zur Show? Der glänzend schwarze Body knallt auf die Bretter, es kracht und splittert in der Stille, Inka springt mit beiden Beinen in die Saiten der neuen Gitarre und bricht ihr zum guten Schluss den weißen Hals.

»Zu-ga-be!«, schreit jemand laut aus der hinteren Reihe. Alle drehen sich nach ihm um, dem weißhaarigen, drahtigen Mann im karierten Hemd, den hier bis eben noch niemand gesehen hat.

Aus der Zugabe wird nichts. Inka ist vom Trümmerfeld fort in die Nacht verschwunden. Der Mann mit der schwarzen Brille hat begeistert und gar nicht mehr heimlich Fotos von der Szene geschossen, und ein Insulaner, der jemanden kennt, der jemanden kennt, der ein angesagtes Musiklabel führt, verschickt soeben ein Konzertvideo von seinem Smartphone. Da sich auf der Bühne nichts mehr rührt, schwärmen die Leute aus in Richtung Bar und Fernseher. Rasch verbreitet sich von dort die Kunde, dass der Meteoritenregen unmittelbar bevorsteht.

Der große Exodus beginnt. Rasen und Beete werden zertrampelt, als alle in Richtung des Gatters drängen, das am Ende des Grundstücks auf den Deich führt. Garten und Haus Tide sind menschenleer. Beinahe.

Treffen sich zwei am Pool.

»Mein Junge«, spricht Freddy O'Neill in das heute laue Lüftchen der Nordsee, »du bist mir noch etwas schuldig!«

Und Boysen lacht! So haben wir nicht gewettet. Es hat

O'Neill einiges gekostet, sich unerkannt bis hier durchzuschlagen, einmal um die halbe Welt. Und was hat ihm den steinigen Weg versüßt? Die Aussicht auf das dumme Gesicht von Boy Boysen, wenn er eines bildschönen Tages an die Tür von Haus Tide klopft. Bildschön ist der Tag, doch Boysen macht weder ein dummes noch erschrockenes Gesicht. Guckt gerade so, als hätte er ihn heute hier erwartet. Nun hat er auch nicht an die Tür geklopft, sondern ist durch das offene Tor hineinspaziert, immer dem Lärm nach ums Haus herum, gerade rechtzeitig zum Finale der kleinen Furie.

»Was darf ich dir anbieten, Frerk? Eine kleine Abkühlung?«

Aha. Ab heute wird zurückgeduzt. O'Neill mustert Boy in seinem verschwitzten T-Shirt. Kein Respekt mehr vor dem Alter, die Grünschnäbel. Und vor dem Chef! *Okey-dokey*, Pacific Cruises ist *dead and gone*, aber Chef bleibt Chef. Und seinen alten friesischen Namen wird er ganz gewiss nicht wieder tragen. Hatte schon seine Gründe, warum er diese Weltgegend damals hinter sich ließ. »Ich fordere Asyl aus humanitären Gründen«, sagt O'Neill. »Einen Whiskey mit Eis, eine gute Zigarre, ebenfalls aus humanitären Gründen. Und dann einen neuen, absolut wasserdichten Pass.«

»Whiskey mit Eis geht klar.«

»Dalmore, if you please.«

»Ganz der Alte.« Boy fixiert Freddy O'Neill alias Frerk Nielsen. Das ewige karierte Hemd und die Jeans könnten noch dieselben sein wie auf der »Esperanza«. Nur dass das, was damals als cooles Understatement eines Multimillionärs durchging, nun zur leicht derangierten Erscheinung eines Steuerflüchtlings passt.

Als Boy mit dem Whiskeyglas zurückkommt, sitzt O'Neill, nackt bis auf die Boxershorts, im aufgeblasenen Swimmingpool und aalt seinen braun gebrannten, faltigen Körper im warmen Wasser.

»Aah, der Durst treibt's runter. Und selbst? Immer noch abstinent?« O'Neill gibt einem der Spielzeugboote einen Schubs. »Diese irre Kleine, die eben die Gitarre zerlegt hat, woher kennst du die? Die will ich haben.« Er versenkt das Spielzeugboot, lässt es wieder auftauchen. »Für mein nächstes Schiff. Euch beide! Zusammen seid ihr ein Kassenschlager.«

»Besten Dank, ich hab abgeheuert. Und ausgesorgt.« Boy betrachtet den Stöpsel des Pools. Nur ein Handgriff. »Eine Wette gewonnen gegen einen dekadenten Alten, der mit Leben und Tod spielt. Anderer Leute Leben.«

O'Neill lächelt. »Du willst auch wieder spielen. Und du willst auch wieder zur See.«

Dann legt er Boy dar, wie er sich die Sache vorgestellt hat. Boy soll ihm Unterschlupf gewähren, bis er einen todsicheren neuen Pass hat, mit dem er wieder ein freier Mann ist. Und wenn er der Verfolgung durch Steuergeier und Justiz entkommen ist, wird er sich ein neues Vermögen aufbauen, kein Problem. Er weiß auch schon wie: Er macht in Immobilien. Solche wie dieses wirklich wunderhübsche Haus hier – er zeigt auf Haus Tide –, das er, Boy, ohne ihn niemals hätte kaufen können. Nicht wahr?

»Noch gehört es meiner Mutter, die im Übrigen lebt. Ich hoffe, sehr lange.«

»Jaja, die Frau Mutter, aparte Dame. Achtzigster Geburtstag, kaum zu glauben. Wenn die ein paar Jährchen jünger wäre …« O'Neill lächelt in sich hinein. Weniger in Gedanken an die aparte Inge als an ihr Geburtstagsgeschenk, den Scheck. Boy Boysen ist für ihn durchschaubar wie Glas. Der verlorene Sohn hat seinen Schatz nach Hause apportiert und seiner Mama zu Füßen gelegt. Und die Mama hat ihn gelobt und gestreichelt und den Schatz schön verstaut. Irgendwo hier in diesem Haus Tide ...

Warum den Stöpsel ziehen, wenn man einen Föhn holen kann, denkt sich Boy beim Anblick des schmierigen Lächelns. Aber nein, er braucht den Mann lebendig. Damit der sich bei der Polizei meldet, wenn er eingesehen hat, dass alles andere zwecklos ist. O'Neill muss offiziell wieder auftauchen, sich den Konsequenzen stellen. Erst dann kommt er, Boy, endlich an das Geld. Doch jetzt muss er das Vögelchen erst mal festsetzen, damit es ihm bis morgen nicht entwischt.

»Der Pool ist zu flach zum Untertauchen.« Boy wirft Freddy O'Neill ein Handtuch zu. »Asylantrag bewilligt. Bis auf Weiteres Residenzpflicht in Haus Tide.«

O'Neill schaut überrascht, aber nicht misstrauisch. Erst auf dem Dachboden verfliegt seine gute Laune. Er drückt mit der Faust in die dünne Matratze, das Metallgeflecht des Feldbetts quietscht. »Hier bleibe ich keine fünf Minuten.«

Nachdem Boy ihm einen weiteren Whiskey offeriert hat, diesmal mit kleiner Zugabe, ist O'Neill sehr schläfrig geworden. Und als er auf dem Feldbett schnarcht, kann Boy sein Repertoire an unlösbaren Knoten zum Einsatz bringen. Gelernt ist gelernt. Boy betrachtet den alten Mann, der im Schlaf erstaunlich friedlich aussieht, und deckt seinen entblößten Fuß zu. Hoffentlich nimmt er Vernunft an und geht morgen freiwillig. Wär nicht schön, den Alten mit Gewalt zur Polizei schleifen zu müssen. Boy beugt sich über ihn, lauscht, ob er gleichmäßig atmet, zuckt zurück. Liegt da nicht ein Grinsen auf Frerk Nielsens dünnen Lippen?

»Woher kenne ich diesen Kerl?«, fragt Ilse, die neben Inge auf dem Deich steht. »Mr. Zugabe. Er erinnert mich an jemanden, die dröhnende Stimme, die ganze breitbeinige Art ...«

»Irgendein Glöckchen hat bei mir auch geklingelt. Ein tief verbuddeltes, sehr fernes«, Inge deutet auf das dunkle Meer, »wie die Glocke der versunkenen Kirche da draußen.«

»So kamst du mir heute Abend auch vor«, murmelt Ilse, »sehr fern. Mit allen hast du getanzt und geflirtet, mit Hinz und Kunz und Hein und Fiete ...« Sie wendet den Kopf ab. »Dem Bürgermeister, dem Kaufmann. Selbst von der Kurverwaltung hast du dich herumschwenken lassen!«

»Ach, Ilsebill, ich bin doch nur glücklich.«

»Warum? Weil heute dein Geburtstag ist und die Insel kopfsteht?«

»Weil heute einer von diesen Tagen ist, an denen wir alle leben.« Inge nimmt Ilses Hand. »Und weißte was? Haus Tide bleibt in der Familie! Jetzt kann ich sogar in Ruhe sterben.«

»Kannste«, sagt Ilse. »Bist aber nicht dazu verpflichtet.«

Ein letzter, hauchdünner Lichtstreif liegt über dem Horizont, blauschwarz wölbt sich der Himmel über dem Meer. Auf dem Deich wimmelt es von Schaulustigen. Handys werden gezückt und Selfiesticks ausgefahren, die den Nachbarn gefährlich in die Quere kommen. Immer wieder wird Inge nach speziellen Ferngläsern gefragt, die an diesem Abend hier ausgegeben werden sollten. Der etwas abseits stehende Astronom muss sein Teleskop beständig gegen Gäste verteidigen, die behaupten, der Blick durchs astronomische Fernrohr sei für die Festbesucher *all-inclusive*. Aus sicherer Entfernung betrachtet eine Schafherde die Menschen und ihr heute besonders merkwürdiges Treiben.

Auf einmal hören selbst die Schafe auf zu kauen und zu wiederkäuen und die Menschen zu reden und zu fotografieren.

Es ist vollkommen still.

Erst fallen einzelne Sternschnuppen. Bald ist der Himmel voller Sterngestöber. Die meisten Meteore sind im Bruchteil einer Sekunde verglüht, ein paar größere ziehen lange, gleißende Lichtspuren über den Nachthimmel und stürzen sich am Horizont kopfüber ins schwarze Meer. Und während die Sterne vom Himmel herabregnen, lassen die Menschen ihre Wünsche zu ihm aufsteigen. So erklingt in dieser Julinacht zwischen Insel und Universum eine kleine Wunschmusik:

einmal um die Welt reisen
einmal das Polarlicht sehen
noch einmal so richtig verliebt sein
diesmal bitte, bitte die Stelle bekommen
mehr Follower als alle anderen in der Klasse
einen richtigen Freund, der zu mir hält
nie mehr geschlagen werden
die Zeit zurückdrehen bis vor den Unfall
ein Haus, eine Einbauküche, einen Kaffeevollautomaten
ein Ende des Krieges, eine Rückkehr nach Hause, ein Lebenszeichen von Fatima und den Kindern
endlich Frieden und Gerechtigkeit auf der Welt
dass sie mir noch in diesem Leben verzeiht
meinen Richard zurück. Sonst nichts, sonst niemand. Meinen Richard zurück
ein neues Leben anfangen, ohne Mutter, die mich doch nicht mehr erkennt
einfach fortgehen, ohne den kranken Mann, der mit mir auch kein bisschen glücklich ist. Während ich ohne ihn vielleicht …
wieder lachen können
ein einziges Mal einen Orgasmus erleben
für einen Menschen auf der Welt unersetzlich sein

> *ohne Schmerzen aufwachen, eine Hand fühlen, die über meine Haut streicht ... und nicht, um mich mit Franzbranntwein einzureiben*
> *endlich weg von zu Hause, der Schule, aus diesem ganzen Knast – und tun und lassen, was ich will!*
> *dass die Zahnschmerzen aufhören! Ich werde nie wieder jammern, nie mehr etwas wünschen, wenn nur die Zahnschmerzen ...*

Mehrmals wünschen sich leichtfertige Zeitgenossen ein Buch (also eines zu schreiben bzw. geschrieben zu haben). D. möchte bis zum Ende aller Tage von J. geliebt werden, J. von N. und N. wiederum Abend für Abend vom Publikum. A. wünscht sich, die Kraft zu haben, sich überhaupt wieder etwas zu wünschen (hiermit passiert). B. dagegen wünscht sich, wunschlos glücklich zu sein (und fragt sich sogleich, ob dies nicht ein Widerspruch in sich ist).

Wer auch immer dem Wunschkonzert lauscht, wird verstehen, warum sich die Sterne aus der Menschenwunscherfüllung vollständig heraushalten.

Der Strom der Meteore verebbt. Drei riesige Feuerbälle rasen über den Himmel. Ihr Licht ist so hell, dass sie Schatten auf die Erde werfen, Schatten auf die stumm und starr stehenden, winzigen Menschen unten auf dem Deich. Ein Donnerknall ertönt. Die Feuerbälle explodieren im Flug. Die Menschen klammern sich aneinander und schreien. Kurz darauf wird es totenstill, und am schwarzen Himmel erscheint ein einzelner, gewaltiger Komet mit leuchtendem Schweif.

»Fortune« stürzt auf die Insel nieder. Nein, er schlägt neben der Insel ins Meer. Eine große Flutwelle trägt sie alle davon, Alte und Junge, Greise und ungeborene Kinder, Liebende und Hassende, Freund und Feind, Wölfe und Lämmer, Torten und Braten, Gläser und Gabeln. Die Tische werden zu Flößen und die Tischdecken zu Segeln, doch niemand hält der gewaltigen Welle stand.

Und alles, was von ihnen übrig bleibt, von Familie Boysen und ihren Gästen, der Festgesellschaft und der gesamten Insel, sind die Korken der Champagnerflaschen, die auf der totenstillen See treiben ...

Scherz beiseite. Das Buch ist ja erst drei Viertel voll ... Und ein Weltuntergang ist auch keine Lösung.

Nein, die Prophezeiung der Inka (Boysen) ist nicht eingetreten. In Wirklichkeit war es so: Es gab dieses wunderbare Sternenballett. Und jeder, der in der Nacht auf dem Deich dabei war, kann sich zumindest dafür glücklich schätzen. Die Nacht schien von Sternschnuppen zu knistern. Schließlich hat sich, hoch am Himmel über der kleinen Insel, Komet »Fortune« persönlich blicken lassen. In aller Pracht paradierte er über das Firmament und ließ einen Schwarm Meteore springen, die im Flug verglühten oder im kalten Wasser der Nordsee versanken. Dann ist »Fortune« mitsamt seiner langen Mähne haarscharf – in kosmischen Dimensionen – am blauen Planeten vorbeigezischt. Nun zieht der Komet weiter seine Bahnen durchs All und verliert sich darin mit jedem Umlauf um die Sonne. Das Eis verdampft, das Gestein büßt den Zusammenhalt ein, der Kern löst sich auf. In unserer Zeitrechnung mögen dabei tausend Jahre vergehen, und doch sind dies nur die letzten Sekunden im Leben eines Kometen.

Auf Erden währte die ehrfurchtsvolle Stille nicht lange. Menschen und Gänse begannen aufs Neue zu schnattern und Schafe zu kauen und wiederzukäuen. Handys wurden gezückt, Botschaften versendet, Selfiesticks ausgefahren, die den Nachbarn gefährlich in die Quere kamen. Manche der Festbesucher und Sternseher waren enttäuscht, die meisten erleichtert und nicht wenige sternhagelvoll. Als Letzter packte der Astronom seine Sachen, stieg vom Deich herab und aß sich durch die Reste des Buffets.

Am Morgen nach der Kometennacht stürzt nach der Hitzewelle der vergangenen Wochen sintflutartiger Regen herab.

In Haus Tide schlafen die Bewohner ihren Rausch aus. Der Kater ist zurückgekehrt. Ahab huscht durch die Räume.
 Doch Inka ist und bleibt verschwunden.
 Ebenso der unlösbar festgebundene Freddy O'Neill.
 Und dito der Scheck.

IV

Seesternesehen

»Die Erfüllung des Wunsches kann
den Wunsch nicht ersetzen.«
Peter Stamm

»Für mich ist ein Stern erst gestorben,
wenn er nicht mehr leuchtet.«
Unbekannter Astronom

Haus Tide, Oktober

Gänse, Schwalben und Badegäste sind Richtung Süden gezogen, Sternengucker und Kinder Richtung Festland, Arbeit und Liebe. Die Strandkörbe wurden in ihre Winterquartiere verfrachtet, und die Fahne »Eiskalt erfrischen« flattert am winterfest verriegelten Strandkiosk. In den ersten Wochen nach dem Kometentrubel fand ich es reichlich still, als alle fort waren, erst die geladenen und ungeladenen Gäste, dann Boy und Berit, gefolgt von Gesa mit Marten, Kaija und Stella, die das Haus mit Leben gefüllt hatten, und schließlich sogar Kerrin, mit der ich seit drei Jahrzehnten dieses Haus teile. Vor dem Fenster wirbelt der Herbstwind bunte Blätter durch die Lüfte. Wie so oft in letzter Zeit habe ich heute das ganze Haus für mich. Doch ich fühle mich nicht einsam und verlassen, denn alle, die vor mir und mit mir hier gelebt haben, leisten mir Gesellschaft: meine Eltern, Brüder, Engelline, Willem – und auch ihr, meine zum Glück noch lebendigen Lieben, mögt ihr euch in der Welt herumtreiben, wie ihr wollt. Außerdem Ahab und Heide, Schnucke und ihr Schöckchen (das Lamm aus Schaf und Ziegenbock) sowie Ilses Brieftauben, die mich regelmäßig besuchen, genau wie Ilse. Woanders wäre ich vielleicht einsam, aber nicht in Haus Tide, wo mein ganzes Leben zwischen den alten Wänden steckt und ebenso da draußen, im Blätterrascheln (viele sind's bald nicht mehr, wenn gleich noch so ein Windstoß kommt) und im Meeresrauschen. Wie gut, dass das Meer nur Ebbe und keinen Winter kennt! Ein halbes Jahr ohne die See ... das wäre fast wie ein halbes Jahr ohne Sonne. Womöglich würden wir uns nicht mehr wiedersehen.

Tag für Tag, wenn ich die Augen aufschlage, denke ich zuallererst daran: Haus Tide bleibt in der Familie! Glücklicherweise ist der Scheck zu uns zurückgekehrt. Und auch Inka wird zu uns zurückkehren. Gleich nachdem wir klar Schiff gemacht hatten nach dem Fest – meine Güte, hat die Meute uns ein Chaos hinterlassen –, hab ich ein paar Investitionen in die Zukunft getätigt. Der neue Rosenstock, den Kerrin und ich vors Haus gepflanzt haben – die Rose heißt »Stella« –, scheint gut angewachsen zu sein. Nachdem ich eines Nachts auf dem Weg vom Bett zum Bad über den Buchstapel auf dem Fußboden gestürzt bin, habe ich eine weitere Büchervitrine geordert und in grenzenlosem Optimismus neue Bücher dazu.

In letzter Zeit habe ich oft diese Träume. Meistens erwache ich im entscheidenden Augenblick. Genau in dem Moment etwa, wenn warme Lippen sich meinen nähern, ich die Augen schließe und meine Hand ausstrecke nach einem Nacken, einer Schulter auf der Suche nach Halt. Mal ist es der junge Willem, mal die mittelalte (aus heutiger Sicht blutjunge) Ilse, mal sind es Verflossene mit den Frisuren und in den Kleidern von damals. So lange wie möglich liege ich still und lasse die Empfindungen des Traums durch den schlaftrunkenen Körper strömen, schwindelerregend im Kopf, pochend in der Brust, ziehend im Unterleib, bis sie langsam verebben. Irgendwann kommt er dann doch, der Moment, in dem ich Tag und Tatsachen ins Auge sehen muss, das Erwachen als alte Frau mit schmerzenden Knochen und verschrumpelter Haut. Derselben Haut, in der eben noch die junge Inge tanzte, flirtete, lachte … Und dann sage ich mir, na, lachen kannst du wenigstens noch, besser sogar als früher, weil man als junger Mensch doch alles so bierernst nimmt. Aber mein mittleres Alter, das hätte ich gern zurück. Wenn man über das Bierernste hinweg ist und noch wohlgeformte Beine hat. All das Schwinden der Formen und Farben, die weißen Haare, den schlaffen Busen, den faltigen Hals habe ich mit größtmöglichem Gleichmut überstanden. Aber um die Beine ist es wirklich ein Jammer.

Heute Morgen lag eine tote Schlange vor der Haustür. Vielleicht ist sie in der ersten Frostnacht erfroren, aber ich glaube eher, es war ein Geschenk von Ahab. Sie sah etwas angebissen aus. Zuerst konnte ich mich vor Schreck nicht rühren, dann hab ich sie auf die Schippe genommen und über den Zaun geworfen. Später brachte mich die Schlange auf eine Idee: Die Kunst des Alterns besteht darin, dem Ende des Lebens ins Auge zu sehen, ohne sich selbst zum Kaninchen zu machen. Oder anders gesagt: die Dinge im goldenen Schein der untergehenden Sonne zu betrachten, ohne auf den Augenblick des Untergangs zu starren.

Als ich heute wieder einmal das Haus durchwanderte, ist etwas Seltsames passiert. Immer wenn ich still in einem Raum stehen blieb, kamen die Erinnerungen aus den Ritzen, nicht als ferne Schatten der Vergangenheit, sondern so, als wäre ich für einen Augenblick wieder mittendrin. In der früheren guten Stube im Erdgeschoss, in der nun mein Bett und meine Bücher stehen, bin ich losgegangen als alte Frau. In der mittleren Etage, die zurzeit unter der Woche leer steht, begegnete ich einer vierzigjährigen Ehefrau mit vier Kindern, die ihre Jüngste, Berit, auf dem Arm hielt und sich wunderte, was die Zukunft noch für sie bereithielt, bis ihr einfiel, dass in diesem Moment die Milch auf dem Herd überkochte und fürs Wundern keine Zeit war. Unterm Dach auf dem Spitzboden hockte eine zornige junge Frau, die vor Kurzem bei einem Autounfall beide Eltern verloren hatte und deren Brüder übereingekommen waren, Haus Tide müsse nun eben verkauft werden. Sie war anderer Ansicht. Wieder unten angekommen, lag in der Stube im Alkoven ein Kind auf dem Rücken, blickte an die himmelblaue Holzdecke und lauschte den Schauergeschichten der großen Schwester Engelline.

Als ich wieder aufwachte im Wandbett, es müssen Stunden vergangen sein, paradierten noch einmal die Frauen und Mädchen aus den verschiedenen Räumen vorüber, und ich sah, dass es nicht dieselben waren wie die Inge Boysen, die ich heute bin. Vor meinen Augen schoben sich die Inges ineinander, es gab Überlappungen zwischen ihnen und mir, doch manches ist auch für immer verschwunden, abgeschnitten wie die langen Zöpfe des Schulmädchens, abgelegt wie die dreimal umgenähten Röcke und Mäntel der jungen Mutter, die sparen musste, um den Kredit zurückzuzahlen. Für das Haus, das sie ihren Brüdern abgekauft hatte.

Aber dennoch spüre ich da drinnen, in den sich stetig häutenden Hüllen einen Kern. Kein Kerngehäuse wie im Apfel, sondern ein einziger Kern wie beim Steinobst, ein harter Kern, der den empfindlichen Samen enthält. Wie bei einer Aprikose vielleicht – damit könnte ich mich anfreunden. Aprikosen schmecken und riechen und klingen gut, wenn man sie beim Namen nennt. Woraus, habe ich mich beim Erwachen im Alkoven gefragt, besteht der menschliche Kern? Können andere ihn fühlen, sehen, ahnen – ist, diesen individuellen Kern im

Gegenüber zu erkennen, vielleicht sogar Voraussetzung für die Liebe? Und wird beim Menschen, wie bei der Aprikose, noch einmal etwas Neues daraus, wenn man ihn in der Erde versenkt?

Komme eben von Willems Grab. Fühle mich schrecklich. Auch erleichtert und dann gleich wieder schrecklich, weil ich mich erleichtert fühle. Willem, kannst du mir noch ein Mal verzeihen? Du wirst ja nicht ewig alleine dort liegen.

Haus Tide, November

Heute sind es Hajo und Gerda. Hajo, der so hoffnungslos für Engelline geschwärmt hat (nun hat er sie um siebzig Jahre überlebt), und Gerda, der ich Kaugummis in die Schulhefte geklebt habe. »Nur wer vergessen wird, ist tot«, steht in Hajos Anzeige und in Gerdas »… lebt weiter in den Gedanken derer, die sie lieben«. Zum ersten Mal verspüre ich bei diesen oft gelesenen Sätzen etwas wie Bockigkeit. Tröstlich für die Angehörigen, ja, aber ein schwacher Trost für den, dessen Leben zu Ende geht. Fraglos ist es ein schöner Gedanke, dass sich nach dem Tod jemand an dich erinnert, und für diejenigen, die an dich denken, wirst du gewiss in diesen Momenten auf eine Weise lebendig sein. Aber lebst du deshalb weiter? Spürst du die Wärme auf der Haut, schmeckst das frisch gebackene Brot, hörst den Regen am Fenster, lachst du, liebst du? Nichts von alledem, du bist bloß ein Gedanke. Und den kannst du dir nicht mal aussuchen. Sie denken über dich, was sie wollen.

Auf der Suche nach Papier, um meine eigene Traueranzeige zu entwerfen, bin ich auf die Skizzen für meine Geburtstagseinladung gestoßen. Am besten gefällt mir die Zeichnung mit »Fortune« und seiner ausschweifenden Kometenmähne, als mir Ahab auf den Schoß sprang, den Stift verriss und den Stern aus der Bahn warf. Seltsam, wie weit fort dieser Tag schon erscheint, an dem wir alle auf »Fortune« warteten. Heute kommt mir Ahab beim Zeichnen nicht in die Quere, er liegt zusammengerollt auf seinem Sessel und schläft. Ab und zu zuckt ein Ohr oder seine Schwanzspitze. Ob es bloß am ungemütlichen Herbstwetter liegt, dass er so häuslich geworden ist und mir kaum noch von der Seite weicht?
So, der Entwurf für meine Anzeige steht. Ein leicht verstrubbelter Komet ist diesmal auch drauf. Und jetzt setze ich zur Feier des Tages in guter Erinnerung an den vorherigen einen Rumtopf für den Winter an.

So steil ist der Deich doch früher nicht gewesen, dass ich am Ende meiner Kräfte war dort oben. Eisiger Wind pfiff mir vorhin um die Ohren, kein Mensch weit und breit und auch kein Schaf. Was für ein Aufruhr dagegen in jener Julinacht! Und die Wochen, Monate vorher. All die Hoffnungen, Wünsche, Ängste, die Streitereien, Küsse und Schwüre, Jubel und Geschrei … Wie still ist es seitdem geworden.
Frerksens haben ihre Festungsmauern abgebaut, die Plünderungen sind ausgeblieben, und Kaufmann Feddersen jun. musste die astronomischen Preise zurück auf irdisches, seiner Ansicht nach unterirdisches Niveau senken. Pastor Köster predigt wieder vor leeren Kirchenbänken, seine vormalige Litanei vom Jüngsten Tag lässt ihn jetzt eher alt aussehen. Ob die Geizhälse, die im Angesicht des vermeintlichen Endes ihr Geld verprasst haben, dies heute bereuen oder auf den Ge-

schmack gekommen sind und die Früchte genießen? Ein paar Insulaner, die dem Chef mal so richtig die Meinung gegeigt und gekündigt hatten, sind kleinlaut an ihre Arbeitsplätze zurückgekehrt. Nicht so, zur allgemeinen Überraschung, die Kurverwaltung. Meike Peters hat ihr Königreich mitsamt dem »Fortune« zum Trotz gepflanzten Birnbaum gegen Palmen auf einer kanarischen Insel eingetauscht.

Die lammfromm gewordenen Böcke von gestern sind die lammfromm gewesenen Böcke von heute, und Gleiches gilt, mit umgekehrtem Vorzeichen, für die kurzzeitig ausgescherten Biedermänner und -frauen. Mit Ausnahme von Ludger N. und Karen B., die tatsächlich gemeinsam bei Nacht und Mondschein das Weite gesucht haben und, was immer sie im Weiten gefunden haben, bis heute dortselbst geblieben sind. Ach ja, und Suse R. hat ihren seit Jahrzehnten kranken Mann verlassen und ist aufs Festland gezogen, ohne dass irgendein Neuer dahintersteckte, wie umgehend unterstellt wurde. Sie ist trotzdem persona non grata auf der Insel. Wer da den ersten Stein werfen möchte, frage ich mich. Mir scheint, dass R. ohne seine Suse nur ein wenig mürrischer und unglücklicher ist als mit ihr, während sie ohne ihn vielleicht irgendwann einmal im Leben glücklich sein kann. Ich hoffe es für sie. (Notiz: Das muss ich ihr schreiben.)

Manches, was die Menschen im Überschwang vor, während und kurz nach »Fortune« getan haben, kann rückgängig gemacht werden, anderes nicht. Die im Juli gezeugten Kinder sind unaufhaltsam unterwegs in ihr Leben. Kerrin wird im kommenden Frühjahr außer ihren neuen Hamburger Babys einige Inselkinder auf die Welt holen. Selbst die Vogelwartin hat es zustande gebracht, während der Zeit auf ihrer ansonsten nur von Vögeln bewohnten Hallig schwanger zu werden, was zu weitläufigen Spekulationen und naheliegenden

Witzen Anlass gab. (Ich persönlich tippe auf die Nacht »Fortune« und den Astronomen, von dessen Fernrohr sie kaum wegzubekommen war.) Unser Bürgermeister und Postbote ist nach dem spektakulären Auftritt des »Hirngespinsts« womöglich noch wortkarger geworden und soll, was wirklich besorgniserregend ist, vor einem Schaufenster beim Betrachten von festem Schuhwerk gesichtet worden sein.

Was, habe ich mich oben auf dem Deich gefragt, hat es also bewirkt, das Jahrhundertereignis auf unserer Insel? Einige Kinder immerhin, die es sonst nicht gegeben hätte, ein paar Trennungen und frisch erblühte Lieben, den ein oder anderen Richtungswechsel im Berufsweg. Radikale Lebensänderungen eher wenig. Die allermeisten Menschen sind nach »Fortune« in ihr früheres Leben zurückgekehrt. Und nicht wenige haben zu ihrer eigenen Überraschung erkannt, dass sie sich bereits im für sie richtigen Leben befinden. Im Großen und Ganzen. Vielleicht ist das gar nicht das schlechteste Ergebnis. Denn wenn ich mir so über die Jahrzehnte die vielen Menschenleben ansehe, schaffen es die wenigsten, entweder aus eigener Kraft einen großen Lebenstraum Wirklichkeit werden zu lassen, oder aus Einsicht in ihre begrenzten Ressourcen aus ihrem gewöhnlichen Leben das Beste zu machen und zufrieden zu sein.

Wie schwer das ist, sehe ich an mir selbst. Ich habe nichts Großes vollbracht, aber immerhin vier Kinder großgezogen und erreicht, dass Haus Tide in der Familie bleibt – als junge Frau durch eigene Kraft und als alte mithilfe meiner Kinder. Und nun, in diesen geschenkten Monaten und Wochen, habe ich nichts weiter zu tun, als dem guten Vorsatz zu folgen, den ich beim Sternenregen gefasst habe: den kommenden Tag nicht nur zu überleben, sondern zu leben und ihn zu genießen. Und dann den nächsten Tag und wieder den nächsten.

jeden dieser anderen Tage, an denen ich lebe. Und an jedem dieser Tage fange ich mit dieser einfachen Aufgabe von vorne an.

Haus Tide, Dezember

Heute Nacht hat er an meine Tür geklopft. Ich hab mich taub gestellt und einen Riegel vorgeschoben. Und siehe da, er ist unverrichteter Dinge wieder abgezogen. Wenn der Tod heutzutage so zuverlässig liefert wie die Post, kann's noch ein Weilchen dauern bis zum nächsten Zustellversuch. Ilse dagegen lässt sich nicht so leicht abwimmeln und ist durch die Hintertür spaziert, nachdem ich am Morgen auf ihr Klingeln und Klopfen nicht reagiert habe.
»Du hast überhaupt nicht geschlafen«, hat sie mit einem Blick in mein Gesicht festgestellt, »aber tot bist du auch nicht.«
»Wenn du es sagst.«
Immerhin konnte ich sie dazu bringen, mir zu versprechen, den Kindern nichts von dem neuen Schlaganfall zu erzählen. Die sind zurzeit alle so schön in Fahrt auf dem Weg zu neuen Ufern. Der Alarmknopf mit direktem Draht zu Ilse, den ich letzten Winter schon tragen musste, wurde mir wieder angeheftet wie ein unbefugt abgelegtes Parteiabzeichen. Ich stehe unter Beobachtung, weil ich bereits einen unerlaubten Grenzübertritt begangen habe und man mir offenbar zutraut, jeden Moment rüberzumachen.

Weihnachten haben wir letzte Woche in großer Runde gefeiert. Nachdem sie jahrzehntelang die Einladung ausgeschlagen hat, war endlich auch Ilse dabei. Boy ist extra

*aus Kapstadt angereist, das gab es noch nie, über die
Feiertage hat er eigentlich Hochsaison als Bordpianist. Sogar
Karsten ist mit seiner Freundin aus den Staaten eingeflogen,
was Kerrin ein wenig über das Fehlen von Enno und Inka
hinweggetröstet hat, die sich noch eine Weile in der Welt
herumtreiben. Berit kam mit Johanna und einem frischen
Stapel Manuskriptseiten, Gesa war mit ihren drei Kindern
und zwei Männern da, die sich am ersten Weihnachtsfeiertag
die Klinke in die Hand gaben. Nami war auch eingeladen,
aber dann ist Jochen plötzlich doch ohne sie gekommen. Er
erschien mir aber heiter wie lange nicht.
Es war eine friedliche Weihnacht. Kein Schnee, kein Sturm,
kein Streit, nicht einmal ein kleiner Stromausfall. Damit die
Stille Nacht nicht gar zu still geriet, habe ich nach der Be-
scherung den Rumtopf spendiert, der für Silvester gedacht
war.*

Haus Tide, Neujahr

Den letzten Rest von Rum und Topf haben Ilse und ich vor
ein paar Stunden, am letzten Tag des Jahres geleert. Nur wir
beide. Uns wurde ganz warm ums Herz. Endlich ist es Winter
geworden, Reif glitzert auf den Gräsern und Zweigen im Garten, in der Stube verströmt der Bilegger Wärme. Als ich zur
Feier des Silvesterabends meinen besten Weißwein, Jahrgang
1998, ins Fondue gegossen habe, hat Ilse mich schräg von der
Seite angeschaut. Schmeckt man wirklich nicht im Schweizer
Käse, aber allein zu wissen, dass er drin war, hat den Genuss
erhöht.
Nach dem Rumtopf war Ilse endlich bereit zum gegenseitigen
Vorlesen unserer Horoskope. Ilse soll in diesem Jahr ihre große

Liebe finden. Sie hat den Kopf abgewandt und aus dem Fenster geschaut, und ich habe gefragt, ob die Liebe schon anspaziert käme. Jetzt, da ich es aufschreibe, glaube ich fest daran, dass das Horoskop, was Ilse betrifft, dieses eine Mal recht hat. Meine eigenen Zukunftsaussichten waren wolkiger formuliert. »Im kommenden Jahr wirst du das Glück von ganz neuen Seiten kennenlernen.« Ja, hab ich gedacht, zum Beispiel von unten. Wie das Gras.
Kurz vor Mitternacht fiel mir ein, dass wir noch Feuerwerk übrig hatten vom letzten Silvester. Im Auge des Sturms war damals weder Zeit noch Raum für Zündeleien. Aber diesmal hatten Ilse und ich da draußen freie Bahn. Obendrein hat Ilse aus ihrem immerwährenden Arztköfferchen ein paar fiese Böller beigesteuert und mit diabolischem Lächeln Richtung Frerksenhof krachen lassen. »Wir leben noch, Kanaillen!«
Es war wirklich ein fabelhafter Silvesterabend. Doch das neue Jahr wollte ich alleine beginnen. Ich hatte fest damit gerechnet, dass Ilse protestieren und sich rundweg weigern würde, zu vorgerückter Stunde in ihr Auto zu steigen und mich allein zu lassen (ich glaube, ich hab nicht erwähnt, dass das dumme Herzchen zwischen Käsefondue und Horoskopen einen kleinen Aussetzer hatte). Aber dann stand Ilse mitten in der Nacht vor mir in der Tür, ohne Schal und Mütze – ihrer Ansicht nach was für Kinder –, in ihrem grauen Wintermantel, den ich fast so lange kenne wie Ilse.
Wir waren beide stocknüchtern.
Sie hat mir, die Hand bereits auf der Klinke, noch einmal in die Augen gesehen. »Sicher?«
»Ganz sicher.«

*A*m Ende sitzen sie alle im selben Boot. Ein winziges Boot im Vergleich zu dem, das Enno vor Kurzem verlassen hat. Nach dem letzten Stopp in Neufundland ging es in einer Woche pausenloser Fahrt über den Atlantik. Erst vorgestern ist die »Phoenix of the Seas« nach elf Monaten auf den Weltmeeren in ihren Heimathafen Hamburg eingelaufen. Tausende Passagiere entstiegen ihrem Bauch und zerstreuten sich in alle Winde. Heute sucht ein kleines Grüppchen Halt auf dem roten »Seestern«, der im Inselhafen auf den Nordseewellen schaukelt.

Unentschieden zwischen Winter und Frühjahr schwankt auch dieser Tag Anfang März. Nur für kurze Augenblicke kommt die fahle Sonne hinter den rasch ziehenden Wolken hervor. Es könnte Regen geben, vielleicht Schnee oder Graupelschauer. Enno ist noch einmal hinaus an Deck gegangen, um sich den Wind um den Kopf wehen zu lassen, bevor es da drinnen losgeht. Er schaut durch die Scheibe in den Salon, wo sich seine Familie versammelt. Ob er selbst sich auch so verändert hat in diesem Jahr, wie die anderen ihm erscheinen?

Kerrin sitzt hinter der Kapitänskajüte auf der vorderen Bank, neben ihr, mit ein wenig Abstand, Inka. Beide haben ihren Blick nach unten gerichtet, auf die Blumen in ihrem Schoß. Kerrin sieht viel jünger aus als vor seiner Abreise. Ob es an ihrem neuen Haarschnitt liegt, an der schickeren Kleidung, die sicher Gesa in Hamburg mit ausgesucht hat, oder daran, dass sie die Schultern nicht mehr hängen lässt? Erst im

Nachhinein wird Enno das Verhuschte in Kerrins früherer Haltung bewusst, die immer etwas zu weite Kleidung.

Kerrin hebt den Kopf, schaut durchs Fenster und lächelt ihn an, und es kommt Enno vor, als sähe er dieses Lächeln zum ersten Mal. Vielleicht stimmt das sogar, denn tatsächlich sieht er in diesem Augenblick nichts als ihr Lächeln. Ohne eine Spur von Aufforderung darin, von Klage, Entschuldigung oder sonst einer Botschaft, die er nicht richtig von den Lippen ablesen kann. Ein zugleich schüchternes, stolzes und liebenswürdiges Lächeln, wenn man es mit dem Abstand eines Jahres und einer Weltreise betrachtet. Enno lächelt zurück.

Sein Blick wandert zu Gesa, die in der Bank hinter Kerrin sitzt. Nie zuvor hat Enno Gesa in Schwarz gesehen, es steht ihr überhaupt nicht. Sie ist bleich, als wäre alle Farbe von ihr gewichen. Ein paar graue Strähnen haben sich unter ihr dunkles Haar gemischt. Jochen, Marten und Kaija sitzen, sich leise unterhaltend, um denselben Tisch, während Gesa aufs Meer hinausblickt. Vielleicht hat es Gesa am schlimmsten erwischt, weil sie am wenigsten vorbereitet war, immer mittendrin im Leben und noch niemals am Ende. So wie er selbst bereits am Ende war – oder doch beinahe. Und mehr als einmal schon Boy und erst vor Kurzem seine noch so junge Tochter.

Kerrin reicht Inka ein Taschentuch. Heute bereut es Inka sicher mit der ganzen Wucht ihrer Jugend, dass sie ohne ein Wort abgehauen ist nach dem Fest. Nicht so sehr, weil sie ihre Eltern wochenlang in Angst und Schrecken versetzt hat, sondern weil es – vielleicht zum ersten Mal in ihrem Leben – nun für etwas unwiderruflich zu spät ist.

Vor achteinhalb Wochen kam der Anruf von Kerrin.

»Inge ist gestorben.«

»Bist du ganz sicher?!«

Mit diesen Worten hat Enno ihr geantwortet, genau wie alle anderen. Doch dieses Mal, anders als ein Jahr zuvor, war es kein Missverständnis, kein falscher Alarm und kein voreiliger Schluss, sondern ein endgültiger. Inge hat nicht wieder zu atmen begonnen und Kerrin zugezwinkert, sondern ernst gemacht.

Ilse hat sie am Neujahrsmorgen gefunden, die beiden hatten zusammen Silvester gefeiert. Keiner hat verstanden, warum die alte Frau Doktor, bestimmt nicht mehr nüchtern, sich nachts noch in ihrer alten Karre auf den Heimweg gemacht hat, anstatt wie geplant bei Mutter zu bleiben. Als sie wenige Stunden später die Freundin tot vorfand, schien Ilse nicht einmal überrascht. Doch heute, alleine am Heck im kalten Wind, in dem die Fahne auf Halbmast flattert, kommt Enno die zähe Krähe Ilse Johansen, vor der er sich von Kindheit an ein wenig gefürchtet hat, spröde und brüchig vor.

Vermutlich ist sein Ruf als guter Sohn nicht nur bei Ilse, sondern auf der gesamten Insel ruiniert, seit er nicht nur zu Mutters Achtzigstem fehlte, sondern auch nach ihrem Tod nicht sofort nach Hause geeilt ist. Aber damit folgte er einem von Inges »letzten Wünschen« aus ihrem Brief, der sich oben im alten Sekretär fand: mit der Trauerfeier zu warten, bis er von seiner Reise zurückkehrt, und zwar zum regulären Ende der Reise und keinen Tag früher. In einem für ihn beigelegten Blatt hat Inge klargestellt, dass sie ihm unter keinen Umständen, wenn er sich endlich seinen Lebenstraum erfülle, mit »so etwas Dummem wie dem Tod dazwischenfunken« wolle. »Bring deine Reise zu Ende, und freu dich daran bis zur letzten Stunde«, hat sie ihm aufgetragen, »so hab ich's auch gemacht.«

Alle außer Boy und Berit waren überrascht, dass Inge nicht im Familiengrab beigesetzt werden wollte, sondern eine Seebestattung wünschte. Als Enno gestern an Vaters Grab stand, der sich eigens ihretwegen nicht auf dem Festland bei seiner Familie hatte bestatten lassen, hat er es Mutter doch übel genommen. Vater so allein dort liegen zu lassen! Er hat Willem hoch und heilig versprochen, ihm eines Tages Gesellschaft zu leisten. »Aber bitte Geduld, Vater«, hat er geflüstert, »jetzt, wo das Loch im Kopf fast verheilt ist und auf dem Schädel diese phä-no-me-nale Mähne sprießt!« Dabei hat er sich durch die Haare gefahren, bis sie in alle Richtungen abstanden, und offenbar unüberhörbar gekichert – am Grab seines Vaters! –, denn der vorbeikommende Spießbürger, der ihn natürlich erkannte, hat komisch geguckt. Kein Problem. Komisch gucken kann Enno inzwischen auch.

Er ist Mutter sehr dankbar für diesen letzten Wunsch und ihren Brief, denn er wollte Anfang des Jahres noch nicht nach Hause. Aus anderen Gründen aber als zum Geburtstagsfest letzten Sommer, diesem unvergesslichen Sommer, in dem er, Enno Boysen, gelernt hat, das Leben zu nehmen und zu genießen. Liberty war seine Meisterin. Das ganze ABC des *dolce vita* hat sie ihn gelehrt, von A wie Aalen und Albern bis Z wie Zuckerguss und Zungenkuss. Bis in den Herbst hinein hat er geglaubt, von ihm aus könne es ewig so weitergehen mit dem süßen Müßiggang. Und eines Tages wachte er auf, und das Vergnügen schmeckte wie warmer Champagner. Der Genuss sprudelte nicht mehr, die Luft war raus aus dem Amüsement. Es machte ihm nicht einmal mehr Freude, den Schiffspianisten in Gedanken an Bruder Boy mit dem Ruf nach immer schwerer zu spielenden Stücken zu quälen.

Eines Morgens erschreckte ihn im Spiegel das Gesicht eines Griesgrams, mit dem er so wenig wie möglich zu tun haben wollte. Er begann, in den Gesichtern seiner Mitpassagiere nach dem Geheimnis des Glücks zu suchen. Doch allzu oft und vor allem unter jenen, die wie er schon länger an Bord waren, fand er dieselbe missgelaunte Miene, den unzufriedenen Zug um den Mund, der ihm jetzt täglich beim Blick in den Spiegel begegnete.

Dagegen trugen die Mitglieder der Crew, trotz ihrer Arbeit rund um die Uhr und fern der Familie, stets ein fröhliches Lächeln auf den Lippen. Ganz besonders der philippinische Barkeeper, bei dem Enno zum Sonnenuntergang seinen Drink orderte. Eines Abends fasste er sich ein Herz und fragte ihn nach seinem Geheimnis des Glücks. Der Barkeeper – in Tagschicht zudem Kellner – erzählte von dem tollen Team, das wie eine Familie für ihn wäre, der abwechslungsreichen Arbeit und dem Abenteuer, etwas von der großen weiten Welt zu sehen. Erst nach Wochen, in denen John Jayke Bautista Vertrauen zu Enno gefasst hatte, verriet er ihm das wahre Geheimnis: Das strahlende Lächeln war Teil der Arbeitskleidung wie ein weißes Hemd und geputzte Schuhe. Würde er ein einziges Mal mit unaufgeräumtem Gesicht oder bei Klagen über die Arbeit erwischt, wäre er den Job auf der Stelle los. Und er musste nun mal Geld nach Hause schicken, seine alten Eltern in Manila wollten leben. Wie er selbst.

Lächle oder stirb! Das also war die Parole im Land des Lächelns, dachte Enno, als John Jayke lachend sagte, die Arbeitsbedingungen auf dem Schiff seien die Hölle. Doch es sei eine schöne Hölle im Vergleich zu Tondo, dem berühmten Slum von Manila. Aber sei es nicht trotzdem unerträglich, wollte Enno wissen, tagaus, tagein diese Leute zu bedienen, Leute wie ihn, verwöhnte Müßiggänger, die an einem Abend den Monatslohn seiner Landsleute verprassten? »Eben das gibt mir Kraft«, erwiderte John Jayke. »Ich sehe ihre Unzufriedenheit, ihre Langeweile. Ich weiß, dass keiner von ihnen es an meiner Stelle auch nur drei Tage aushalten würde.

Also bin ich stärker als sie.« Gerade, als Enno ihn bewundern wollte, lachte John wieder. »Trotzdem«, sagte er, »wollen wir tauschen?« Enno hatte dankend abgelehnt.

Wegen solcher Begegnungen wollte Enno auch im Winter noch nicht nach Hause. Allerdings nicht mehr, weil er hoffte, dass die Reise ihn glücklicher machen würde, sondern vielleicht ein wenig klüger. Er hatte verstanden, dass Menschen, die von Geburt an mit goldenem Löffel gefüttert wurden, tatsächlich unzufrieden und frustriert sind, wenn es einmal nur ein silberner ist und sie ihn selbst zum Mund führen müssen. Während die Ausgehungerten glücklich sind über jeden Bissen. Aber nur so lange, bis sie sich ans Sattsein gewöhnt haben. So macht ein und derselbe silberne Löffel glücklich, wenn man einen aus Blech erwartet hat, aber unglücklich, hat man sich einen goldenen erhofft.

Und zu den glücklichsten Momenten im Leben, erinnert sich Enno nun auf diesem schwankenden kleinen Schiff und Mutters letzter Reise, zählen jene, in denen der Schmerz nachlässt. Oder die Angst, die Scham, ein quälend lastender Druck. Wenn man einfach heilfroh ist, alles überstanden zu haben. So wie nach dem Sturm. Es war im Südpazifik, unendlich fern jeder Landmasse und Rettung. Seitdem weiß er: Menschen werden ungelogen grün im Gesicht. Und es erwischt jeden, der ein Fünkchen Leben in sich hat. Jeden außer Herrn N.-K. alias Nervensäge-Korinthenkacker. Auch Enno, seefahrende Vorfahren hin oder her, hat sich die Seele aus dem Leib gekotzt und wollte irgendwann nur noch sterben. Als es plötzlich vorbei war und ganz still, erfüllte ihn dasselbe Gefühl wie beim Aufwachen nach der Operation. Wie eine berauschende Flüssigkeit zirkulierte es durch seine Adern: Du lebst, du atmest. Pures Glück.

Doch ob überstandene Seekrankheit oder Hirntumor, irgendwann reichen Leben und Atmen allein nicht mehr aus, um glücklich zu sein. In die Freude darüber, dass die Tage noch nicht gezählt sind, mischt sich die Erkenntnis, dass die Tage immer gezählt sind. Auch wenn in der noch offenen Rechnung statt hundert Tagen, und das optimistisch gerechnet, plötzlich eine Zehntausend steht, bleibt die Frage am Ende dieselbe: Was hast du aus deinem Leben gemacht? Aus jedem einzelnen Tag?

Während Enno auf die schwankende Horizontlinie schaut, erhebt sich drinnen Berit von ihrem Platz neben Johanna und geht an Deck. Sie tritt zu Ilse, schweigend lehnen beide nebeneinander an der Reling, und Ilses Rücken sieht etwas weniger einsam aus.

Alle hatten Sorge um Berit, als die Nachricht kam, weil sie Mutter so nahestand, und Gesa hatte zuerst Johanna angerufen und sie zu ihr geschickt. Doch Berit war erstaunlich gefasst gewesen. Und Berit stand Schwarz schon immer sehr gut.

Enno kehrt in Gedanken zurück auf ein anderes Meer, ein anderes Schiff. Für Liberty war die Reise auf der »Phoenix of the Seas« tatsächlich die letzte gewesen. Und ja, vor allem deshalb hatte er noch an Bord bleiben müssen bis zum Ende. Lange hatte er es geahnt, seit ihrem ersten Abenteuer im Spielcasino und Whirlpool, und je länger die Fahrt dauerte, desto weniger war es zu übersehen: Liberty war todkrank, und es ging täglich mit ihr abwärts. Am Ende steil nach unten, als sie in einem letzten Kraftakt über Bord sprang, mitten im Atlantik. Nachhelfen und über die Reling schubsen würde er sie nicht, das hatte Enno vorab klargestellt, nur Wache schieben, gemeinsam mit Rosemarie Harmony, um sicherzustellen, dass sie nicht mehr herausgefischt werden konnte. Liberty wollte nicht im Leichensack zurück zu den Pfeffersäcken, wie sie sagte. Liliane Freya Brookmöller stammte aus einer wohlhabenden Hanseatendynastie, doch sie war lange ihre eigenen Wege gegangen. Vor ihrem Tod hat sie Enno, ebenso wie Rosemarie, ein nicht unbeträchtliches Sümmchen vermacht. Das wird er Kerrin in einer ruhigen Stunde noch erklären müssen.

Es klopft an die Scheibe. Enno geht in den Salon und nimmt Platz auf der Bank zwischen Kerrin und Inka, die auseinandergerückt sind, um ihn in die Mitte zu nehmen. Kurz nach seiner Ankunft hat ihn Kerrin gefragt, ob er mit dieser Frau, die ein paar Mal beim Skypen im Bild war, »was gehabt« habe. Ja, hat er wahrheitsgemäß geantwortet, und weil Kerrin so verletzt aussah, hat er rasch hinzugefügt: »aber keinen Sex«. Erleichterung ihrerseits und vorerst Ende der Diskussion. Als ob damit alles gesagt wäre! Nein, Liberty und er haben nicht miteinander geschlafen. Er hätte schon gewollt, aber Liberty meinte, dass sie ihn zu gern habe, um ihn als letztes Glied in die lange Kette ihrer Liebhaber einzureihen. Zuerst war er gekränkt gewesen, aber letztlich hatte sie recht gehabt. Das war es einfach nicht, was zwischen ihnen war. Liberty hat ihm gezeigt, wie man lebt. Und dafür hat er sie geliebt. Liebt sie. Man hört ja nicht auf damit, bloß weil jemand tot ist.

Enno legt seinen Arm um Kerrin. Seine neue Liberty-Liebe nimmt Kerrin nichts weg, ganz im Gegenteil. Das, was er von ihr gelernt hat, wird auch Kerrins Leben reicher und schöner machen, weil es ihn selbst reicher und schöner gemacht hat. Hihi. Alter Knatterkopp, der er war! Bloß nicht wieder kichern und die Haare raufen, ermahnt sich Enno, du befindest dich auf einer Beerdigung. Seebestattung. Deiner Mutter! Inge hätte Liberty gemocht. Und auch das, was er mit Libertys Erbe vorhat. Er hat keine Angst mehr vor der Freiheit. Nicht vor seiner eigenen und auch nicht vor der seiner Ehefrau, die in seiner Abwesenheit eigene Wege eingeschlagen hat, eigenes Geld verdient und neuerdings eigenwillig lächelt.

»Woran denkst du gerade?«, fragt Kerrin neben ihm.

»Ich denke gerade, wie reich und schön du geworden bist.«

»Und ich denke: typisch. Der Mann kommt bestimmt auch zu seiner eigenen Beerdigung zu spät.«

Eben will sich Enno verteidigen, da geht ihm auf, dass gar nicht er gemeint ist. Ein Platz am hinteren Tisch ist leer. Gleich vor dem kleinen Podest mit der Urne, vor der er sich vorhin als Erstes verneigt hat. Also deshalb haben sie noch immer nicht abgelegt!

Kapitän Brodersen, der Enno und seine Familie gut kennt und alle persönlich begrüßt hat, schaut auf die Uhr.

»Vorhin ist er doch mit an Bord gekommen!«, ruft Enno.

»Ja, aber ihm ist eingefallen, dass er etwas Wichtiges vergessen hat«, sagt Gesa. »Und er ist noch mal umgekehrt.«

»Die Reifen haben gequietscht«, erklärt Kaija, »und die Pfützen gespritzt.«

»Ein paar Touris sind aus dem Weg gesprungen«, ergänzt Marten.

Und Boy geht der Begegnung mit Inka aus dem Weg, mutmaßt Enno, den es klammheimlich freut, dass sein Bruder, der Tod und Teufel nicht fürchtet, vor dem Zorn seiner Tochter erzittert. Aber er wird es doch nicht wagen, in letzter Minute zu kneifen? Bei der Bestattung der eigenen Mutter! Nein, dazu ist selbst Boy nicht imstande. Oder doch?

Kerrin ist zum Podest mit der Urne gegangen, um eine der Kerzen wieder anzuzünden. Dann arrangiert sie die Rosen in der Vase vor Inges Fotografie. Für Mama nur Rosen!, hatte Gesa angeordnet und den restlichen Ablauf der Feier weitgehend ihr überlassen, vor allem die Formalitäten. Damit kennt Kerrin sich aus, das hat sie schon damals bei ihrer eigenen Mutter gemacht und bei Schwiegervater Willem und manch anderem. Kerrin fand, dass es half, sich mit diesen bodenständigen Dingen zu befassen, anstatt in Trauer zu versinken, wie Gesa es tat. Aber so war Gesa nun mal, sie versank in Glück, sie versank in Trauer. Für Kerrin wäre das nichts, so ein himmelhochjauchzendtiefbetrübtes Leben, von dem sie in den vergangenen Monaten einiges mitbekommen hat, seit sie sich unter der Woche mit Gesa eine Wohnung in Hamburg teilt. Gesas Lockvogel ist Stella gewesen. Sie hat so getan, als würde die Kleine Kerrin unbedingt brauchen, während Gesa wieder zur Arbeit in ihre Frauenarztpraxis ging. Aber eigentlich, das ist Kerrin inzwischen klargeworden, ist es Gesa darum gegangen, ihr nach und nach immer mehr Schwangere zuzuschustern, die sie als freiberufliche Hebamme betreut. Sie ist auf dem besten Wege, mit über fünfzig noch eine voll berufstätige Frau zu werden!

Kerrins Blick fällt auf die große Fotografie im silbernen Rahmen. Den verwackelten Schnappschuss der lachenden Inge beim Anschneiden der Geburtstagstorte hat Berit ausgesucht. Da hätte es doch wohl bessere Bilder gegeben. Ach, das Geburtstagsfest! In jener Nacht war sie tatsächlich so weit gewesen, einen Weltuntergang für eine gute Idee zu halten. Dieser Auftritt von Inka und Boy, Inkas wutentbrannter Abgang und Enno am anderen Ende der Welt, an der Seite einer rothaarigen Hexe. Während die Sternschnuppen fielen und alle um sie herum »ah!« und »oh!« schrien und sich in den Armen lagen, war sie einfach nur wunschlos unglücklich gewesen.

Wie lange scheint dieser Tag zurückzuliegen! Kerrin nimmt einen Strauß aus dem Eimer, der auf dem Boden vor dem Urnenpodest steht, und entfernt einen weiteren Draht.

Es dürfen keine festen Gegenstände ins Meer geworfen werden, nicht mal ein Stück Blumendraht, bei den Toten ist man da viel strenger als bei Kreuzfahrtpassagieren. Für Inge gibt es heute nicht nur Rosen. So viele bunte Sträuße sind es geworden, dass die Vasen nicht reichten und man zu Putzeimern greifen musste. Die Seebestattung auf dem kleinen Boot ist Familiensache, doch wer wollte, konnte vor der Abfahrt Blumen als letzten Gruß vorbeibringen, und viele habe es getan. Der Bürgermeister, der Pastor, Frerksens und andere Nachbarn, der Kulturverein. Selbst Meike Peters, die fahnenflüchtige Kurverwaltung, hat einen Palmwedel von Teneriffa geschickt und die Vogelwartin – müsste jetzt im achten Monat sein – ein kleines blauschwarz gesprenkeltes Vogelei in einem großen Paket, nach dessen Auspacken ein Riesenberg Luftpolsterfolie auf dem Boden lag. Ja, Inge Boysen war beliebt auf der Insel, aber die Insel hatte Inge Boysen auch nicht zur Schwiegermutter. Doch auch Kerrin vermisst sie mehr als gedacht. Ihren Platz einzunehmen, das Haus und die Räume nach eigenem Wunsch zu gestalten, war gar nicht mehr so wichtig, wie sie immer erwartet hatte. Wie gut, denkt Kerrin beim Entfernen des hoffentlich allerletzten Drahtgebindes, dass Inge nicht mehr erfahren muss, wie es wirklich um ihr Haus Tide steht. Von wegen gerettet!

In diesem Moment öffnet sich die Tür, und mit einem kalten Luftzug kommt Boy in den Salon. Kein bisschen abgehetzt sieht er aus. Und was hat er so Wichtiges geholt? Sein Akkordeon. Lebenswichtig, aber klar doch!

Kapitän Brodersen begrüßt die Trauergäste an Bord und gibt einen Überblick über den Ablauf der Fahrt. Genau genommen zwei Überblicke. Zuerst den offiziellen. Man fährt ein ganzes Stück auf See hinaus, bis die gesetzlich genehmigte

Beisetzungsposition erreicht ist. Und dann – der inoffizielle Part – genehmigt man sich eine kleine Abweichung und steuert die Stelle an, wo die untergegangene Westerwarft liegt.

»Denn so ist es der letzte Wille unserer lieben Verstorbenen, und wer wollte ihn ihr verwehren?« Kapitän Brodersen blickt in die Runde. »Niemand. Jedenfalls niemand hier an Bord. Wir sind ja unter uns, nicht wahr?«

Alle nicken. Endlich legt der »Seestern« ab.

Boy hat Kapitän Brodersen unter der Hand ein Sümmchen zugesteckt. Sollen die anderen ruhig denken, der Käptn würde die Extratour aus treuer Verbundenheit mit Mutter machen. Schön wär's. Einen unverschämten Preis hat er verlangt in Anbetracht des Risikos, dass die Sache auffliegt. Er würde seine Lizenz, ja Existenz verlieren, seinen Ruin würde es bedeuten und den Untergang des kleinen »Seestern«! Ganz elegisch war der alte Seebär geworden. Und dann wollte er alles auf einmal bar auf die Pranke, und Boy musste losrasen, um Nachschub zu besorgen. Noch mal runter vom Boot und in Gesas Wagen gesprungen. Ein kleiner Aufschub.

Jetzt, da sie endlich aufs Meer hinausfahren, fühlt Boy sich ein wenig besser. Den ganzen Morgen war ihm so elend, dass er Angst hatte, sich zu übergeben. Beerdigungen machen ihn einfach krank, und er hat bisher jede vermieden, die er nur vermeiden konnte. Jede außer Vaters, und da ist er stockbetrunken gewesen. Diesen Ausweg gibt es nun nicht mehr. Er ist dankbar, dass wenigstens Johanna, die neben Berit ihm gegenübersitzt, ebenfalls heiße Schokolade ohne Schuss bestellt hat. Warum haben sie ihn ausgerechnet auf den Platz im Heck verbannt, direkt vor dem Podest mit der Urne? Boy wendet ihr den Rücken und hat es noch kein Mal fertiggebracht, sich umzudrehen. Unfassbar, dass dieses Gefäß alles fasst, was von Mutter übrig geblieben ist. Wirklich, er hasst Beerdigungen, und am schlimmsten ist der Augenblick, wenn der Sarg in die Grube gelassen wird und man dem Toten eine Schaufel Sand ins Gesicht wirft, bevor die kalte Erde ihn unter sich begräbt. Danke, Mutter, dass du uns das erspart hast!

Hat er etwa laut gesprochen? Eine Hand legt sich kurz auf seine, eine trockene, leichte Hand, beinahe wie Mutters. Ohne hinzusehen, weiß er, sie gehört Ilse, Frau Doktor, wie sie sie als Kinder genannt haben. Jahrzehnte ist es her, dass diese Hände ihn berührt, ihn abgehört haben mit einem kalten Stethoskop. Gesa hat darauf bestanden, dass Ilse heute dabei ist. Nicht nur beim Kaffee nachher in größerer Runde im Gasthaus – in Haus Tide geht es ja zurzeit nicht –, sondern hier mit der Familie im selben Boot. Gesa, die nur wenige Meter und doch so weit entfernt auf ihrem Platz sitzt, ohne Matteo, ohne Stella, am Tisch mit Mann und zwei Kindern wie in alten Zeiten.

Immer wieder geht ihr dieselbe Frage durch den Kopf: Wieso hab ich es nicht gespürt? Wir wären doch sonst nicht gleich nach Weihnachten wieder abgereist! Sie schien gar nicht schwach und müde, hat gut gegessen, viel gelacht, war ganz wie immer, ein bisschen aufgekratzt vielleicht, ich dachte, Mama genießt das volle Haus zum Weihnachtsfest. Sie hat Stella auf den Arm genommen und hochgehoben, damit die den Strohstern auf der Baumspitze anschauen konnte, denselben Stern, den ich als Kind mit Mama gebastelt habe. Natürlich hat Stella ihn gleich abgerissen und hineingebissen, dann mit angewiderter Miene zu Boden geschleudert. Wir haben alle gelacht. Oh Gott, was haben wir uns bloß gedacht? Dass Mama unsterblich ist? Dass es den Tod nicht gibt, wenn man nur fest die Augen schließt ... Trotz des Warnschusses, den wir letzten Winter bekommen haben, schien mir Mama stets so wach und neugierig und lebendig. Dass sie sterben, nicht mehr da sein könnte, ist einfach unvorstellbar.

Gesa sieht Inge vor sich, an einem Sommerabend auf der Terrasse, Campari Soda durch den Strohhalm schlürfend, die Beine hochgelegt, die nackten Füße in Sandalen, bei einem ihrer Gespräche über Jochen und Matteo, über Liebe, Leidenschaft, den Glutkern des Lebens und heiße Luft. »Und du, vermisst du Liebe … und Sex nicht auch manchmal?«, hat Gesa sie gefragt. Inge hat ihr in die Augen geschaut. »Was glaubst du, sehe ich aus wie tot?« Und sie hat sich beeilt zu antworten: »Ganz und gar nicht, Mama. Du wirst sicher noch hundert Jahre alt.« Hundert Jahre, das war keine Zahl, es hieß Sanktnimmerleinstag wie im Märchen. Und plötzlich ist Sanktnimmerleinstag gekommen.

Ein Prasseln übertönt das gleichmäßige Tuckern des Motors und die gedämpften Gespräche. Kleine Eiskörner, spitz wie Nadeln, klacken gegen das Glas, vom Wind an die Fenster geschleudert. Graupelschauer gehen aus der dichten Wolkendecke nieder, Grau in Grau verschwimmt die Grenze zwischen Himmel und See. Kaija presst die Nase an die Scheibe. Marten und Jochen starren aufs Tablet. Muss das sein, auch heute diese Spiele, will Gesa einwenden, dann erkennt sie, dass die beiden Bilder anschauen. Bilder von der Familie, vom Haus Tide, von Ominge. Bilder vom Fest, vom Kometenschauer. Kaija setzt sich dazu und schaut mit. Tapfere kleine Kaija. Hat nicht geweint und den großen Bruder getröstet. Für Kaija ist Omi nicht tot. Es sei nur schade, dass man sie *hier* nicht mehr besuchen könne, hat sie gesagt. Andererseits habe Ominge nun im Himmel *immer* gutes Wetter, denn da sei man ja über den Wolken. Marten wollte etwas erwidern, und Gesa hat rasch den Finger auf die Lippen gelegt. Lass sie.

Die drei winken Gesa zu sich, doch sie will jetzt die Bilder nicht sehen. Wie im Sturzflug ist die Zeit vergangen, ein einziges Mal ist sie zu Hause gewesen zwischen Geburtstagsfest und Weihnachten. Lange hat sie nicht »Zuhause« gesagt zu ihrem Elternhaus, fällt Gesa auf, während sie im kalt gewordenen Kaffee rührt, erst seit Stellas Geburt, in den Monaten unter seinem Dach, ist Haus Tide wieder ein Zuhause für sie geworden. Ein sehr hinfälliges, wie sie seit Kurzem wissen. Es fühlt sich an, als wäre auch ihr nach Mamas Tod der Boden unter den Füßen weggesackt wie dem Haus.

Bis dahin hatte sie die Balance gehalten zwischen Matteo und Stella und Jochen und den Kindern, dem Wiedereinstieg in ihre Praxis, der Wohngemeinschaft mit Kerrin. Irgendwie hat sie es Tag für Tag geschafft, über das dünne Seil vom Morgen bis zur Nacht zu gelangen, ohne abzustürzen. Das Schwimmen hat ihr geholfen, das sie jetzt wieder mehrmals in der Woche trainiert wie früher. Auch das Italienischlernen in den kostbaren freien Viertelstunden, trotz ihrer Erschöpfung und obwohl es doch eigentlich sinnlos ist. Und die Freude, daran teilzunehmen, wie Kerrin mit ihren Aufgaben wuchs und aufblühte. Der beste Beweis, dass es nie zu spät ist, etwas Neues zu wagen. Wenn das Neue das Richtige ist.

Gesa geht durch das schwankende Boot ans Ende des Salons und betrachtet das Bild vor der Urne. Wie jedes Mal treibt es ihr Tränen in die Augen, wie jedes Mal bringt es sie zum Lächeln. Mama, wie sie leibt und lebt! Leibte und lebte. Gibt es ein Leben ohne Leib? Eine Seele, die ohne Fleisch und Blut auskommt, eine geistige Essenz der Person, die den Körper überdauert? Gesa hofft es so sehr für Inge. Doch sie selbst muss auf Erden ab jetzt ohne Mama auskommen. Keine Gespräche mehr über Wünsche und Träume, den Glutkern des Lebens und heiße Luft, Gespräche, die andere Frauen ihres

Alters mit ihren Müttern nie führen konnten. Vom Ultimatum hat sie Inge jedoch nichts erzählt.

Ein hässliches Wort und wahrscheinlich unfair. Matteo war einfach am Ende gewesen, er konnte nicht vor und nicht zurück. Vielleicht hatte er auch gespürt, dass ihr seit ihrer Rückkehr nach Hamburg Jochen wieder näherkam. Nicht trotz, sondern wegen seiner närrischen Verliebtheit in Nami. Jochen und sie teilten nun die Erfahrung einer Liebe, die alles auf den Kopf stellt, sahen sich mit anderen Augen seitdem, gegenseitig und sich selbst. Aus den kurzen Treffen zur Übergabe der Kinder waren lange Abende guter Gespräche geworden. Jochen hatte sie in seiner Verzweiflung sogar um Rat gefragt. Als er besessen und glücklich war, als er besessen und unglücklich war, als er irgendwann nur noch rauswollte aus der süßen Leibeigenschaft. Kurz vor Weihnachten hat Jochen einen Cut gemacht. »Lass uns feiern«, hat er gesagt, unangemeldet vor ihrer Tür, mit einer Flasche Schampus unterm Arm. »Ich bin wieder ein freier Mann.«

Ein paar Wochen zuvor hatte Matteo von seiner Reiseagentur ein einmaliges Angebot bekommen: eine eigene Filiale auf Sizilien zu eröffnen. Ausgerechnet in Syrakus, in das sie sich beide verliebt hatten im Sommer, er aufs Neue und sie Hals über Kopf, beinahe so heftig wie ineinander. »Gut, dass ich von *mamma* noch Italienisch gelernt habe«, hatte Matteo gelacht, »obwohl *il padre* immer meinte, es würde mir hierzulande doch nichts nützen.« Und sie hatte geantwortet: »Ich hab auch Italienisch gelernt. Aber ich kann hier nicht weg.« Matteo hatte sie ernst angesehen. »Ich bleibe bei dir, Gesamía, bei dir und Stella. Teile mein Leben mit dir mit Freuden. Aber nicht als Intermezzo.«

Bis Ende des Jahres sollte sie sich entscheiden. Wollte sie sich entscheiden. Sie hat Silvester fiebrig im Bett gelegen, allein, und das Ende des Jahres verstreichen lassen. Am Neujahrsmorgen klingelte ihr Handy. Sie dachte: Das ist es jetzt. Das Ultimatum, das Ende. Und dann war es die Nachricht von Mamas Tod. Da ist das Seil unter ihren Füßen gerissen.

In den Wochen darauf hat Jochen ihr Halt gegeben. So wie sie ihm, zu ihrer Überraschung und Freude, Halt geben konnte während seiner haltlosen Verliebtheit und Entliebung. Auch Matteo ist geblieben, Syrakus war erst mal vom Tisch, das Ultimatum ausgesetzt. Mamas Tod hat ihr einen Aufschub verschafft.

»Mit dir schaffe ich es«, sagt eine Stimme neben ihr. Es ist Boy. Er fasst nach Gesas Hand, dann schaut er auf die Blumensträuße in den Eimern, hebt langsam den Blick zum Podest mit den Vasen, den Kerzen, zum Foto und schließlich zur Urne. Lange stehen sie nebeneinander, dann suchen beide gleichzeitig nach einem Taschentuch und finden keins.

»Ich bin immer lieber hinausgefahren als in den Hafen zurückgekehrt«, sagt Boy. Dann zupft er eine rote Rose aus der Vase neben der Urne, bricht die Blüte ab, befestigt sie mit einem Blumendraht an Gesas schwarzem Kleid. »So gefällst du mir besser.«

Der »Seestern« verlangsamt seine Fahrt und dümpelt auf den Wellen. Kapitän Brodersen erklärt, man habe die offizielle Beisetzungsposition erreicht. Er bitte nun alle zusammen hinaus aufs Achterdeck.

»Und was machen wir da?«, will Inka wissen und schaut in den Regen, der auf das mit Tauenden Hagelkörnern übersäte Deck prasselt.

»Wir drehen eine Anstandsrunde«, erklärt Enno, »und wahren den Schein.«

Als sie draußen bibbernd unter ihren Schirmen stehen, in schwarze Mäntel und Schals gehüllt, ist Enno froh, dass Inge nicht an dieser Stelle hinab ins Wasser muss. Zu viele Insulaner und immer mehr Inselliebhaber vom Festland drängeln sich hier schon auf dem Meeresgrund. Früher musste man für eine Seebestattung noch eine besondere Beziehung zum Meer nachweisen, heute darf sich dort jeder entsorgen lassen, der schon mal eine Postkarte von der Nordsee gekauft hat. Oder so ähnlich. Enno ist erleichtert, dass der alte Brodersen nicht so weit geht, zum Schein die Glocke zu läuten oder irgendeinen Pott am Seil hinabzulassen, etwa den Aschenbecher, der hier draußen hängt. Und besonders froh ist er, dass er selbst hinfort nicht mehr so häufig den Schein wahren muss oder wird, denn auch das ist eine Lektion Liberty, die er nicht so schnell zu verlernen gedenkt: Der Schein wird nicht wahrer dadurch.

Nachdem die Anstandsehrenrunde absolviert und ein Kreis um nichts als Wasser gedreht ist, sehen alle zu, so schnell wie möglich in den überheizten Salon zurückzukommen.

Berit ist nicht mit nach draußen gegangen, wem sollte es auffallen, wenn bei der Inszenierung nicht alle vollzählig an Deck sind? Es ist ohnehin weit und breit kein anderes Schiff in Sicht. Außerdem wollte sie noch ein Wörtchen mit Mame alleine reden. Aber nun, da sie vor Inges Bild und Inges Urne steht, ist Berits Kopf von Worten und Wörtchen leer gefegt, während es in ihrer Brust zum Bersten eng ist. »Mame«, flüstert sie, »Mame, wo bist du?«

Es gibt keinen lebendigen Menschen und keinen Ort mehr. Nur eine Handvoll Asche und ihre Erinnerungen. Enno und Gesa waren nicht glücklich über die Seebestattung, aber für sie und Boy war es leichter als ein Grab. Berit kramt das silberne Döschen aus der Tasche und schluckt eine Pille. Nur so lange, bis das alles vorbei ist. Die Weichzeichner haben ihr geholfen, durch die letzten Wochen zu manövrieren bis zum Hier und Heute. Durch ihren Filter wird das Leben schleierhaft und verwaschen. Die Welt lässt sich aushalten, aber nicht mehr beschreiben. Man kann nicht schreiben, ohne wahrzunehmen. Ihr Roman ist mitten im Satz verendet, von einer Minute auf die andere, nach jener Nachricht. Tag für Tag hat sie sich in den Monaten zuvor mit aller Kraft hineingeworfen. Selbst Johanna ist es manchmal zu viel geworden.

Berit schaut durchs Fenster auf Johannas Rücken, ihren ausgestreckten Arm, der den großen Schirm über sich und Ilse hält, den hellgrauen Mantel mit dem Kunstpelzkragen, unter dem sie ihren schwarzen Rolli trägt und darunter das T-Shirt *I survived Fortune*. Ach, Johanna, du darfst nie, nie, niemals sterben!

Eines haben sie zumindest geklärt. Wie idiotisch es doch war, jemanden zu verlassen, weil man einen Heiratsantrag bekommt! Von der perfekten Frau im perfekten Augenblick, als ihnen die Sternschnuppen zu Füßen fielen. Aber das war es ja gerade: Es war einfach zu viel. Berit hatte den Drang verspürt, ihre Liebste für immer in die Flucht zu schlagen, mit der nächstbesten unverzeihlichen Entgegnung, die ihr in den Sinn kam, aber da kam nichts. So hatte sie Johanna im Sternenregen stehen lassen und selbst die Flucht ergriffen, fort von der Party und hinein ins Haus, bis in den Spitzboden, und, oh Gott, wenn sie jetzt daran denkt, sie hat sogar die Leiter hinter sich hochgezogen. Während sie von oben durch die Dachluke auf die dunklen Gestalten auf dem Deich blickte, die ihre Köpfe zum Himmel hoben, hörte sie ein Geräusch und erstarrte. Es kam vom Dachboden nebenan. Es war eindeutig lautes Schnarchen.

Tja, und so lernte sie Freddy O'Neill kennen. Aber dass es sich um ihn handelte, erfuhr sie erst, als es schon zu spät war. Der Kerl lag gefesselt auf einem Feldbett. Er sah sie, fluchte und verlangte nach Wasser. Whisky nehme er auch. Champagner in Gottes Namen, wenn sonst nichts mehr da sei. In ihrem heillos verwirrten Zustand flößte Berit ihm zusammen mit einem Glas kalten Wassers noch brühwarm ihre Fluchtgeschichte ein. Und nachdem dieser Unbekannte es fertiggebracht hatte, ihr Dinge zu entlocken, die sie noch niemandem erzählt hatte – ihre Ängste, verlassen zu werden, wenn ihr jemand wirklich nahekam, und der ganze Scheiß –, hat der Alte ihr eröffnet, sie begehe den Fehler ihres Lebens! Ja, er habe selbst einst vor einer Verlobung Reißaus genommen, und die junge Braut von damals weile heute als alte Schachtel unter den Gästen. Es war niemand anderes als Ilse Johansen! Doktor Ilse Johansen aber traute Berit ohne Weiteres zu, einen alten Knacker wie diesen mit einer kleinen Spritze oder Droge aus ihrer Arzttasche außer Gefecht zu setzen und ans Feldbett zu fesseln.

Erst am nächsten Tag, als Boy fluchend umherlief, weil er den leeren Dachboden und das Fehlen des Schecks entdeckt hatte, dämmerte Berit, wen sie mithilfe von Geduld und Messerspitze befreit hatte. Ihr Bruder schien über die Tatsache, dass es O'Neill gelungen war, die von ihm geknüpften, unlösbaren Fesseln zu lösen, ebenso erschüttert wie über dessen Flucht und Diebstahl. Da waren sie nun über alle Berge, der alte Gauner und das schöne Geld für sie alle, die Rettung von Haus Tide! Obwohl Berit Zweifel hegte, dass Freddy O'Neill den Scheck entwendet hatte, plagten sie schlimme Gewissensbisse, die erst nachließen, nachdem der Alte in einem weißrussischen Kaff von der Polizei erwischt wurde. Er war zur Fahndung ausgeschrieben gewesen, mit internationalem

Haftbefehl wegen schweren Versicherungsbetrugs und der tausendfachen Gefährdung von Menschenleben. Angesichts durchwühlter Schubladen in Haus Tide glaubte niemand O'Neill, dass er den spurlos verschwundenen Scheck nicht an sich genommen hatte. Auch Boy war fest davon überzeugt und Kerrin sowieso.

Berit war nach der Begegnung mit O'Neill zurückgekehrt auf den Deich, zu Johanna und den platzenden Sternen, und später nach Berlin und sogar in Johannas Wohnung. Vorübergehend, zur Probe und ohne Trauschein. Man musste ja nicht gleich übertreiben. Bald schon war vom Heiraten keine Rede mehr, doch nach einer Atempause kam Johanna mit anderen Wünschen aus der Deckung. Wirklich verrückten. Berit weiß selbst nicht, ob ihr einfach der Mut fehlte, schon wieder kategorisch Nein zu sagen, oder … Sie fummelt in der Tasche nach dem silbernen Döschen, lässt es los. Keep cool, so flott wird Johanna diese Sache nicht durchziehen. Wenn überhaupt jemals.

Freddy O'Neill hat übrigens auch Blumen geschickt. Inge mochte ihn irgendwie, aber erst, nachdem er hinter Schloss und Riegel saß und der Scheck wieder da war. Und selbst dann ließ sie es Ilse gegenüber nicht durchblicken. Denn seinerzeit war Frerk Nielsen, ein Blender und Habenichts von der Nachbarinsel, nicht nur ohne seine Verlobte durchgebrannt, sondern auch mit deren Mitgift, die den Grundstock zu seinem Höhenflug Richtung Ruhm und Reichtum in den Staaten bildete. Von wegen Selfmade-Millionär! Berit wendet den Blick vom pompösen Strauß mit der goldenen Schleife zur Tür, durch die eben Ilse Johansen eintritt. Da fällt ihr auf: Sie hat ganz versäumt, Freddy O'Neill zu fragen, ob auch er mit der Flucht vor der Hochzeit den Fehler seines Lebens begangen hat?

Aber so etwas würde er niemals zugeben, der kleine Mann von der Insel mit seinen viel zu großen Plänen und seinen viel zu großen Schuhen ... Plötzlich sieht Berit ihn vor sich, wie er Anlauf nimmt und springt, auf den neuen Kontinent, ins gelobte Land des Kapitalismus, vom Heiratsschwindler zum Multimillionär, sieht, wie er mit ihrem Bruder die Wette auf Leben und Tod schließt, als wäre er Mephisto persönlich, und am Ende der Geschichte als armer Teufel in einem weißrussischen Gefängnis schmort. Doch das ist natürlich nicht das Ende der Geschichte. Nicht für jemanden wie Freddy O'Neill.

»Typisch Mama, oder?« Gesa ist neben Berit aufgetaucht, legt den Arm um sie und deutet auf Inges Trauerkarte neben der Urne. Quer über die Karte zischt ein von Inge gezeichneter Komet. »Sterben ist wirklich das Letzte, was man im Leben tun sollte«, liest Gesa vor, und in ihren verweinten Augen erscheint ein Lächeln. »Auf Wiedersehen! Ich geh dann mal ›Fortune‹ suchen.«

Auf einmal wird das Tuckern des Motors leiser, das Boot verlangsamt seine Fahrt, kommt zum Halten. Die Schiffsglocke erklingt, und die Gespräche verstummen. Sie sind angekommen. Angekommen über der untergegangenen Westerwarft, am Ende von Inge Boysens Reise.

Alle erheben sich von ihren Plätzen und folgen still dem Kapitän, der die Urne aus dem Salon an Deck des Schiffes trägt. Ein Dutzend Menschen versammelt sich am Achterdeck. Es regnet nicht mehr, und der Wind hat sich gelegt. Kapitän Brodersen stellt die Urne an der Reling auf, ein tiefblaues Gefäß mit unzähligen goldenen Pünktchen. Auf dem Deckel prangt ein Komet.

Der Kapitän wirft sich in die Brust und hebt zu einer Rede an. Enno kennt Brodersens Trauerreden zur Genüge. Sterbenslangweilig. »Lass gut sein, Henrik«, unterbricht er ihn, »unsere Mutter wollte keine Rede.«

»So ist es Seemannsbrauch!«

Boy nimmt Brodersen beiseite. Er erinnert ihn daran, dass man sich heute schon so manche kleine Abweichung vom Seemannsbrauch genehmigt habe, nicht wahr? Heute gehe es eben ganz nach den Wünschen von Inge Boysen, und Inge Boysen, sagt er nun laut in die Runde, habe sich statt einer Rede ein Gedicht gewünscht. Vorgetragen von ihrer Enkelin Inka.

Inka reißt, soweit das möglich ist, die verquollenen Augen auf. Enno und Kerrin nicken ihr zu, sie nimmt das Blatt mit dem Gedicht entgegen und tritt neben die Urne.

»Von Johann Wolfgang von Goethe«, liest Inka zittrig ab, lächelt in die Runde und erklärt, »der Typ aus ›Fack ju Göhte‹, ihr wisst schon.« Dann fährt sie fort: »Gesang der Geister über den Wassern.«

»Des Menschen Seele
Gleicht dem Wasser:
Vom Himmel kommt es,
Zum Himmel steigt es,
Und wieder nieder
Zur Erde muss es,
Ewig wechselnd.

Seele des Menschen,
Wie gleichst du dem Wasser!
Schicksal des Menschen,
Wie gleichst du dem Wind!«

Die Worte klingen nach und haben den schweren Seegang der Gefühle ein wenig geglättet. Doch nun kommt der Moment, vor dem sich alle gefürchtet haben. Die Urne samt Asche muss ins Meer hinab.

Noch bevor der Kapitän nach dem Seil greifen kann, hat Ilse es in die Hand genommen. Brodersen tritt kopfschüttelnd den Rückzug an, doch diesmal will Enno einschreiten.

Gesa geht zu ihm. »Lass sie! Mama wollte es so.«
»Wieso die? Das ist doch wohl meine Aufgabe!«
»Sie hat sie geliebt«, flüstert Gesa Enno ins Ohr.
»Die olle Ilse? Ich wusste gar nicht, dass die überhaupt ein Herz hat.«
»Jetzt weißt du es.«

Ilse hat unbeteiligt abgewartet, als hätte sie vom Disput nichts mitbekommen, ohne das Seil aus den Fingern zu lassen. Als alle still sind, trägt sie das blaue Gefäß aus Muschelkalk zur Reling wie ein zerbrechliches Vogelei und lässt es, umstanden von den anderen, unendlich langsam vor der Schiffswand hinab zum Wasser sinken.

Die Urne mit Inges Asche taucht ein und ist im nächsten Augenblick verschwunden. Spurlos schließt sich über ihr die Wasserfläche wie einst über der versunkenen Westerwarft, die an dieser Stelle unterging mit Mensch und Vieh, Haus und Hof und allem Hab und Gut, das den Bewohnern so viel bedeutet hatte. Vier Doppelglasen erklingen, die kurzen Schläge der Schiffsglocke verkünden: »Wache beendet.«

Die Motoren springen an, und das Boot setzt sich in Bewegung. Der »Seestern« dreht eine letzte, lange Ehrenrunde um die Stelle, an der die Tote dem Meer übergeben wurde.

Boy nimmt sein Akkordeon. Für heute wurde von Inge nicht nur Dur gewünscht. Sie wollte »Übers Meer« von Rio Reiser. Das Akkordeon hängt schwer an Boys Schultern, als er die erste Strophe zu spielen beginnt.

»Tag für Tag weht an uns vorbei,
bringt das Boot in den Wind!
Und ein Kuss und ein Tag im Mai,
sei nicht traurig, mein Kind.
So viele Jahre und so viele Sterne
ist es schon her,
seit wir draußen sind auf dem Meer.«

Enno, Kerrin und Inka, Gesa, Jochen, Marten und Kaija, Berit, Johanna und Ilse stehen, während das Boot seine Runde dreht und Boy sein Lied spielt, an der Reling und werfen Blumen ins Meer. Kerrin hat die vielen Sträuße auseinandergenommen und reicht die Blumen weiter an die ausgestreckten Hände. Enno hilft ihr dabei. Ilse hat im Dezember die letzte Blüte vom alten Rosenstrauch vor der Haustür gepflückt, die damals zur Geburt von Inges Schwester Engelline gepflanzt worden war. Gesa lässt eine Handvoll Blätter des neuen Rosenstocks »Stella« hinterhersegeln.

Marten hat eine eingerollte Schatzkarte in einer Muschel verborgen. Erst wollte er nichts mitnehmen, weil es ihm echt auf die Eier ging, dass alle so taten, als könnte man einer Toten damit noch einen Gefallen tun. Machten die doch bloß für sich selbst. Aber dann hatte Papa die Idee mit der Schatzkarte, falls Omi doch etwas fehlen sollte da unten. Oder da oben. Wo auch immer. Sie haben einen Himbeerstrauch und einen Schokodrops-Automaten in die Karte gezeichnet. »Eine Bücherei fehlt noch«, hat Papa gemeint. »Und Meerkatzen«, hat er selbst vorgeschlagen. Papa war so begeistert von der Sache, dass Marten kein Spielverderber sein wollte. Keine Ahnung, warum *er* jetzt flennen muss, als die Wellhornschnecke zwischen den schwimmenden Blumen versinkt.

Kaija vertraut den Wellen ein Büschel Vogelfedern an. Es

sind die ungelogen allerschönsten aus ihrer Sammlung, und sie hat bis zur letzten Sekunde nicht gewusst, ob sie es wirklich schafft, sich von ihnen zu trennen. Als sie nun die Federn Richtung Urne hinabsegeln lässt, werden sie von einem Windstoß erfasst und in alle Himmelsrichtungen zerstreut. Aber das macht nichts, weil Omi sowieso nicht in diesem komischen Topf ist. Dann wirft Kaija das federleichte blauschwarz gesprenkelte Ei der Vogelwartin hinterher, das auf den Wellen schaukelt. Sie wird auch Vogelwartin, wenn sie erwachsen ist. Davon weiß aber noch keiner was. Nicht mal Mama, die sie in den Arm nimmt und über ihr Haar streicht.

»Ist das nicht schön?« Mama zeigt auf das Blumenmeer auf dem Meer. Kaija nickt. Das ist wirklich wunderschön. Aber sie würde zu gern mal wissen, warum Tante Berit einen Aprikosenkern hineingeworfen hat. Und plötzlich flog noch ein silbernes Döschen hinterher.

»Sonnenblumen und Löwenzahn
hab ich lang nicht gesehn.
Nur die Wellen des Ozean
und so viel ist geschehn.
Wie viele Himmel und wie viele Länder
ist es wohl her,
seit wir draußen sind auf dem Meer?«

Während Boy Inges Lied spielt, werden die Blumen von den Wellen auseinandergetrieben. Beim letzten Passieren der Position, an der die Urne versank, wird die Flagge gedippt, dann auf Vollmast gehisst. Die Schiffshupe ertönt zum Abschied dreimal lang und ruft »gute Reise«.

»Gute Reise«, murmelt auch Enno und denkt an den Lotsen, der von Bord der »Phoenix of the Seas« ging, als sie den Heimathafen hinter sich ließen. Nun müssen auch sie ohne ihre Lotsin auskommen. Damals gab die Schiffshupe das Signal zum Aufbruch, zum Abenteuer. Gro-ho-ße Freiheit ... Und wie damals bricht auch in diesem Augenblick Licht durch die aufreißende Wolkendecke. Plötzlich erscheint im goldenen Rahmen der Sonnenstrahlen ein Bild von Liberty. Das Letzte, was Enno von ihr sah, waren zwei zum V ausgestreckte Finger, bevor sie versank. Enno erwidert den Gruß und hebt eine Hand. V wie Victory. Libertys Bild verschwimmt, und das Gesicht seiner Mutter taucht auf. Endlich kommen sie doch noch zu ihm, die Tränen aus Abschiedsschmerz.

»Sing ein Lied für den Ozean,
sing ein Lied übers Meer.
Und ich singe ein Lied für dich,
wird das Herz mir auch schwer.
So viele Tage und so viele Stürme
müssen vergehn,
dann wir werden uns wiedersehn.«

Die letzten Worte des Liedes werden übertönt von herzzerreißendem Weinen. Marten und Kaija stürzen zu ihrer Mutter, die sich schluchzend an die Reling klammert. Jochen springt hinzu, will sie in den Arm nehmen, doch Gesa wendet sich ab und stößt hervor: »Bitte, lasst mich!«

In derselben Sekunde lässt ein Schuss die bestürzte Runde zusammenfahren. Kerrin, die kurz im Salon verschwunden war, gibt einen Ehrensalut aus der Gaspistole ab. Ein silberner Lichtschweif steigt in den Himmel, grün leuchtende Sterne regnen in hohem Bogen hinab. Boy, der mit seinem Akkordeon mit dem Rücken zu Kerrin stand, macht einen Satz, als wollte er über Bord gehen.

Das Boot kehrt um und nimmt Kurs zurück auf die Insel. Nachdem sich alle ein wenig gefasst haben, blicken sie auf die weiße Spur, die der »Seestern« hinter sich herzieht, bis sie schon bald von der Wasserfläche verschluckt wird. Dann wenden sich, wie auf geheime Weisung, sämtliche Köpfe nach vorn, wo im Dunst die Silhouette der Insel auftaucht.

Im Salon sind sie, mit heißen Getränken und Keksen versorgt, an zwei Tischen zusammengerückt. Der Platz der Urne in ihrem Rücken ist leer. Gesa hat die Arme um Marten und Kaija gelegt, während sie mit Tränen in den Augen in die Ferne schaut.

Eigentlich hatten alle erwartet, dass Berit eine Trauerrede auf Mutter halten würde, eine Rede, bei der man viel weinen und ein wenig lachen musste und nach der man sich auf wundersame Weise getröstet fühlen würde. So wie sie es auch damals bei Vater gemacht hat. Aber Berit wollte nichts sagen. Es scheint, als wären ihr Witz und Worte abhandengekommen.

Boy stimmt »Pa'l que se va« an, ein Lied von Alfredo Zitarrosa, das Inge geliebt hat. »Y si sentís triteza, cuando mires para atrás, no te olvides que el caminoes pa'l que viene y pa'l que va«, singt er leise, hält inne und spricht den deutschen Text. »Und wenn du dich traurig fühlst, wenn du zurückblickst: Vergiss nicht, dass der gleiche Weg da ist für den, der geht, und für den, der kommt.«

Enno hat eine Gitarre mit an Bord gebracht, setzt sich neben Boy und begleitet ihn. Boy schaut überrascht, erst auf den Bruder, dann auf dessen Gitarre. Sieh mal an, seine eigene alte Konzertgitarre, die offenbar mit Enno um die Welt gereist ist. Und die sich offenbar dabei mit Enno angefreundet hat. Klingt richtig gut im Vergleich zu seinem früheren Geschrammel.

Enno, dem Boys Blick nicht entgangen ist, lächelt in sich

hinein. Dieses Lied kennt er in- und auswendig. John Jayke hat es immer wieder laufen lassen, wenn in der Bar auf dem Oberdeck die letzten Gläser gespült und die letzten Gäste hinweggespült waren. Auch ihm hat es gefallen, und er hat sich die Noten besorgt und geübt. Zeit genug hatte er ja für so was.

»... el caminoes pa'l que viene y pa'l que va«, stimmt Inka ein und geht nach vorne zu Boy und Enno. Das Lied kennt sie nicht, aber es ist nicht schwer mitzusingen, und etwas Spanisch hat sie auch gelernt on the road. En camino.

Na, das ist ja ein ganz neues Trio. Mit gerunzelter Stirn betrachtet Kerrin die Band. Mitten im Gesang bricht Inka ab. »Bloß damit das klar ist«, erklärt sie mit Blick auf Boy: »Wir spielen jetzt nicht heile Familie und Friede, Freude, Eierlikör. Okay? Ich sing hier nur für dich, Ominge!«

Schon bald lässt Inka ihre beiden Väter ohne sie weiterspielen. Stimmt es eigentlich, »dass der gleiche Weg da ist für den, der geht, und für den, der kommt«, überlegt sie auf ihrem Platz neben Kerrin. Ja, der Weg ist der gleiche. Aber nicht derjenige, der geht oder kommt. Sie jedenfalls ist nicht die Gleiche wie die Inka, die in jener Julinacht die Gitarre zertrümmert hat und gegangen ist. Davongelaufen. Und schon gar nicht ist sie dieselbe wie die kleine Inka vor dem Fest. Wie ein Blitz war es in ihr Hirn gekracht, während sie bei »La Fête Fortune« auf der Bühne stand, mit diesem Typen, der ihr Vater sein sollte: Papa wusste nichts davon! Sie haben ihn die ganze Zeit belogen! Belogen, betrogen, bestohlen. Mama, Onkel Boy und, was ihr irgendwie echt den Rest gab, sogar Ominge, denn die muss es auch gewusst haben. Beim Anblick des Sternschnuppenregens hatte sie nur einen Wunsch: Weltuntergang und Rache! Rache für sich selbst und Rache für Papa.

Jetzt singt die ganze Familie im Chor mit den Boysen-Brüdern da vorne. Im Aufstehen signalisiert Inka Kerrin, die gleich wieder alarmiert aussieht, alles in Ordnung, bleib sitzen. Ich muss nur mal an die Luft. Livia hatte in der Nacht zu ihr gesagt: »Na, dann weißt du ja endlich, wer dein richtiger Vater ist«, und sie hatte geantwortet: »Das wusste ich immer schon. Mein Vater ist mein richtiger Vater. Man wird kein Vater, bloß weil man ein bisschen Sperma spritzen lässt.« Dann ist sie aus dem Haus und dem Garten gelaufen, mit nichts als dem grünen Nixenkleid am Leib, das sie noch vom Auftritt anhatte, und zum Glück hat sie dran gedacht, ihr Portemonnaie und Handy einzustecken. Im Vorübergehen einen Apfel. Und, okay, noch etwas anderes. In dem Moment war ihr das völlig korrekt erschienen, und später hatte sie sich gesagt, dass der Scheck, zumindest zur Hälfte, ja ohnehin ihr gehörte. War doch so.

Es war eine warme, eine sehr warme Nacht, die Insel lag verlassen unter einem kaum zu ertragenden Sternenhimmel. Nicht nur Dünen und Wiesen, auch Wege und Straßen waren menschenleer, den ganzen weiten Weg bis zum Hafen, es waren ja alle in Haus Tide und auf dem Deich und sternhagelvoll.

»There is a rising moon for every falling star«, singt Inka, allein draußen im Bug gegen den Wind, der ihr die Worte in die Kehle zurückdrückt. Oh ja, so ähnlich hatte sie sich gefühlt, ein gefallener Stern, der im Begriff war, als blutroter Mond wieder aufzusteigen. Aber nicht sehr lange. Der Abstieg begann noch in der Morgendämmerung mit Kopfschmerzen, Durst und aufgeplatzten Blasen an den Füßen, als sie am Hafen ihre silbernen Stiefel von den Hacken zog. Allmählich nüchtern werdend, spürte Inka den Schmerz. So hatte sie, von niemandem erkannt, die erste Fähre geentert, barfuß, mit Stiefeln in der Hand und langen seegrünen Haaren, denn auch die Perücke vom Auftritt saß noch, wenn auch ein wenig verrutscht, auf ihrem Kopf.

Von einer unwiederbringlichen Nacht hatte Boy gesprochen, von der unwiederbringlichen Inge, von einer Premiere auf Erden für die aus Sternenstaub geborene Band. Labern konnte der Mann. Ja, singen auch. Überhaupt, das Maul aufreißen. Inka wirft einen Blick in den Salon auf ihre Familie, alle in Schwarz und mit zum Singen geöffneten Mündern, ohne dass sie hier draußen etwas davon hören kann. In der Tat, die Nacht war unwiederbringlich dahin und mit ihr die Band und ebenso Inge Boysen. Livia und Alex hat sie seitdem nicht wiedergesehen. Ominge wird sie nicht wiedersehen. Wäre sie auch ohne ein Wort davongerannt, wenn sie das gewusst hätte? Inka faltet ein Papierschiffchen aus dem Blatt und wirft den »Gesang der Geister über den Wassern« über Bord. Ja, wäre sie. Jedenfalls die Inka von damals, die den Weg gegangen ist, erkennt sie erleichtert, als das Papierschiff hinabsegelt. Und diejenige, die ihn heute zurückkommt, gab es ja noch nicht.

Kopfschmerzen und Blasen an den Füßen waren nichts gegen das, was ihr auf ihrer Solo-Welttournee in den folgenden Monaten begegnen sollte. Hunger, Halluzinationen, Todesangst. In Mumbai hatte sie drei Nächte hintereinander nicht geschlafen, einfach weil sie keinen sicheren Platz dafür fand. Doch, sie war sehr talentiert darin, Tickets, Pläne und Illusionen zu verlieren und sich den falschen Leuten anzuvertrauen. Manchmal auch den richtigen. Sie hat's überlebt. Und sie hat etwas gelernt fürs Leben, auch wenn sie darüber das Schuljahr verpasst hat, und ist reich zurückgekehrt, voll mit Augenblicken, Begegnungen, Erinnerungen, viel größer als *stardust memories.*

»Was machst du so allein hier draußen?« Kerrin hält Inka ihren Mantel entgegen. »Nimm.«

Inka schluckt eine Entgegnung hinunter, zieht den Mantel über und merkt, dass sie tatsächlich total durchgefroren ist. Aber die Mütze lass jetzt mal stecken, Mama. Hört das denn nie auf? Trinkt sie Alkohol, sieht Mama sie betrunken in der Gosse liegen wie »diese Suzie«, lehnt sie ein Glas ab, blinkt in Neonschrift in ihren Augen: Das Mädchen wird doch nicht schwanger sein?! Wenn die wüsste, was sie unterwegs erlebt hat, denkt Inka, als Kerrin in den Salon zurückgeht. Mehrere Male ist sie haarscharf an einer Vergewaltigung vorbeigeschrammt. Einmal an einem Raubüberfall. Was weiß ihre Mutter schon von solchen Sachen? Hat ihr ganzes Leben auf der Insel verbracht, an der Seite eines netten Spießers. Sorry, Papa.

»Na, das ist was anderes als auf der ›Phoenix of the Seas‹, oder?«

Inka schaut auf und nickt. Wenn man vom Spießer spricht ... Und eigentlich muss sie das zurücknehmen. Der Enno auf dem Kreuzfahrtschiff war ganz anders als ihr Papa daheim. Der Enno unterwegs, zu dem sie geflüchtet ist, als sie mit allem am Ende war, und der sie, ohne groß zu fragen, in seiner Kabine mit einquartiert hat. Der erschrocken, aber auch gerührt war, als sie ihm den Scheck geben wollte, als Wiedergutmachung für alles, und gesagt hat: »Was gibt's wiedergutzumachen? Die Methode war Mist, das Lügen und Heimlichtun, aber das Ergebnis« – und dabei hat er sie angesehen und gelächelt – »hätte ich selbst nicht besser hinbekommen.«

Am nächsten Tag haben Enno und sie den Scheck auf sicherem Weg zurück nach Hause geschickt und sich gegenseitig weiter gute Reise gewünscht.

»Und nun, Papa, alles zurück auf Anfang? Ich meine, wenn Haus Tide wieder bewohnbar ist und so?«

»In meinen Job gehe ich ab morgen zurück«, sagt Enno mit Blick auf die näher rückende Insel. »Bin gespannt, was für einen Saustall ich vorfinde. Ohne mich ist der Laden garantiert gegen die Wand gefahren.«

»Ach, Papa! Wozu hast du diese ganze Reise gemacht, wenn du ...«

»War nur Spaß. Gegen solchen Quark habe ich jetzt ein hochwirksames Gegengift. Es genügt die kleinste Dosis Erinnerung an N.-K.«, er schaut sie grinsend von der Seite an, »du weißt schon, dieser hohlwangige Geselle, der auf zehn Meter Entfernung bei deinem Anblick ein Kreuz in die Luft schlug.«

Inka lacht. »Bloß, weil ich grüne Haare hatte! Und ein paar Löcher in den Kleidern.«

»Ja, und beide drei Wochen nicht gewaschen«, ergänzt Enno.

»Alter Spießer«, sagen Enno und Inka im Duett.

»Ehrlich gesagt, ich freu mich auf die Arbeit. Und ich freu mich auf zu Hause. Auf Kerrin. Und auf Liberty.«

Und jetzt freut sich Enno an Inkas offen stehendem Mund. Sie hat Liberty kennengelernt in der kurzen Zeit ihrer Mitreise auf dem Schiff. Liberty war von Inka äußerst angetan. Ihr Ausruf »Kaum zu glauben, dass das deine Tochter sein soll!« war ihm in Verbindung mit ihrer Begeisterung nicht zwangsläufig als Kompliment erschienen. Inka ihrerseits hatte die neue Bekanntschaft ihres Vaters skeptisch betrachtet.

»Deine Mutter weiß noch nichts davon«, erklärt Enno. »Ich habe Liberty herbestellt, sie muss jeden Tag eintreffen.«

»Aber ...«

»Halb so schlimm. Ist ja kein Viermaster. Bloß ein solides

Hausboot – halb Fisch, halb Fleisch. Stammt von Libertys Erbe und soll ›Liberty‹ heißen. Passt doch zu mir, so was Halbstarkes, oder?«

Wieder allein an Deck, versucht Inka sich ihren Vater vorzustellen, diesen großen, breitschultrigen Mann, wie er in der engen Kajüte ein Spiegelei brät und seinen täglichen Seefunk hört, während sein Schiff fest verankert im Hafen liegt. Er hat ziemlich lange Haare, ein bisschen peinlich für sein Alter, und auf einmal wirft dieser Typ das gebratene Ei in die Luft, bis knapp unter die Kajütendecke, und beginnt zu pfeifen.

Inka betrachtet die Möwen, die über dem »Seestern« kreisen, und endlich weiß sie, wo es für sie hingeht, gleich nachdem das hier vorbei ist. Vielleicht hat auch diese Susanne alias Suzie auf einem Hausboot gelebt. Also die Frau, die sie geboren hat. Auf einem Hausboot in einer Gracht mit hohen, schmalen Häusern und einem Coffeeshop an jeder Ecke. Soll ja ne schöne Stadt sein, dieses Amsterdam, wo ihre Mutter sich zu Tode gelebt hat.

Es war echt bizarr, aber vorhin, als Ominges Asche in den Fluten versank, kam es Inka vor, als ob im nächsten Moment etwas anderes an die Oberfläche trieb. Zum ersten Mal, seit sie von Susannes Existenz erfahren hat, von ihrem kurzen Leben, ihrem elenden Tod, war sie aufgetaucht, jäh und schmerzhaft. Eine tiefschwarze Trauer … dabei kannte sie die Frau überhaupt nicht. Aber vielleicht hat sie ja Spuren hinterlassen in der Stadt, Menschen, die sich an sie erinnern. Oder wenigstens ein Grab.

Inka zögert vor der Tür zum Salon. Demnächst muss sie ihren Eltern erklären, dass sie nicht in die Schule zurückgeht. Nicht das Jahr wiederholt und dann Abi macht und studiert, wie es alle von ihr erwarten. Vor allem ihre Mutter, die selbst nie die Chance dazu hatte. »Tut mir leid, Mama«, legt sich Inka im Kopf eine Rede zurecht und spürt, auf der Suche nach einem coolen Spruch, wie sich ihr die Kehle zuschnürt. »Tut mir wirklich leid. Muss aber sein.« Es gibt noch so viele Orte außer Amsterdam, so viele Menschen, denen sie noch nie begegnet ist, so viele Dinge, die sie noch nie getan hat. Kann ja sein, dass sie eines Tages weiß, was sie »mal werden« will oder wo sie hingehört und bleiben möchte, irgendwo da draußen, fern von Haus Tide. Oder auch in Haus Tide. Alles möglich. Aber das hat Zeit.

»Da ist es!«, rufen Marten und Kaija und stürmen hinaus an Deck. Da ist es, Haus Tide. Auf dem Rückweg zum Hafen kommt es in Sicht. Die beiden winken den anderen, ihnen zu folgen, dann Richtung Haus, obwohl von dort niemand zurückwinken kann. Nur das Dach ragt über die Deichkrone, und im Näherrücken erkennt man das Baugerüst und die Abdeckplanen auf dem Reet.

Enno und Boy lehnen nebeneinander an der Reling.

»Ein Glück, dass Mutter das nicht mehr erlebt hat«, sagt Enno.

»Sie hat sich genau den richtigen Moment ausgesucht«, überlegt Boy, »nachdem der Scheck wieder da war und bevor er sich aufs Neue in Luft auflöst. Oder in die Erneuerung eines Reetdachs und tragender Balken.«

»Operation an Knochen und Schädeldecke.« Enno streicht sich über den Kopf, fühlt das zugewachsene Bohrloch unter der dicken Wolle. »Damit kenn ich mich aus.« Nach einer Schweigeminute schaut er Boy an. »›Ausgesucht‹ meinst du aber nicht wörtlich, oder?«

»Da müssten wir Berit fragen. Sie hat Mutters Tagebücher geerbt, die sie hütet wie den berühmten Augapfel.«

Enno holt das Fernglas, das mit ihm um die Welt gereist ist, und richtet es auf Haus Tide, das all die Zeit am Platz verharrt und sich trotzdem verwandelt hat. Sein Eltern-, Großeltern-, Ur- und Ururgroßelternhaus, in dem er sein ganzes Leben verbracht hat und noch sein halbes verbringen möchte. Im fliegenden Wechsel mit dem Hausboot. Je nachdem, ob ihm eher nach Boot oder Haus zumute ist, nach Fisch oder Fleisch. Okay, seine »Liberty« ist kein stolzes, schnittiges Segelschiff, wie sein Bruder es sich kaufen würde, sondern nur ein schwimmendes Häuschen. Aber doch eines, das auch die Anker lichten kann. Mal mit und mal ohne Kerrin.

»Um ein Haar hätte er doch noch jemanden von uns erschlagen«, sagt Boy.

»Wer, Frerk Nielsen, der selbst ernannte O'Neill?«

Boy schaut überrascht. »Der? Das glaube ich kaum. Ich rede vom Schiffsmast, an dem wir als Kinder Erhängen gespielt haben. Du warst übrigens der Henker.«

Einen Moment wird es Enno flau. Das hatte er vollkommen vergessen. Es rankten sich so viele Geschichten um diesen Tragbalken durch die Decke des Erdgeschosses. Der Mast eines gestrandeten Schiffes, von ihren Vorfahren geplündert. Ein Fluch lastete seither darauf, so ging die Erzählung, und eines Tages würde er jemandem aus ihrer Sippe das Genick brechen.

»Ich musste Henker spielen, weil du auf Störtebeker bestanden hast«, erinnert Enno, zu seiner Erleichterung, sich und den Bruder. Aber einmal war es knapp, nachdem ihn der kleine Teufel wieder bis zur Weißglut geärgert hatte. Und dieses triumphierende Grinsen, als er mit der Schlinge um den Hals auf dem Schemel stand. Boy hatte nicht das kleinste bisschen Schiss, weil er sich so sicher war, dass der große Bruder es niemals tun würde. Und gerade darum ... Enno schüttelt die Erinnerung ab. »Soweit ich weiß, hat der Gutachter keinen Fluch in den Balken gefunden«, erklärt Enno, »dafür jede Menge Nagekäfer.«

»Tja, die Holzwürmer dieser Welt soll man nicht unterschätzen.« Boy spuckt in hohem Bogen über die Reling. »Sonst überlebst du Henker und Haie und trittst am Ufer in einen giftigen Seeigel.«

Sie fahren parallel zur Insel, Deich und Haus sind nahe gerückt. Man erkennt vom Boot aus den Schornstein, das bemooste Reet, wo das Dach noch nicht abgedeckt ist. Nachdem es eines Nachts durchgeregnet hatte, ließ Kerrin erst die ortsansässigen Handwerker, dann einen Baugutachter kommen. Die Diagnose klang niederschmetternd. Dass das Dach komplett erneuert werden musste, kam einige Jahre früher als erwartet, doch nicht völlig überraschend. Nach und nach jedoch traten immer mehr Schäden zutage, von unsichtbar von innen ausgehöhlten Balken bis zum eingesackten Fundament, das die gesamte Statik ins Wanken brachte.

»Wenn's meins wär, würd ich es abreißen«, hatte der Gutachter frohgemut verkündet, »und Grund und Boden zum Höchstpreis verkaufen.«

War aber nicht seins.

Die Entscheidung fiel dieses Mal einstimmig und prompt. Sie werden Haus Tide von Grund auf sanieren, dabei so viel wie möglich von der Substanz erhalten. Sie werden seine Vergangenheit für Gegenwart und Zukunft retten, alle gemeinsam. Das Vermögen aus Boys Wette muss dafür investiert werden, und der Rest, auch darauf haben sie sich schnell geeinigt, wird zurückgelegt für zukünftige Stürme und Holzwürmer. Und das bedeutet: Abschiednehmen von allen persönlichen Eskapaden. Außer für ihn, kommt es Enno in den Sinn, weil er neuerdings zu den Sonntagskindern gehört.

»Übrigens, ich kann dir das Reisedarlehen bald zurückzahlen.«

Boy, in Gedanken schon weit weg von Haus Tide, bei einer ganz besonderen Frau auf der anderen Seite der Erdkugel, dreht sich rasch zu ihm um. »Wie das? Im Casino gewonnen?«

»Ja, auch ich hab mal gewonnen, und das ganz ohne Wette und Lebensgefahr. Einfach, weil eine reiche Lady Gefallen an mir fand auf ihrer letzten Reise.«

»Wie alt war sie denn, neunzig?«

»Charmant wie eh und je, Bruder. Nein, stell dir vor, eine Frau in den besten Jahren.«

Boy pfeift auf zwei Fingern, sodass Kerrin sich auf der gegenüberliegenden Seite des Bootes zu ihnen umdreht. Enno bedeutet ihm, die Klappe zu halten.

Bald werden sie einlaufen in den Inselhafen. Enno graut es ein wenig vor dem Beerdigungskaffee mit Bürgermeister, Nachbarn und Bekannten, die er sämtlich ein Jahr lang nicht gesehen hat und die ihm noch immer sehr nebulös erscheinen. Wenn das überstanden ist, wird die Familie in die Pension »Seestern« gehen, wo sie sich einquartiert haben, solange Haus Tide während der Bauarbeiten gesperrt ist. Die Pension »Seestern« gehört der Frau von Kapitän Brodersen, der außer diesem »Seestern« die Schiffe »Seestern« 2, 3 und 4 sein Eigen nennt. Vermutlich haben die Brodersen-Kinder Glück gehabt, dass bei ihrer Geburt noch vorschriftsmäßige Vornamen Pflicht waren. Ehrlich gesagt, ist Enno ganz froh, dass der Erhalt des Elternhauses nun doch nicht das Resultat von Boys Solo-Heldentat sein wird, sondern ein gemeinsamer Kraftakt. Zu viel möchte er Bruder Leichtfuß dann auch nicht verdanken. Andererseits, wenn der nicht so wäre, wie er ist, angefangen beim triumphierenden Blick mit der Schlinge ums Genick…

»Danke«, sagt Enno zu Boy, der sich, zum Gehen gewandt, zu ihm umdreht. »Ohne dich könnten wir das jetzt nicht stemmen. Haus Tide, mein ich.«

Statt des erwarteten coolen Spruchs erntet Enno ein ungläubiges Lächeln, das, jäh wie ein tropischer Sonnenaufgang, in breites Grinsen übergeht.

Als Haus Tide in Sicht kommt, denkt Berit, dass es doch einen Ort gibt, an dem immer etwas von Mame bleiben wird. Von ihnen allen, ihrer Kindheit und Jugend, ihren Leben und Geschichten. Deshalb war es auch richtig, das alte, kranke Haus zu retten durch eine kostspielige Therapie. Aber leichtgefallen ist es nicht.

Berit hatte sofort gewusst, was sie sich für ihren Anteil an Boys Geld kaufen würde. Keine Reise nach Südamerika oder endlich neue Möbel oder Kleider, nein, sie würde sich etwas Einzigartiges kaufen, das Kostbarste auf der Welt: freie Zeit. Zeit zum Schreiben. Zeit, um etwas zu schaffen, das es niemals geben wird, wenn sie es nicht erfindet. Zeit, in der sie sich vergisst und glücklich ist und in der etwas entsteht, das, so hofft Berit, eines Tages auch anderen Menschen etwas geben kann.

Sie hat sich einen Spruch an ihr Notebook geklebt: »To do what you like is freedom. To like what you do is happiness.« Zu lieben, was man tut, heißt für Berit, tun zu können, was man liebt. Und nicht etwa, sich schönzudenken, was man gezwungenermaßen tat, und sei es ein stupider, ausbeuterischer Job. Täglich das tun zu können, was man wirklich gern tat, was man auch ohne Zwang und sogar ohne jede Bezahlung tun würde, setzte voraus, dass man frei war, eine Wahl zu treffen. Das war großer Luxus und für Berit das größte denkbare Glück. Deshalb waren der kurze Sommer und Herbst der Freiheit glückliche Zeiten für sie gewesen. Trotz der Beziehungssondierungen mit Johanna, der Sorge um Mame und der Mithilfe in der Unterkunft für Geflüchtete. Die Begegnungen mit den Menschen dort und das, was sie über ihre Leben erfuhr, gingen ihr oft so an die Substanz, dass für das Schreiben lange keine Kraft blieb. Aber schließlich war man ein Mensch unter Menschen.

Dann kam die Nachricht von Mames Tod. Und bald darauf die Meldung, dass Haus Tide todkrank sei. Für Berit hieß es: aus der Traum von einer Zeit ohne Existenzangst, ohne sogenannte freie Dienstleistungen, in denen das Ticken der inneren Uhr sie nie vergessen ließ, dass sie ihre Lebenszeit verkaufte und damit ihr Leben.

Bevor sie in den Hafen zurückkehren, geht Berit noch einmal in den leeren Salon zum Podest, wo die Urne stand. Der Platz ist leer, die Blumensträuße sind fort und die Kerzen verloschen. So ähnlich fühlt auch sie sich seit Mames Tod, seit sie nicht mehr schreibt: wie eine Kerze ohne Flamme. Und deshalb ist es jetzt auch nicht mehr schlimm, dass sie sich wieder einen richtigen Job suchen und verdingen muss.

Vor dem Fenster rückt Haus Tide näher. Berit denkt an die Mails und Briefe, die sie mit Inge gewechselt hat, ihre Gespräche am Telefon. Es wird von Woche zu Woche schwerer, sich an ihre Stimme zu erinnern. Unfassbar, dass sie die nie wieder hören kann! Ganz deutlich sieht sie jetzt die Luke im Spitzboden, in dem sie so viele Stunden verträumt und aufs Meer geschaut hat. Und dann fällt ihr ein, wie sie Inges Stimme wieder hören kann. Sie setzt sich mit Inges Tagebuch an den Tisch und schlägt eine der letzten Seiten auf.

Das Feuerwerk ist vorbei. Still liegt die Insel unter einem frostklaren Himmel. Die Milchstraße ergießt weißes Licht im Überfluss in das Firmament. Jetzt, da ich ein bisschen mehr über den Himmel weiß, kann ich das Wintersechseck erkennen und seinen Fixsternen folgen: Aldebaran im Stier, Rigel im Orion, Sirius im Großen Hund, Prokyon im Kleinen Hund, Pollux in den Zwillingen und am höchsten, fast im Zenit, strahlt einer der hellsten Sterne am nördlichen Himmel, Capella im Sternbild Fuhrmann. Es erscheint mir tröstlich, dass Capella, auch während der Fuhrmann untergeht, immer am Himmel zu finden ist. Und der Fuhrmann, stelle ich mir vor, wird kurz vorm Untergang ein Fährmann.

Ich habe das Fenster geschlossen, mein Bettzeug genommen und mich nebenan in der Stube in den Alkoven gelegt. So wie in vielen Nächten zuvor, wenn ich aufgewacht bin, von einer Woge der Panik überrollt, oder gar nicht erst einschlafen konnte aus Angst, nie wieder aufzuwachen. Nicht immer ist es mir gelungen, das nahende Ende im goldenen Licht des Sonnenuntergangs zu betrachten. Manches Mal war ich auch bloß das Kaninchen vor der Schlange.

Heute Nacht hier im Wandbett, wo ich einst das Licht der Welt erblickte, verspüre ich keinen Schrecken. Spiegelglatt liegt mein Inneres wie die See an einem seltenen windstillen Tag. Sie schlagen keine hohen Wellen mehr, all die Fragen, ob ich es noch erlebe, dass Inka zurückkehrt und Kerrin und mir und sogar Boy eines Tages verzeiht, oder ob Enno und Kerrin einen neuen Weg des Zusammenlebens finden, vielleicht sogar Gesa und Jochen, und wie es weitergeht im Leben von Boy und Berit? Ihr werdet eure Schiffe schon schaukeln! Und wenn ich auch Berits Buch nicht mehr werde zuklappen können am Ende, so hab ich doch ihre Briefrollen, gleich über mir im Fach des Alkovens. In diesem Augenblick höre ich es

flüstern: »Die Nacht lässt sich Zeit, lungert auf der Schwelle des Sonnenuntergangs herum, der ihr einen roten Teppich ausgerollt hat.«
Weißt du, meine Liebe, ewig kann man auch nicht herumlungern, irgendwann muss man die Schwelle überschreiten. Und da einen über diese Schwelle kein verliebter Bräutigam trägt, heißt es: Augen zu und Absprung, Köpper in die Wolken. Oder in die See. Und wer kann wie ich am Ende in die unergründliche See und zugleich in das Land der Ahnen zurückkehren? Das war schon eine Überraschung, so spät im Leben herauszufinden, dass Vorfahren von mir einst auf der Westerwarft lebten. Vorfahren aus ebenjener Familie, in der man sich gegenseitig das Wasser abgrub und so sein eigenes Grab in den Wellen schaufelte. Ich kann nur sagen: Lernt daraus, Kinder, und haltet Frieden in Haus Tide.
Doch, mir gefällt die Aussicht, auf einen Ort hinabzurieseln, wo einst die Wiege meiner Ururgroßmutter stand und jetzt die Wellen das Seegras wiegen. Wenn die Seesterne auch nur halb so schön funkeln wie jene, die »Fortune« hat regnen lassen … werde ich das Glück noch von ganz neuen Seiten kennenlernen. Dabei kennen wir beiden uns schon gut, das Glück und ich. Achtzig Jahre, fünf Monate und zwei Wochen auf Erden plus circa zweihundertsiebzig Tage Bauchzeit, macht alles in allem fast dreißigtausend glückliche Tage. Auch die mitgezählt, an denen ich traurig war, ängstlich, krank, hoffnungslos und verzweifelt. Denn ist es nicht so: Angesichts des schieren Wunders der Existenz und der Verwundbarkeit alles Lebendigen, dieser dünnen Haut, unter der unser Blut fließt, und der schwachen Brust, in der unser Herz schlägt, angesichts all der Fallstricke und Gefahren und der völlig verrückten Welt, in der wir existieren inmitten eines unbegreiflichen Weltalls – angesichts all dessen können wir

uns am Abend jedes einzelnen Tages, den wir am Leben sind, auf die Schulter klopfen und sagen: Glück gehabt.

Es schwankt ein wenig unter den Füßen, als Gesa, ein Stück hinter Jochen, Marten und Kaija, die letzten Schritte über die Bootsrampe geht, dann steht sie wieder auf festem Boden. Etwas ist anders als vor der Abfahrt. Ihr Blick wandert über den Deich, erhascht zarte Farbtupfer im matten Grün, die sie vorhin nicht bemerkt hat. Wenn auch noch schwach, es riecht nach feuchter Erde, nach Gras, das endlich wieder hoch hinaus will. Gesa schnieft ins Taschentuch. Sie kann wieder riechen! Sicher haben alle gedacht, ihr Zusammenbruch vorhin, der Weinkrampf, das sei wegen Mama gewesen. Ja, sie hat um den Tod geweint, das unumkehrbare Ende eines Lebens, aber – Mama möge ihr verzeihen – in jenem Moment um ihr eigenes Leben. Denn im selben Augenblick, als Inges Asche in den Fluten versank, ist ihr Entschluss gefallen.

Nach fast zweieinhalb Jahren, in denen sie keine Entscheidung zu treffen vermochte, stand es ihr mit einem Mal klar vor Augen: Sie wird mit Matteo nach Syrakus gehen und Stella mitnehmen. Sie wird sich dort eine neue Stelle suchen, ein neues Zuhause aufbauen in einem fremden Land, einer fremden Sprache. Etwas, das im wirklichen Leben kaum jemand freiwillig tut, so gern die Menschen davon träumen. Das überlässt man aus guten Gründen, die auch Gesa kennt, den Figuren aus Filmen und Romanen.

»Und nun, wohin?«, fragt jemand aus dem unschlüssig auf der Hafenmole stehenden Grüppchen. Der Kapitän hat sich verabschiedet. Gesa geht zu Marten und Kaija, alle drei halten im Windschatten des »Seestern« ihre Gesichter in die

Vorfrühlingssonne. Die Wärme, die sich prickelnd auf ihren verfrorenen Gesichtern ausbreitet, verspricht neues Sprießen und Blühen und heller werdende Tage. Doch bevor es so weit ist, das weiß Gesa, werden noch kalte Stürme über sie hinwegfegen.

»Ich schlage vor, wir genehmigen uns eine weitere kleine Abweichung«, sagt Boy. »Bürgermeister und Kulturverein können doch sicher ohne uns anfangen?«

»Solange genug Butterkuchen und Schnaps da sind, fehlen wir überhaupt nicht«, bestätigt Enno. »Aber wohin gehen wir?«

»Natürlich!« Kerrin schlägt sich mit der flachen Hand an die Stirn. »Haus Tide! Ist ja Sonntag, die Handwerker sind nicht da, und ich hab noch genug in der Vorratskammer.«

»Zweifellos.« Berit schickt ein Lächeln zu Johanna.

»Und ein kleiner Dachschaden«, erklärt Kerrin, »hat auch noch niemanden umgebracht.«

»Wie wahr«, versichert Enno.

»Die Sonne scheint«, fährt Kerrin unbeirrt fort, »und selbst wenn's noch ein bisschen durchregnet ...«

»Wir sind ja nicht aus Zucker«, konstatiert Ilse.

Nein, denkt Gesa, wir sind nicht aus Zucker. Und wir sind auch nicht aus Asche. Noch sind wir alle hier aus Fleisch und Blut. Mit Halsweh und Beinbruch, Rausch und Muskelkater, Gänsehaut und Glückshormonen. »Gut«, sagt Gesa, »ich bin dabei.«

»Willst du nicht Matteo in der Pension Bescheid sagen?«, fragt Berit. »Vielleicht will er mit Stella auch zur Hausparty kommen.«

Gesa überlegt kurz, schüttelt den Kopf. »Nein, lieber nicht. Diesen Moment können die beiden noch warten.«

»Na los, ihr Penner!« Marten läuft zu den geparkten Autos. Kaija sprintet hinterher und ruft: »Wir sind ja nicht aus Zickzackzucker!«

»Betreten der Baustelle verboten!«, steht auf dem Schild am Ende des Feldwegs. »Eltern haften für ihre Kinder.« Das Gartentor ist nicht verschlossen, alle warten davor, bis Kerrin als Erste hindurchgeht. Dann folgen sie ihr durch den Garten bis zur blauen Haustür. Ein vom letzten Sturm herabgeworfener Ast liegt mitten auf dem Weg. Seitdem Haus Tide saniert wird, bleibt Kerrin auch an den Wochenenden in Gesas Wohnung in Hamburg und kommt nur zu Stippvisiten her, um den Fortschritt der Bauarbeiten zu beaufsichtigen. Jetzt, da Enno und Inka wieder da sind, müssen sie sich für den Übergang etwas Neues einfallen lassen. Enno hat eine Andeutung gemacht, für ein Dach über dem Kopf sei schon gesorgt. Aber so, wie er dabei geguckt hat, scheint Kerrin an diesem Dach etwas faul zu sein.

Marten und Kaija sind sofort in die Stube gelaufen. »Siehst du!«, ruft Kaija. Ahab sitzt auf Inges Stuhl am Kopfende des Esstischs und schaut sie an, als hätte er sie längst erwartet. Kerrin streicht dem Kater über das schwarze Fell. Ahab war nicht wegzubewegen gewesen aus Haus Tide, daher hatten Frerksens (gegen Gebühr) die tägliche Fütterung von Kater und Schafen übernommen. Ihre früheren Begehrlichkeiten in Bezug auf Haus Tide waren Schnee von gestern, seit Schnee und Regen durchs Reetdach drangen.

Es ist eiskalt im Haus. Auf Tisch und Stühlen, Buchvitrine und Kommode liegen Abdeckplanen. Kerrin nimmt die Plane vom Tisch und zieht mit Enno die Platte an beiden Seiten aus zu einer großen Tafel. Hat sie ihm eigentlich schon gesagt, dass sie auch in Zukunft ein paar Tage unter der Woche in

Hamburg leben möchte? So lange, wie sie dort als Hebamme gebraucht wird und kein Babyboom auf der Insel ausbricht. Außerdem, ein paar Freundinnen zum Ausgehen hat sie dort auch schon, es gibt den Sportschützenclub und so viele tolle Kneipen und Tanzlokale ... Oh, oh, was wird Enno bloß dazu sagen? Und zu den Veränderungen im Haus, die sie nach Inges Tod in seiner Abwesenheit durchgeführt hat? Kerrin blickt ihn von der Seite an. Wahrscheinlich bemerkt er es gar nicht in dem Tohuwabohu der Baustelle.

Auch die anderen, alle noch in Mänteln und Jacken, haben begonnen, die Möbel von ihren Hüllen zu befreien. Marten und Kaija begutachten jede einzelne Segelschifffliese an den Wänden und fotografieren sie mit dem Handy. »Damit die uns nachher nicht erzählen, die wären schon kaputt gewesen!«, erklärt Marten, dann wirft er einen Blick in den Bilegger auf seinen krummen schwarzen Beinen. Das Innere des Ofens ist voll kalter Asche. »Ist noch Holz da?«

»Aber sicher«, sagt Kerrin, »lasst uns einheizen!«

Jochen und Enno marschieren zum Holzholen in die Scheune, Gesa geht mit Marten und Kaija in den Garten. In der ersten Etage nimmt Kerrin im Schlafzimmer den Fotorahmen von der Kommode. Aus dem Rahmen, der so lange leer war, schaut ihr ein junges Mädchen entgegen, mit Sommersprossen und furchtbaren Segelohren. Das Mädchen hatte in der Schule keine Freundin, weder vor noch nach der Operation. Danach war es schlimmer, weil es nicht mehr an den Segelohren lag. Mit diesem Mädchen hat Kerrin in letzter Zeit Freundschaft geschlossen. Nun grinst Kerrin sie an, nimmt das Bild heraus und steckt es ein. Der Rahmen ist wieder leer und offen für Neues.

Nebenan stehen Berit, Johanna und Inka schweigend in Inkas Zimmer und Berits und Gesas früherem Mädchenzimmer. Ein langer Riss im Mauerwerk durchzieht die neu tapezierte blütenweiße Wand. Berit fragt sich, ob diese Risse tatsächlich noch nicht da waren vor Mutters Tod oder ob sie einfach nichts davon bemerkt haben.

Boys erster Weg führt ihn über die Leiter hinauf in den Dachboden. Das Haus hat sein schützendes, dichtes Fell verloren. Wo das Reet abgedeckt ist, liegt eine Plane über den nackten Balken, grünes Dämmerlicht dringt durch die Plastikhaut. Hier oben hat außer Mäusen und Fledermäusen nie jemand gewohnt, der Dachboden ist kühl und dunkel, ein Lagerplatz für Dinge, die man weder benutzen noch fortwerfen mag. So wie seine Tagebücher.

Auf Anhieb findet Boy die richtigen Dielen, hebt sie heraus und atmet auf: Noch immer liegen sie hier vergraben, seine Erinnerungen aus längst vergangenen Tagen, die er nicht mitnehmen wollte in die neue Welt. Boy pustet den Staub von den Heften und wickelt sie in seinen schwarzen Schal, er wird sie nachher im Akkordeonkoffer aus dem Haus schmuggeln. Hier sind sie nicht länger sicher, Dachdecker stören ihre Ruhe. Totenruhe kam ihm kurz in den Sinn, doch das Bündel in seinen Händen fühlt sich lebendig an, beinahe warm. Seltsam, aber es war ihm in all den Jahrzehnten wichtig erschienen, dass diese Hefte hierblieben, während er selbst in der Welt umherzog. Jetzt werden sie Haus Tide verlassen. Und er kommt nach Hause zurück.

Boy schließt die Dielen, klopft sie fest. Nein, nicht um dauerhaft hier zu wohnen, auch wenn er das kurze Zeit ernsthaft erwogen hat. War es mit Anfang fünfzig nicht höchste Zeit, sich einen bodenständigen Beruf zu suchen, last minute eine Familie zu gründen, sesshaft zu werden? Oder, wenn das mit der eigenen Familie nicht mehr klappt, in den Schoß der

Heimat und Herkunftsfamilie zurückzukehren? Als Bruder, Schwager, Onkel, sogar Vater einer fast erwachsenen Tochter? Oh Mann, denkt Boy, diese Tochter hat dir eine ordentliche Abfuhr erteilt. Und dafür ist er Inka sehr dankbar, denn Heimathafen und Familiengründung waren eine Schnapsidee, und von Schnaps lässt er aus guten Gründen die Finger. Einen verdammten Schreck hat sie ihnen verpasst, sich ganz ohne Nachricht und Gepäck aus dem Staub zu machen. Als endlich ein Lebenszeichen von Inka kam, waren alle so erleichtert, dass ihr niemand die Sache mit dem Scheck mehr übel nahm. Hauptsache, du bist heil und am Leben, Kind! Ausnahmsweise waren Kerrin und er sich einig gewesen.

Dann kam Mutters Tod. Der Fixstern ihrer Familie war untergegangen, diesmal unwiderruflich. Aber untergegangen ins Meer, und das war ein kleiner Trost. Im Nachhinein ist Boy froh über den voreilig angekündigten Tod im Jahr zuvor. Damals hatte es ihn heftig aus der Bahn geworfen, beim zweiten Mal saß der Schock nicht mehr ganz so tief. Eines Tages, beschließt Boy, wird er Inge dorthin folgen, auf den Meeresgrund über der Westerwarft, deren Bewohner auch seine Vorfahren waren.

Das grüne Dämmerlicht zwischen den Dachbalken betäubt die Sinne, als befände man sich unter einem undurchdringlichen Blätterdach. Den Dschungel hat er nie gemocht, auch sonst keine Wälder oder Berge und Täler. Boy steigt auf eine Kiste, schiebt ein Stück Plane beiseite und schaut in den Himmel. Lässt den Blick über die Insel schweifen, auf einzelne Höfe, von Prielen durchzogene Wiesen, den fernen Kirchturm, ganz hinten die Hafenkräne. Auf der anderen Seite sieht man über den Deich weit aufs Meer hinaus; hellblau, graublau, grau und fast schwarz liegt es da, je nachdem, wo gerade die Wolken darüberziehen oder die Sonne durchkommt. Ganz neue Ausblicke eröffnen sich von hier oben. Sie müssen Fenster einbauen lassen, wenn sie schon einmal dabei sind! Das wäre zwar nicht im Sinne der Tradition, aber eine echte Horizonterweiterung.

Fast alle, mit denen er über die Haussanierung gesprochen hat, haben abgeraten: ein Geldgrab! Und dann sei es ja nicht einmal klar, wer wann und wie lange dort wohnen würde. Aber aus diesem Geldgrab, denkt Boy und wandert mit seiner Kiste von der Land- zur Seeseite und zurück, wird etwas Unbezahlbares hervorgehen: ein Haus mit Geschichte und Zukunft, ein Zuhause für alle, die es lieben und gut behandeln. So wie Inge es sich gewünscht hat. Und das wäre es nicht geworden durch ein bloßes Vererben und auch nicht – das wird Boy in diesem Moment bewusst – durch seine einsame Tat. Das wurde es erst durch die gemeinsame Entscheidung, Haus Tide zu retten, und den Beitrag, den die Einzelnen dafür leisten. Alle Kinder und Kindeskinder haben lebenslanges Wohnrecht, Lebensgefährten und Haustiere eingeschlossen. Auch ihm wird immer ein Platz in Haus Tide frei gehalten, wenn er zwischen zwei Fahrten vor Anker geht – und für die Zeit, wenn der seefahrende Musiker Boy Boysen auf seine alten Tage an Land kommt. Also irgendwann, sagt er sich und schließt sorgfältig die Plane über den Balken, irgendwann einmal in dunstiger Ferne. Bis dahin wird er weiter durch die Weltgeschichte treiben und dem Kompass Zufall folgen. Nicht umsonst wird der Zufall im Englischen »chance« genannt.

Als Kerrin mit Brot und Wurst bepackt aus der Speisekammer tritt, prallt sie beinahe mit Jochen zusammen, der mit einem Arm voll Brennholz in die Küche kommt. Gemeinsam werfen beide den großen alten Herd in der Küche an, der den Bilegger in der Stube mitheizt. Dann widmen sie sich dem Anrichten der Speisen für den in Haus Tide verlegten Leichenschmaus. Beider Gedanken wandern zurück zu jener Silvesternacht, als sie, abgeschnitten von Strom und Außenwelt, ein Festmahl bereitet haben, das niemand von ihnen vergessen wird.

»Weißt du noch, die wunderbare Fischvermehrung?«, fragt Kerrin in ehrfurchtsvollem Gedenken an den kapitalen Karpfen, der am Grund ihrer abgetauten Kühltruhe aufgetaucht war.

»Und ob!« Jochen schneidet Salami in Scheiben und legt sie mit eingelegten Gürkchen auf eine Platte. Aber das Dessert war das Beste an diesem aus dem Ruder gelaufenen, berauschenden Silvester. Kerrin und er auf dem Küchenboden hockend, inmitten der Scherben dieses Abends, versunken in einen betrunkenen Kuss. »Und weißt du noch, der Vanillepudding mit heißen ...«

»Keine Ahnung, wovon du redest«, fällt ihm Kerrin ins Wort. Sie hat ein wenig Ofenruß auf den geröteten Wangen. Zwei Grübchen beim Lächeln, die auf einmal verschwinden. Ernst sieht sie ihn an. »Jochen, ich wollte dir noch etwas sagen.«

»Mmh?«, brummt Jochen in das Blubbern der angeworfenen Kaffeemaschine.

»Du sollst wissen, dass du in Haus Tide immer willkommen bist. Mit und ohne Gesa, mit und ohne die Kinder.«

»Mit und ohne Pralinen und Patronen.«

»Das nun auch wieder nicht.« Kerrin stellt Kondensmilch aufs Tablett. Frische Milch gibt's nicht, man muss improvisieren.

»Ja, die teuflischen kleinen Patronen ... Du hast schießen gelernt, und wie! Und dein Enno hat trotzdem nicht das Weite gesucht.« Jochen nimmt einen Stapel Teller und Tassen aus dem Schrank. »Ich bin froh, dass ihr wieder zusammengefunden habt. Ehrlich. Früher dachte ich, da wartet noch was Besseres auf dich. Aber jetzt, wo der alte Knickerbocker …«

Kerrin muss lachen. Dann schaut sie Jochen nachdenklich an. »Und du und Gesa? Vielleicht …«

»Nein«, sagt Jochen. »Das ist vorbei. Wir bleiben Eltern. Und wir werden Freunde. Wenn wir das schaffen …« Er klopft dreimal auf die Küchentheke.

»Ich glaube immer noch daran.« Kerrin macht eine ausladende Geste Richtung Fenster, mit dem Zuckertopf in der Hand. »Dass da draußen was Besseres auf dich wartet.«

»Kann ruhig noch warten«, sagt Jochen, »wenn's eine Frau sein sollte.«

So ziemlich alles, was Küche und Kammer hergegeben haben, steht hübsch angerichtet bereit, um in der Stube aufgetischt zu werden. Fehlt bloß ein veganer Brotbelag für Berit. Und ein Kuchen wär schön, aber den kann sie so schnell auch nicht herzaubern.

»Übrigens, Jochen.« Kerrin wird schon wieder ein wenig rot unter ihren Sommersprossen. Aber nur für eine Sekunde. »Danke für Pralinen und Patronen. Und für die Küsse.«

»Da nich für.« Jochen räuspert sich. »Mit Vergnügen. Jederzeit wieder.«

Bevor Kerrin herausfinden kann, worauf sich diese Antwort genau bezieht und ob das überhaupt wichtig ist, kommt Enno herein und fragt, ob ihnen noch zu helfen sei.

Gesa konnte nicht widerstehen, sich für einen Moment in der leeren Stube ins Wandbett zu legen und die Türen hinter sich zu schließen. Die Weltkarte ist noch da. Als ihr Blick der eingezeichneten Route folgt, dem Weg in die Neue Welt über die endlos blaue Fläche des Atlantiks, überflutet sie die Erinnerung an jenen Vormittag im April. Ein Tag wie dieser, nur wärmer, Sonne und Regen im Wechsel, Wind, der die Wolken aufriss und vor sich hertrieb, ihr Lauf zur Sandbucht, das Anbaden im Meer, der Krampf weit draußen im kalten Wasser, die Panik um ihr Leben, um ihr Baby, die Freude auf den am Abend erwarteten Geliebten, die in ihr aufplatzte wie die klebrigen Knospen am Kastanienbaum.

»When I saw you first, the time was half past three. When your eyes met mine, it was eternity.« Kein Jahr ist vergangen, seit sie im Alkoven lag unter der verblassten und eingerissenen Weltkarte, ausgepumpt vom Laufen und Schwimmen, vom Stillen, von der Schwerkraft der Fragen, auf die sie keine Antwort hatte. Neben ihr schlummerte, mit dem Daumen im Mund, die winzige Stella, die seit ein paar Tagen auf eigenen Beinen die ersten Schritte geht.

Trotz des unaufhaltsamen Stroms der Ereignisse kommt es Gesa in diesem Augenblick vor, als hätte sie ein Jahr lang geschlafen hier im himmelblauen Kokon. Ein Lichtschein dringt durch die Ritzen zwischen den Holztüren. Noch immer sieht sie kein Ziel am Ende des Weges, aber sie macht sich jetzt auf den Weg. Den Weg in ihre Neue Welt. Abrupt richtet Gesa sich auf. Ist es das, was sie wirklich will? Ist es das, worum es eigentlich geht? Ein neues Leben ... Auf einmal blendet Gesa helles Licht.

»Oh, entschuldige!« Berit schließt die Holztüren, öffnet sie wieder. »Darf ich reinkommen?«

Gesa schaut durch sie hindurch, als hätte sie einen Dämon erblickt, und ist im nächsten Moment aus dem Nest geflüchtet.

Berit nimmt den Platz ihrer Schwester ein. In dem dicken Federkissen im Rücken steckt noch etwas von Gesas Wärme, und vielleicht gibt ihr das die Kraft, es zum ersten Mal wieder auszuhalten in diesem engen Raum, in dem der Körper ihrer Mutter unaufhaltsam kalt geworden ist.

Während Berit versucht, sich vorzustellen, wie Inge sich in ihren letzten Stunden, allein in dieser Weltraumkapsel – denn so war ihr der Alkoven immer erschienen – gefühlt haben mochte, wird ihr bewusst, dass Mame es nicht gewollt hätte, dass sie aufhört zu schreiben. Weil auch sie sonst zu Lebzeiten erkaltet und abstirbt. Und hier, in Haus Tide, wo sie ihren Roman begonnen hat, erscheint es Berit plötzlich unfassbar kleinmütig: seine Ziele aufgeben, bloß weil kein Geld vom Himmel regnet? Sich einen Strich durch den Traum machen lassen von ein paar Holzwürmern? Berit sieht sie vor sich, die kleinen Viecher, wie sie sich durch ihre Papierstapel fressen, lang und breit auf ihren Metaphern herumkauen, sie für schwer verdaulich erklären und genüsslich ihre Sätze durchlöchern. Das muss sie Torben erzählen!

Aber Torben ist auch nicht mehr da. Die Erinnerung knallt mit Wucht in ihre Magengrube. Auch seinetwegen hat Berit mit den Psychopillen begonnen. Das war einfach nicht auszuhalten so kurz nacheinander. Da hat er, ihr Handschuh- und Busenfreund, diese weisen, witzigen Ratgeber geschrieben, »Überleben für Hochsensible« auf Reisen, Familienfeiern und Konferenzen, aber selbst hat er's nicht überlebt, das Leben. Oh, verdammt, sie fühlte sich so im Stich gelassen. Sich einfach davonzumachen und sie sitzen zu lassen in dem ganzen Krach und Chaos und Irrsinn dieser Welt. Lange hatte sie nicht angehalten, ihre egoistische, kindische Wut, die sich gut anfühlte im Vergleich zu dem, was danach kam. »Torben, du fehlst mir so«, flüstert Berit. Wie der rechte Handschuh dem linken.

Trotzdem, auch wenn der Schmerz sich verbreitet im Körper, sie wird Schluss machen mit den Weichzeichnern und wieder wahrnehmen. Und schreiben. Tag für Tag, mit oder ohne Geld, mit oder ohne Verlag, sogar mit oder ohne Johanna. Ohne Torben. Und ohne Mame. Auch das schmerzt noch immer, dass sie es nicht geschafft hat, ihren Roman vor Mames Tod zu Ende zu schreiben. Ihr einziger Trost ist, dass Inge offene Enden ohnehin vorzog.

Jetzt, da Berit den Entschluss gefasst hat, kribbelt es ihr in den Fingern. Ihr Notebook hat sie nicht dabei, aber ein Stück Papier wird sich wohl finden in diesem Haus, in das sie nun ein Leben lang zum Schreiben wird kommen können. Falls man sie lässt. Kaum hat Berit das gedacht, nähern sich Schritte, und im nächsten Moment ist der Raum jenseits der himmelblauen Holztüren erfüllt von Stimmen und Geklapper und, na ja, dem ganzen Krach und Chaos und Irrsinn ihrer lieben Familie.

Als in der Stube alle am ausgezogenen Esstisch Platz nehmen, bleibt ein Stuhl leer. Berit steht auf. »Ich geh Ilse suchen.«

Ohne lange zu überlegen, schaut sie in Inges Schlafzimmer nach ihr. Es ist halb dunkel, die Vorhänge sind bis auf einen Spalt zugezogen, keine Ilse. Berit wendet sich zur Tür.

»Ich hab schon so viele Tote gesehen«, sagt eine Stimme in ihrem Rücken. »Man sollte meinen, ich wär dran gewöhnt.«

Die Stimme dringt durch die geschlossenen Vorhänge des Wandbetts. Berit steht starr im Raum.

»Wer hätte gedacht, dass es so einen Unterschied macht. Teufel auch. Bricht einem das Herz.«

Hat Ilse mit ihr gesprochen? Oder mit sich selbst? Es ist doch Ilses Stimme, oder nicht?

»Drüben im Alkoven hat sie gelegen, da hab ich auch als

Erstes geschaut. Ahab saß zu ihren Füßen. Als ich mich zu ihr aufs Bett gesetzt hab – weg war er, nichts wie hin zu seinem Futternapf.«

Berit wagt kaum zu atmen.

»Ganz friedlich lag sie da, sagt man ja immer, stimmt oft nicht, weiß Gott. Aber Inge, ja. In diesem Kometen-T-Shirt mit der Hand auf dem Herzen. Genau auf dem Wort ›Fortune‹.«

Ein Lachen lässt Berit zusammenzucken.

»Einen Moment dachte ich, nee, das ist jetzt zu viel des Guten. Lass den Quatsch und steh auf.« Lange Stille. »Aber den Gefallen hat sie mir nicht getan.«

Berit schleicht sich hinaus, schließt leise die Tür, klopft an und öffnet sie wieder. »Wir fangen an, Ilse«, sagt sie laut. »Kommst du zu uns?«

Zwölf Stühle stehen um die lange Tafel. An einem Kopfende thront noch immer Ahab, auf Inges altem Holzstuhl mit geschnitzter Lehne und rotem Polstersitz. Der Platz am gegenüberliegenden Ende bleibt leer. Inzwischen bollert der Ofen, alle haben ihre Jacken abgelegt, die oberen Knöpfe von Hemden und Blusen gelockert. Getränke werden ausgeschenkt und Erinnerungen heraufbeschworen, an Inge, das Geburtstagsfest, an Spinner, Sternengucker und falsche Propheten. Und von diesem heißen Julitag wandern sie zurück zu Schneesturmzeiten, in den vorletzten Winter und von da weiter zurück in den sogenannten Katastrophenwinter, damals, 1978, um dann Schleifen durch die Kindheit zu ziehen und schließlich in der Zukunft zu landen. »Wenn Haus Tide erst wieder auf den Beinen ist ...«

Die Stubentür öffnet sich, Ilse erscheint im Rahmen. »Gibt's was zu feiern?«

Alle schauen betreten in die Runde. Haben sie zu laut gelacht? Ilse setzt sich auf den freien Stuhl am Kopfende gegenüber von Ahab. »Ich dachte nur, wo bleibt der Champagner?«

»Du meinst denjenigen welchen?«, fragt Kerrin. »Die allerletzte Flasche vom Fest ›Fortune‹? Das sündhaft teure Gesöff, für das uns Halsabschneider Feddersen …«

»Genau den.«

»Wollen wir den nicht lieber aufheben für einen anderen Anlass?«, gibt Kerrin zu bedenken, als sie kurz darauf mit der Magnumflasche aus der Küche kommt.

»Ich bin sicher«, sagt Ilse, »das ist genau der Anlass, für den er gedacht war.«

Enno lässt sich nicht zweimal bitten. In Erinnerung an die famose Fontäne des vorvorigen Silvesterabends entkorkt er die Flasche. Der Korken knallt mit Verve an den Deckenbalken, ebenjenen Schiffsmast, der eine tragende Rolle spielen soll für das Obergeschoss. Holzstückchen und Sägemehl rieseln auf Butterbrote und Gürkchen. Es ächzt und knarzt im Gebälk. Alle ziehen die Köpfe ein.

»Eine ganz neue Form von Leichenschmaus«, meint Jochen mit Blick auf die mit undefinierbaren Streuseln belegten Schnittchen.

»Isst du's noch, wenn Holzwürmer drauf sind?«, will Kerrin von Berit wissen.

»Holzwürmer sind das neue Gemüse.« Berit beißt in eine gebutterte Schnitte, ohne die Streusel abzukratzen. »Gibt's in Berlin jetzt an jeder Ecke.«

Die anderen schauen ihr entgeistert beim Kauen zu. Dann beißen auch Marten und Kaija in die Butterbrote, und alle anderen tun es ihnen nach. Nur Johanna schiebt den Teller von sich. »Danke, mir ist schon schlecht.«

»Ein Gelage unterm Galgen«, sagt Boy mit Blick zur Decke, von der es noch immer herabrieselt. »Na, dann Prost!«

Marten und Kaija heben ihre Saftgläser und schauen auf Inges Platz, auf dem nun der Kater sitzt. »Auf Ominge!«

Anfangs noch zögernd, heben alle die Gläser. »Auf Inge!« – »Auf Mutter!« – »Auf Mama!« – »Auf Mame!«

Marten und Kaija wechseln einen Blick. Sie wissen, dass Omi noch in diesem Haus ist, keine Frage. Das spürt man doch. Aber wie soll man es den Erwachsenen bloß erklären?

»Wir haben etwas vergessen!«, ruft Kaija. »Den Stuhl für den unbekannten Gast!«

Ja, dieser Stuhl, erinnert sich Berit, den Inge in jener Schneesturm-Silvesternacht ans Kopfende gestellt hatte, den freien Platz für den unbekannten Gast – sie selbst hat sich ausgemalt, dass Johanna hereinschneien und ihn ausfüllen würde, Johanna, die heute neben ihr sitzt, ungewohnt still, sie muss nachher, wenn sie allein sind, mal fragen … Gesa hat sicher an Matteo gedacht und auch alle anderen an irgendwen, der oder die ihnen fehlte.

»Wer sollte heute noch kommen?«, fragt Inka, die damals an ihren unbekannten Vater gedacht hat. Na, der ist ja nun bekanntermaßen hier. Er sitzt in der Mitte der Tafel, und selbst wenn er nichts sagt, wenn man ihn gar nicht anschaut, man kann ihn einfach nicht ignorieren.

Boy erzählt Geschichten zum Bilegger, zu der Wanduhr mit dem Sprung im Glas, dem Eichenholztisch mit Spuren von Generationen. Dann hält er inne und sagt nachdenklich: »Wisst ihr, vielleicht kann man auch von Haus Tide nicht erwarten, dass es ewig bestehen bleibt, bloß weil wir es lieben. Ebenso wenig wie von Inge.«

»Wollt ihr mal sehen, was Inge mir vermacht hat?« Ilse kramt eine Postkarte aus der Tasche. Zwei alte Frauen sitzen auf einer Bank. Die eine, über deren Kopf ein Foto von Inge geklebt ist, fragt: »Glaubst du, dass das Leben nach dem Tod schöner ist?« Und die mit dem eingeklebten Ilse-Kopf antwortet: »Kommt ganz darauf an, wer stirbt.«

»Zuerst hab ich gedacht«, sagt Ilse in das leise Gelächter hinein, während die Karte die Runde macht, »dass es wirklich netter gewesen wäre, wenn sie mir den Vortritt gelassen hätte. Weil mein Leben ohne sie ganz bestimmt nicht schöner ist. Dass ich gerne mit ihr tauschen würde, die Tristesse lieber heute als morgen beenden. Dachte ich. Aber dann …« Sie wirft zwei Stück Zucker in ihre Kaffeetasse. »Man kommt einfach nicht dagegen an. Es beginnt mit einem harmlosen Sonnenstrahl, dann setzen sie dir eine zwitschernde Amsel vors Schlafzimmerfenster, schicken als Nächstes eine Mutter, deren kleine Rotznase du vom Keuchhusten kuriert hast, mit einer Hyazinthe vorbei … und zack, hat es einen wieder am Schlafittchen. Dabei mag ich gar keine Hyazinthen.«

Ilse, die ihr Lebtag den Kaffee schwarz getrunken und die Reden kurz gehalten hat, bricht ab. »Raucht hier noch irgendjemand? Ich hab nämlich damit angefangen.«

»Du??« Staunen steht in allen Gesichtern. Ihre Frau Doktor, der Gesundheitsapostel, vor der man in jungen Jahren die Kippe versteckte!

Jochen schüttelt bedauernd den Kopf. »Ich nicht mehr.«

»Aber ich«, sagt Inka. »Lass uns rausgehen.«

Noch bevor Kerrin protestieren kann, verlassen Ilse und Inka den Saal. Kurz darauf klopft es an die Scheibe, und zwei Gesichter tauchen im Rahmen auf. Gesa springt auf und läuft aus dem Zimmer.

»Darf man reinkommen?« Matteo steht mit Stella auf dem Arm draußen vor der Tür. »Oder ist das eine geschlossene Gesellschaft?«

Berit sieht durchs Fenster, wie Gesa Matteo etwas ins Ohr flüstert, dann beschwörend den Finger auf ihre Lippen legt. Was hat sie ihm bloß gesagt? Im ersten Moment sieht er fassungslos und bestürzt aus, im nächsten, als möchte er vor Glück die Welt umarmen. Er umarmt fürs Erste Gesa und wirft, nachdem die sich von ihm losgemacht hat, Stella hoch in die Luft. Stella juchzt vor Freude, doch Gesa sieht erschrocken aus, und auch Berit hält bei diesem Wurf die Luft an, bis die Kleine sicher wieder aufgefangen ist. Berit geht zu ihnen hinaus und fragt, ob sie Stella schon mit ins Haus nehmen soll. Doch Gesa schüttelt den Kopf. »Danke. Aber ich glaube, du solltest besser nach Johanna sehen.«

Endlich findet sie Johanna oben im Badezimmer. Sie sitzt auf dem Rand der Wanne, umklammert eine quietschgelbe Gummiente und wischt Tränen von der Backe. Noch bevor Berit fragen kann, was los ist, wird sie angefahren: »Mach die Tür zu. Ist bloß das verflixte HCG.«

»HCG?«

»Humanes Choriongonadingsbums. Also was Menschliches, wie der Name schon sagt.«

»Johanna.« Berit setzt sich zu ihr auf die Badewanne, nimmt ihre Hand. »Ich glaube, mir fehlt ein entscheidendes Kapitel.«

»Wie konnte ich ahnen, dass es so schnell geht?« Johanna quetscht die Gummiente, die ein erbärmliches Quaken von sich gibt. »Ich wollte wenigstens die Trauerfeier abwarten, bevor ich es dir sage.« Dann schaut sie Berit bedeutungsschwanger in die Augen und hebt zwei Finger in die Höhe.

Im nächsten Augenblick ertönt ein Knall. Berit liegt reglos auf den Badezimmerfliesen.

Johanna kniet vor ihr, dreht sie auf den Rücken, rüttelt an

Berits Schultern. Nichts. Sie beugt sich über sie, hält ihr Ohr dicht an Berits Mund. »Liebste, bitte!«

»Geht schon wieder«, murmelt Berit mit halb geschlossenen Lidern. »Bloß ein allergischer Schock.«

»Was soll das heißen?« Johanna lässt sie los und richtet sich auf. »Bist du allergisch gegen unsere Kinder?«

Berit schüttelt den Kopf. »Nur gegen den Plural.«

»Hier ist es!« Die beiden stehen vor dem Baustellenschild am Gartentor von Haus Tide. Eine junge Frau mit dickem Bauch, vor dem ein ornithologisches Fernglas baumelt, und ein Mann mit dickem Rucksack, in dem sich ein astronomisches Fernglas befindet. Das Haus ist eingerüstet, das Dach halb abgedeckt, Schubkarren mit Bauschutt stehen vor der Scheune. Das Schild warnt: »Betreten der Baustelle verboten!«

»Was machen wir jetzt?«, fragt die Frau.

Nun sind sie extra angereist, um bei der alten Frau Boysen zu klingeln, in der Hoffnung, sie würde sie hereinbitten an den Ort, wo in einer Julinacht für sie beide alles begann. Auf dieser Insel und diesem Deich, in diesem Garten und diesem Haus. Ihr erstes Aufeinandertreffen (sie gerieten sich zufällig gegenseitig ins Visier), ihr erstes Mal und ihr erstes Kind – und das alles in kometenhaftem Tempo.

»Zu spät zur Umkehr«, befindet der Astronom und klettert heldenmütig, wenn auch ein wenig umständlich, samt Rucksack über die Feldsteinmauer. Als er auf der anderen Seite zum Tor kommt, um dieses für seine hochschwangere Liebste zu öffnen, notfalls unter Zuhilfenahme von sanfter Gewalt, ist diese bereits hindurchgegangen.

»War gar nicht abgeschlossen«, sagt sie und legt den Finger an die Lippen. Beide stehen still und lauschen den Stimmen und der Musik, die aus dem Haus dringen. Dann huschen sie quer durch den Garten, um sich hinter einem dicken Baumstamm zu verstecken.

»Schau mal, was da drinnen los ist«, sagt er.

Die junge Frau hält ihr Fernglas vor die Augen. »Oh, mein Gott, ist der schön! Diese großen dunklen Augen. Und der Scheitel, perfekt!«

»Von wem redest du?«, fragt der Astronom leicht pikiert.

»Doch, es ist ein Männchen, oranger Scheitelstreifen, eindeutig. Und ein weißer Überaugenstreif. Also kein Winter-, sondern ein Sommergoldhähnchen! Dass der jetzt schon hier ist und singt – ein kleines Wunder!«

Inzwischen hat auch der Astronom sein Fernglas hervorgeholt. Tatsächlich, da sitzt er auf dem Dachfirst, ein winziger Vogel, aus voller Kehle schmetternd, sodass seine Brust vibriert. Der Blick durchs Fernglas wandert vom Dach zum Erdgeschoss.

Auch die Vogelwartin hat sich vom Sommergoldhähnchen losgerissen und schaut durchs Fenster in die Stube. Etwa ein Dutzend Menschen befinden sich im Raum, ein paar sitzen am Tisch, auf dem leere und halb volle Teller, Flaschen und Gläser stehen, die Reste eines Gelages. Es wird geredet, gestikuliert, gelacht. Es wird sogar getanzt! Ach ja, da hinten steht einer und spielt Akkordeon – das ist derselbe Musiker wie der auf der Party. Und daneben einer mit Gitarre, an den kann sie sich nicht erinnern. »La Fête Fortune«, das schicksalhafte Fest ... »Für mich ist ein Stern erst gestorben, wenn er nicht mehr leuchtet«, hatte der Astronom mit Blick auf den Kometen verkündet und damit ihr flatterhaftes Herz eingefangen.

Und dafür wollten sie sich heute bei der Gastgeberin bedanken, mit einem selbst gemachten Kind (sie) und einem selbst gebackenen Kuchen (er) im Gepäck. Sitzt Inge Boysen nicht am Ende der langen Tafel? Die Vogelwartin stellt ihr Glas schärfer. Nein, das ist eine andere alte Dame. Aber die sommersprossige Frau, die mitten im Raum tanzt, hat sie auf dem Fest gesehen, die war ständig mit Gläsern und Tabletts herumgerannt. Der große, drahtige Mann war auch da, mit seiner japanischen Freundin. Und das Mädchen mit den grünen Augen? Natürlich, das war doch die wilde Sängerin! Aber irgendwie sehen alle anders aus heute. Irgendetwas stimmt hier nicht. Sie lässt das Fernglas sinken, und mit einem Mal fällt ihr das Offensichtliche ins Auge: Alle tragen Schwarz. Alle bis auf den dunkelhaarigen Mann mit dem kleinen Kind auf dem Arm. Wenn man genauer hinschaut, sehen alle blass und mitgenommen und manche richtig verheult aus. Und dabei benehmen sie sich ausgelassen wie auf einer Party. Was ist denn das für eine Veranstaltung?

Die Vogelwartin hält es nicht länger hinter dem Baumstamm. Sie schleicht über den Rasen bis zum Haus und drückt sich an der Wand entlang. Der Astronom hält das für keine gute Idee, doch da er seine Freundin nicht mehr aufhalten kann, muss er ihr, wie so oft in den vergangenen Monaten, wohl oder übel folgen.

Beide kleben an der Mauer dicht neben dem Fenster. Die Vogelwartin streckt den Kopf vor und schaut in die gute Stube. Im nächsten Augenblick sieht eine Frau in ihre Richtung, ihr geradewegs ins Gesicht. Die beiden Eindringlinge ziehen die Köpfe ein, doch sie sind entdeckt.

Die dunkelhaarige Frau mit der Rose am Kleid kommt ans Fenster und öffnet es. Neben ihr taucht eine jüngere auf, mit kurzen hellblonden Haaren und schwarzer Brille. So verschieden sie auf den ersten Blick erscheinen, sehen sie sich auf den zweiten doch ähnlich wie Schwestern.

»Was wird hier gefeiert?«, platzt die Vogelwartin heraus.

Die beiden Frauen tauschen einen Blick und antworten: »Das Leben!«

Haus Tide, Erster Januar

Zuerst leuchtete nur ein grünes Auge vor der dunklen Scheibe, dann war leises Kratzen zu hören. Mit einem Satz ist Ahab von der Fensterbank in die Stube gesprungen, und plötzlich wusste ich, dass er es war, der gefehlt hat. Ich habe das Fenster hinter ihm offen gelassen. Wenn ich das Meer auch nicht mehr sehen kann, so ist es doch bei mir mit seinem stetigen Rauschen. Eisige Luft strömt ins Zimmer, dennoch ist mir nicht kalt. Bald wird der Wind auch die letzte Kerze auf der Kommode ausblasen.

Nun mischt sich etwas in das Meeresrauschen, kommt näher, und ich erkenne sie wieder, die Vogelzugnachtmusik der späten Wintergäste auf dem Weg nach Süden. Allmählich entfernt sich das rhythmische Schlagen der Flügel in der Luft, das Schnattern und Rufen, während die dunklen Silhouetten über Haus Tide hinweg durch den Nachthimmel ziehen, einem fernen Frühling entgegen.

Einem Frühling, den ich nicht mehr erlebe, denn irgendwann muss das Buch auch mal zugeklappt werden. Doch für alle, deren Geschichte weitergeht, ist auch heute einer dieser anderen Tage. An der feinen Linie, wo Himmel und Meer aufeinandertreffen, dort hinter dem Horizont stehen sie Schlange und warten: morgen, übermorgen und überübermorgen. Und alle die anderen Tage.

Auch dieser Roman wurde wieder aufs Beste ins Leben begleitet von den wunderbaren Mitarbeiterinnen und Mitarbeitern von dtv, allen voran Bianca Dombrowa und Hannelore Hartmann.

Inspiration und Unterstützung beim Schreiben gab mir wie immer meine fabelhafte Autorinnengruppe »alphabettínen«, www.alphabettínen.de

Ein Dankeschön an Christine Zimpel von der Villa Dorothea in Heringsdorf, in deren verwunschenem Haus Hedwig ich mehrere Wochen lang schreibender Gast sein durfte.

Und ein ganz besonderes Dankeschön meiner Frau und Reisegefährtin Anne, von der ich seit einem Vierteljahrhundert Tag und Nacht etwas über das Glück lerne.